조선 후기의
일기문학

지은이_ 정우봉(鄭雨峰, Chung, Woo-bong)
고려대학교 및 동대학원 국문학과에서 한국한문학으로 석사와 박사 학위를 받았다. 조선 후기 한문학의 주요 국면과 문제에 대해 관심을 갖고 논문을 쓰고 있으며, 국문문학과 한문문학을 함께 포괄하는 영역과 주제를 중심으로 공부해 나가고 있다. 현재 고려대학교 국문학과 교수로 재직중이다. 대표적인 논저로는 『아침은 언제 오는가』, 『한국고전예술비평역주』(공역), 「조선 후기 지식인의 진계유 수용과 그 의미」, 「조선 후기 자찬연보 연구」 등이 있다.

조선 후기의 일기문학

초판1쇄발행 2016년 9월 30일
초판2쇄발행 2017년 9월 30일
지은이 정우봉 **펴낸이** 박성모 **펴낸곳** 소명출판
출판등록 제13-522호 **주소** 서울시 서초구 서초중앙로6길 15, 1층
전화 02-585-7840 **팩스** 02-585-7848 **전자우편** somyungbooks@daum.net **홈페이지** www.somyong.co.kr

값 19,000원
ISBN 979-11-5905-103-6 93810
ⓒ 정우봉, 2016

이 저서는 2011년 정부(교육부)의 재원으로 한국연구재단의 지원을 받아 수행된 연구임(NRF-2011-812-A00155).

조선 후기의
일기문학

A STUDY ON DIARY LITERATURE
IN THE LATE CHOSUN DYNASTY

정우봉 지음

소명출판

우리는 각종 블로그, 개인 홈페이지, SNS 등을 통해 자기에 관한 글쓰기가 성행하고 있는 시대를 살아가고 있다. 자기표현의 시대적 흐름에 힘입어 일기와 자서전과 같은 자전적 글쓰기가 매우 활발하게 이루어지고 있다. 일기와 자서전은 자아, 주체, 개성에 대한 관심이 높아지고 있는 시대적 흐름에 잘 맞는 장르이다.

생활사와 문화사에 대한 관심 속에서 일기와 자서전을 정리하고 연구하는 움직임이 활발하게 진행되고 있다. 공식적인 역사 기록이나 간행본 문집 등에서 찾기 어려운 매우 다채로운 삶의 모습들을 흥미롭게 제시해 주고 있다는 점에서 근래 들어 더욱 주목의 대상이 되고 있는 것이다.

일기에 관한 활발한 연구 성과에 비해 일기문학 연구는 상대적으로 미미한 실정이다. 일기문학의 본질적 특성은 기록성과 함께 개인의 내면적 심리와 정조를 진실하게 표현한 점에 있다. 작가가 자아의 모습에 침잠하여 스스로를 들여다보고 반성하는 시선과 태도, 그리고 이 시선과 태도를 문학적으로 형상화하는 점이 일기를 사료, 비망록으로서의 차원과 구별 짓게 한다.

이 책에서는 일기 장르에 관심을 갖고 연구를 진행하면서 일기문학이라는 점을 보다 강조하고자 했다. 문학을 연구하는 한 사람으로서 일기문학이라는 범주 속에서 작품들을 분석하고 그 의미를 구명하고 자 하였다.

일기문학에 관심을 갖고 연구를 진행해 온 결과를 한 권의 책으로 묶었다. 1부는 한글 일기 문학작품을 대상으로 하였고, 2부는 한문 일 기 문학작품을 다루었다.

기존 연구의 틀을 벗어나기 위해서는 일기문학의 특질, 인접 장르와 의 변별점, 글쓰기 방식 등에 대한 새로운 논의가 필요하다고 생각한 다. 일기문학의 특질, 성격 등에 관한 기존 연구 성과를 바탕으로 하면 서 일기문학의 특질, 인접 장르와의 변별점, 일기문학의 독특한 글쓰 기 방식과 표현 방식 등에 대한 논의가 새롭게 진행될 필요가 있다. 이 러한 문제의식과 관련하여 이 책에서는 일기문학에 있어서 시간의식 과 회상의 문제에 특별하게 주목하였으며, 일기와 구별되는 일기문학 의 특질을 부각시키고자 하였다.

일기문학은 자신의 경험과 생각을 일정한 시간의 축적 속에 드러내 는 양식이다. 일기문학은 시간을 경험하는 방법, 자기 내면에서 그 시 간을 드러내는 방법을 문제 삼는다. 그리고 화자의 삶은 일기를 관통 하고 있는 지속의 시간 속에 녹아 있다. 매일매일 달력에 메모하듯이 기록을 남기는 일기의 통상적인 방식과 달리, 일기문학은 그러한 자연 적인 시간의 흐름을 좇아가기도 하지만 일기를 쓰는 화자가 내면의 의 식 속에서 이를 재구성하기도 한다. 화자는 자연적 시간에 자신을 내 맡기지 않고 지나온 과거의 삶을 회상하기도 한다. 따라서 일기문학에 있어 시간과 회상의 문제는 매우 중요한 논점 중의 하나이다. 1부 1장 에 수록된 글은 이 문제를 다루었다.

이 책에서는 새로운 작품을 적극적으로 발굴하여 조명하고자 하였다. 작품만 소개되었을 뿐 학계에 제대로 알려지지 못하였던 작품들, 예컨대 한글 일기작품으로는 18세기 하급병사가 쓴 『난리가』, 19세기 후반 나주임씨가 쓴 『병인양란록』, 왕족 출신의 시조작가로 유명한 이세보의 『신도일록』을 새롭게 조명할 수 있었다. 그리고 한문 일기작품으로는 장현광의 『피란록』, 이덕무의 『관독일기』, 김려의 『감담일기』, 심노숭의 『남천일록』 등을 본격적으로 다루었다.

일기작품의 작가 및 작품 성격에 대한 부정확한 서술을 수정하고 작품을 소개하는 데에서 한 걸음 더 나아가 문학작품으로서의 측면에 주목하여 텍스트를 정밀하게 분석함으로써 조선 후기 일기문학사의 큰 구도 속에서 해당 작품이 어떠한 위상과 의의를 갖는가에 대해 적극적으로 구명하고자 하였다. 한문 일기작품인 『관독일기』, 『감담일기』, 『남천일록』 등을 특별하게 주목한 이유는 이 작품들이 일기문학으로서의 특징을 잘 보여주기 때문이다. 조선시대 일기문학사의 전체 구도 속에서 『병자일기』, 『난리가』, 『신도일록』, 『병인양란록』 등의 한글 일기작품을 정밀하게 분석하고자 하였다.

그동안 일기문학 연구의 경우 연구 대상이 제한적이었고, 남성과 여성, 한글 일기와 한문 일기를 포괄한 연구가 제대로 진행되지 못했다. 조선 후기 일기문학은 한글 일기와 한문 일기, 남성 일기와 여성 일기를 포괄하여 전체적으로 조망할 때 일기문학의 특질, 역사적 전개과정이 선명하게 드러날 수 있다. 이 책에서는 국문문학과 한문문학을 두루 포괄할 수 있는 연구 범위와 시각을 확보하고자 했다. 한글로 쓰여진 작품과 한문으로 쓰여진 작품을 함께 다루는 것이 긴요한 연구 과제의 하나라고 생각했다.

또한 일기는 개인의 내면을 담고 있는 장르라는 점에서 어떤 한 인간의 삶의 구체성을 들여다 볼 수 있는 것으로 여겨진다. 이 점에 주목하여 한 개인의 삶의 구체성을 일기문학 작품을 통해 찾아보고자 했다. 문학이라는 것이 인간의 진실에 관한 탐구라고 할 때에 일기 혹은 일기문학은 한 인간이 자신의 삶을 진솔하게 기록한다고 할 수 있다. 왕족 출신의 작가에서부터 사대부 관료, 양반가 여성, 그리고 하급 병사에 이르기까지 여러 인물들이 저마다 기록한 자기 고백의 서사를 살펴보았다. 이들 목소리에 담긴 다종다양한 개인들의 일상과 욕망을 일기문학 작품을 통해 읽어보고자 하였다.

이 책을 내기까지 많은 선생님들의 가르침을 받았다. 그분들의 관심과 격려 속에 이 책이 나올 수 있게 되었다. 특히 배움의 길로 이끌어 주시고 학문적 엄정성을 일깨워 주신 김흥규 선생님께 깊이 감사드린다. 끝으로 꼼꼼하게 원고 교정을 맡아준 소명출판 편집부에도 감사의 마음을 전한다.

2016년 9월
학교 연구실에서
정우봉

차례

제2부

한문 일기문학의 세계

제1부
한글 일기문학의 세계

제1장

조선시대 한글 일기문학의
시간의식과 회상의 문제

1. 문제 제기

일기 자료는 공식적인 기록, 간행 문집 등에서 찾기 어려운 매우 다
채로운 삶의 모습들을 흥미롭게 제시해 주고 있다는 점에서 근래 들어
더욱 주목의 대상이 되고 있다. 그런데 일기 자료에 대한 활발한 연구
성과에 비해 일기문학 연구는 상대적으로 미미한 실정이다. 『병자일
기(丙子日記)』,『동명일기(東溟日記)』등 여성이 쓴 한글 일기문학에 관해
서는 여러 연구자들의 관심을 받았지만, 남성 한글 일기와 한문 일기
문학은 큰 관심의 대상이 되지 못했다.[1]

---

1 최근에 들어와 한문으로 쓰인 일기작품을 일기문학의 관점에서 분석한 작품론이 제출되고

그동안 일기문학 연구는 여성이 쓴 한글 일기작품에 한정하여 논의가 진행되어 왔으며, 남성이 쓴 한글 일기의 경우에는 자료 발굴 및 소개의 수준에 그치고 본격적인 작품론 연구로까지 확대 심화되지 못하였다. 한글 일기문학을 포괄적으로 다루기 위해서는 남성들이 쓴 한글 일기문학 작품을 함께 고려해야 한다. 또한 국문과 한문 일기문학 작품을 포괄하여 일기문학의 개념과 특성, 시간구조와 회상표현(回想表現)의 문제, 일기 쓰기에 있어 남성과 여성의 성차(性差), 국문과 한문 기록 표기의 차이점 등 일기문학 전반에 걸친 제논점 등이 밝혀져야 한다.[2] 이 글은 한글 일기문학을 대상으로 하여 시간의식과 회상의 문제를 집중적으로 분석함으로써 새로운 연구의 시야와 전망을 확보하고자 한다.

있다. 한문 일기작품 가운데 유희춘(柳希春)의『미암일기(眉巖日記)』, 유만주(兪晚柱)의『흠영(欽英)』, 김려(金鑢)의『감담일기(坎窞日記)』등을 일기문학사의 관점에서 연구한 성과들은 다음과 같다. 이연순,「미암 유희춘의 일기문학 연구」, 이화여대 대학원 박사논문, 2006; 김하라,「일기 흠영에 재현된 경험적 시간의 의미」,『한국한문학연구』41, 한국한문학회, 2008; 송재용,『미암일기 연구』, 제이앤씨, 2008; 정우봉,「일기문학의 관점에서 본 감담일기의 특징과 의의」,『한국한문학연구』46, 한국한문학회, 2010.

2 일기문학의 개념, 성격, 분류 등에 관해서 다음의 연구성과가 참조된다. 이우경,『한국의 일기문학』, 집문당, 1995; 서종남,『조선조 국문일기』, 삼영, 1997; 윤원호,『근세일기문의 성격 연구』, 국학자료원, 2001.

2. 조선시대 한글 일기문학의 시간의식과 회상의 문제

    일기문학은 자신의 경험과 생각을 일정한 시간의 축적 속에 드러내는 양식이다. 일기문학은 시간을 경험하는 방법, 자기 내면에서 그 시간을 드러내는 방법을 문제 삼는다. 그리고 화자의 삶은 일기를 관통하고 있는 지속의 시간 속에 녹아 있다. 매일매일 달력에 메모하듯이 기록을 남기는 일기의 통상적인 방식과 달리, 일기문학은 그러한 자연적인 시간의 흐름을 좇아가기도 하지만 일기를 쓰는 화자가 내면의 의식 속에서 이를 재구성하기도 한다. 화자는 자연적 시간에 자신을 내맡기지 않고 지나온 과거의 삶을 회상하기도 한다. 달리 말해 일기가 하나의 문학작품으로서의 조건을 갖추는 여러 요인 가운데 하나는 작품이 객관적으로 주어진 역서(曆書)의 시간에 의해 지배되는 것이 아니라, 집필 시점에서 화자의 주관에 의해 파악되고 회상된 시간 구조를 취한다는 점이다. 따라서 일기문학에 있어 시간의 문제는 매우 중요한 논점 중의 하나이다. 작품에 보이는 시간에 대한 정밀한 분석은 작품구조, 주제, 집필 의도, 표현 방식 등을 파악하는 데에 도움을 준다.[3]

    특히 한글 일기문학은 한문 일기와 달리 경험 시점과 집필 시점의 시간적 격차가 큰 경우가 많다. 한문 일기의 경우에는 그날그날 일어

---

3   일기문학의 시간의식과 관련해서는 일본에서의 연구 성과가 주목된다. 헤이안 시대의 여성일기문학을 중심으로 다양한 연구성과가 제출되었다. 시간의식과 관련해 참고할 연구성과를 들면 다음과 같다. 木村正中 外,『日本文學講座―日記 隨筆 記錄』, 大修館書店, 1989; 石原昭平 外編,『女流日記文とは何か』, 東京 : 勉誠社, 1990; 石原昭平 外編,『中世女流日記文學の世界』, 東京 : 勉誠社, 1990.

났던 사건과 경험을 당일에 기록하는 성향이 대부분인데 반하여, 한글 일기 가운데에는 경험했던 시점에서 꽤 오랜 시간이 지난 뒤에야 그때의 경험을 회상하면서 기록하는 경우가 많이 있다. 이 글에서 살펴볼 『신도일록(薪島日錄)』, 『적소일기(謫所日記)』, 『임진록(壬辰錄)』, 『임자록(壬子錄)』 등이 그러하다. 과거의 기억을 더듬어 회상의 시간 속에서 자신의 경험을 술회하는 점에서 여타의 일기작품들과 구별된다. 이 점에 주목하여 조선시대 한글 일기문학에 나타난 시간 의식의 문제, 회상표현의 문제를 집중적으로 다루고자 한다. 이를 통해 조선시대 한글 일기문학의 특징적 면모를 밝히는 데에 기여하기를 기대한다.[4]

다음 목록은 이 글에서 다룰 국문 일기작품이다.[5]

작품명	작자	성별	경험 시점	집필 시점
임진록	유진	남	1592.4	1612 이후
임자록	유진	남	1612.1.21~1612.9	1612 이후
병자일기	남평조씨	여	1636.12~1640.8	1636.12~1640.8
남정일기	박조수	남	1775~1778	1778
적소일기	김약행	남	1781.5~1788.1	1788.1 이후
신도일록	이세보	남	1860.11.7~1862.여름	1862년 여름 이후

위의 작품들 가운데 남평조씨(1574~1645)가 쓴 『병자일기』만이 그날 그날의 일상과 견문을 기록한 것임에 반하여, 다른 작품들은 모두 경험 시점에서 시간이 꽤 흐른 뒤에 일기 집필이 이루어졌다. 『병자일기』를

---

4 지금까지 조선시대 일기문학의 시간성에 대해서는 연구가 제대로 이루어지지 않았다. 유만주의 『흠영(欽英)』의 시간성을 다룬 논문이 최근 제출되어 참고가 된다. 김하라, 「일기 흠영에 재현된 경험적 시간의 의미」, 『한국한문학연구』 41, 한국한문학회, 2008.
5 『한중록(閑中錄)』은 장르적 성격에 대한 이견이 많다. 추후 일기문학의 장르적 성격에 대한 재논의와 함께 『한중록』의 일기문학으로서의 성격, 시간구조 등에 대해 다루고자 한다.

제외한 이들 한글 일기작품은 그날그날의 일상과 사건을 당일에 기록하였던 한문 일기의 일반적인 글쓰기 방식과 다르다. 적게는 1,2년의 시간적 격차가 있으며, 유진(柳袗, 1582~1635)이 쓴 『임진록』의 경우에는 경험 시점과 집필 시점의 시간적 격차가 20여 년에 달한다.

그리고 이 글에서는 국내 여행, 외국 사행(使行) 등을 소재로 한 한글 일기작품은 제외하고 논의를 진행할 것이다. 여행을 소재로 한 한글 일기 ― 예컨대 의령남씨(宜寧 南氏)의 『동명일기(東溟日記)』, 이희평(李羲平)의 『화성일기(華城日記)』, 김원근(金元根)의 『자경지함흥일기(慈慶志咸興日記)』, 작자 미상의 『금강산유산일기(金剛山遊山日記)』 ― 의 경우에는 집필 시점이 경험 시점과 거의 일치하거나 시간적 격차가 크지 않으며, 시간의 순차적 흐름에 따라 일어난 경험과 사건들을 서술했기 때문에 시간 구조의 특이성을 찾기가 어렵다.

1) 『병자일기』―이중적 시간구조

일기(日記)는 원칙적으로 그날그날의 체험과 견문을 기록한 것이다. 자신의 직접 체험과 견문에 바탕하여 사실을 기록하고자 하는 일기는 날짜의 기록이 필수적이다. 이에 비해 일기문학에서는 날짜의 기입이 작가가 표현하고자 하는 내용의 일부에 지나지 않는다. 작가의 의도에 따라 날짜는 기입될 수도 있고, 그렇지 않을 수도 있는 것이다. 때로는 사건의 서술 속에 불분명하게 감추어져 있기도 하다. 일기문학에서 날짜의 기입은 작가가 표현하고자 하는 내용의 일부에 불과한 것이다.

남평조씨(南平 曺氏, 1574~1645)는 『병자일기(丙子日記)』에서 남성들이 쓴 한문 일기에서처럼 날짜와 날씨를 기록하는 것으로 일기를 시작한다. 날짜와 날씨를 분명히 기록하고 규칙적인 시간의 연속으로 하루하루의 일상을 기록하였다. 사대부 남성이 쓴 종합생활일기로서의 면모를 기본적으로 가지고 있는 것이다. 이것이 『병자일기』의 시간구조의 한 축을 형성한다.[6]

　그러나 다른 한편 『병자일기』는 특정한 계기 ― 생일(生日), 상사(喪事), 제사일(祭祀日), 꿈 ― 를 통해 과거를 회상하고 자기 내면을 응시하는 서술 방식을 함께 운용하였다. 특히 죽은 아들에 대한 기억의 환기를 통해 화자는 자기 내면의 고통을 섬세하게 표현했다. 날짜에 따른 시간의 순차적 흐름 속에서는 하루의 일상들이 기록되고, 아들 및 주변 사람의 죽음과 남편의 부재를 계기로 환기되는 회상(回想)의 시간 속에서는 과거의 기억들이 기록된다. 하루하루의 날짜를 따라가면서 일상의 이모저모를 기록하는 한편, 특정한 계기에 의해 촉발되어 작가 내면의 시간을 펼치는 이중적 시간 구조가 『병자일기』의 작품 세계를 구성해 낸다. 그리고 이 점이 사료(史料)와 비망록(備忘錄)으로서의 일기와 변별되는, 작가의 개성이 담긴 일기문학으로서의 성격을 갖게 한다.

6　전형대와 박경신은 『병자일기』를 학계에 처음 소개하고 역주본을 간행했다. 이후 『병자일기』에 대해서는 여러 연구성과가 제출되었다. 박경신, 「병자일기 연구」, 『국어국문학』 104, 국어국문학회, 1990; 김경화, 「병자일기에 대한 여성문학적 연구」, 서울대 석사논문, 2004; 안숙원, 「역사의 총체성과 여성 담론 ― 남평조씨의 병자일기를 대상으로」, 『여성문학연구』 2, 한국여성문학회, 1999; 문희순, 「남평조씨 3년 9개월의 가정과 인간경영 ― 병자일기 중심으로」, 『한국언어문학』 75, 2010. 하지만 『병자일기』의 시간구조를 분석하고 이를 여타의 한글 일기와 대비 검토한 성과는 아직 없다.

①초이 초삼 쳥(晴). 별좌(別坐)의 졔(祭)룰 디내니 내의 셜우미야 ㄱ이 업
스니 엇디 다 니르리. 졔(祭)ᄒ리도 업서 남진ᄉ(南進士)와 조챵하(曹昌夏)
참졔(參祭)ᄒ고 신쥬(神主)룰 보거든 툭툭 아득ᄒ니 세월이라 가나 어너 시
(時) 어니 날의 니줄고. 어엿브던 얼구리 샹샹ᄒ여 그리운 일곳 싱각ᄒ면 간
담(肝膽)이 ᄌ기는 듯 버히는 듯 아이고 ᄭ움의나 뵈여라 경계ᄒ고 타루(墮淚)
ᄒ여 디내나 ᄒ번 몽미(夢寐)예도 분명이 뵈디 아니ᄒ니 그리타 졘ᄃᆞᆯ 졍녕
(精靈)이 이시면 노모(老母)룰 아니 싱각ᄒ랴마는 유명(幽明)이 다르ᄂ다라 그
런가 더옥 셜워ᄒ노라. 볼셔 오년이 쟝촛 진(盡)ᄒ여 가니 흐ᄅᄂ 셰월이 누
룰 위ᄒ여 머믈고.[7] (1637.10.2)

②초삼 쳥(晴). 별좌(別坐)의 긔졔(忌祭)룰 디내니 계유년(癸酉年) 이리 새
로이 싱각ᄒ여 ㄱ이 업ᄉ 졍회(情懷)룰 다 니르랴. 어ᄂ ᄉ이 볼셔 칠년(七
年)이 되연ᄂ고. 져믄 세 신쥬(神主)룰 졔(祭)ᄒ고 셜우미 엇디 니르리. 어엿
블샤 내 아ᄃᆞᆯ 앗가올샤 내 ᄌᆞ식 몽미(夢寐)예도 아니 뵈니 날을 니젼ᄂ가.
다시 뉘짓 ᄌ식이 되여ᄂ가. 엇디 ᄒ 젹도 아니뵈ᄂ다. 슬하 셜운 졍(情)을
민일 품고 디내나 샹시 즐거운 사름 ㄱ티 디내니 졔 졍녕(精靈)이 나룰 니젼
가. 싱각ᄒᄂ가. 더옥 셜워ᄒ노라. 요ᄉ이ᄂ 며느리룰 흔디 이시니 든든코
져희 인ᄂ듯 반갑고 언졔 탈상(脫喪)ᄒ여 ᄌ식이나 나ᄒ던 보려뇨 ᄒ더 내
긔력(氣力)이 날로 쇠ᄒ고 진(盡ᄒ)니 엇디 이러코 오리 인셰(人世)예 이시
리. 채별좌(蔡別坐)ᄭᅴ 침(鍼) 마ᄌ시다.[8] (1639.10.3)

---

7   남평조씨, 전형대·박경신 역주,『병자일기』, 예전사, 1991, 122면.
8   위의 책, 370면.

③ 초팔 청(晴). 문안(問安). 오늘이 별좌(別坐)이 싱일(生日)이라 차례(茶禮)ᄒ니 무어술 흠향(歆饗)ᄒ고. 긔유년(己酉年) 나하 경ᄉ(慶事)롭던 일이 흔 꿈이 될 줄 알리오. 엇디 이십오년(二十五年)을 내 ᄌ식으로 빌려겨셔 모ᄌ(母子)의 은졍(恩情)을 일됴(一朝)의 업시 ᄒᄂ뇨. 아이고 아이고 창텬(蒼天)아 창텬아 홀 ᄯ롬이로다. 슬프다. 나 곳 주근 휘면 졍셩(精誠)으로 뉘 잔이나 브어 노흘고. 강진ᄉ(進士) 모부인(母夫人) 상ᄉ(喪事) 나시니 아들 두고 주그시니ᄂ니 오즉흔 팔지랴.[9] (1639.11.8)

위의 인용문들은 둘째 아들의 제사일과 생일을 맞이하여 쓴 일기이다. 작가의 둘째 아들 남두상(南斗相)은 자식을 남기지 못한 채 25세의 젊은 나이에 부부가 함께 죽었다. 아들의 죽음은 화자에게는 커다란 마음의 상처, 아픈 기억으로 남아 있다. 가슴 속에 아픈 상처를 간직한 채 하루의 일상을 살아가는 화자는 죽은 아들의 생일과 제사일을 맞이하여 간담이 찢어지는 복받치는 서러움과 슬픔을 애써 억누르지 않고, 일기 쓰기라는 행위를 통해 그것을 바깥으로 드러낸다. "불쌍하다 내 자식들, 아깝다 내 자식들. 꿈속에도 보이지 않으니 나를 잊었는가?"라는 화자의 독백적 어조는 억눌리고 억압되었던 감정의 분출을 보여준다.

인용문 ②를 보면, 크게 두 부분으로 구성되어 있다. 하나는 둘째 아들의 기제사(忌祭祀)를 맞이하여 일찍 죽은 아들에 대한 그리움을 토로한 대목이고, 다른 하나는 그날의 일상사에 대한 기록이다. 이 일기의 시간의 흐름 속에는 하루하루의 일상적 삶의 시간이 있고, 또 하나 과

---

9 위의 책, 384면.

거 아들의 죽음에 대한 그리움을 토로하는 내면적 회상의 시간이 공존한다. 여기서 주목되는 점은 화자의 자기 고백적 언술과 내면 정감의 토로는 주로 과거 회상의 방식을 통해 이루어진다는 점이다. 하루 일상에 대한 기록은 남편이 '채별좌(蔡別坐)에게 침(鍼)을 맞으셨다'에서처럼 객관적으로 서술되어 있는 반면에, 과거 회상을 통한 기억의 환기 대목에서는 화자의 내면적 심리와 정조가 때로는 섬세하고 때로는 격렬하게 드러난다. 화자의 감정과 내면 심리는 과거 회상이라는 시간 구조 속에서 효과적으로 전달되고 있는 것이다.

또 하나 『병자일기』에서 작품 집필의 중요한 동기의 하나가 '죽음'이라는 점이 주목된다. 아들과 주변 친척들의 죽음에 촉발되어 화자는 일기 쓰기라는 행위를 통해 내면의 시간여행을 한다. 죽은 아들의 생전 모습을 떠올리기도 하고, 아들이 죽은 이후의 지난 과거를 회상하기도 하고, 앞으로 다가올 죽음의 그림자를 예감하기도 한다. 죽음의 계기는 『병자일기』 집필의 주요한 동인으로 작용하며, 그로 인해 촉발된 화자의 내밀한 감정은 작품 전편을 관통한다.

『병자일기』에는 죽은 자식에 대한 그리움과 아픈 상처, 그리고 세월의 무상감이 짙게 깔려 있다. 때로는 계절의 순환적 반복과 인간사의 유한성을 대비시키기도 한다. 꽃 피는 봄이 지나면 녹음이 우거진 여름이 찾아오는 것은 어김없는 자연 시간의 질서이다. 하지만 이미 죽은 자식은 꿈에서밖에 만날 수 없는데 그 꿈에서조차 보지 못하는 경우가 많다. 이미 죽은 자식의 과거 시간은 꿈이라는 제한되고 일회적인 공간 속에서만 잠시 동안 되살아난다. 꿈이라는 환상적 공간 속에서 과거의 기억들이 환기되고 재생되는 것이다.

그러나 그 꿈은 깨고 나면 사라지는 것이며 그렇기에 허무한 것이다. 나이 60이 훨씬 넘은 화자는 젊은 나이에 요절한 자식의 죽음과 노년에 이른 자신의 삶을 대비시킨다. 이제는 흘러가 다시 돌이킬 수 없는 시간의 흐름을 응시하면서 머지않아 자기에게 다가올 죽음의 시간을 예감하는 것이다. 그리고 죽음이라는 소멸의 시간 앞에서 화자는 세월의 무상감을 더욱 절감한다.

① 오후의 못형님 부음(訃音)이 오니 マ이 업고 슬프미 아마라타 업다. 동성남내 다 업스시니 이제는 내 추례 マ투니 주식도 업시이셔 시절이 아마라호나 녕감 평안(平安)호신 째 의셔 죽고져 원이나 다시 몯 나올 고디니 일변 슬프다. 이날 뇌의원(內醫院) 좌긔(坐起)호시다.[10] (1639.7.28)

② 형님 셩복(成服)을 호시니 슬프오며 다시 몯보온 일과 マ이 업다. 며ᄂ리 오니 뇌일 쏘 탈복(脫服)을 호나 일가이 경ᄉ(慶事)는 젹고 미년의 이러니 인ᄉ(人世) 하 것곳 거시니 인셰예 언머롤 이시려 고로온 이리 만호니 죽기 도로혀 즐거운 일이나 가면 넉신돌 도라오랴.[11] (1639.8.1)

③ 형님 다시 몯 뵈온 일과 신쥬(神主) 드르시니 슬프오미 マ이 업습고. 내 인ᄉ(人世) 오라디 아닐가 시브니 인셰예 언머롤 이실거슨 아니로듸, 하 거줏 거시니 비감(悲感)호미 マ이 업고 다만 큰 몸이 태산(泰山) マ투시니 슬쿠지도 아니호나 이리 병(病)이 만호고 심회(心懷) 편티 아니호니 주근 주식

<hr>

10 위의 책, 350면.
11 위의 책, 352면.

둘 성각기는 시(時)로 니즌 적 업고 인간식(人間事) 속졀 업손 흐호미로다.[12]

(1639.9.15)

화자는 주변 사람의 죽음을 떠올리면서 자신의 죽음을 예감한다. 노년을 맞이한 화자는 '인간 세상에 있을 날도 오래지 않다'고 하여 자신에게도 죽음이 가까이 왔음을 느낀다. 세 자녀의 죽음, 일가 친지와 조카의 죽음 등 화자 곁에서 죽음의 그림자는 떠나지 않았다. 죽음은 시간의 소멸이다. 돌이킬 수 없는 시간, 소멸의 시간 앞에 선 화자는 지나온 삶들을 회상하면서 인간 세상사가 거짓임을 말한다. 어찌할 수 없는 죽음 앞에 화자는 속절없는 한을 삼킬 수밖에 없으며, 인생의 무상감을 토로한다.

『병자일기』는 일상적 시간의 흐름을 축으로 하면서 특정한 계기에 의해 촉발된 과거 회상적 시간을 이중적으로 구조화한다. 작가가 『병자일기』를 집필하는 중요한 계기 중의 하나는 자식의 죽음이다. 자식의 제사일과 생일을 맞이해 화자는 자식의 죽음을 떠올리기도 하고, 꿈속에서의 만남을 통해 자식의 생전 모습을 그리워하기도 한다. 죽은 자식에 대한 그리움과 회한은 『병자일기』의 시간 구조를 과거 회상에로 이끈다.

『병자일기』는 달력에 의해 정해진 시간을 충실하게 따라가는 한편, 동시에 작가의 내면에 재구성된 시간이 덧보태어져 두 가지의 상이한 시간 구조를 취하였다. 화자는 그날그날 일어나는 일들을 시간의 순서

---

12 위의 책, 362면.

에 따라 기술해 나가는 한편, 죽은 자식과 주변 인물들의 죽음을 계기로 과거의 기억을 회상하고 추체험하면서 자기 내면의 심리를 토로한다. 이 두 가지의 상이한 시간이 이중적으로 병치 혹은 중첩되어 있는 것이『병자일기』의 독특한 시간 구조이다. 그리고『병자일기』의 이 같은 이중적인 시간 구조는 한문 일기의 전통에서 벗어나 자기만의 독자적 개성을 지닌 문학작품으로의 질적 비약을 보여주고 있으며, 이후의 한글 일기문학의 발전을 선도하고 있다는 점에서 그 문학사적 의의를 자리매김할 수 있다.

『병자일기』에는 두 가지 상이한 시간이 공존, 병행한다. 달력에 표시된 일자를 따르는 시간과 그것과 다른 화자 내면에 흐르는 시간, 사람들이 살아가는 일상의 시간과 꿈속의 세계나 죽음을 떠올리는 비일상의 시간, 안주인으로서 살아가는 시간과 여성으로서 자기 고백을 하는 시간 등이 서로 공존하면서 작품 전체를 구성한다. 전자는 외부 세계를 향해 열려 있고, 화자는 그것들을 관찰하고 기록한다. 후자는 내부의 심연을 향해 있고, 화자는 자기감정과 목소리를 강하게 드러낸다. 상이한 시간들이 교착, 중첩되는 시간 구조를 통해 화자는 자기만의 개성이 담긴 작품 세계를 창조할 수 있었다. 이중적인 시간 구조 속에서 화자는 병자호란을 배경으로 험난했던 한 시대를 살아간 여성으로서의 일상을 그리고 있을 뿐만 아니라 자기 내면의 심리와 정감을 매우 섬세한 필치로 묘사할 수 있었다.

2) 『신도일록』—자전적 회상의 중층구조

『신도일록(薪島日錄)』은 19세기 시조(時調) 작가로 유명한 이세보(李世輔, 1832~1895)가 쓴 한글 유배일기이다. 이 작품은 자책과 회한의 내면 감정의 토로, 과거 회상의 표현 방식과 자서전적 글쓰기 방식의 활용, 운문과 산문의 적절한 결합 등 일기문학 작품으로서의 뛰어난 특질을 지니고 있다.[13] 『신도일록』에서 화자는 지나온 삶을 되돌아보면서 과거의 자아와 현재의 자아를 대비한다. 이 점을 시간구조의 측면에서 살펴보도록 한다.

먼저 『신도일록』은 유배지 도착을 기점으로 전반부와 후반부의 시간 표시 방식이 상이하다. 서울을 출발하여 유배지에 도착하기까지를 다룬 전반부—15일 동안 990리를 이동했던 유배 여정—에서는 날짜별 표시 방식을 택했다. 이에 반해 유배지에 도착한 이후를 다룬 후반부에서는 일자별(日字別) 표시 방식을 택하지 않았다. 후반부의 시간 표기 방식은 일정하지 않은데, 대체로 계절적 변화를 나타내는 단어를 사용해서 시간의 흐름을 표현했다. 예컨대 "동지달 긴긴 밤에 잔등은 명멸하는데"라고 하거나, "봄이 한창 무르익으니 온갖 꽃들이 다투어 피는데"에서처럼 계절의 순환 속에서 시간의 추이를 표현했다. 때로는 부친의 죽음을 전해 듣게 된 충격적인 사건을 서술할 때에는 '1월 13일'이라고 해서 날짜를 분명하게 밝히기도 했고, 때로는 '하루는 어떤 한 사람이 가시 울타리 틈으

---

13 시조작가로서의 이세보에 관한 연구는 활발하게 진행되었다. 『신도일록』은 진동혁에 의해 처음 학계에 소개되었다. 진동혁, 『이세보 시조연구』, 집문당, 1983; 진동혁, 『주석 이세보 시조집』, 정음사, 1985. 하지만 아직까지 『신도일록』을 본격적으로 다룬 성과는 제출되지 않았다.

로 찾아와 문안하거늘'이라고 하여 특정한 사건을 이야기 방식으로 서술하기도 했다. 요컨대 작품 후반부에서는 일자별 표기 방식 대신에 각각의 상황에 맞게 시간 표기 방식을 다양하게 운용했다.

일자별 기록은 유배 여정에서 겪었던 체험을 하나하나 구체적으로 서술하는 데에 적합하다. 이에 반해 유배지에서의 생활은, '한 글자 편지도 들을 수 없으니, 마음이 답답해서 하루도 지탱하기가 어렵다'는 화자의 고백에서 보듯이, 무료하고 답답한 시간의 연속이었다. 그렇기 때문에 일자별 표기 방식 대신에 그때그때의 중요한 사건이나 느낌을 중심으로 서술해 나갔다. 그리고 시간의 변화를 나타내 주는 표식들이 중간중간 삽입되어 있어 사건과 사건 사이의 공백을 메워 줌으로써 연속적인 시간의 흐름을 갖도록 유도했다.

또 하나 주목할 점은 일자별 표기의 독특한 방식이다. 하나의 예를 들어본다.

쵸칠일(初七日) 평명(平明)의 길를 쎠날 시 금부도스(禁府都事) 니학진이가 압녕(押領)ᄒ고 계우 한 겸인(傔人)과 한 동이 나를 ᄯᅩᆺ 오더라. 밋강을 건널 시 북궐(北闕)를 바라보고 앙뎐통곡(仰天痛哭)ᄒ여 눈물노 ᄒ직(下直)ᄒ니 일월(日月)도 무광(無光)ᄒ고 운산(雲山)도 근심한다. 거리의 가득헌 남녀들과 길의 ᄃᆞᆫ니는 힝인(行人)드른 다 불샹타ᄒ고 셔로 일너 가로디 "져 갓혼 청춘소년(靑春少年)이 무샴 뢰(罪)를 나라의 짓고 이 먼 길를 힝ᄒ는고. 가련ᄒ기도 그지 업다" ᄒ더라. 여러 날 디명(待命)헌 ᄭᅳᆺ히 슉병(宿病)이 틈발(闖發)ᄒ여 호련이 샹긔(喪氣)ᄒ며 토혈(吐血)ᄒ여 음음(陰陰)헌 모양이 능히 젼진(前進)치 못ᄒ고 시홍현(始興縣) 쥬막(酒幕)의셔 ᄌᆞ니 그 잇혼날은

쵸팔일(初八日)이라. 길리 안양(安養)으로 지나가니 (…중략…) 읇기를 맛
치미 눈물를 금치 못호고 밤을 간신이 지닉여 길를 써나니 이 날은 쵸구일
(初九日)일너라.[14]

대체로 일기는 형식적 측면에서 날짜를 맨 처음에 기록한다. 일기
전체는 날짜에 의해 구두점이 찍히는 것이다. 일자별 표기 방식은 먼
저 날짜와 날씨를 기록하고, 그다음에 그날의 일상을 기록한다. 날짜
와 날씨의 기록은 일기의 시작을 알리는 표시이다. 그런데 위의 인용
문에서 보듯이, 『신도일록』은 이와는 다른 표기 방식을 취했다. "시흥
현(始興縣) 주막(酒幕)에서 자니 그 이튿날은 초팔일(初八日)이다", "눈물
을 금(禁)치 못하고 밤을 간신히 지새고 길을 떠나니 이 날은 초구일(初
九日)이다", "밤을 새우고 고통스럽게 새벽에 일어나 행장(行裝)을 재촉
하니 이 날은 초십일일(初十一日)이다"에서처럼, 각 일자(日字) 표기가
그 전날의 기록과 분리해서 존재하는 것이 아니라 연속해서 사용되었
다. 분절적인 일자 표기 방식이 아니라 연쇄적인 일자 표기 방식을 택
한 것은 시간의 연속성을 더욱 더 부각시킴으로써, 지난 과거의 시간
들을 일련의 흐름 속에서 전체적으로, 통괄적으로 바라보게 하는 효과
를 가져 온다. 집필 시점(1862년 여름)으로부터 과거 2년 동안의 유배 생
활, 더 나아가 지나온 자신의 전일생을 총괄적으로 파악하기 위한 시
간표현방식이었던 셈이다.[15]

---

14 이세보, 『이세보시조집』, 단국대 동양학연구소, 1985, 326면.
15 『신도일록』에 보이는 시간 표기방식의 특징적 면모는 헤이앤平安 시대의 대표적 일기문
학인 『청령일기(蜻蛉日記)』의 그것과 유사하다. 『청령일기』는 시간 표기 방식에 있어 한문
일기와 크게 다르며, 상권, 중·하권의 방식 또한 상이하다. 상권에서는 '6월이 되었다', '봄

『신도일록』의 시간구조와 관련해 자전적(自傳的) 회상 방식이 주목
된다. 과거 회상의 서술 방식은 앞서 살핀『병자일기』에도 보이는데,
『신도일록』의 경우에는 자전적 술회의 성격이 더욱 강하다. 예컨대
1860년 11월 11일 일기를 살펴보자.

> 밤을 계우 시여 쩌나오니 이 날은 십일일(十一一)일너라. 공쥬(公州) 광정
> (廣井) 쥬막의 이르러 잘시 이날 밤의 병정(病情)이 더욱 중하여 쟉슈(勺水)
> 도 마시지 못하고 침상(寢床)의 혼도(昏倒)하니 정신을 슈습(收拾)할 슈 업
> 쏘다. 슬푸다 니 일신(一身)을 뉘라셔 능히 불샹하여 하리요. 니가 정스년
> 겨율의 스명을 밧즈와 셔울노부터 쩌나 의쥬(義州)에 득달(得達)하니 여러
> 날리 되고 압녹강(鴨綠江)을 건너 (…중략…) 미양 마음을 억제하며 오히려
> 도라올 긔약(期約)을 위로하엿써니 이 길를 당하니 성은(聖恩)을 져버리고
> 표표(飄飄)헌 한 입스귀 갓흔 몸이 만경챵희(萬頃蒼崖)의 긋칠 곳즐 아지 못
> 하나.[16]

이 지나고 여름쯤 되었는데'에서 보듯이 월차식(月次式)으로 기록하거나 계절만으로 시간
의 추이를 표현했다. 반면 중권과 하권에서는 일차식(日次式) 기록으로 변화하고 있다. 중
권과 하권에 이르면 기사(記事)의 내용이 매우 상세해지며, 일록(日錄)의 느낌을 강하게 준
다. 그리고 이 같은 상이한 표기 방식은『청령일기』가 일기인 동시에 자전적 회상록이라는
특징을 지니고 있는 데에서 비롯된다. 이 점에서『신도일록』과『청령일기』는 유사한 점을
보인다. 시간 표시 방식이 작품 내 구성단위별로 상이한 양상을 띠며, 자전적 회상의 성격
을 지닌다는 점에서 그 유사성을 발견하게 된다.『청령일기』는 최근 한국어로 번역 소개되
었다. 미치쓰나 어머니, 정순분 역,『청령일기』, 지만지, 2009 참조. 또한『청령일기』와『한
중록』을 여성일기문학의 관점에서 상호 비교하는 연구성과도 제출되었다. 박윤호,「한일
여류 일기문학의 자전적 성격 – 청령일기와 한중록을 중심으로」,『일본어교육』42, 한국일
본어교육학회, 2007; 박윤호,「한중록과 청령일기의 자의식」,『일본어교육』48, 한국일본어
교육학회, 2009.

16 이세보, 앞의 책, 331면.

화자는 "내 한 몸을 누가 불쌍하여 하리오"라고 말한 다음에 1857년 겨울에 중국 사신을 다녀온 일을 서술했다. 작가는 1857년에 중국 사절단의 일원으로 북경을 다녀왔다. 그로부터 3년의 시간이 흐른 뒤에 작가는 한반도 남쪽으로 먼 유배길을 떠나고 있는 중이다. 화자는 이 두 가지의 경험을 대비시키면서 타국에서의 고생보다는 국내에서의 고생이 그래도 낫지 않겠느냐고 말한다. 일종의 자기 위로의 고백인 셈이다. 그런데 여기서 우리가 주목할 점은 대과거(大過去)의 시제 활용이다. 대과거의 회상을 통해 화자는 경험시점의 자아, 대과거 속의 자아를 상호 교차시켜 서술함으로써 자기 위안의 심정을 더욱 효과적으로 표현했다.

일기의 집필 시점은 1862년 여름 이후이며,[17] 1860년 11월 11일을 회상하여 기록했고, 그 회상 속에서 다시 1857년 겨울의 일을 떠올렸다. 현재 집필의 시점에서 바라본 과거, 그리고 그 과거의 시점에서 다시 바라본 대과거가 중층적으로 겹쳐 서술되었다. 인용문의 고딕체로 강조한 '업쏘다'와 '위로ᄒ엿쩌니'의 시제 표기는 과거와 대과거의 시점을 나타내 준다.

일기작품의 시간 구조는 일반적으로 '일기를 집필하는 현재'와 '집필 시점에서 회상하는 과거'의 시간으로 구성된다. 위의 인용문에는 이 두 가지에 더하여 대과거라고 부를 수 있는 '일기 속 현재에서 바라본

---

17 『신도일록』의 집필 시점은 1862년 여름 이후로 추정된다. 『신도일록』의 마지막 기사에서 무더운 여름철로 들어섰다는 언급이 나온다. 『신도일록』의 집필 시점과 관련해, 유배지에서 편찬한 시조집 『풍아(風雅)(大)』, 『풍아(風雅)(小)』의 발문이 주목된다. 그 발문에 따르면 이세보는 1862년 가을에 유배지에서의 수회(愁懷)를 잊고자 시조집을 편찬했다고 밝혔다. 『신도일록』도 이 무렵에 집필되었을 것으로 추정된다.

과거'가 또 하나 있는 것이다.[18] 『신도일록』은 일종의 중층화된 시간구조를 보여준다. 이를 도표로 보이면 다음과 같다.

『신도일록』의 중층화된 시간구조

집필 시점	경험 시점	
집필할 때의 현재	작품 내의 현재	작품 내의 현재에서 바라본 과거
현재	과거	대과거
1862년 여름 이후	1860년 11월 11일	1857년 겨울

『신도일록』은 과거 회상의 방식을 적절하게 활용하여 과거의 자아와 현재의 자아를 대비시키고 자신의 처지를 반성하고 되돌아보는 면모를 보여준다. 그리고 더 나아가 과거의 시점에서 다시 더 시간을 거슬러 올라가 대과거의 시점에서 자신의 경험을 서술하는 시간 구조를 취하였다. 이 같은 중층화된 시간구조는 회상을 통한 자전적 술회를 효과적으로 드러내 주는 장치이다. 경험시점에서 다시 회상된 대과거로의 시점 이동을 통해 그 이전의 자신을 되돌아보았다. 이것이 『신도일록』이 보여주는 시간구조의 독특한 면모이다.

다음 인용문에서 화자는 대과거의 시제를 활용하여 어린 시절부터의 성장 과정을 자전적으로 회고했다.

① 늬가 근본(根本) 션파(璿派) 집의셔 싱장(生長)ᄒᆞ여 약간 예(禮)를 비우

---

18 대과거의 사용과 관련해서 일본 헤이안(平安)시대 일기문학의 하나인 『찬기전시일기(讚岐典侍日記)』와의 유사성을 지적할 수 있다. 『찬기전시일기』 또한 과거와 대과거를 중층적으로 활용하는 시간구조를 보여준다는 점에서 『신도일록』과 유사하다. 『찬기전시일기』의 시간구조에 대해서는 石埜敬子, 「讚岐典侍日記におけ時間の構造」, 中古文學硏究會 編, 『日記文學 作品論の試み』, 笠間書院, 1979 참조.

고 능히 시(詩)를 말ᄒᆞ미 평ᄉᆡᆼ(平生) 심두(心頭)의 츙효(忠孝) 두 글ᄯᅳ를 직희여 일치 안코 샥여 두엇노라. 나이 계우 열아홉의 근둉(近宗)의 참녜(參與)ᄒᆞ미 다ᄒᆡᆼ이 우리 셩샹(聖上)의 부류(富裕)ᄒᆞ신 은혜(恩惠)를 힘입엇쏘다. 문안(問安)ᄒᆞ며 감션(監膳)ᄒᆞ미 엇지 감히 게을니 ᄒᆞ리요. 깁은 못슬 임ᄒᆞ며 여튼 어름을 밟아서 날노 ᄌᆞᄌᆞ(孜孜)ᄒᆞ엿쏘다. 늠미(廩米)와 샥젼(朔錢)이 둑키 유여(裕餘)ᄒᆞ니 빅구ᄉᆡᆼ이(百口生涯)가 ᄎᆞ고 쥬리미 업셧쏘다. 샥망(朔望)의 승후(承候)ᄒᆞ여 지쳑(咫尺)의 뫼셧쓰니 디궐(大闕)노부터 물너 나와 밥 먹기가 미양 더듸고 더듸엿쏘다.

② 우리 부모 나를 처음으로 나으시미 나를 도라보고 ᄯᅩ 도라보와 편벽(偏僻)되이 지ᄌᆞ(至慈)ᄒᆞ시도다. 나히 계우 말를 비우미 의방(義方)을 가르치시고 등을 어류만져 미양 젼가(傳家)헐 아희라 ᄒᆞ셧도다. 거연(居然)이 두각(頭角)이 졈졈 쟝디(長大)ᄒᆞ미 샹ᄌᆞ(箱子)를 지고 동셔(東西)로 날마다 스승을 둇ᄎᆞ 단녓도다. 십ᄉᆞ(十四)의 이르러 취쳐(娶妻)헌 후의 몸을 외가(外家)의 가 부쳐 이우(貽憂)ᄒᆞ미 만토다. 집이 가난ᄒᆞ미 슉수지공(菽水之供)이 어렵고 ᄉᆡᆼ산(生産)ᄒᆞ미 젼묘(田畝)를 다스릴 슈 업쏘다. 신ᄒᆡ년(辛亥年, 1851) 봉군(封君)ᄒᆞ기의 이르러 봉공(奉公)ᄒᆞ기의 골몰ᄒᆞ니 엇지 ᄉᆞ졍(私情)을 도라보리요.

③ 다ᄒᆡᆼ이 셩샹(聖上)의 호ᄉᆡᆼ지덕(好生之德)이 특별이 한 목숨을 ᄉᆞ이ᄉᆞ 젼나도(全羅道) 강진현(康津縣) 신지도(薪智島)의 위리(圍籬)ᄒᆞ라신 명이 나리시나 진실노 황숑ᄒᆞ고 진실노 감격ᄒᆞ도다. 머리를 ᄭᅵ치며 풀를 미져도 둑키 은혜(恩惠)를 디답(對答)지 못ᄒᆞ고 털를 ᄲᅦ여 실을 삼어도 둑히 덕(德)을

갑홀 슈 업도다. 즉시 발힝(發行)ᄒ랴 ᄒ되 반전(盤纏)을 변통할 슈 업셔 노상(路上)의 두류(逗遛)ᄒ니 망됴(罔措)한 마음을 이긔지 못ᄒ고 지구(知舊)와 친척(親戚)드리 ᄒ나토 와 뭇느니 업쓰니 푼전(分錢) 척동(尺童)을 누를 향ᄒ여 비러보리오. 한 집팡이와 한 집신으로 ᄡᅥ나고져 ᄒ더니 쵸오일(初五日) 파루(罷漏) 후의 안동(安洞) 셰곳으로부터 보닌 돈이 합ᄒ여 일빅팔십냥이라 그 돈을 보고 마음을 두루여 싱각ᄒ니 셔로 구하고 셔로 불상히 역이기는 니 지친(至親) 갓ᄒ니 업쏘다.

위 인용문을 보면, ①, ②와 ③의 시제 표현이 다르다. ①, ②에서는 '힘입엇쏘다', 'ᄌᄌ(孜孜)ᄒ엿쏘다', '더듸엿쏘다', 'ᄒ셧도다', '단녓도다' 등의 과거 시제를 사용했다. 이에 비해 ③에서는 '감격ᄒ도다', '업도다', '비러보리오', '업쏘다' 등으로 표현했다. ①과 ②에는 ③에 없는 '-엇-'이 들어 있다. 17세기를 전후하여 국어에서 '-엇-'이 문법화하였으며, 과거 시제를 나타내는 표지로 자리를 잡았다. 『신도일록』에서 '-엇-'을 사용한 대목은 지나 온 자기 삶을 자전적으로 회고할 때이다. 화자는 경험시점에서 고백할 때의 시제와 그 경험시점에서 다시 시간을 거슬러 올라가 과거 삶을 자전적으로 술회할 때의 시제를 구분해서 사용했던 것이다.

화자는 위의 인용문에서 지나온 자신의 삶을 회고하면서 불효와 불충을 자책하였다. 어릴 때부터 부모의 사랑을 받으며 성장했지만, 여러 가지 이유 — 외가에서 생활하고 집안이 가난하고, 공무로 바빴다 — 로 인하여 부모를 제대로 봉양하지 못했음을 서술했다. 게다가 이제는 유배지로 기약 없는 이별을 해야 하기 때문에 화자의 안타까운 심정은 더욱 클 수밖에 없다.

또한 화자는 왕족 집안의 출신으로 신해년(1851년), 19세의 젊은 나이에 철종의 신임을 받아 경평군(慶平君)의 작호(爵號)를 받고 벼슬길에 올랐던 과거의 기억을 떠올린다. 부모의 사랑을 받으며 성장했고, 임금의 신임 속에서 관직생활을 했던 지난날의 자아는 이제 언제 돌아올지 모르는 유배객의 신세로 전락했다. 화자는 자기 내면의 울울한 심정, 그리고 회한과 자책의 감정을 토로하기 위해 어린 시절 이후의 지난 삶을 술회하면서 경험시점의 자아와 그 이전의 자아를 극명하게 대비시켰다. 이러한 서술 방식은 자신의 현재 처지를 반성하는 태도와 깊이 연관된다. 『신도일록』에는 과거의 자아와 현재의 자아를 대비시켜 보면서 현재의 자아를 끝없이 응시하고 반성하려는 태도가 강하게 드러나 있다.

『신도일록』은 유배지에서 쓴 자전적 자기 고백의 성격을 지닌 한글 일기작품이다. 작가는 이 같은 『신도일록』의 기본 성향을 적절하게 드러내 주는 표현방식을 택했으니, 독특한 시간구조 또한 그 일부이다. 『신도일록』의 시간구조는 일자 표기 방식의 다양성, 작품 전반과 후반의 시간표기방식의 변화, 과거-대과거의 중층적인 활용 등에 그 특징이 보인다. 이러한 시간 구조는 과거 회상의 사선적 술회라는 작품 성격을 더욱 강화하는 장치였다.

3) 『임진록』과 『임자록』—이야기 중심의 시제 표현

『적소일기』는 과거 회상의 시간 구조 속에서 화자가 이전에 체험했던 사건을 이야기하듯이 서술해 나간다. 이와 유사한 성격을 지닌 한글 일기작품으로 『임진록(壬辰錄)』과 『임자록(壬子錄)』을 들어본다. 유진(柳袗, 1582～1635)은 유성룡(柳成龍)의 셋째 아들로서, 임진왜란 때의 체험을 훗날 기록한 『임진록』과 옥중(獄中) 체험을 기록한 『임자록』을 남겼다.[19] 작가가 임진왜란을 체험한 시기는 나이 11세였으며, 옥사 사건에 연루되어 감옥에 갇힌 것은 31세였다. 『임진록』과 『임자록』의 집필 시기는 33세 이후로 추정되는데, 임진왜란을 경험한 지 20여 년이 지난 뒤였다. 작가는 일기를 쓰게 된 집필 동기를 다음과 같이 밝혔다.

> 이제는 부모 업스시고 동성들 다 죽고 나 혼자 스라셔 병이 드러 아모 제 죽을 줄 모르니 나 곳 니르지 아니면 비록 주식이라도 그리 신고흐여 죽다가 사라는 줄 모롤 거시라. 일가 사롬이나 예아기 삼아 보게 흐여 긔록흐노라.
>
> —『임진록』[20]

> 칠월 초싱의 몬져 집의 와 구월 금음날 션산 감이 뫼희 영장흐니 그 적 스셜(辭說)이 대강이라. 임진년 스셜과 한디 쎠 주식들을 주어 제 아븨 평싱 셜

---

19 『임진록』과 『임자록』은 홍재휴에 의해 원문이 소개되고 현대역 풀이가 이루어졌고, 연구 논문이 제출되었다. 유진, 홍재휴 역주, 『역주 임진록』, 영남대 출판부, 2000; 홍재휴, 「수암 유진과 임진록 고(考)」, 『퇴계학과 한국문화』 29, 경북대 퇴계연구소, 2001. 이들 작품은 현재 남아 있는 한글 일기 가운데 이른 시기의 것이라는 점에서 주목된다.

20 유진, 『임진록』, 홍재휴 역주, 『역주 임진록』, 영남대 출판부, 2000, 56면.

위 ᄒᆞ던 줄을 알게 ᄒᆞ노라.

—『임자록』[21]

위 인용문은 한글 일기가 집안사람들 사이에서 유통되었던 정황을 알려준다. 작가는 집안사람들에게 과거에 자신이 겪었던 사건 — 임진왜란의 피난 체험, 억울하게 감옥에 갇힌 일 — 을 '이야기' 삼아 들려주기 위해서 일기를 썼다고 했다. 『임진록』과 『임자록』은 합편(合編)되어 대대로 집안에 전해졌으며, 1847년에는 유씨(柳氏) 집안의 두 모녀에 의해 전사본(轉寫本)의 형태로 옮겨 쓰여졌다. 한글 일기가 여성들에 의해 유통된 정황과 관련해 할아버지의 유배지를 다녀와서 쓴 박조수(朴祖壽)의 『남정일기(南征日記)』 또한 주목된다. 박조수는 『남정일기』에서 "집안 녀편니 ᄆᆞ양 흑도왕환의 간신홈과 게가 머무던 일을 듯고져 ᄒᆞ야 일긔롤 쎠니라"[22]라고 하여 일기 집필이 부인의 권유에 의해 이루어졌음을 밝혔다.

시간표현방식과 관련하여 『임진록』의 종결형을 살펴보면, 뒤에서 살필 『적소일기』에서처럼, 관찰자의 위치에서 경험과 사건을 서술하는 '-더라'의 종결형을 가장 많이 사용하였다. 이 점은 이야기로서의 성격을 더욱 강하게 지닌 『임진록』의 특징과 연관된다. 그리고 『임진록』에서는 특정한 일자를 표시하는 경우가 많지 않다. 대신 '하루는

---

21 위의 책, 126면.
22 박조수(朴祖壽), 『남정일기(南征日記)』, 규장각 소장본. 『남정일기』는 이병기에 의해 학계에 처음 소개되었다. 최강현은 작가 문제를 새로이 고증하였고, 이승복은 한글 일기문학의 측면에서 분석한 논문을 제출했다. 최강현, 『한국문학의 고증적 연구』, 고려대 민족문화연구소, 1996; 이승복, 「유배체험의 형상화와 그 교육적 의미」, 『고전문학과 교육』 14, 한국고전문학교육학회, 2007 참조.

……', '또 하루는 ……' 등을 사용해서 불특정한 상황을 소설처럼 이야기하는 식으로 제시하거나, '이튿날', '날이 샌 뒤에' 등을 활용하여 일련의 사건들을 연속적으로 서술하는 방식을 택했다.[23] 임진왜란을 체험한 후 20여 년의 시간이 지난 뒤에 과거의 기억을 더듬어 일기를 쓰는 것인 만큼 특정한 일자를 표기하는 것이 어려울 수 있었을 것이다.

하지만 보다 중요한 것은 작가의 체험 전달 방식이다. 작가는 일자별로 자신의 경험을 기록하는 방식을 택하지 않고, 작품 중간중간에 시간을 표시해 주는 단어들을 적절하게 배치하여 사건 중심으로 자신의 경험을 서사화하는 방식을 택하였다. 불특정한 시간들이 불규칙한 연속으로 나타나는 시간 표현 방식을 통해 작가는 자신이 겪었던 체험을 사건 중심으로 서사화하는 데에 중점을 두었던 것이다. 그리고 인물들 간의 대화 방식을 다양하게 활용한 것 또한 사건 중심의 서사화에 중점을 둔 저자의 의도에 부합한다. 『임진록』과 『임자록』에서 각각 한 대목을 들어본다.

① 우리 가는 냥을 보고 놀나 무르디 "너희 엇던 사롬인다?" ᄒ여놀, 판관(判官) 실닉(室內) 손 부뷔여 일오디 "죽게 된 거러이롤 살오쇼셔. 굴먼지 사흘이니 밥 ᄒ 술을 어더 손ᄌ롤 살와지이다" ᄒ니, ᄒ 놈이 머리와 슈염이 반나마 셰고 갓 벗고 옷 벗고 들비만 ᄎ고 나모 밋히 지혀 안자셔 일오디 "아희들아 져 사롬 수이 후좃ᄎ라. 져런 사롬들이 ᄃ니며 도적질 ᄒ니라.

---

23 『임진록』에서 시간의 경과를 표시해 주는 부분들만을 정리하면 다음과 같다. "임진년 사월에, 그 이튿날, 하루는, 대엿새도 아니 되어, 이튿날, 대엿새 묵어서, 하루 묵어, 그때는 유월 스무이렛 날이라, 그날, 이튿날, 열흘 남짓 머무르면서, 사흘 묵어, 또 하루는, 그때는 10월이라, 마침 섣달에, 그때가 스무여드렛 날이라, 날이 새자, 이듬해 삼월."

어셔 ᄯᅮ지저 수이 가라" ᄒᆞ여ᄂᆞᆯ, 형님이 울며 닐오디 "엇지 그런 말ᄉᆞᆷ을 ᄒᆞ시ᄂᆞ뇨? 내 얼굴을 보거니 도적질 ᄒᆞᆯ 사ᄅᆞᆷ이며 셜ᄉᆞ 도적질 ᄒᆞ고져 온들 이 노친(老親)과 저 아희ᄅᆞᆯ ᄃᆞ리고 엇지 하리라 그런 말 ᄒᆞ시ᄂᆞᆫ고? 우리 셔울 냥반(兩班)으로셔 피란(避亂)ᄒᆞ여 가다가 예ᄅᆞᆯ 만나 어버이야 계집 ᄌᆞ식 다 일허ᄇᆞ리고 한마님과 이 아희ᄅᆞᆯ ᄃᆞ리고 이리 와시니 어엿ᄇᆞ도 아녀. 그런 말 ᄒᆞ시ᄂᆞᆫ가?"**24**

② 이윽고 관원(官員)이 변승(邊丞)을 블너 "나오라" ᄒᆞ니 극명이 ᄃᆞ라 나가니 좌듕(座中)의 사ᄅᆞᆷ이 날을 도라보와 말ᄒᆞ고져 ᄒᆞ거ᄂᆞᆯ 내 머리ᄅᆞᆯ ᄲᅡ지오고 잇더니 ᄒᆞᆫ 아희 밧그로셔 드러 날은 눈주고 닐오디 "드ᄅᆞ니 이 사ᄅᆞᆷ이 글 잘ᄒᆞ여 싱원(生員) 쟝원(壯元)ᄒᆞ고 진ᄉᆞ(進士)도 ᄒᆞ엿다" 하니, 좌듕이 듯고 므ᄅᆞ디 "어드로셔 왓ᄂᆞᆫ다?" "안동(安東)잇노라" ᄯᅩ 무ᄅᆞ디 "무ᄉᆞ 일노 왓ᄂᆞᆫ다" ᄒᆞ여ᄂᆞᆯ 내 답ᄒᆞ되 "만일 죄 업ᄉᆞ면 엇지 예 오리오" 하다.

이윽고 극명이 다시 드러와 항슈ᄃᆞ려 닐오디 "좌ᄅᆞᆯ 뷔워든 평안히 쉬시게 명ᄒᆞ얏더니 이적지 아니 드렷ᄂᆞᆫ다" 항쉬 굴오디 "이 엇던 사ᄅᆞᆷ고?" 극명이 닐오되 "이 풍원부원군(豊原府院君) 세지 아ᄃᆞ님 진ᄉᆞ 장원ᄒᆞ야 계시니라" ᄒᆞ니, 모다 놀나 왈 "그리면 엇지 와 계신고?" 극명이 ᄌᆞ시 니ᄅᆞ니, 항쉬 슬허ᄒᆞ고 닐오되 "내 예의 호반(虎班) 급뎨(及第)ᄒᆞ여실 제 내감을 뫼옵고 닐웨(七日)ᄅᆞᆯ ᄃᆞ녀ᅀᅮᆸ더니 오날 ᄆᆞᄋᆞᆷ이 엇지 다른 스름과 ᄀᆞᆺᄒᆞ리오?" ᄒᆞ고 좌ᄅᆞᆯ 뷔워 "오ᄅᆞ쇼셔" ᄒᆞ기ᄂᆞᆯ, 내 닐오디 "어디 가히 안지 못ᄒᆞ리오?" 항쉬 안지 아니ᄒᆞ고 좌ᄅᆞᆯ 뷔워 두엇더라.**25**

---

24 유진, 『임진록』, 홍재휴 역주, 『역주 임진록』, 영남대 출판부, 2000, 44면.
25 위의 책, 116면.

인용문 ①에 등장하는 형님은 작자의 매부(妹夫) 이문영(李文英)이다. 그리고 할머님은 작가의 조모(祖母), 즉 유성룡의 어머니인 정경부인 안동김씨이다. '판관 실내(判官 室內)'는 판관 벼슬을 하는 남궁침(南宮枕, 1513~?)의 부인이다. 작가는 임진년(1592) 4월에 임진왜란이 일어나자 매부를 따라 피난길에 올랐다. 서울을 떠나 경기도 풍양, 양주, 영평, 포천, 가평, 양근 등으로 피난 생활을 하였고, 다시 강원도 화천, 김화, 회양 등과 평안도 평양 근교에까지 발길이 이어졌다. 다시 은산, 영유, 안주, 가산 등을 거쳐 황해도 수안을 지나 이듬해 윤동짓달에 서울로 돌아왔다. 참혹한 전장의 한복판에서 화자 일행은 사흘을 굶은 채 산 속을 헤매다가 일군의 사람들을 만난다. 위의 장면은 산 속에 만난 사람들에게 밥을 구걸하는 대목이다.

인용문 ②는 화자가 옥중에 갇혔을 때의 한 장면이다. 옥중에 갇혀 있던 다른 죄수들과의 첫 대면을 다루고 있다. 작자인 유진(柳裌)은 1612년(광해군 4) 2월에 김직재(金直哉, 1554~1612)의 역옥(逆獄) 사건에 연루되어 서울로 압송되었다. 감옥에 들어갔을 때의 첫 장면을 다루고 있는 위 인용문은 옥중 풍속의 한 모습을 보여준다. 감옥에 갇히게 된 화자가 다른 옥중 죄수들과 주고받는 대화를 통해 당시의 상황을 재현해 놓았다.

위의 두 인용문에서 작가는 그때 겪었던 사건들을 형상화하는 과정에서 인물 간 대화의 수법을 적극적으로 활용했다. 『임진록』과 『임자록』을 읽어보면, 화자가 겪었던 험난했던 삶의 모습들이 생생하게 그려져 있는데, 그러한 작품적 효과는 인물들 간의 대화 수법을 통해 더욱 강화되었다. 인물 간 대화수법은 당시의 사건과 그 배경을 보다 선명하게 묘사하는 기능을 한다. 대화수법의 적절한 활용은 과거에 발생했던 사건의 현실성과 현장감을 높이는 데에 효과적이다. 작가가 『임진록』과 『임자록』에서 자신이 겪은 사건들을 직접 서술하는 대신에, 여러 인물들을 등장시키고 그들 인물들이 주고받는 대화들을 다채롭게 구사함으로써 그때의 사건과 그 배경, 상황 등을 독자들에게 더욱 흥미롭고 설득력 있게 전달할 수 있었다. 인물 대화의 활용우 당시의 상황과 배경 등을 선명하게 드러내 줌으로써, 독자의 이해를 보다 쉽게 하고 독자에게 흥미를 불러일으키게 하는 이점을 갖는다. 일기문학이 이야기, 소설로서의 성격을 얼마만큼 갖는가를 측정하는 잣대의 하나는 인물 대화 문장의 작품 내 분포 상황이다. 이러한 점에서 『임진록』과 『임자록』의 인물 간 대화수법은 시작이 있고 끝이 있으며 중간에 다채로운 서사적 상황을 연출하는 '이야기로서의 일기문학적 성격'을 효과적으로 드러내기 위한 표현방식의 하나였던 것이다.

3. 마무리

지금까지 조선시대 한글 일기문학에 나타난 시간의식과 회상의 문제에 대해 살펴보았다. 일기문학은 형식적인 측면에서 보면 시간 속에 깊이 뿌려 박혀 있는 이야기이다. 또한 일기를 쓰는 화자는 시간의 흐름에 매우 강렬한 의식을 갖고 있는 만큼 시간은 일기의 내용도 결정한다. 이 글에서는 화자가 경험한 일상과 사건, 견문들을 체험고백적, 회상적 태도로 서술한 일군의 일기작품들에 주목하여 이들 작품의 시간구조에 대해 논하였다.

일기문학은 자신의 경험과 생각을 일정한 시간의 축적 속에 드러내는 양식이다. 일기문학은 시간을 경험하는 방법, 자기 내면에서 그 시간을 드러내는 방법을 문제 삼는다. 그리고 화자의 삶은 일기를 관통하고 있는 지속의 시간 속에 녹아 있다. 매일매일 달력에 메모하듯이 기록을 남기는 일기의 통상적인 방식과 달리, 일기문학은 그러한 자연적인 시간의 흐름을 좇아가기도 하지만 일기를 쓰는 화자가 내면의 의식 속에서 이를 재구성하기도 한다. 이를 통해 일기를 쓰는 화자는 자연적 시간에 자신을 내맡기지 않고 때로는 지나온 과거의 삶을 회상하기도 한다. 따라서 일기문학에 있어 시간의식과 회상의 문제는 매우 중요한 논점 중의 하나이다. 일기가 하나의 문학작품으로서의 조건을 갖추는 여러 요인 가운데 하나는 작품이 객관적으로 주어진 역서(曆書)의 시간에 의해 지배되는 것이 아니라, 집필 시점에서 화자의 주관에 의해 파악되고 회상된 시간 구조를 취한다는 점이다.

작품에 드러난 시간과 회상의 문제를 정밀하게 분석하는 작업은 작품 구조, 주제, 집필 의도, 표현 방식 등을 파악하는 데에 도움을 준다. 이 점에 주목하여 조선시대 한글 일기문학에 나타난 시간 의식의 문제, 회상 표현의 문제를 집중적으로 다루었다. 이를 통해 조선시대 한글 일기문학의 특징적 면모를 밝히는 데에 기여하기를 기대한다.

제2장

남평조씨의 『병자일기』
작품의 성격과 공간

1. 문제 제기

최근 들어와 조선시대 일기문학에 관한 연구가 꾸준히 진행되고 있다. 하지만 개별 작품에 관한 연구 — 작가론, 작품론, 문체론, 구성론, 형성론 등 — 가 충분하게 이루어지지 못하였고, 일기문학 일반론에 해당되는 논점들 또한 제대로 다루어지지 못했다. 예컨대 일기문학의 개념과 특성, 일기문학에 나타난 시간의식과 회상의 문제, 남성과 여성의 일기 쓰기 방식이 지닌 차이, 한글과 한문 기록 방식의 차이 등 일기문학 전반에 걸친 제논점 등이 충분하게 해명되지 못했다. 이러한 물음에 답하기 위해서는 조선시대 일기 및 일기문학 작품뿐만 아니라 그 주변 장르의 작품들까지 광범위하게 비교 분석하는 작업이 필요하다. 특히 한글 일기문학의 글쓰기 방식과 그 문학사적 흐름을 구명하는 연구가 요청된다.

앞서 지적한 점에 유의하면서 이 글에서는 남평조씨(南平曺氏, 1574~1645)가 쓴 『병자일기(丙子日記)』의 형성과정, 작품적 성격과 작품 공간을 구명함으로써 그 문학사적 위상을 밝히고자 한다. 『병자일기』는 작자와 연대가 분명하게 밝혀진, 이른 시기의 여성 한글 일기라는 점에서 많은 연구자들의 주목을 받아 왔다. 남평조씨는 조선 인조 때에 좌의정을 역임한 춘성부원군(春城府院君 南以雄, 1575~1648)의 부인으로, 이 일기를 집필할 당시 나이가 63세부터 67세에 이르는 노년이었다. '노년'의 양반가 여성이 쓴 한글 일기라는 사실은 이 작품의 성격을 이해하는 데에 중요한 고려 사항의 하나이다.

또 하나 주목할 사실은 『병자일기』가 한글 산문의 글쓰기 방법을 새롭게 개척했다는 점이다. 여기서 한글 산문의 글쓰기 방법을 개척했다고 지적하는 것은 『병자일기』가 여성의 일상생활과 내면을 기록하는 일기문학의 글쓰기 방법 ―특히 내면화의 방향― 을 적극적으로 모색했음을 의미한다. 그날그날의 사실과 사건들을 여성적 필치로 충실하면서도 섬세하게 기록한 점에 대해서는 많은 지적이 있어 왔지만, 『병자일기』가 '사실 기록에의 충실성'이라는 한문 일기의 글쓰기 방법을 넘어서서 한글 일기문학으로서 어떠한 작품적 성격을 지녔으며, 『병자일기』의 독특한 작품 공간이 무엇인지에 대해서는 충분하게 해명되지 못했다. 이 글에서는 『병자일기』의 형성과정과 작품적 성격 그리고 작품 공간을 집중적으로 분석함으로써 『병자일기』가 남성들이 쓴 한문 일기의 글쓰기 전통을 일정 정도 계승하는 동시에 그 틀을 넘어서서 일기문학의 내면적 성격을 강화하고 한글 일기문학을 선도하는 문학사적 전환을 성취하였음을 밝히고자 한다.

지금까지 『병자일기』의 연구성과와 관련해 역사 분야의 연구자들은 당시의 생활과 문화를 복원할 수 있는 생생한 사료로서의 가치에 주목하였고, 문학 방면의 연구자들은 '수필(隨筆)', '실기(實記)' 혹은 '실기문학(實記文學)', '일기체문학(日記體文學)' 등을 개념을 통해 접근했다. 『병자일기』를 학계에 소개하고 역주서 및 관련 논문을 제출한 박경신 교수는 『병자일기』를 "사가(私家)의 부녀자가 쓴 국문학사상 최초의 대규모의 여성 실기 문학작품으로 평가"하였다.[1] 이후의 연구 성과 또한 『병자일기』를 실기문학의 관점에서 접근하는 경향이 주류를 이루었다. 『병자일기』가 병자호란을 배경으로 하여 피란 생활의 다양한 모습들을 기록하고 있기 때문에 실기문학 — 실존인물이 전쟁이나 사회적 의미가 있는 역사적 현장에서 직접 겪은 체험을 기록한 문학 — 의 관점에서 연구가 진행되어 왔던 것이다. 장경남 교수는 '실기문학이란 역사적 사건을 체험한 작가가 사건을 중심으로 주로 자신의 체험을 서술하여 후세에 교훈을 주려고 하는 교훈적 성향을 지닌 서사문학'이라고 정의하면서, 병자호란의 체험을 다룬 일련의 작품들과 비교하는 성과를 제출했으며, 정환국 교수 또한 이 같은 관점에 서서 『병자일기』를 실기문학의 관점에서 다루었다.[2]

---

1 박경신, 「병자일기 연구」, 『국어국문학』 104, 국어국문학회, 1990; 박경신, 「병자일기의 수필적 성격」, 『울산어문논집』 7, 울산대 국문학과, 1991.

2 장경남, 「병자호란 실기와 저작자 의식 연구」, 『숭실어문』 17, 숭실어문학회, 2001; 장경남, 「병자호란의 문학적 형상화 연구―여성 수난을 중심으로」, 『어문연구』 31, 한국어문교육

특정한 문학작품의 기본적 성격과 독특한 공간 표현을 구명하는 작업은 작품 분석과 평가의 기준을 마련하고, 문학사 서술의 입각점을 제공해 준다는 점에서 중요하다. 이 글에서는 기존의 연구성과를 참고하면서『병자일기』의 형성과정, 작품성격 그리고 작품공간을 집중적으로 분석하고자 한다. 이 글에서 강조하고자 하는 것은『병자일기』가 '사실 기록'의 층위를 뚫고 나와 '나'의 존재성을 탐구함으로써 그 내면적 성격을 강화하고 '일기문학'으로서의 양식을 발전시켜 나갔다는 점이다.『병자일기』가 지닌 실기적(實記的) 성격과 함께 우리는 그 내면일기적 성격을 통합적으로 파악하고자 한다.『병자일기』의 개성적 면모는 이 두 가지 성격이 상호 보완, 결합하면서 상이한 두 자아에 의한 독특한 작품 공간을 창출하였다는 점이다. 아울러 남평조씨 또한 당대의 일상과 생활을 충실하게 기록한 수동적 존재로서가 아니라, 주관화된 시간의 흐름 속에서 불안과 상실감 속에서 살았던 노년의 삶을 재구성해 낸 여성작가로서 조명되어야 할 것이다.

연구회, 2003; 정환국, 「병자호란시 강화관련 실기류 및 몽유록에 대한 고찰」, 『한국한문학연구』 23, 한국한문학회, 1999 참조. 그리고『병자일기』 작품을 구체적으로 분석한 성과로는 몇 편의 석사논문이 제출되었다. 이들 논문들에서는『병자일기』를 실기문학으로 이해하거나 일기체 문학이라는 용어를 사용했다. 김경화의 논문은 여성문학적 시각에서『병자일기』의 특징적 면모를 분석했다는 점에서 주목되는데, 그 장르적 성격을 실기문학으로 규정하였다.

2.『병자일기』의 형성과정과 작품성격

1)『병자일기』의 형성과정

『병자일기』는 현존하는 여성의 한글 일기 가운데 창작연대가 명확하게 밝혀진 최초의 작품이다.『병자일기』의 성격과 위상을 정확하게 구명하기 위해서는『병자일기』가 형성되기까지의 과정을 살펴볼 필요가 있다.『병자일기』는 평지돌출로 이루어진 것이 아니라, 그 이전의 글쓰기 전통을 일정 정도 계승하고 있다.

먼저 지적할 것은 한글 일기의 전통이다. 현존하는 한글 일기문학 가운데 이른 시기의 것으로는 유성룡(柳成龍)의 아들인 유진(柳袗)이 쓴『임진록』과『임자록』이 있다.[3] 이들 일기작품은 1610년을 전후로 한 시기에 집필된 것으로 추정되는데, 남평조씨의『병자일기』보다 조금 앞선 시기에 해당된다. 현존하는 작품으로 한정할 때 한글 일기문학은 17세기 초반에 본격적으로 등장하지만, 그 이전에도 한글 일기는 존재했던 것으로 보인다. 다음 자료가 그 한 예이다.

한 군졸이 공(鄭運)의 절의에 깊이 감복하여, 전쟁을 치루는 틈틈이 한글

---

3   유진의『임진록』과『임자록』에 관해서는 장경남,「임란 실기문학 임진녹 연구」,『숭실어문』 9, 숭실어문학회, 1993; 유진, 홍재휴 역주,『역주 임진록』, 영남대 출판부, 2000; 정우봉,「조선시대 한글 일기문학의 시간의식과 회상의 문제」,『고전문학연구』 39, 한국고전문학회, 2011; 장경남,「국문본 실기 임진녹 임자록으로 본 수암 유진」,『퇴계학과 유교문화』 50, 경북대 퇴계연구소, 2012 참조.

로 일기를 썼다. 배를 출항하던 4월 초부터 9월에 탄환을 맞던 날까지 군중
에서 일어난 사실들을 하나도 남김없이 자세히 기록했다. 우산(牛山) 안선
생(安邦俊)이 그 한글기록을 가지고 한문으로 엮어 내고, 『부산기사(釜山記
事)』라고 이름 지었다.[4]

일찍이 고흥에서 오씨(吳氏) 성을 가진 사람을 만났다. 그는 전란이 일어
난 초기 때부터 수군에 참전하여 시종일관 공을 세운 사람이었는데, 한글
로 일기를 매우 상세하게 썼다. 주엽(朱曄)이 그 기록에 의거해 한문으로 옮
겨 나에게 보여주었다. 내가 번잡한 것들을 깎아 내고 소략한 것들을 보완
해서 『부산기사(釜山記事)』라고 이름 붙였다. 후세 사람들로 하여금 국가의
회복은 호남이 보전된 것에서 연유하였으며, 호남이 보전된 것은 이순신
장군의 수전(水戰)에서 말미암았으며, 이순신 장군의 수전은 녹도(鹿島)의
만호 정운(萬戶 鄭運)이 솔선수범했던 용력에서 비롯되었음을 알게 하고자
했다.[5]

위의 자료는 16세기 말엽에 하급 계층에 의해 한글 일기가 창작되었
음을 알려준다는 점에서 중요하다. 안방준(安邦俊)과 최시옹(崔是翁)이
쓴 위의 자료에 따르면, 오씨 성을 가진 한 군졸이 임진왜란의 전란 상

---

4 崔是翁, 「贈兵曹參判鄭公行狀」, 『東岡遺稿』 권7, 『한국문집총간속집』 46, 558면. "有一戌卒深
  服公節義, 戰伐之暇, 以諺書爲日記. 自四月發船之初, 至九月中丸之日, 軍中事實, 纖悉無遺. 牛
  山安先生困其諺記, 以文字撰出, 名之曰釜山記事."
5 安邦俊, 「釜山記事」, 『隱峯全書』 권7, 『한국문집총간』 74, 422면. "嘗遇吳姓人於興陽地, 吳自
  亂初從舟師, 終始有功者. 以諺譯爲日記詳悉, 曄依其錄, 作一文字, 來示余. 余創刪其煩蔓, 補其
  闕略, 名之曰釜山記事. 使後人知國家之恢復, 由於湖南之保全. 湖南之保全, 由於舜臣之水戰. 舜
  臣之水戰, 皆出於鹿島萬戶鄭運首事嘗試之力也."

황을 한글 일기로 자세하게 기록하였다. 이 군졸은 이순신 장군의 선봉장으로 활약했던 정운(鄭運, 1543~1592)의 막하에 소속된 인물이었다. 하급 군졸이 썼던 한글 일기는 현재 원본의 소재를 확인하기 어렵다. 그러나 그 한글 일기를 주엽(朱曄)과 안방준의 손을 거쳐 한문으로 옮겨 보완해서 기록한 것이 『정충장공실기(鄭忠壯公實記)』와 안방준의 문집 등에 실려 전하는 『부산기사(釜山記事)』이다.

『병자일기』의 형성과정에서 또 하나 생각해야 할 점은 여성들의 글쓰기 전통, 특히 여성이 자신의 생활을 산문 형태로 기록하는 행위이다. 여성이 자신의 일상생활을 책자에 기록해 두는 것과 관련해 『미암일기(眉巖日記)』의 다음 기록이 시선을 끈다.

> 저녁에 등잔 아래에서 부인과 살림살이를 의논했다. 부인이 담양에 있는 전답을 하나하나 부르면 나는 그것을 부인의 사집책(私集冊)에 기록했다.[6]

위의 기록을 보면, 미암 유희춘과 그의 부인 송덕봉은 집안의 경제적 문제에 관하여 상호 의논을 하였고, 중요한 사항에 대해서는 부인의 장부에 기록해 두었다.[7] 실제로 이 일기가 기록된 1575년 11월 16일 이후의 기록을 살펴보면, 미암 유희춘 부부가 전답을 구매하였다.[8] 이

6　유희춘, 『미암일기』. "夕燈下, 與夫人議家計, 夫人歷數潭陽田畓, 余因記于夫人私集冊."(1575년 11월 16일)

7　『미암일기』에 나오는 이 기록에 대해서 선행연구에서 소개된 바 있다. 미암과 부인이 집안 살림을 의논하면서 전답의 목록을 정리했던 것으로 추정했다. 김경미, 「임금 앞에 서고 싶었던 규방부인, 송덕봉」, 박무영 외, 『조선의 여성들, 부자유한 시대에 너무나 비범했던』, 돌베개, 2004, 42~67면 참조.

8　『미암일기』에 보면, "부인이 용산의 여동생에게서 면화밭을 샀으며"(1575.12.2) "부인이 중미 열두 섬으로 동안(東岸)에 있는 송구례의 논 세 두락을 샀다"(1575.12.25)고 기록하였다.

와 유사한 기록을 『미암일기』나 이 시기의 다른 자료에서 더 찾지는 못하여서 정확하게 판단 내리기는 어렵지만, 미암의 부인 송덕봉이 작성한 것은 집안의 경제 상황과 관련된 사항이며, 인용문에 나오는 '사집책(私集冊)'은 그러한 경제 출입 현황을 기록해 둔 일종의 가계일지였을 것으로 보인다. 단편적인 기록에 불과하지만, 당시 양반가 여성들이 경제 상황, 가계 지출과 수입 등을 종이책자에 기록해 두었음을 짐작케 한다. 『미암일기』에 나오는 위 기록을 여기에서는 여성의 일기쓰기의 전단계 형태를 보여주는 사례의 하나로 이해하고자 한다. 『병자일기』에도 가정 경제의 지출, 수입 현황과 관련된 기록들이 자주 보인다.[9] 『병자일기』가 지닌 이 같은 가정일지적 성격은 『미암일기』에 보이는 기록 방식을 발전시켰던 것으로 짐작된다.

여성이 매일의 일상을 한글로 기록하는 것과 관련해 『병자일기』 이전의 기록은 찾지 못하였고, 그 이후의 기록 가운데 유만주(兪晩柱)의 『흠영(欽英)』에 나오는 다음 자료가 흥미롭다.

> 돌아가신 할머니께서 쓰신 갑술(1754), 을해(1755), 병자(1756) 3년간의 내문 역기(內文曆記)를 우연히 보다. 내가 태어난 을해년 기묘월 무신일 병진시가 표시된 것을 찾아보았다. 무신일은 사일(社日)이고 오행으로는 토(土)에 속한다.[10] (1786. 2. 29)

---

9 『병자일기』에 보면 화자가 오늘은 바쁘고 정신이 없어서 '치부'하지 않았다고 적었다. '치부'한다는 말은 매일매일 간단하게 그날의 수입과 지출, 집안대소사, 제사기일 등을 기록하는 것을 뜻한다고 보이는데, 그것이 기록하다는 의미로 일반화되어 사용되었다. '치부'라는 용어의 유래를 따져 보면, 책자에 가정경제의 상황을 기록해 두는 방식이 『병자일기』 이전에 행해지고 있었음을 짐작케 한다.

10 兪晩柱, 『欽英』 6권, 서울대규장각 영인본, 1997, 168면. "適閱先祖妣令人內文甲乙丙三歲曆

유만주의 조모 창령 성씨(昌寧 成氏, 1697∼1758)가 한글 역기(曆記)를 썼다고 하는데, 책력(冊曆)에다가 한글로 집안대소사를 기록한 일기였을 것으로 보인다.[11] 17세기 후반 이후 시헌력(時憲曆)이 일반에게 널리 보급됨에 따라 일상 가정사의 일들을 달력에다가 기록하는 일기 쓰기 행위가 널리 성행했으며, 여성들 사이에서도 가정 내의 일들을 달력에 적어 나가는 일기 쓰기가 많이 이루어졌을 것으로 보인다.

역서(曆書)에 쓴 일기의 이른 형태로 주목할 것은 정경세(鄭經世, 1563∼1633)가 작성한 일기이다. 현재 우복 종가에 보관되어 전해지는 1607년 역서를 보면, 정경세가 역서를 일기 혹은 오늘날의 수첩처럼 사용했음을 알 수 있다. 1607년에 정경세는 대구부사로 재직하고 있었는데, 정경세가 사용한 역서를 보면 그날그날의 일기나 날씨, 대구부사로 가는 길에 숙박했던 곳, 지인(知人) 등의 왕래 등이 적혀 있어 역서로서의 가치 외에도 당시의 생활상 혹은 날씨 등을 살펴 볼 수 있는 생활사 자료로도 의미가 있다.[12] 여기서 우리가 주목하는 것은『흠영』의 기록과 정경세의 역서를 연결시켜 보았을 때, 여성이 한글로 역서에다가 일기를 쓰는 방식은 17세기 이전에도 있었던 것으로 보이며, 그 같은 일기 쓰기의 방식이『병자일기』에 영향을 주었을 것으로 추정된다는 점이다.

『병자일기』의 형성 배경과 관련해 한문 일기 창작의 전통이 있다.

記. 攷定己造乙亥己卯戊申丙辰, 而戊申係社日, 五行屬土."

11 창녕성씨가 쓴 한글 일기에 관한 자료는 김하라, 「유만주의 흠영 연구」, 서울대 박사논문, 2011에 소개된 바 있다.

12 정성희, 「조선시대 양반가문 소장 역서류의 현황과 가치」,『사학연구』86, 한국사학회, 2007 참조.

남성들이 쓴 한문 일기는 그 이전에도 있어 왔지만 16세기에 들어와 크게 성행하였다. 매일매일의 날짜와 날씨를 기록하고, 그날그날의 사실과 사건들을 써내려 가는 일기의 전통이 16세기에 들어와 더욱 활성화되었던 것이다. 이 점은 이 시기에 들어와 일기의 현존 자료 양이 폭발적으로 증가하였던 데에서 단적으로 확인된다.[13] 남평조씨의 『병자일기』가 일자별 기록으로 일상 주변의 생활잡사를 기록해 나가는 것은 이 같은 한문 일기의 전통을 계승한 것이다. 날짜를 명기하고 그날의 날씨를 밝히고, 대체적으로 시간의 순서에 따라 그날 일어났던 몇 가지의 사건과 사실들을 나열하는 방식은 남성들의 한문 일기 글쓰기 방식에서 빌려온 것이다.

또 하나 『병자일기』라는 한글 일기문학이 성립되기 위해서는 한글 산문의 발달이 필연적으로 요구되는 바, 한글 산문의 성숙이 일기문학의 성립을 가능케 하였다. 한글 산문 중에서 특히 여성들의 한글 편지 사용이 주목된다. 16세기 중후반에 이르면 지방의 양반사가들 사이에서도 한글 편지가 널리 성행하고 있었다. 『병자일기』에도 남평조씨가 여러 사람들과 한글 편지를 주고받는 것을 알 수 있다. 남편, 친여동생, 시댁 동서, 서자 아들 등과 한글 편지를 주고받았다. 한글 일기와 함께 한글 편지는 남평조씨가 자신의 감정을 드러내는 주요한 통로였다.

남평조씨는 친정 조카편에 보내온 친여동생의 편지(1638.8.17)를 보면서 어느 때에나 잊을 수 없다고 하여 가족 간의 간절한 그리움을 토

---

13 최은주의 조사에 따르면 15세기에 작성된 일기가 7종임에 비해, 16세기에 들어오면 142종으로 급격하게 증가한다. 17세기 이후로는 200여 종을 상회하는 숫자를 보인다. 최은주, 「조선시대 일기자료의 실상과 가치」, 『대동한문학』 30, 대동한문학회, 2009 참조.

로하였으며, 심양에 가 있는 남편과 서자 아들의 편지(1637.12.3)를 읽으면서 '이 가슴 한 조각에 걸린 것' 때문에 '갑갑한' 심정을 드러내 보였다. 여성의 내밀한 감정을 사적으로 표현하는 통로로서 일기문학과 한글 편지는 공통된 특징을 지니고 있다는 점, 그리고 한글 편지에 많이 사용되는 표현 — 예컨대 그지없다, 탁탁 등의 용어 — 이 『병자일기』에 보인다는 점 등을 고려할 때, 16세기에 들어와 발달한 한글 편지의 글쓰기 전통을 『병자일기』가 수용 발전시켰던 것으로 보인다.[14]

그런데 『병자일기』는 한글 산문의 글쓰기 방식을 더욱 내면화하는 방향으로 발전시켰다. 한글 편지가 독자를 의식하고, 특정한 상황을 염두에 두고 상호간의 위로와 공감을 전제하는 글쓰기라고 한다면, 일기문학은 반드시 독자를 상정하는 것은 아니며 자기만의 내적인 독백과 토로를 강조하는 글쓰기를 시도한다. 작가에 의해 주관적으로 형성된 시간의 흐름 속에서 '자기'를 발견하고 '인생'의 의미를 성찰하는 일기문학의 글쓰기 방법을 발견하고 강화하는 데에서 『병자일기』의 의미를 찾아야 할 것이다.[15]

---

14 한글 편지와 『병자일기』에 나타난 어휘, 문체방면의 비교 분석을 통해 둘 사이의 연관성에 관한 연구가 진행되어야 할 것이다.
15 한글 편지 이외에 여타의 서사문학의 발달 또한 일기문학의 성립 과정을 해명하는 데에 기여하였을 것이다. 「인목대비술회문」, 작자와 연대가 불확실하지만 대체로 인조반정을 전후로 성립한 『계축일기』, 인목대비 친정 쪽 후손이 지었을 것으로 추정되는 『계해반정록』 등과 연관성 또한 앞으로 해명되어야 할 문제이다.

2) 『병자일기』의 작품성격

대체적으로 보아 『병자일기』는 '가정일지적 성격'과 '내면일기적 성격'을 동시에 지니고 있는 작품이다. 한편으로는 한문 일기의 전통을 이어받아 그날그날의 일상사를 기록하였으며, 다른 한편으로는 그것을 넘어서 여성화자의 내면과 심리를 표현하는 글쓰기 방식을 한층 강화하고 전면화하였다. 여기서 『병자일기』의 내면일기적 성격의 글쓰기 방식은 남평조씨의 노년 여성으로서의 정체성과 자식 잃은 어머니로서의 정체성이 그 기반으로 작용하였다.

남평조씨는 『병자일기』에서 "다 기록하지 못하여 생각나는 족족 소일삼아 적는다"(1637.2.1)고 하였다. 이를 통해 우리는 남평조씨가 매일매일의 일상 사건들을 기록하는 데에 매우 충실하였으며, 또한 일기를 쓰는 자신을 대상화하여 의식하고 있었음을 미루어 짐작케 한다.

『병자일기』는 하루의 일과를 시간 순서에 따라 기록해 나갔다. 어떤 항목은 화자의 감정이 구체적이며, 서술 내용도 자세한 반면, 어떤 항목은 그날의 사건과 사실만을 간략하게 서술할 뿐 화자의 감정을 드러내 보이지 않았다. 하지만 『병자일기』에서 우리가 주목할 부분은 사실의 기록성이라는 틀을 넘어서서 작가가 내면의 생생한 목소리를 표출하였고, 한글 산문의 표현 방법을 적극적으로 개척함으로써 일기문학의 질적 전환을 이끌었다는 점이다.

『병자일기』는 글을 쓰는 자기를 끊임없이 의식하고 있으며, 또한 인생에 대한 작가의 이해와 생각을 작품 속에 구성해 넣음으로써 작품 내적으로 하나의 맥락과 흐름을 형성하고 있다. 이러한 점에 주목하여 아래의 인용문을 들어본다.

①대긔 디내웁. 뉴셩원와 참제ᄒ온 후 셕뎐졔ᄒ시고 새배 나오시다. 어울미 덕산 김셔방딕 부음이 오니 글언 놀라온 이리 업다. 이둘 초뉵일 상시나다 ᄒ니 져믄 사ᄅᆞᆷ둘 어드러 가ᄂᆞᆫ고? 내 ᄆᆞᄋᆞᆷ 져버 삼등딕 아ᄋᆞ님 ᄉᆡᆼ각고 ᄀᆞ이업시 셜워ᄒ노라. 오래도록 몬 니저 ᄒ시더니 내 ᄆᆞᄋᆞᆷ이나 그 동ᄉᆡᆼ님이시나 ᄀᆞ이업ᄉᆞ나 그 동ᄉᆡᆼ님은 여ᄉᆞ 아ᄃᆞᆯ님이 겨시니 날 ᄀᆞᆮᄐᆞ시랴? (1639.2.9)

②김셔방딕 셩복 도스 참봉 와 여긔셔 디내다. 져믄 사ᄅᆞᆷ둘 엇디 가ᄂᆞᆫ고? 제 사촌둘이나 만나보ᄂᆞᆫ가? 슬프기 ᄀᆞ이업다. 어듸가 졍영드리 어버이 그려ᄒᄂᆞᆫ가? 새로이 셜워ᄒ노라. (1639.2.12)

『병자일기』에는 제사에 관련된 내용들이 매우 많은데, 우리가 주목할 점은 그러한 많은 제사들을 대하는 작가의 감정, 태도와 표현 방식의 상이점이다. 인용문 ①을 보면, 대기(大忌)를 지낸 일은 간략하게 서술할 뿐이지만, 작가 주변의 가까운 인물, 특히 그들의 죽음과 관련해서는 자신의 감정과 정서를 적극적으로 드러내었다. 인용문에서 덕산 김서방댁의 죽음에 대해서 자세하게 서술했다. 덕산 김서방댁은 작가에게 아랫동서가 되는 삼등댁의 딸이다. 즉 작가에게는 시댁 조카인 셈이다.[16] 작가는 딸을 잃은 삼등댁의 처지를 자식 잃은 어머니의 동병

---

16 『의령남씨족보(宜寧南氏族譜)』를 보면 남이걸(南以傑)과 파평윤씨(삼등댁) 사이에 6남 1녀를 두었으며, 딸은 경주인 김봉주(金鳳周)에게 시집갔다. 김서방댁은 바로 이 딸을 가리키는 것으로 보인다.

상련의 심정으로 안타까워하고 있다. 그러면서 삼등댁은 아들을 여섯이나 두었으니 그나마 의지할 곳이 있지만, 자신은 자식 하나 없는 신세임을 부각시켰다. 이어지는 두 번째 인용문에서 작가는 시댁 질녀의 죽음을 슬퍼하면서 자신의 죽은 아들을 겹쳐 보인다. 사촌 관계인 질녀와 자신의 아들딸들이 죽어서 저승에서 서로 만나는지, 죽은 자식들이 어디를 떠돌며 어버이를 그리워하는 것은 아닌지를 묻고 염려하는 화자의 표현에 안타까움과 그리움이 짙게 묻어난다.

여기서 우리는 일기를 쓰는 작가의 기본적인 서술 태도를 읽게 된다. 어떤 것을 중요하게 서술하고, 어떤 것을 부차적으로 서술하는가, 자신의 감정과 내면의 심리를 드러내는가 하는 문제가 중요한 고려 사항이다. 요컨대 '자기를 의식'하는 것, 내가 어떤 감정, 어떤 처지, 어떤 삶인지를 끊임없이 의식하고 있는가 하는 점이 『병자일기』의 작품성격, 더 나아가 일기문학의 성격을 구명하는 데에 중요한 기준이 되는 것이다.

대체적으로 보아 남성이 쓴 일기는 한문으로 기록하였고, 날짜를 정확하게 명시하였으며, 사실의 기록성을 중시하여 비망록의 역할이 강하였다. 이에 비해 여성이 쓴 『병자일기』는 한글로 쓰여졌고, 사실의 기록을 절대시하지 않으며, 회상의 형식을 적절하게 활용하였고, 자기 내면의 심리와 감정 변화를 적극적으로 드러내는 등 자기표현으로서의 성격이 강하다. 남성이 쓴 한문 일기는 내밀한 감정과 심리의 표현이 단편적이며, 한정적이며, 부분적이다. 이에 비해 『병자일기』는 지속적이며 구체적이고 전면적이다.[17] 물론 『병자일기』는 날짜와 날씨

---

17 이 부분의 지적은 남평조씨 『병자일기』가 지닌 내면화의 경향을 남성들이 쓴 한문 일기의 대체적 경향과 대비한 것이다. 남성들이 쓴 한문 일기 중에서도 화자의 내면적 심리와 정감을

를 분명히 기록하고 규칙적인 시간의 연속으로 하루하루의 일상을 기록하였는데, 이 점은 현재 전하는 한글 일기작품의 그것과는 다소 상이하다. 여행을 소재로 한 일기를 제외하고 현전하는 한글 일기 — 유진(柳袗)의 『임진록』과 『임자록』, 김약행(金若行)의 『적소일기』, 이세보(李世輔)의 『신도일록』, 박조수(朴祖壽)의 『남정일기』 — 는 한문 일기와 달리 경험 시점과 집필 시점의 시간적 격차가 큰 경우가 많다. 한문 일기의 경우에는 날짜와 날씨를 명시하고, 매일의 일상을 당일에 기록하는 성향이 대부분인데 반하여, 한글 일기의 경우에는 경험했던 시점에서 꽤 오랜 시간이 지난 뒤에야 그때의 사건과 경험을 회상하면서 기록하는 경우가 많이 있다. 남평조씨의 『병자일기』는 날짜와 날씨를 정확하게 명기하고, 매일의 일상적 경험들을 당일에 기록하였다는 점에서 남성들의 한문 일기 전통을 이어받고 있다.

남성이 쓴 한문 일기와의 대비를 위해 죽음을 소재로 한 항목을 들어본다.

① 별좌의 졔롤 디내니 내의 셜우미야 ᄀᆞ이 업스니 엇디 다 니ᄅᆞ리. 졔ᄒ리도 업서 남진ᄉ와 조챵하 참졔ᄒ고 신쥬롤 보거든 툭툭 아득ᄒ니 셰월이 파 가나 어너 시 어니 날의 니즐고. 어엿브던 얼구리 샹샹ᄒ여 그리운 일 곳 싱각ᄒ면 간담이 ᄌᆞ기ᄂᆞ 듯 버히ᄂᆞ 듯 아이고 꿈의나 뵈욜허 공계ᄒ고 타루ᄒ여 디내나 흔번 몽미예도 분명이 뵈디 아니ᄒ니 그리타 젠들 졍녕이

<hr/>

곡진하게 드러내는 작품도 다수 존재한다. 특히 18세기 이후에 이르러 이 같은 경향은 더욱 커진다. 이 글에서 강조하고자 하는 것은 남평조씨의 『병자일기』가 17세기 초반까지 남성들이 주도하였던 한문 일기의 글쓰기 전통을 일정 부분 이어받으면서 화자의 내면 심리와 정서를 적극적으로 표현하는 글쓰기의 방법을 일기라는 장르 속에서 본격화하였다는 점이다.

이시면 노모롤 아니 싱각ㅎ랴마는 유명이 다룬디라 그런가 더욱 셜워ㅎ노라. (1637.10.2)

② 턴계 긔일이라 졔ㅎ고 새로이 ㅁ옴이 ㄱ이 업스니 엇디 내 ㅈ식돌이 인ㅅ 아라 주그니 더욱 셟고 어려셔 주그 니는 싱각도 아니 ㅎ노라커니와 두 아돌은 십삼셰식 이십오셰 나롤 빌려 모지되여 슬ㄷ리 ㅅ랑ㅎ여 다 업시ㅎ니 아디 몯게라 내 므슴 죄로 간댱을 티오게 ㅎ신고. 어느 날 어느 시 ㅁ옴을 누거ㅎ여 풀릴고. 내 인셰롤 ㅂ린 후의야 니줄가 ㅎ노라. (1638.4.5)

③ 오늘이 별좌이 싱일이라 차례ㅎ니 무어슬 흠향ㅎ고. 긔유년 나하 경ㅅ롭던 일이 흔 꿈이 될 줄 알리오. 엇디 이십오년을 내 ㅈ식으로 빌려겨셔 모ㅈ의 은졍을 일됴의 업시 ㅎ느뇨. 아이고 아이고 창텬아 창텬아 홀 ㅼ롬이로다. 슬프다. 나 곳 주근 휘면 졍셩으로 뉘 잔이나 브어 노흘고. (1639.11.8)

④ 부인이 죽은 딸의 제사를 지냈다.[18] (1546.10.15)
부인이 여종으로 하여금 죽은 딸의 제사를 지내게 했다.[19] (1546.11.1)
죽은 아들의 기일인데, 전염병이 돌아 제사를 지내지 못하고 소식을 했다.[20] (1561.6.25)
죽은 아들의 기제사를 아랫집에서 지냈는데, 정랑과 숙길이 함께 지냈다.[21] (1561.6.25)

---

18 이문건(李文楗), 『묵재일기(默齋日記)』, 국사편찬위원회, 1998. "婦祭亡女矣."
19 위의 책. "婦令婢祭亡女."
20 위의 책. "亡子忌日, 疫入不得祭, 素食而已."
21 위의 책. "亡子忌祭, 行于下家, 鄭郎與吉行之."

인용문 ①~③은 남평조씨가 죽은 아들의 기제사(忌祭祀)와 생휘일제(生諱日祭)에 대해 기록한 것이며, 인용문 ④는 이문건(李文楗, 1494~1567)이 죽은 아들과 딸의 기일(忌日)에 기록한 일기이다.

자식의 죽음을 다루고 있는 점은 『병자일기』와 동일하지만, 『묵재일기』에는 작가의 개성과 감정의 표현이 매우 제한적이며, 단편적이다. 누가 제사를 지냈다는 사실만을 매우 간략하게 기록해 두었을 뿐이다.[22] 이에 비해 남평조씨는 두 아들과 며느리의 제사뿐만 아니라 생휘기제(生諱忌祭)까지 빠짐없이 지냈으며,[23] 죽은 자식의 죽음을 떠올리면서 감추어 두었던 감정을 토로하였는데, 그 서술이 구체적이며, 자세하다.

남평조씨는 『병자일기』에서 자기 주변에서 일어났던 일상들을 빠짐없이 기록하였다. 하지만 그러한 일상의 기록에서는 작가의 주관적

---

22 이문건은 安東金氏와의 사이에서 6남매를 두었다. 아들 熅만 성장하고 나머지 5남매는 모두 일찍 죽었다. 이문건은 『묵재일기』에서 딸 순정(順貞, 1525~1544)과 아들 온(熅, 1518~1557)의 기제(忌祭)에 관해 간략하게 기록하였다. 딸에 대해서는 매년 기제사(忌祭祀)를 지냈는데, 행제(行祭)한 사람은 이문건의 부인이었다. 이문건 자신은 직접 제사를 주관한 적은 없었다. 아들 온은 40세의 나이로 부모(父母)보다 먼저 돌아갔는데, 제사는 이문건의 손자 숙길(淑吉)이 주로 행하였고, 숙희(淑禧)가 혼인한 뒤에는 손녀사위도 장인 제사에 참석하였다. 김경숙, 「16세기 사대부집안의 제사설행과 그 성격─이문건의 묵재일기를 중심으로」, 『한국학보』 98, 2000; 정긍식, 「묵재일기 가제사(家祭祀)」, 『법제연구』 16, 한국법제연구원, 1999.

23 생휘일제(生諱日祭)는 『주자가례(朱子家禮)』에 나와 있지 않다. 고려 이래로 내려오는 우리나라 고유의 제사로 보이는데, 조선 전기까지만 보이고 후기에는 거의 사라졌다. 13살에 죽은 남두량은 집안의 장남이었지만 혼인하기 전에 죽었기 때문에 부인이 없었다. 대개 혼인하기 전에 죽은 아들은 상(殤)이라고 하여 제사를 지내지 않는 것이 일반적이었다. 그러나 남평조씨는 유교적인 제사 원칙을 지키지 않았고, 어머니의 입장에서 혼인도 하지 못하고 어려서 죽은 큰 아들을 위해 빠뜨리지 않고 제사를 지내 주었다. 그리고 생휘기제(生諱忌祭)는 대개 돌아가신 부모로 한정하는 것이 관례였으며, 조선 후기에 이르면 그것마저도 거의 사라졌다. 이순구, 「조선 후기 양반가 여성의 생활 일례─병자일기를 중심으로」, 조선사회연구회 편, 『조선시대의 사회와 사상』, 조선사회연구회, 1998.

인 감정, 내면의 목소리, 심정 표현 등이 특별하게 나타나 있지 않으며, 최대한 작가의 주관을 개입시키지 않았다. 이에 비해 죽은 자식과 며느리의 제사를 지낸 것을 기록한 부분에서는 그들에 대한 그리움과 회한의 감정을 매우 곡진하게 표현하였다.

아울러 이 같은 방식의 서술이 『병자일기』 전편에 걸쳐 지속적으로 출현하면서 작품의 주제의식과 구조에 관여하고 있는 점 또한 주목되어야 한다. 자식과 며느리, 그 밖의 주변 인물들의 죽음에 반응하는 여성 화자의 자기 목소리가 작품 전체를 관류하는 하나의 일관된 흐름을 형성하고 있다. 이 같은 작품의 내재적 맥락 속에 작가는 인생에 관한 자신의 생각과 이해를 담아내었다. 외부에 반응하는 작가의 태도와 감정, 자기 존재에 대한 확인, 그리고 작품 전체의 구조에 관여하는 일관된 맥락의 형성 등이 단편적, 일회적 언급에 그치는 남성의 한문 일기와 선명하게 구별되는 지점이다.

남평조씨가 『병자일기』를 쓰게 된 창작의 중요한 계기, 즉 작가 스스로 자기에 대해 의식하게 되는 직접적인 계기는 주변 인물들의 죽음과 부재(不在)였다.[24] 위의 인용문에서 남평조씨는 죽은 아들의 지난 시간들을 회상하면서 자기만의 내면세계를 형성하고 구축하였다. 일기 문학에서 중요한 것은 달력에 의한 객관적 시간을 따르면서도 그 속에 흡수되지 않고 작품 고유의 시간을 만들어 내는 점이다. 작가가 자기 내면의 시간을 펼치며, 자신을 들여다보는 회상적 자세가 사실의 기록

---

24 일본 학자 석원소평(石原小平)은 일본 일기문학의 창작에 있어 집필의 중요한 계기로서 죽음과 회상을 들고 있어 참고가 된다. 石原小平, 「日記文學の執筆契機—死と回想」, 石原小平 編, 『日記文學新論』, 勉誠出版, 2004.

에 충실한 한문 일기와 다른 독특한 작품 질서를 형성하는 것이다. 따라서 그 속에서는 작가 스스로 자신의 처지와 삶을 대상화하여 응시하는 태도를 취하게 된다. 위의 인용문에서 남평조씨는 죽은 아들의 지난 시간들을 회상하면서 자기만의 내면세계를 형성하고 구축하였다.

어려서 죽은 친자식의 죽음이 남평조씨에게 일기를 쓰도록 하였을 뿐만 아니라, 『병자일기』 내에는 무수히 많은 사람들의 죽음이 언급되어 있다. 아들과 며느리, 그리고 주변 친척과 노비의 죽음에서 촉발되어 화자는 일기 쓰기라는 행위를 통해 내면의 시간여행을 떠난다. 죽은 아들과 며느리의 생전 모습을 떠올리기도 하고, 아들이 죽은 이후의 지난 과거를 회상하기도 하고, 앞으로 다가올 자신의 죽음의 그림자를 예감하기도 하였다. 죽음의 계기는 『병자일기』 집필의 주요한 동인으로 작용하며, 그로 인해 촉발된 화자의 내밀한 감정은 작품 전편을 관류하고 있다. 그리고 화자는 죽음이라는 인간의 한계상황에 직면하여 자신을 돌아보고 성찰하는 계기를 마련한다.

우리는 『병자일기』에서 "가슴속의 회포는 늘 불이 붙다"(1637.3.17), "이 가슴 한 조각에 걸린 것은 언제나 풀어질까?"(1637.7.13) 등처럼 내면적 정감과 고뇌의 토로를 곳곳에서 발견하게 된다. 친아들의 죽음에서부터 가족, 친척, 이웃, 노비 등에 이르기까지 작가는 인간의 죽음과 그 부재에서 오는 충격과 내밀한 감정을 지속적으로, 그리고 강렬하게 표현하였다. 특히 『병자일기』에서는 죽은 자식과 부재한 남편에 대한 그리움과 슬픔의 정서가 작품 전편을 관류하고 있는 중심축을 형성하였다.

요컨대 『병자일기』에서 죽은 자식과 부재한 남편에 대한 그리움, '죽음'과 '부재'를 계기로 자기를 확인하고 자각하는 것이 일기를 쓰게 만든 원동력이었다. 이와 극명하게 대조되는 것이 『노상추일기(盧尚樞日記)』에 나오는 다음 언급이다.

금년은 내 회혼년이다. 부부가 해로하지는 못했지만 지난 일들을 생각하면 할수록 날로 새롭다. 내가 아버지 명을 받들어 일기를 쓰기 시작한 것 역시 회갑이 되었다. 아버지는 영조 기미년(1739)에 일기를 시작하셨으니 당시 19세였고, 임오년(1762) 봄에 그치셨다. 나는 임오년 봄에 시작했으니 17세였다. 아버지는 임오년 정월에 선형이 요절하자 세상 돌아가는 사정에 흥미를 잃고 일기 쓰기를 그만두신 것이다.[25]

노상추(盧尚樞, 1746~1829)는 아버지 노철(盧哲, 1715~1772)의 명을 받아 일기를 쓰기 시작했다. 그는 아버지의 일기를 대를 이어 집필하였는데, 노상추에게 있어 일기 쓰기는 가계의 기록을 가족을 대표해서 작성하는 것이었다. 그렇기 때문에 노상추의 아버지는 큰 아들이 일찍 죽자 일기 쓰기를 중단하고 노상추에게 그것을 넘겨 준 것이다. 누가 일기를 썼든 일기의 주인공은 집안의 가장이었으며, 가족의 대표로서 자신을 일기의 주인공으로 내세웠다.[26]

노상추 가문에게 있어 아들의 죽음은 일기를 중단하게 하는 데 결정적인 이유로 작용하였음에 반하여, 『병자일기』에 있어서는 아들의 죽

---

25 노상추(盧尚樞), 『노상추일기(盧尚樞日記)』 4, 국사편찬위원회, 2006. "初四日庚戌, 暘而無風, 今年卽余回婚年也, 而夫婦不得偕老, 感舊惟新. 余承親命, 自是年爲始日記, 今乃回甲也, 先人自英宗己未爲始日記, 己未卽十九歲也, 至壬午春而止, 余自壬午春而始, 卽十七歲也. 先人至壬午正月, 先兄夭折, 故無意世況, 乃廢日記也. 族從尚柔・尚檄來見, 尚柔止宿. 從子壁燁來宿."(1822.1.4.)

26 문숙자, 『68년의 나날들, 조선의 일상사』, 너머북스, 2009 참조.

음이 일기를 쓰지 않으면 안 되게 하는 중요한 집필 계기였으며, 작품 전편에 걸쳐 지속적으로 환기되는 중심 소재였다. 자식을 일찍 잃은 어머니로서의 자기 정체성을 작품 곳곳에 강하게 투영하였던 것이다.[27] 달리 말해 남평조씨가 자기를 의식하는 것은 일기 쓰기라는 과정이 지속적으로 수행되면서 보다 더 뚜렷해지고 명료해진다. 그리고 남평조씨는 자식의 죽음을 계기로 삼아 흘러간 시간을 회고하고 앞으로 얼마 남지 않은 자신의 삶을 내다보면서 인생의 부질없음과 허망함을 토로하기도 하였다. 작품 후반부로 갈수록 남평조씨의 상실감과 공허감은 한층 더 강해졌다.[28]

① 녀쥐 며느리 싱일 차례 디내고 져믄 사름들은 몬져 업서 날로 이런 이
롤 보게 ᄒᆞᆫ고. 이 늘근 몸이 셜워ᄒᆞ게 ᄒᆞᆫ고. 녕감 지븨 뫼아실 제는 슬
픈 ᄉᆞ식도 아녀 디내더니 만리 이역의 이 시절 만나 드려 보내옵고 이 늘근
병든 몸이 외로이 이셔 듀야의 간담을 티오나 실낫ᄀᆞ튼 인싱이 견듸여 디
내니 쳔남이 심양 보낸 후 더옥 엇디 견딜고. (1637.7.29)

② 오늘이 별좌이 싱일이라 차례ᄒᆞ니 무어슬 흠향ᄒᆞᆫ고. 긔유년(1609) 나
하 경ᄉᆞ롭던 일이 ᄒᆞᆫ 꿈이 될 줄 알리오. 엇디 이십오년을 내 ᄌᆞ식으로 빌려

---

27 이 점은 현대작가 박완서가 쓴 일기작품 『한 말씀만 하소서』와 유사하다. 소설가 박완서는 25살의 아들을 사고로 잃은 뒤 일기 형식으로 쓴 이 작품에서 스스로 밝히기를 "이건 소설도 아니고 수필도 아니고 일기다. 극한 상황에서 통곡 대신 토해 낸 어머니의 있는 그대로의 내면의 모습이다"라고 하였다.

28 그렇다고 하여 남평조씨가 비관주의, 허무주의적 인생관을 갖게 되었다는 것은 아니다. 여전히 남평조씨가 집안의 살림살이를 직접 관리하면서 양자와 그 며느리에 대한 기대를 갖고, 주변 친척들과의 지속적인 교류를 통해 자신의 불안감과 상실감을 이겨내고자 하였던 것으로 보인다.

겨셔 모ᄌᆞ의 은정을 일됴의 업시 ᄒᆞᄂᆞ뇨. 아이고 아이고 창텬아 창텬아 홀
ᄯᆞ롬이로다. 슬프다. 나 곳 주근 휘면 졍셩으로 뉘 잔이나 브어 노흘고. 강진
ᄉᆞ 모부인 상시 나시니 아돌 두고 주그시니ᄂᆞ니 오족ᄒᆞᆫ 팔ᄌᆞ|랴. (1639.11.8)

'이런 시절'을 만나 '이 늙고 병든 몸'인 작가는 60대 중반이라는 노년의 나이에 자기를 되돌아보고 자기의 처지를 환기한다. 남평조씨는 1639년 7월 28일 일기에서 자신의 존재와 시대 상황에 대해 "자식도 없는 처지에 시절은 어수선"하다고 하면서 "어서 죽기가 소원"이라고 하였다. 노년 여성으로서의 자기 정체성을 강하게 드러낸 것이다. "노인은 살아온 긴 생을 뒤로 갖고 있으며, 앞으로 살아갈 삶의 희망이 매우 한정된 인간이다."[29] 남평조씨는 아들과 며느리의 죽음을 통해 자신의 신세와 처지를 재확인하고, 늙은 육체를 통해 시간의 변화와 인간 존재의 유한성을 자각한다. 변화하는 육체를 통해, 자식과 며느리의 죽음을 통해 작가는 끊임없이 자기 정체성을 확인하는 것이다. 늙는다는 것은 삶과 죽음에 대해, 인생에 대해 성찰하는 계기를 마련해 준다.[30]

또 하나 여기서 지적할 점은 일기문학이 지닌 장르적 특성과 자기 독백이라는 표현방식 사이의 밀접한 상관성이다. 인용문 ②에서 화자

29 보부와르, 『노년, 나이듦의 의미와 그 위대함』, 책세상, 2002 참조.
30 서구의 사례를 들면, 여성이 노년이 되어 자기의 내면적 삶을 다룬 일기작품으로 영국의 사라 쿠퍼 부인을 들 수 있다. 그녀는 57세(1700)부터 73세(1716)까지 16년의 삶을 8권의 일기책 속에 담아내었다. Sarah Cowper 부인(1644~1720)의 일기를 포함해 18세기에 들어와 개별 노인의 내면이 일기와 자서전의 형식으로 다양하게 표현되었다는 점이 18세기 문화의 중요한 현상의 하나였다. 대표적으로 세라 쿠퍼 부인은 1700년부터 1716년 사이에 일기를 쓰면서 자의식 속에서 늙어 가던 한 개인의 정신세계를 상세하게 남겼다. 팻 테인 편, 안병직 역, 『노년의 역사』, 글항아리, 2012; Anne Kugler, "Constructing Wifely Identity : Prescription and Practice in the Life of Lady Sarah Cowper", *The Journal of British Studies* Vol. 40 No.3, University Of Chicago Press, 2001.

는 과거 시절을 회상하며 '한 꿈'에 불과하다고 하였다. '아이고 아이고 푸른 하늘아, 푸른 하늘아'라는 말이 주는 실감과 함께 '혼자 말하기'의 수법이 돋보이는 대목이다. 여기에서 이 일기의 작가와 독자는 일체화된다. 자기에게 고백하고 말하는 수법은 경험자아와 서술자아의 대화를 의미하는데, 이 점은 일기와 구별되는 일기문학의 본질적 특성에 부합된다.

일기문학은 작가가 곧 화자이며, 주인공이며 독자인 예술이다. 자기에게 말 걸기, 일종의 자기 고백적 성격을 강하게 지닌다. 일기문학 속에서 경험자아는 고통을 겪으며, 서술자아는 고통을 겪는 자신에 대해 관찰하고 평가한다. 글을 쓰는 과정에는 고통을 겪는 자신과 그러한 자신을 바라보는 또 다른 자신이 공존하는 것이다. 경험자아와 서술자아는 끊임없이 서로를 바라보고 이해하면서 서로를 일체화시켜 나간다. 이를 통해 작가는 자기의 아픔과 슬픔을 치유하고 위로받는다. 위의 인용문들에 보이는 작가의 강렬한 자기독백적 서술방식은 일기문학의 내밀한 고백적 성격, 경험자아와 서술자아의 일체화라는 장르적 성격을 극명하게 보여주는 표현방법이다.

『병자일기』는 자식과 며느리를 비롯한 주변 인물들의 죽음을 계기로 하여 자기 내면의 자아를 발견하고 확립해 나가는 글쓰기를 수행하였다. 남평조씨는 아들과 며느리를 일찍 잃은 어머니로서의 자기 정체성, 그리고 60대 중반이라는 노년 여성으로서의 자기 정체성을 기반으로 하여 자기만의 시간을 소유하고 '나'의 존재성을 탐구함으로써 일기문학의 내면성을 강화시켰다. 달리 말해 남평조씨에게 있어 일기를 쓰는 행위는 자기 표출의 중요한 수단이며, 자기 존재에 관한 인식이었다. 남평조씨의『병자일기』는 자기의 존재를 확인하고, 자기의 삶을 표현하는 한글 산문의 표현 방법을 발전시켰다는 점에서 그 문학사적 의의를 찾을 수 있다.

3.『병자일기』의 작품공간[31]

『병자일기』는 서로 다른 자아의 복합에 의한 작품공간을 창출하고 있다.『병자일기』의 작품공간은 작품에 형상화된 상이한 자아에 의해 구축된다. 남평조씨는 화자의 내향과 외향, 내면과 외면의 두 축을 중심으로 서로 상이한 자아를 형상화하였고, 이를 통해 작품의 독특한 표현공간을 만들어 내었다. 200여 명이 넘는 노비들을 통솔하고 재산을 관리하며 각종 제사를 준비하고 손님들을 접대하는 등 대갓집 안주인으로서의 면모가 작품의 한 축을 형성한다. 이를 위해 작가는 그날 그날 자신이 행했던 일상의 일들을 자세하게 기록해 두었다. 다른 한편 작가는 일상생활의 모습들을 기록하는 데에 멈추지 않고 작가의 내면에 담긴 복잡다단한 감정과 심리를 형상화한 또 하나의 세계를 창출

---

31 여기에서 말하는 '작품공간'은 작품의 배경, 장소를 의미하는 것이 아니라, 작중 화자가 작품 속에서 창출해 내는 표현공간을 의미한다. 남평조씨의『병자일기』는 상이한 두 자아의 형상을 통해 서로 다른 작품적 공간을 창출해 냈다. 이 점은 앞서 지적한『병자일기』의 작품적 성격 ― 가정일지적 성격과 내면일기적 성격 ― 과 상호 조응을 이룬다는 점에서 독특하다. 여기에서는 '작품공간', '표현공간'이라는 용어를 같이 사용했다.

하였다. 이것이 작품의 또 다른 축을 형성한다.

『병자일기』는 이 두 가지 축이 상호 교차, 중첩되면서 작품의 독특한 표현공간을 창출했다. 두 가지 실례를 들어본다.

①

ⓐ 니안 밧 보리 갈라 쇼 둘 사룸 열 보리ᄡᅵ 연연말 가져디다.

ⓑ 꿈의 녕감도 보ᄋᆞᆸ고 주근 아기네둘 보ᄃᆡ 어린 제ᄀᆞ티 뵈여 텬젠디 두 상인디 분변티 몯ᄒᆞ고 머리 빗겨 다하 뵈며 반가와 ᄒᆞ다가 ᄭᅵ니 저희 정녕이 업디 아녀 날을 뵈ᄃᆡ 얼운 얼굴을 뵈디 아니ᄒᆞ니 셜운 졍을 다 니ᄅᆞ랴. 어엿블샤 내 ᄌᆞ식둘 앗가올샤 내 ᄌᆞ식둘 시졀이 이러ᄒᆞ다 ᄒᆞ나히나 이시면 이리 내 몸이 외롭고 셜우랴? 미양 간담을 버히ᄂᆞᆫ듯 툭툭ᄒᆞ니 싱각고 셜워ᄒᆞ며 도홀이리 업ᄉᆞ니 내 ᄆᆞᄋᆞᆷ을 내 위로ᄒᆞ여 이리 혜고 뎌리 혜여 그리타 내 ᄌᆞ식이면 나ᄅᆞᆯ 뭇고 주그련마ᄂᆞᆫ 스믈 다ᄉᆞᆺ히나 나ᄅᆞᆯ 빌려 ᄂᆞ믜 업슨 모지 되여더니 셜이 여히니 샹인의 말로 젼셰죄로 이러ᄒᆞᆫ가 이 싱의ᄂᆞᆫ 그리 사오나 온일을 말고져 ᄒᆞᄂᆞᆫ 내 ᄆᆞᄋᆞᆷ이로ᄃᆡ 엇디 하ᄂᆞᆯ히 그리 보셔 무디ᄒᆞᆫ 샹사룸도 ᄌᆞ식이 만호ᄃᆡ 이러커뇨 ᄀᆞᆸᄀᆞᆸᄒᆞᆫ 저기어든 공번ᄒᆞ신 하ᄂᆞᆯ홀 원망ᄒᆞ고 일뎡 젼싱의 내죄런가 ᄒᆞ시 혜ᄂᆞᆫ 이 내 햄이 슐위로 다시ᄅᆞ랴?

ⓐ 듕방 엄ᄒᆞ고 틍신이 쇼쥬ᄒᆞ고 압난 슬마다가 준다. (1638.2.15)

②

ⓑ 별좌의 ᄀᆞ제ᄅᆞᆯ 디내니 계유년 이리 새로이 싱각ᄒᆞ여 ᄀᆞ이업슨 졍회ᄅᆞᆯ 다 니ᄅᆞ랴. 어ᄂᆞ ᄉᆞ이 불셔 칠년이 되연ᄂᆞᆫ고. 져믄 세 신쥬ᄅᆞᆯ 졔ᄒᆞ고 셜우미 엇디 니ᄅᆞ리. 어엿블샤 내 아둘 앗가올샤 내 ᄌᆞ식 몽미예도 아니 뵈니 날을

니젼는가. 다시 뉘짓 ᄌᆞ식이 되여는가. 엇디 흔 적도 아니뵈는다. 술하 셜운 졍을 미일 품고 디내나 샹시 즐거운 사롬 ᄀᆞ티 디내니 졔 졍녕이 나롤 니ᄌᆞᆫ가. 싱각ᄒᆞᆫ는가. 더옥 셜워ᄒᆞ노라. 요ᄉᆞ이ᄂᆞᆫ 며ᄂᆞ리롤 흔더 이시니 든든코 져희 인ᄂᆞᆫ둣 반갑고 언졔 탈상ᄒᆞ여 ᄌᆞ식이나 나하든 보려뇨 흔더 내 긔력이 날로 쇠ᄒᆞ고 진ᄒᆞ니 엇디 이러코 오리 인셰예 이시리.

Ⓐ 채별좌ᄭᅴ 침 마ᄌᆞ시다. (1639.10.3)

위의 두 인용문은 특정한 하루의 일상을 기록한 전문이다. 이들 인용문은 각기 두 개의 작품 공간(Ⓐ+Ⓑ)으로 양분된다. 여기에서 우리는 상이한 모습의 두 자아가 형성하는 작품 공간을 만나게 된다. 요약해서 말한다면, 일상의 시간을 매일매일 살아가는 안주인으로서의 자아(Ⓐ)가 한쪽에 있다면, 자기 내면을 고백하고 자기감정과 목소리를 강하게 드러내는 자아(Ⓑ)가 다른 한쪽에 있다. 작품 속에 투영된 자아상은 소재 선택의 영역, 표현 방식, 시간 의식, 화자의 감정과 어조 등의 층위에서 서로 다른 모습으로 형상화된다. 『병자일기』는 이들 상이한 자아가 서로 중첩, 교차되면서 '남평조씨'라는 한 작가의 자기 모습의 전체상을 창출해 낸다.

이들 상이한 두 자아가 『병자일기』 매일의 기록 속에서 항상 다 드러나는 것은 물론 아니며, 어느 한 가지 모습만이 드러나는 경우가 오히려 더 많다고 할 수 있다. 하지만 작품 전체를 놓고 보았을 때, 『병자일기』의 작품공간은 상이한 두 자아에 의해 구축되어 있다. 전자는 외부 세계를 향해 있고, 후자는 내부의 심연을 향해 있다. 즉 밖으로 보여지는 자아와 안으로 감춰진 자아의 대조이다. 전자는 기록하는 자아로서, 매일의 일상과 사건을 빠짐없이 기록한다. 후자는 회상하는 자아로서, 과거의 기억을 떠올리고 추억하면서 자기감정을 드러낸다. 전자가 집안 가문의 영역에 관여한다면, 후자는 내면적, 사적인 영역에 관여한다. 그리고 전자는 가문 내의 제반 일을 관리하고 통솔하는 여성이며, 외면적 행위의 주체자로서의 여성이다. 후자는 죽은 자식과 부재한 남편 그리고 타인의 죽음으로 인해 고통받고 슬퍼하는 여성이며, 내면적 고백자로서의 여성이다. 내면적 고백자로서의 자아는 1인칭 대명사 '나'를 반복적으로 활용함으로써 더욱 극명하게 표현되었다.

한편 『병자일기』의 독특한 작품공간은 시간의식과 밀접한 연관을 갖는다. 『병자일기』에는 두 가지 상이한 시간이 공존, 병행한다. 달력에 표시된 일자를 따르는 시간과 화자 내면에 흐르는 시간, 사람들이 살아가는 일상의 시간과 꿈속의 세계나 죽음을 떠올리는 비일상의 시간, 안주인으로서 살아가는 시간과 여성으로서 자기 고백을 하는 시간 등이 서로 교직하면서 작품 전체를 구성한다.

전자가 낮의 시간 속에서 활동하는 자아라면, 후자는 밤의 시간 속에서 침잠하는 자아이다. 한산이씨(1659~1727)가 자신의 일생을 자전적으로 서술한 『고행록』의 마지막에 보면, "또 돌아 생각하니 백세 다 부운(浮雲)이오 서산낙일이 되었으니 얼마 세상에 있으리오마는 낮이면 잠이 없이 가사에 골몰하다가 저녁이면 비복도 제 처소로 들어가고 슬픈 심회 끝이 없으니 부모제형 있으나 돌아가신 정령들이 어느 곳에 계신가?"라고 탄식하는 장면이 나온다.[32] 한산이씨는 남편과 자식들을

---

32 김영배 외, 『한산이씨(韓山李氏) 고행록(苦行錄)의 어문학적 연구』, 태학사, 1999 참조.

모두 잃고 노년의 나이에 외손자에 의지하며 살아갔는데, 밤의 적막한 시간 속에서 홀로 침잠하여 고독과 상실감 속에서 자신의 삶을 기록하는 모습을 떠올리게 된다.

『병자일기』는 이중적 시간과 표현공간 속에 구축되었다. 『병자일기』에는 두 가지 상이한 자아가 공존, 병행한다. 남평조씨는 상이한 이중적 자아와 시공간들을 상호 결합하고 중첩시키면서 『병자일기』만의 독특한 작품 세계를 창조해 내었다. 『병자일기』의 이중적인 표현공간은 남성이 쓴 한문 일기의 전통에서 벗어나 내면적 성격을 강화하고 자기만의 독자적 개성을 지닌 일기문학의 질적 성장을 보여주고 있으며, 이후의 한글 일기문학의 발전을 선도하고 있다는 점에서 그 문학사적 의의를 부여할 수 있다.

『병자일기』의 작품공간과 관련해 또 하나 주목할 사항의 하나는 꿈속 세계이다. 『병자일기』의 몽중세계는 작품의 독특한 표현공간을 창출한다는 점에서 중요하다.

① 아내가 꿈에 구름이 걷히고 하늘이 갠 것을 보았다고 했는데, 이는 수심이 없어지고 근심이 풀릴 징조다. (1567.10.1)

밤 꿈이 퍽 좋았는데, 묘시에 까마귀가 서남방에서 울었다. (1567.10.6)

아내가 꿈에 아버지, 어머니와 그 밖의 사람을 뵈었다고 하는데 길조다.[33] (1567.10.11)

---

33 유희춘, 이백순 역, 『미암일기』 1집, 담양군, 2004 참조.

②꿈의 업사신 동생님내도 보압고 샤곡모님도 뵈삽고 녕감도 보오니 긔
특한 학가탄 즘생이 춤추난 듯 넘노난 듯하다가 녕감이 손조 그 즘생을 싯기
시니 부리과 발이 검던 거시 붉고 몸이 희여 다리 붉기 광채 갓 칠한 듯하여
그 즘생이 깃거하며 춤추고 말을 호대 그 말은 아디 몯할러라. (1637.11.8)

③꿈의 하늘 신션ᄀ티 사롬이 ᄇᆞ 티 거술 트고 남녀외 그 사롬 둘이 신션
그린 것 ᄀᆞ더라 비예 오르라 ᄒᆞ여 남편내 겨시다 ᄒᆞ니 그 사롬이 비 가온대
댱을 티고 오르라 ᄒᆞ여놀 올라 말ᄒᆞ니 그 겨집은 머리ᄅᆞᆯ 조지고 부치ᄂᆞᆫ 오ᄉᆞᆯ
닙고 관ᄀᆞ틴 거술 스고 남편네ᄂᆞᆫ 누른 댱삼 ᄀᆞ틴 거술 닙고 굴왓 ᄀᆞ틴 거술
흔드기ᄂᆞᆫ듯 섯거늘 무르니 그 겨집이 닐오디 뎌ᄂᆞᆫ 내이 댱뷔라 ᄒᆞ고 내 닐오
디 직녜 비단을 만히 쁜다 ᄒᆞ니 올흔가 ᄒᆞ니 ᄲᅧ려 ᄒᆞ면 ᄒᆞ르 흔 필도 나마 ᄲᅡ
되 ᄌᆞ조 ᄲᅡ기ᄅᆞᆯ 아니ᄒᆞᄂᆞ니라 ᄒᆞ고 내 닐오디 나ᄂᆞᆫ 셜운이로라 ᄒᆞ고 시절흥
망이나 사롬의 댱단슈유ᄅᆞᆯ 무르려 ᄒᆞᆯᄆᆞ 디예 ᄭᅢᄃᆞ르니 흔 꿈이니 고이코 ᄭᅢ
여 그 사롬의 면목과 니ᄂᆞᆫ 거술 완연히 싱각ᄒᆞ니 분명호미 샹시ᄀᆞ트니 ᄀᆞ장
고이ᄒᆞ다. ᄌᆞ식돌의 말을 ᄒᆞ니 자내 ᄌᆞ식돌이 이우 므슴 셩소긔 활 쏘는 ᄀᆞ
옴아라 인ᄂᆞ니라 호디 그 말을 채 몯드르니 샹시 꿈은 아ᄆᆞ 일도 싱각을 몯
호디 잇다감 이런 꿈은 무흔 분명ᄒᆞ고 니치디 아니터라. (1638.8.15)

첫 번째 인용문은 유희춘의 『미암일기』에서 가져왔다. 『미암일기』에
는 평균 2~3일에 한 번 정도로 꿈에 관한 기록이 자주 보인다. 벼슬길,
부부관계, 재산 형성 등과 관련된 꿈이 대부분이며, 대체로 길몽(吉夢)
으로 해석된다.[34] 『병자일기』에 등장하는 꿈도 미래를 예시하는 기능
을 갖고 있으며, 대체로 길몽으로 풀이된다는 점에서 『미암일기』와 유

사하다.

『병자일기』에서 죽은 자식과 멀리 떨어진 남편에 대한 꿈은 매우 생생하고 구체적으로 묘사되며, 작품 속에서 반복적으로 지속된다. 인용문 ②와 ③에 그려진 몽중세계는 신비롭고 환상적이다. 학 같은 짐승이 붉은 광채를 띠며 춤을 추고, 신선 같은 사람들과 대화를 주고받는 몽중체험을 신비롭고 생생한 이미지로 묘사했다.

그리고『병자일기』에서 꿈은 부재한 사람과 화자 사이의 단절을 매개화시키는 기능을 갖는다. 꿈속에 주로 등장하는 인물은 죽은 자식과 며느리, 그리고 멀리 떠나 있는 남편이며, 그밖에 일가친척들이다. 그리고 그들은 이미 죽었거나 멀리 떠나 있는 몸이다. 죽거나 부재한 이들과의 과거 기억은 꿈속에서 잠시 동안 되살아난다. 화자에게 있어 꿈은 이루지 못한 욕망과 이루고자 하는 기대를 반영한다. 아리스토텔레스가 "노인들은 희망으로 살기보다는 차라리 추억으로 살아간다"고 했는데, 화자는 그 추억을 꿈이라는 환상의 공간 속에서 재현하고 있는 것이다. 남평조씨에게 꿈은 사랑하는 사람이 없는 현실의 내면 고통을 효과적으로 드러내는 표현공간이었다. 화자의 내면 심리와 정감을 효과적으로 드러내는 장치로 기능하였던 것이다.

『병자일기』에서 꿈은 작품 내에서 하나의 독특한 표현 공간을 형성하며, 작품의 주제의식과 연관된 내적 맥락을 형성하는 구성요소로서 기능한다. 이 점이『병자일기』의 독특한 면모이다.

---

34 이에 대해서는 송재용,「『미암일기』에 나타난 점복과 조짐, 꿈과 해몽에 대한 일고찰」,『한문학논집』25, 근역한문학회, 2007.

4. 마무리 : 남는 문제들

조선시대 일기문학사의 전체 구도 속에서『병자일기』는 남성들에 의한 한문 일기의 글쓰기 전통을 계승하는 동시에 사실 기록에의 충실성이라는 틀을 넘어서서 자기만의 시간을 소유하고 '나'의 존재성을 탐구함으로써 일기문학의 질적 전환을 성취하였으며, 한글 일기문학을 선도하였다는 점에서 그 문학사적 의의가 크다고 하겠다.

『병자일기』이후에 등장하는 한글 일기문학, 여성들의 자전적 글쓰기 등과의 문학사적 연관성을 해명하는 작업은 앞으로 수행해야 할 과제의 하나이다. 또한 일기문학의 개념과 성격에 대한 이해를 비롯하여 일기, 일기문학, 자서전, 자전적 글쓰기, 자기 서사 등의 상호 연관성을 탐구하는 작업이 필요하다. 현재 전하는 한글 일기문학 작품들은『병자일기』를 제외하고 경험시점과 집필시점의 시간적 격차가 크다. 과거 회상이라는 시간의식 속에서 자신의 생활과 체험을 서술하였다는 점에서 자전적 글쓰기와 크게 다르지 않다. 그런 점에서『한중록』또한 일기문학의 관점에서 분석이 가능하다. 일기, 일기문학, 자서전, 자전적 글쓰기, 자기 서사, 실기, 실기문학 등 유사한 개념과 명칭을 지닌 작품군들을 대상으로 하여 장르적 성격과 명칭 규정을 구체화하는 작업, 그들 작품들을 체계적으로 분석하고 분류하는 작업, 그리고 개별 작품을 새로운 방법과 시각에서 정밀하게 분석하는 작업 또한 앞으로의 과제일 것이다.

제3장

18세기 하급병사의 참전일기

『난리가』

1. 문제 제기

이 글은 18세기 초에 훈련도감 소속 한 하급병사가 쓴 한글 일기인 『난리가(亂離歌)』를 주대상으로 하여 작가, 주제의식과 표현방식의 문제를 구명하는 것을 목적으로 한다.

『난리가』는 제목만 놓고 보면 시가(詩歌) 작품이라고 생각할 수도 있다. 실제로 『한국문학통사』 3의 4판에서는 이 작품에 대해 "일상의 구어를 활용하여 병졸의 생활을 다룬 가사"로 설명했으며,[1] 『한국민족문화대백과』에서도 "1728년(영조 4) 이인좌의 난 때 쓰여진 작자 미상의

---

1 조동일, 『한국문학통사』 3(4판), 지식산업사, 2005, 382면.

가사"라고 하였다.[2] 하지만『난리가』는 1728년에 발생한 무신란(戊申亂, 일명 이인좌(李麟佐)의 난)을 진압하기 위해 관군(官軍)으로 참전한 훈련도감(訓練都監) 소속의 한 마병(馬兵)이 산문으로 기록한 한글 일기작품이다.『난리가』는 1728년 3월 17일부터 4월 19일까지 약 30일 동안 이인좌의 난을 진압하는 과정에서 체험했던 사건과 사실들을 노정에 따라 산문체로 기록한 한글 일기인 것이다.

『난리가』는 다음 세 가지 측면에서 주목되어야 할 작품이다.

첫째, 일차적으로 전근대시대에 전해지는 한글 일기가 많지 않다는 점에서『난리가』는 자료적 가치가 높다. 조선시대 때에 기록된 일기는 거의 대부분 한문 일기이며, 한글로 쓰여진 일기는 극히 소수만이 전해진다. 자료적 희소성의 측면에서 일단 이 작품은 주목되어야 한다.

둘째,『난리가』의 가치는 한글이라는 표기 수단으로 기록했다는 점에 머무는 것은 아니다. 이 작품의 작가는 성명과 신분이 명확하지는 않지만, 훈련도감 소속 마병(馬兵)의 일원으로 무신란에 참여했던 인물로 추정된다.『난리가』는 훈련도감 소속 하급 병사의 손에 의해서 자신의 체험을 일기의 형태로 기록하고 있다는 점에서 더욱 중요한 의의를 지닌다. 지배층인 양반 사대부에 의해 작성된 것이 아니라, 하급 계층인 한 병사에 의해 창작된 것이다.『난리가』는 하급 병사들의 의식과 정서를 드러내고 있다는 점이 더욱 중요하게 다루어질 사항이다. 그리고 이 작품은 무능한 지휘관에 대한 야유와 풍자, 무고한 백성들의 희생에 대한 안타까운 심정의 표출, 고단하고 힘겨운 군영 생활에

---

2 한국학중앙연구원에서 제공하는 네이버판『한국민족문화대백과』의『난리가』항목 참조.

대한 실감 있는 묘사 등을 통해 하층민의 입장과 처지를 대변하고 있다는 점에서 특히 중요하다.

셋째, 『난리가』는 무신란의 전개과정을 살피는 데에 유용한 역사 사료로서 가치가 있으며, 마병의 활약상과 군영생활을 다루고 있어 조선시대 기마군(騎馬軍)의 일단을 이해하는 데에도 자료적 가치가 높다.

『난리가』에 대해서는 유탁일 교수가 학계에 소개함으로써 비로소 알려졌다. 작품 원문과 간략한 해제를 제공함으로써 이 작품의 존재와 의미에 관해 처음으로 소개하였다.[3] 이후 작품에 관한 본격적인 연구는 제대로 이루어지지 못했다. 다만 판소리계 소설 「적벽가」의 군사설움 대목의 형성을 설명하는 과정에서 부분적으로 언급되었을 뿐이다.[4]

---

3 『난리가』는 유탁일 교수가 소장하고 있던 필사본 『무신록(戊申錄)』에 합철되어 있다. 유탁일 교수는 「미발표작품 날리가에 대하여」, 『국어국문학』 61(국어국문학회, 1973)에서 처음 이 작품을 소개했다. 이후 「아뢴즉 장수잡는 일이기에」, 『오늘의 문학』 창간호(오늘의 문학사, 1977)에 원문을 수록하고 현대어로 표기하고 주석을 붙였다. 한편 『한국고서종합목록』(국회도서관, 1968)을 보면, 필사본 『무신록』(합철 : 난리가) 1책이 경북대와 일본 정가당문고에 소장된 것으로 나와 있다. 일본 정가당문고에 소장된 『무신록』은 국립중앙도서관에 마이크로필름으로 보관되어 있어서 직접 열람하였다. 무신란의 과정을 일기 형태로 기록해 둔 것으로, 판심(版心)에 '연암산방(燕巖山房)'이라고 찍힌 사고지(私稿紙)를 사용하고 있어 이 자료가 연암 집안에서 필사, 소장했음을 보여준다. 하지만 『난리가』는 합철되어 있지 않다. 그리고 경북대 도서관에는 『무신록』이 소장되어 있지 않다.

4 정창권, 「적벽가의 형성과 난리체험」, 『판소리연구』 24, 판소리학회, 2007.

2. 『난리가』의 장르, 작가 및 창작 시기

『난리가』는 날짜를 표시하고 일정한 시간 단위를 기준으로 하여 작가 자신의 체험을 산문의 형태로 기록한 일기이다. 먼저 『난리가』의 기술방식의 특징을 언급해 둔다. 한글 일기는 한문 일기와 달리 그날 그날 기록해 나가는 것이 아니라, 일정 시간이 지난 후 회상의 방식에 의해 쓰여지는 경우가 많다. 그리고 그 기술방식 또한 한문 일기의 그것과 다소 다르다.

　① 그날 밤의 적병이 도망ᄒ야 청농산으로 믈러 갓거늘 이십ᄉ일 미명(未明)의 마군(馬軍) 일뵉과 보군(步軍) 삼뵉을 달쌔 청농산의 다ᄃᄅ니 적병(賊兵)이 딘셰(陣勢)를 일워시며

　② 삼일을 무거 군병(軍兵)을 호궤(犒饋)ᄒ고 이십구일의 쳥쥬을 떠나 문의로 향홀시 산은 텹텹ᄒ고 믈은 잔잔ᄒ디 산새 슬피 울어 집 쩌난 긱의 근심을 더ᄒ더라. 삼십일 미명의 군병을 총독(總督)ᄒ야 옥쳔으로 향홀시

　③ 군낭(軍糧)이 젼혀 업셔 모든 쟝졸이 밥을 굼고 밤을 겨유 새와 초팔일 미명의 힝군(行軍)ᄒ야 함양 오십니롤 드러가니[5]

<hr />

5　『난리가』의 작품 인용은 유탁일 교수의 다음 논문에 의거한다. 유탁일, 「아뢴즉 장수잡는 일이기에」, 『오늘의 문학』 창간호, 오늘의문학사, 1977. 이하 작품 출처는 생략한다.

하루를 시간 단위로 매일의 일상을 그때그때 즉시 기록하는 방식이
아니라, 일정한 시간이 경과한 후 과거의 사건과 사실들을 회상하면서
시간의 연속적인 흐름 속에서 서술하는 방식을 택했다. 매일의 날짜를
앞에 적고 그날의 일상을 써내려 가는 한문 일기와 달리 『난리가』는
위의 인용문에서 보듯이 마침표에 의해 매일의 시간들이 분절적으로
구분되지 않는 방식을 취했다.[6] 『난리가』는 그날의 일상을 그때그때
즉시적으로 기록하는 방식을 취하지 않고, 일정 시점이 지난 후 회상
의 방식을 통해 집필되었다.

　그런데 『난리가』를 시가 작품으로 오해했던 데에는 작품 제목이
『난리가』였던 때문이기도 하다. 하지만 제목만으로 시가 형식의 가사
와 산문 형식의 일기를 구별하기 어려운 경우가 많다. 예컨대 송씨부
인이 쓴 기행작품 『금행일기』는 가사 장르임에도 '일기'라는 제목을 붙
였고, 나주임씨가 쓴 『병인양란록』은 일명 '병인양난시가사'로도 불려
지는데, 병인양요 당시의 전쟁 체험을 산문 형식으로 기록한 일기이
다.[7] 또한 일기와 가사 작품이 서로 넘나드는 사례도 보인다. 1810년에
김원근(金元根)이 일기 형식으로 쓴 「자경지함흥일기(慈慶志咸興日記)」에
는 부분적으로 가사체의 형태를 적절하게 운용한 대목이 있으며, 가사
작품 「동유가」는 시간 단위를 명료하게 표시하는 일기 형식을 적극적
으로 도입하였다.[8]

6　조선시대 한글 일기의 시간의식과 회상의 문제에 대해서는 이 책의 1부 1장 참조.
7　『병인양란록』의 작가를 '경주김씨'로 본 것에 대해 의문을 제기하고, 작가 문제를 재론하고
　작품세계를 분석했다. 이 책의 1부 5장 참조.
8　가사작품 「동유가」가 일기 형식을 전면적으로 활용한 점에 대해서는 이승복, 「동유가의 서
　술방식과 작가의식」, 『고전문학과 교육』 23, 한국고전문학교육학회, 2012 참조.

『난리가』의 작가가 누구인지 그 정확한 정보는 알기 어렵다. 다만 작품 내 몇몇 단서를 통해『난리가』를 쓴 작가는 훈련도감 소속 마병이며, 가족들과 함께 수도 한양에 거주했던 인물로 추정된다.

① 삼월 십칠일 파루(罷漏) 후의 군병(軍兵)을 발힝(發行)홀시 나도 역시 군亽(軍士)로셔 북당(北堂)의 하딕ᄒ고

② 퉁노고의 밥블 지으니 그 뿔리 무금도 므글시고 흔덩이식 손의 쥐고

③ 슬프다 우리 삼빅명 마군(馬軍)이 비록 일일 냥식(糧食)을 더 머거나나 도쳐의 션봉(先鋒)이 되야 졔적(諸賊)을 소멸ᄒ야시니

④ 힝군(行軍)ᄒ야 길 갈 제 뒤옹신을 시ᄂᆞᆫ 듯ᄒ야 거러가기 어렵더라.

⑤ 돈화문 밧긔셔 호궤(犒饋)를 머근 후의 취ᄒᆞᆫ 고동 휘드르며 집의 오니 부모쳐ᄌ식들히 완연ᄒ여시니 이거시 뉘 덕이리오

위의 인용문을 종합해 보면,『난리가』의 작가는 훈련도감 소속 마병 300명 중의 한 사람으로 무신란에 참여했으며, 가족들과 함께 수도 한양에 거주하고 있었다. 무신란이 일어났을 때에 동원되었던 군사 현황을 보면 실제로 당시 훈련도감에서 마병 357명이 출정하였다. 아래 도표는 1728년 무신란에 동원된 군사 현황이다.[9]

9　이근호 외,『조선 후기의 수도방위체제』, 서울시립대 서울학연구소, 1998.

무신란 동원 군사 현황

시기	군영	총인원	구성
1차 (3.18)	훈련도감	386	마병 357, 경표하군 14, 별장 1, 초관 3, 교련관 1, 별무사 10
	금위영	1,065	경표하군 392, 5초군 572, 별효위 55, 별무사 23, 별장 천총 파총 각 1, 초관 10, 군관 4, 교련관 3, 기패관 2, 침의 1
2차 (3.22)	어영청	572	5초병 572
	개성군	200	마병 2초

위의 표를 보면, 무신란에 출병한 군사 중에서 훈련도감 소속 마병이 357명이었으며, 마병을 통솔하였던 마병별장(馬兵別將)은 이수량(李遂良)이었다. 357명은 작품 내에서 '우리 마군(馬軍) 300명'이라는 언급과 일치한다. 원래 훈련도감 내에서 마병은 6초(6哨, 711명)의 규모로 출발하였고, 이 인원은 1682년(숙종 8) 군제변통(軍制變通) 이후에도 6초(714명)로 거의 그대로 유지되었다. 무신란이 발발하자 국왕의 호위와 도성 수비를 위해 마병의 절반을 남겨 두고 그 나머지 절반을 반란 진압에 동원하였던 것으로 보인다.[10]

그렇다면 '우리 마군 300명'의 일원이었던 작가는 어떤 지위와 신분의 사람이었을까? '행군하여 길을 간다'고 하거나 '퉁노고에 지은 밥이 묽었는데 한 덩이씩 손에 쥐고 먹었다'라는 언급 등을 미루어 보았을 때, 작가는 훈련도감 마병대의 지휘부에 속한 중상층의 인물이 아니라, 하급의 병사였던 것으로 추정된다.

훈련도감 소속 군인은 여러 신분의 사람들로 구성되어 있었고, 그들

---

10 무신란의 전개와 성격에 관해서는 고수연, 「영조대(英祖代) 무신란 연구의 현황과 과제」, 『역사와 담론』 39, 호서사학회, 2004; 오갑균, 「영조조(英祖朝) 무신란에 관한 고찰」, 『역사교육』 21, 역사교육연구회, 1977; 정석종, 『조선 후기의 정치와 사상』, 한길사, 1994 등을 참조.

의 생활과 거주 지역도 다양했다. 현존하는 한성부 호적에 나오는 훈련도감군 63명을 조사한 결과 사비(私婢)를 처로 둔 비부(婢夫) 도감군(都監軍)이 44%였다.[11] 이들 비부 도감군은 신분은 양인이지만 노비와 같은 처지에서 생활하던 층이었다. 그리고 노비를 소유한 도감군은 극히 소수에 불과했다. 대체로 훈련도감 소속 군졸은 신분이 양인이거나 천민이었으며, 그들의 생활은 빈천하고 열악하였다. 미천한 신분의 사람들이 대다수를 차지하고 있었기 때문에 훈련도감 병사들은 신분상 승에의 욕구가 강했으며, 국왕에 대한 충성으로서 군역에 임했던 것이 아니라 생계 수단으로서 군역에 근무하였다. 훈련도감 군사들은 조선 전기와 달리 수도 한양에서 상시 근무하는 일종의 직업 군인이었으며, 급료 이외에 군역 근무에 대한 보상으로 각종 상물(賞物)이나 상직(賞職)을 원했다.[12]

작가 문제와 관련하여 좀 더 추론을 해본다면, 『난리가』의 작가는 마병 중에서도 문서 실무를 담당했던 서자적(書字的)일 가능성이 있지 않을까 생각한다. 서자적은 조선시대 각 군영에서 문서의 작성과 기록을 맡아 보던 하급 군졸이었다. 실제로 훈련도감에는 마병 1초마다 서자적이 1명씩 배치되어 있었다.[13] 작가가 마병 중에서 서자적일 가능성을 제기하는 이유는 작품 속에 임금의 전지(傳旨), 반란군의 격문(檄文), 지휘관의 훈시(訓示) 등을 충실하게 수록했으며, 무신란에 참여했던 다수 인물들의 지위와 성명, 무신란이 끝난 이후 임명되거나 봉훈

11 김종수, 『조선 후기 중앙군제연구—훈련도감의 설립과 사회변동』, 혜안, 2003.
12 이에 대해서는 다음 논저를 주로 참조했다. 위의 책; 김종수, 「17세기 훈련도감 군제와 도감군의 활동」, 『서울학연구』 2, 서울학연구소, 1994.
13 『만기요람』 「훈련도감」 참조.

된 직위 등이 정확하게 기술되었기 때문이다. 아울러『난리가』가 합철되어 있는『무신록(戊申錄)』에는 임금의 교서(敎書), 사도순무사 남정승첩기(四道巡撫使 南征勝捷記) 등이 한문으로 기록되어 있는 점도 작가 추정에 함께 고려되어야 할 사항이다.[14]

『난리가』를 창작한 시기는 언제쯤일까? 작품 내 관련 정보를 종합해 보았을 때,『난리가』는 무신란이 끝난 후 1728년 12월 무렵에 완성되었을 것으로 추정된다. 무신란에 참여했던 관군의 지휘관들을 호칭할 때에 작가는 무신란 진압 이후에 공신으로 녹훈되거나 관직에 제수된 것을 함께 기록해 두었기 때문이다.

① 치응관(採鷹官) 권희흑(權喜學)아 화원군(花原君)의 곤양 군슈(郡守)

② 우읍다 별쵸의 별쟝(別將)은 어듸 잇고 아니오뇨. 전양군(全陽君) 졀나병스(全羅兵使) 긔 무슴 공이런고.

③ 용홀시고 운봉현감 손명대(孫命大)는 본현 군병을 거느리고 익구(隘口)롤 딕희여셔 도적의 동졍(動靜)을 즈시히 아라 문보(問報) 호니 졀나수스(全羅水使) 아니 뿔가.

인용문 ①의 권희학(權喜學)은 무신란 때에 채응관(교련관)으로 참가했으며, 이후 그 공을 인정받아 화원군(花原君)에 봉해지고 곤양군수를 제수받았다. ②의 이익필(李益秘)은 금위우별장(禁衛右別將)으로 참가했다가 무신란이 끝난 후 전양군(全陽君)에 봉해졌으며, 1728년 8월 2일

---

14 『난리가』의 작가가 훈련도감 마병으로서 어떤 지위에 있었는지, 그리고 그 정확한 신분은 어떤 것이었는지에 관해서는 추후 더 정밀한 논의가 필요하다.

에 전라도 병마절도사로 임명되어 영조를 친견하였다. ③의 손명대(孫命大)는 운봉현감으로 재직하다가 무신란 이후 경상좌도 수군절도사에 임명되었다. 그리고 『난리가』가 수록되어 있는 필사본 책자의 끝에 무신년(1728) 12월에 완산후인(完山後人)이 집에서 썼다고 기록되어 있다. 이상의 언급 등을 근거로 추정할 때 『난리가』의 작가는 무신란이 끝난 이후인 1728년 12월 무렵에 원고를 완성하였던 것으로 보인다.

3. 『난리가』의 주제의식과 표현방식

1) 무능한 지휘관에 대한 풍자—아이러니와 호명의 수사

『난리가』의 특징적 면모 중의 하나는 지배층 ― 지휘관, 지방 수령과 양반 사족 등 ― 의 행동에 대해 작가의 감정과 의식을 적극적으로 표출하고 있다는 점이다. 덕망 높은 지휘관에 대해서는 한없는 애정과 칭송을 하였지만, 무능하고 비겁한 지휘관의 행태에 대해서는 야유와 조롱을 퍼부었다.

① 착홀샤 종亽관(從事官) 박문슈(朴文秀)여 디략(智略)과 의긔(義氣) 죠흘시고. 마보군병(馬步軍兵)을 즈식 ᄀᆞ티 亽랑ᄒᆞ야 됴셕(朝夕)으로 친문(親問)ᄒᆞ니 녜 군亽의 등창 샌던 오긔(吳起)들 이예셔 더홀소냐. 도집亽(都執事) 빅

시텰(白時哲)아 군법(軍法)이 엇더콴듸 어드러로 도망ㅎ뇨. 치응관(採鷹官) 권
희흑(權喜學)아 화원군(花原君)의 곤양 군슈(郡守) 넨들 아니 뉘괴(內愧)ㅎ랴.
가련ㅎ다 안셩 군슈 제군ㅅ 거느리고 우텬봉의 오르거다. 디략(智略) 만흔 금
의듕군(禁衛中軍) 션봉으란 아니ㅎ고 자텬봉의 오르는고. 우읍다 별쵸의 별
쟝(別將)은 어듸 잇고 아니오뇨 젼양군(全陽君) 졀나병ㅅ(全羅兵使) 긔 무슴 공
이런고.

② 용녈홀샤 샹듀(尙州) 영쟝(營將) 한속이여 분개(憤慨)도 업슬시고. 샹
쥐 군마(軍馬) 일만병을 슈하(手下)의 거느리고 군냥(軍糧)만 허비ㅎ고 부졀
업시 안잣다가 도적을 파흔 후의 무엇ㅎ려 예 왓는다. 네 죄상(罪狀)을 혜어
내면 효시홀 죄언마는 도무ㅅ(都撫使)의 은덕으로 십오도(十五度) 결곤(決
棍)ㅎ니 넨들 아니 참괴(慙愧)ㅎ랴. 본현 군병을 거느리고 익구(隘口)를 딕
희여셔 도적의 동졍(動靜)을 ᄌ시히 아라 문보(問報)ㅎ니 졀나수ㅅ(全羅水
使) 아니 뿔가.

③ 仙人橋 나란 물이 紫霞洞에 흘너드러
半千年 王業이 물소리 쑨이로다
아희야 故國興亡을 무러 무슴 ᄒ리오[15]

작가에게 있어 유능한 지휘관은 병사들을 자식 같이 대하는 사람이
다. 위의 글에서 작가는 종사관(從事官)으로 참전했던 박문수(朴文秀)에

---

15 김홍규 외편, 『고시조대전』, 고려대 민족문화연구원, 2012. 작품번호 2781.

대해 '마병과 보병을 자식 같이 사랑'한 인물로 칭송하면서, 중국 전국시대의 오기(吳起) 장군의 고사에 견주었다. 병법가 오기는 중산국(中山國)을 공격할 때에 악성 종기로 괴로워하는 군졸이 있었는데, 이때 오기가 무릎을 꿇고 그 종기를 입으로 빨아 고름을 제거해 주었다고 한다. 작가는 하급 병졸의 종기를 빨아 주었던 오기 장군의 고사를 원용하여 지휘관으로서의 박문수의 덕망을 칭송하였다.

이에 비하여 무능하고 비겁한 지휘관들의 행태에 대해서는 날카로운 풍자와 조롱을 가하였다. 특히 작가는 아이러니의 기법을 활용하고, 돈호법과 영탄법을 적절하게 운용하는 호명(呼名)의 수사를 구사하여 그 풍자의 효과를 극대화하였다. 그들의 무능과 위선이 여지없이 폭로된 인물들 — 채응관 권희학(採鷹官 權喜學), 금위중군 박찬신(禁衛中軍 朴纘新), 전양군 이익필(全陽君 李益馝) — 은 무신란이 평정되고 나서 오히려 양무원종공신(揚武原從功臣)으로 책록(冊錄)되어 관직 승진과 명예를 획득하는 아이러니한 상황을 연출하였다.

작가는 당시 무신란의 진압에 참여했던 지휘관들을 호명하면서 그들의 행적과 능력을 엄정하게 평가하였다. 『난리가』에서는 "착홀샤 종스관 박문슈여", "도집스 빅시텰아", "치응관 권희훅아", "가련ᄒ다 안셩 군슈", "디략 만흔 금의듕군", "우읍다 별쵸의 별쟝", "용녈홀샤 샹듀 영쟝 한쇽이여" 등에서처럼 특정 인물을 하나하나 차례대로 호출하는 돈호법의 표현 방식을 택하였다. 돈호법은 원래 연설자가 사람이나 사물의 이름을 호명함으로써 일시적으로 하던 말을 중단하고 말머리를 돌리는 수사법이다. 문맥을 도중에서 끊고 대상을 불러 봄으로써 듣는 사람의 주의를 강하게 환기시키는 효과를 거둔다.

『난리가』에서도 해당 인물의 이름을 먼저 호명함으로써 극적 장면화를 통해 독자로 하여금 주의를 환기시켰다. 그리고 돈호법은 대상을 불러들이고, 그 대상을 향해 자신의 입장을 전달하거나 특정 목적을 요구하고 기원한다. 즉 돈호법은 화자의 정서와 입장을 적극적으로 표출하는 장치의 하나이다. 실제로『난리가』에서는 돈호법의 수사 기법을 통해 해당 인물의 공적과 행위에 관한 작가의 뚜렷한 감정과 태도를 적극적으로 표현하였다.

사실 돈호법은 상고 시대의 시가 이래로 고전 시가의 작품에서 빈번하고 지속적으로 나타나는 것이다. 시조에 보이는 '아희야' 등의 돈호법 활용은 그 대표적인 실례이다. 흥미로운 것은 작가가 산문으로 기록한 일기작품에서 의도적으로 작품 중간중간에 고전시가에 항용 사용되던 돈호법의 수사를 적극적으로 활용하고 있다는 점이다. 인용문 시조작품 ③에 운용된 표현은 시조에 자주 나타나는 전형적인 종장의 전환적 표현이다.[16] 이 작품에서 화자는 선인교(仙人橋) 아래로 흐르는 물소리를 들으며 고려 왕조의 몰락을 절감하게 된다. 이 같은 화자의 심정은 '아희야'라는 돈호법과 '무슴 ᄒ리오'라는 의문 종결사와 결합되어 순간적 감정의 영탄적 표출을 효과적으로 연출하였다. 『난리가』의 작가는 이 같은 시조 작품에서 항용 사용되던 돈호법의 수사 기법을 적극적으로 작품 속에 원용하였다. 이 점이『난리가』의 독특한 면모를 드러내 준다.

---

16 고전시가 장르에서 운용되는 돈호법에 관해서는 정종진, 『한국 고전시가와 돈호법』, 한국문화사, 2006; 송지언, 「돈호법을 중심으로 본 시조 작시법」, 『작문연구』 12, 한국작문학회, 2011 참조.

작가는 대상을 불러들이는 호명의 행위를 통해 독자의 주의와 관심을 집중시킨 다음 문장 종결에서 '죠흘시고', '더홀소냐', '도망ᄒ뇨', '공이런고'에서 보이는 영탄과 설의의 어법과 결합시켜 해당 인물에 대한 작가의 감정과 태도를 적극적으로 드러내 보였다. 돈호법은 강력한 감정 전달의 도구로 사용된다는 점에서 영탄법, 설의법과 유사한 점을 가진다. 감탄과 의문의 종결어미로 문장을 끝맺는 방식은 특정 인물을 하나하나 호명하는 수사 방식과 결합되어 영탄적 기능을 더욱 강화하는 역할을 한다.

요컨대 『난리가』의 작가는 감정 표출의 강력한 수단인 돈호법, 영탄법, 설의법 등의 표현방식을 유기적으로 결합시킴으로써 해당 인물의 행적에 대한 화자의 감정과 태도를 적극적으로 표출하였다. 덕망 높은 인물에 대해서는 칭송과 찬미를 아끼지 않고, 무능하고 비겁한 지휘관에 대해서는 날카로운 풍자와 비판의 어조를 더욱 높였다. 작가가 특별하게 문제 삼고 있는 부분은 논공행상의 정당성이다. 무신란의 진압 과정에서 별다른 활약을 보이지 못했을 뿐만 아니라 도망가기에 바빴던 인물들이 난의 진압 후에 오히려 공신에 책봉되고 높은 벼슬을 하사받기에 이르렀던 사실이 현실의 불합리한 점을 극명하게 드러내 준다.

실제로 무신란 평정 후 권희학(權喜學, 1672~1742)은 화원군(花原君)에 책록되었고 그의 초상화를 궁궐뿐만 아니라 집안에도 보관하게 하였는데, 현재 그때의 공신 초상화가 후손가에 전해지고 있다.[17] 그리고 박찬신(朴纘新, 1679~1755)은 양무원종공신(揚武原從功臣) 2등에 책록되었

---

17 이에 대해서는 이수환, 「조선 후기 안동 향리 권희학 가문의 사회경제적 기반과 봉강영당 건립」, 『대구사학』 106, 대구사학회, 2012 참조.

는데, 작가는 그 점에 대해 '지략 많은 금위중군(禁衛中軍)'이 선봉에 서서 싸우는 대신 도리어 산봉우리 꼭대기로 도망간 덕택이라고 하였다. 반어법을 적절하게 운용하여 박찬신의 무능과 위선에 대해 거침없는 조롱과 야유를 퍼부었다.

'지략 많은 금위중군'이라는 표현은 언어적 아이러니를 효과적으로 운용한 실례이다. 『난리가』에서는 호명의 수사와 함께 아이러니의 기법을 운용하여 특정 인물의 행적과 공과에 대해 냉정한 평가를 내렸다. 표현하려는 원래의 의미와 정반대되는 말로 표현하는 언어적 아이러니의 활용을 통해 작가는 금위중군 박찬신의 부정적 행태를 여지없이 폭로하고 풍자, 야유하였다. 박찬신의 무능하고 비겁한 점을 드러내기 위해 작가는 모르는 척 '자신감에 찬 무지(無知)'로 아이러니를 구사하였다. 아이러니의 필수 요소는 대립과 거리이다. 아이러니는 외관과 현실의 상반 또는 부조화를 요구한다. 그리고 다른 조건들이 같은 상태에서는 대조가 크면 클수록 아이러니의 효과는 더욱 두드러지게 나타난다.[18] 박찬신의 무능, 비겁과 지략의 대립 요소가 크면 클수록 아이러니의 효과는 더욱더 증대되는 것이다. 그리고 대립요소는 서로에게서 벗어날 수 없기에 필연적으로 긴장을 수반하며, 이 긴장은 분노에서 환희에 이르기까지 다양한 감정적 반응을 유발한다. 『난리가』의 작가는 언어적 아이러니를 활용하여 지휘관으로서의 책임과 덕망을 갖추어야 할 박찬신이 오히려 무능하며 비겁하고 무책임한 인물임을 여지없이 폭로하였으며, 해당 인물의 그릇된 행동에 대한 분노의

---

18 D. C. Muecke, 문상득 역, 『아이러니』, 서울대 출판부, 1980.

감정을 숨김없이 표출하였다.

다음 인용문은 언어적 아이러니의 기법을 더욱 효과적으로 운용한 예이다.

함원군(咸恩君)의 쵸이좌는 적딘(敵陣)을 더흐야 선봉(先鋒)으란 아니하고 보군(步軍) 오쵸(五哨)을 거느리고 노픈 산의 오른 공이로다. 군힝(軍行)을 도라보니 타츄(打吹)타는 올커니와 군듕(軍中)의 권마셩(勸馬聲)은 무숨 일고. 췌타(吹打)흐는 뎌 균식야. 철리 길흘 부러오니 네 부리가 쇠부리라도 견더디 못흐리로다. 이보소 군병들아 힝여 후의 츌젼커든 이 듕군(中軍) 드려 가새. 군병(軍兵)을 스랑흐니 산힝을 파흔 후의 산영개 슬믄 일과 이 엇디 다룰소냐. 텬문(天門)이 구듕(九重)이나 셩샹(聖上)이 아르시면 블샹히 너기시리.

위의 인용문에서 함은군(咸恩君)과 금위중군(禁衛中軍)은 모두 박찬신을 지칭한다. 앞에서도 '지략 많은 인물'이라는 아이러니를 활용해서 풍자의 효과를 높였는데, 여기에서는 박찬신 한 명에 초점을 맞추어 아이러니를 연속적으로 운용했다. '군병을 사랑하는' 사람, '높은 산에 오른 공', '훗날 출전할 때에 함께 데리고 가자' 등에 보이는 다수의 언어적 아이러니는 무능하고 부덕한 지휘관의 그릇된 행태를 풍자하고 조롱하는 데에 더욱 큰 효과를 발휘한다.

화자는 겉으로는 모르는 척, 박찬신에 대해 군병(軍兵)을 사랑하고 공을 세우고 훗날 함께 출전하고 싶은 사람이라고 한껏 추켜세웠다. 외관과 현실의 상반되는 거리가 크면 클수록 아이러니의 효과는 더욱 커지기 마련이다. 화자는 그 점에 주목하여 박찬신의 외관을 최대한 칭송하고 높였다. 이 같은 언어적 아이러니를 통해 무신란이 끝난 후 양무원종공신(揚武原從功臣) 2등에 책록되었던 박찬신의 본래 면모는 독자들의 눈앞에 남김없이 폭로된다. 화자는 이 같은 아이러니의 수법을 활용하여 권위 있고 신분이 높은 인물을 마음껏 희화화하고 조롱하였다. 박찬신의 무능에 대한 풍자와 조롱의 이면에는 무신란 이후 논공행상이 정당하게 이루어지지 못한 당대 현실의 불합리와 모순에 대한 작가의 비판적 시선이 자리하고 있다.

또한 작가는 무신란에 참전하여 온갖 고생과 역경을 견디어 낸 일반 병사들의 처지를 취타병(吹打兵)에 빗대어 재치 있게 표현했다. 취타란 원래 입으로 부는 취악기와 손으로 치는 타악기를 함께 연주하는 것에서 나온 용어이다. 천리 먼 길을 행군할 때마다 취타병이 악기를 부느라고 온갖 고생을 한 점에 대해 작가는 쇠붙이로 만든 입술도 감당하지 못할 정도라고 표현하였다. 기지 넘치는 표현을 통해 온갖 희생과 고통을 감내하는 하급 병사와 자기 과시에만 힘쓰는 무능하고 위선적인 지휘관의 대립적 형상을 효과적으로 연출하였다.

이에 비해 한문으로 기록된 각종 관찬 사료와 일기 및 관련 자료들의 시각은 『난리가』의 그것과 큰 격차를 보였다.

정오가 채 못되어 말을 달려 승첩을 알려 왔고, 포시(晡時)에 박찬신(朴纘新)이 고각(鼓角)을 울리며 깃대에다 적의 머리 여러 개를 매달고 오니, 군중에서 승전곡을 울리고 군사와 말이 기뻐 날뛰었다. 첩서(捷書)를 써서 박종원 등의 머리를 함에 담아 군관 신만(申漫)에게 주어 서울로 치보(馳報)하였다. 이때 조정에서 상하가 밤낮으로 초조하게 걱정하며 첩보를 기다리고 있다가, 이날 동북풍이 일어나는 것을 보고는 모두 말하기를, "왕의 군대에 이롭다" 했는데, 과연 크게 이겼던 것이다.[19]

위의 인용글은 『영조실록』에 나온다. 박찬신이 반란군 진압에서 공을 세우고 귀환하는 장면을 묘사했다. 실록뿐만 아니라 영조와 정조 임금에 의해 편찬된 『남정일록(南征日錄)』, 『무신창의록(戊申倡義錄)』 등의 관찬 기록을 비롯하여 사대부들에 의해 기록된 다수의 한문 기록들에서는 『난리가』에 보이는 것처럼 공신에 책록된 지배층 인물들에 대한 신랄한 풍자와 조롱의 내용은 발견되지 않는다. 오히려 그들은 공신의 높은 등급을 받았으며 토지와 노비를 하사받고 관직 승진의 혜택 등을 함께 누렸다.

2) 하급 병사의 활약상과 고단한 삶에 대한 묘사─일상 구어의 활용과 집단 정서

『난리가』는 하급 병사에 의해 창작된 작품으로, 그들의 용감하고 희생적인 활약상과 함께 고단하고 힘겨운 생활상이 생생하게 묘사되어 있다. 특히 한 달이 넘는 기간 동안 감내해야 했던 힘들고 고단한 군영 생활의 모습들을 작품 곳곳에서 실감 있게 증언해 놓았다. 굶주림, 더위와 싸우며 군영 생활을 보내야 했던 병사들의 고단한 삶을 다룬 작품은 흔치 않다. 이 점에서도 『난리가』는 특별히 주목된다.

---

19 『영조실록』 권16, 1728년(영조 4) 3월 23일.

① 검천셔 지숙(止宿)ᄒ고 십팔일 미명의 흥군ᄒ야 과천을 디날시 녀염 (閭閻)이 일공(一空)ᄒ고 힝인(行人)이 긋첫더라. 통노고의 밥블 지으니 그 빨리 무금도 므글시고 흔덩이식 손의 쥐고 나모 져을 못 엇거든 쇠술을 싱각ᄒ며 소금을 못 엇거든 쟝김치롤 싱각ᄒ랴 손의 쥔 밥덩이을 머글 저긔 돌과 뉘는 어이 워셕버셕ᄒᄂ괴야.

② 부러진 활 것거진 통 쌘 동로구 메고 원ᄒ노니 황제헌원씨(黃帝軒轅氏) 롤 / 샹탈여(相奪與) 아닌 젼(前)에 인심(人心)이 순후(淳厚)ᄒ고 천하태평 (天下泰平)ᄒ여 일만팔천세(一萬八千歲) 사랏거든 / 엇더타 습용간과(習用干 戈)ᄒ여 후생(後生) 곤(困)케 ᄒ연고[20]

위의 인용문『난리가』와 사설시조 작품은 통노구를 소재로 활용하여 하급 병사의 고단하고 힘겨운 삶을 다루고 있다는 점에서 공통적이다. 통노구는 구리로 만든 작은 솥으로, 자유롭게 옮기어 따로 걸 수 있게 만들어져 있다. 화자는 통노구에 지은, 돌과 뉘[21]가 뒤섞여 있는 밥을 나무젓가락도 없어서 손에 쥐고 먹는 장면을 묘사하였다. 이를 통해 화자는 무신란의 관군으로 참여했던 당시 훈련도감 소속 마병들의 열악했던 군영 생활의 단면을 드러내었다. 이 점은 통노구를 시적 소재의 하나로 등장시켜 전쟁에 시달리는 병졸의 고달픈 처지를 노래한 사설시조 작품과 유사하다.

또한 고단한 군영생활을 효과적으로 드러내기 위해 작가는 "나모 져

---

20 김흥규 외편,『고시조대전』, 고려대 민족문화연구원, 2012, 작품번호 2067.1
21 뉘는 쌀 속에 등겨가 벗겨지지 않은 채로 섞인 벼 알갱이를 말한다.

을 못 엇거든 쇠술을 싱각ㅎ며 소금을 못 엇거든 쟝김치를 싱각ㅎ랴"
라고 하여 화자인 하급 병사의 목소리를 직접 들려주었다. 병사의 한
탄 어린 탄식 속에 소금에 절인 김치나 나무젓가락조차 없이 돌이 뒤
섞여 있는 설익은 밥을 손에 쥐고 먹어야 하는 병졸들의 열악한 군영
생활이 잘 드러나 있다.

　① 초삼일 미명의 디례로 향ㅎ더니 드르니 디례 원이 도적의게 패ㅎ야 드
라나니 도적이 창곡(倉穀)과 군긔(軍器)를 다 가져 갓는디라. 수다(數多)ᄒ
군병(軍兵)이 므엇 먹고 길흘 가리오. 도무시(都無使) 뎐령(傳令)ㅎ야 압고
을 냥식(糧食)을 시러다가 밥 지어 먹로라 ㅎ니 인매(人馬) 주린 일이야 엇
디 다 긔록ㅎ리오.

　② 군냥(軍糧)이 젼혀 업서 모든 쟝졸(將卒)이 밥을 굼고 밤을 겨유 새와
초팔일 미명의 힝군ㅎ야 함양 오십니를 드러가니 그 비골프믈 견디디 못홀
러라.

　③ 삼십일 미명의 군병(軍兵)을 총독(總督)ㅎ야 옥천으로 향홀시 나리 더
온디 년일ㅎ야 갑듀(甲胄)를 벗디 못ㅎ야 군시(軍士) 병드러 물게 쩌러디는
재 삼십여인이라.

　④ 이러구러 볼셔 스월(四月) 망간(望間)이 되니 봄의 니븐 군병이 덥기를
ᄎ마 견디디 못ㅎ야 ㅎ고 물리 연ㅎ야 길흘 가니 피골(皮骨)리 상졉(相接)ㅎ
야 빅편(百遍)의 힝일보(行一步)ㅎ는디 갈길혼 쳘리(千里)로다.

육체적 고통 중에서 병사들이 감내해야 하는 가장 큰 것은 굶주림이었다. 군량미의 공급이 원활하지 않아서 병사들뿐만 아니라 군마(軍馬) 또한 배고픔을 견뎌야 했다. 또한 병사들은 무거운 갑옷을 두른 채 전투에 참여하고 군영 생활을 해야 하기 때문에 4월에서 5월로 이어지는 한 달 동안 더운 날씨와도 씨름해야 했다. 특히 무거운 철갑을 입은 마병들의 고통은 더하였으며, 행군을 하다가 말에서 떨어지는 병사가 속출하기도 했다.

여기서 하나 더 지적할 것은 '워석버석하다'와 같은 의태어의 활용, 그리고 '피골이 상접하다' 등의 일상 구어체 활용은 굶주린 병사들의 고단한 삶의 단면을 효과적으로 드러내 주는 역할을 한다는 점이다. 이것은 『난리가』의 작가가 지닌 하급 계층의 의식 및 정서와 연관된다.

먼 길희 돌포 구티(驅馳)ᄒ야 ᄃ니던 군시(軍士)라 하 절박ᄒ야 일시에 ᄃ라드러 울며 ᄉ로더, "셔울 올나가셔 뇨(料)를 타셔 오늘 머근 냥식을 갑ᄉ올 거시니 덕분을 니버지라" ᄒ고 삼빅 마군(馬軍)이 울며 보채되 죵시(終始)히 고집ᄒ고 아니 주니 쳘리에 츌졍나온 군시 어듸가 밥을 어더 머그리오. 홀로 젼혀 굴므니 그 셟기를 엇디 다 니ᄅ이요. 슬프다. 우리 삼빅명 마군이 비록 일일 냥식을 더 머거나나 도쳐(到處)의 션봉(先鋒)이 되야 졔적(諸賊)을 소멸ᄒ야시니 이 공을 싱각흔들 그대도록 박졀ᄒ랴. 녜날 오긔(吳起)은 군ᄉ의 보드롯도 ᄲ라시니 그와 이 일을 비홀딘대 어닉야 낫다 ᄒ고.

4월 22일 반란군을 진압하고 돌아올 때 전주에서 일어났던 한 사건을 기록했다. 하루치 양식을 미리 타서 먹었다는 이유로 금위중군 박찬신은 병졸들에게 양식을 제공하지 않았다. 그러자 하루를 꼬박 굶게 된 마군 삼백 명은 서울로 올라가 급료로 갚을 테니 하루치 양식을 달라고 집단으로 청원을 하였지만 거절을 당하였다. 이로 인하여 마군 삼백 명은 하루를 꼬박 굶을 수밖에 없었다.

작가는 자신을 포함해 마군 300여 명이 "도처에 선봉이 되어서 적을 소멸"한 공을 세웠다고 생각하지만, 그 같은 그들의 공을 제대로 인정하거나 대우해 주지 않았다. 열악한 사회경제적 현실에서 살아갔던 마병들은 전란에 참여하는 것을 계기로 공을 세우고 후에 신분을 상승시키는 등의 일정한 보상을 기대하였을 것이다. 하지만 하루치 양식을 미리 먹었다는 이유를 내세워 그들을 굶게 만드는 것이 눈앞의 엄연한 현실이었다. 추후에 급료로 갚을 것이라고 약속함에도 불구하고 그들의 요청은 묵살되었던 것이다. 작품 마지막 부분에 다시 이 점을 언급하고 있는 데에서 작가의 비판과 분노의 목소리가 어떠한지를 미루어 짐작케 한다.

① 나라히 문누(門樓)의 뎐자(殿座)ᄒ시고 군졸을 위로ᄒ시며 대공(大功)을 기리시며 무슴 소회(所懷) 잇거든 알외라 ᄒ시니 엇디 소회 업스리오마ᄂ 알왼 즉 쟝슈 잡ᄂ 일이 되매 비록 거져 도라오나 젼쥬셔 굴믄 일이야 어니 군시 니ᄌ리오.

② 경셩(京城)셔 텰기(鐵騎) 수만이 ᄂ려 와셔 너희 안셩 듁산을 믓디ᄅ고 시방 너희ᄅ 티러 올 날이 수일은 격(隔)ᄒ야시니 대군(大軍)이 ᄒᆫ번 오면 너희 다 어육(魚肉)이 될디라.

무신란을 평정하고 수도 한양으로 돌아왔을 때의 장면이다. 국왕이 친히 나와 군사들을 맞이하면서 소회를 말해 보라고 하였지만, 화자는 '장수를 잡는 일이 되기 때문에 말없이 있었다'고 하였다. 불만을 토로하고 싶지만 그렇게 하지 못한다는 작가의 한탄을 통해 우리는 작가의 비판과 불만의 목소리를 읽을 수 있다.

또 하나 여기서 지적하고자 하는 것은 일상 구어체의 적절한 활용이다. ①에 나오는 '장수 잡는 일'이라는 표현이 그 하나의 예이다. 여기서 '잡다'는 말은 '손에 넣다'라는 의미가 아니라, 극심한 곤경에 몰아넣다는 뜻이다. 일상의 구어체로 지금도 많이 사용되는 용례이다. 인용문 ①에 나오는 "비록 거저 돌아왔지만"의 '거저'(아무 것도 없이 빈손으로), 인용문 ②에 나오는 '시방'(지금을 뜻함) 등도 일상 구어의 실례이다.

한편 『난리가』에는 훈련도감 소속 마병들의 고단한 생활뿐만 아니라 그들의 전투상황 및 활약상을 매우 생생하게 묘사하였다.

> 기픈 밤의 도적기 딘(陳)의 니르러시니 망디소조(罔知所措)ᄒ야 블과 활만 ᄡᅩ로라 ᄒ니 물은 절로 노혀 이리 ᄃᆞ르며 뎌리 ᄃᆞ롤 제 포댱(布帳)이 닷텨 문허디니 더옥 놀라 ᄌᆞ샹쳔답(自相踐踏)ᄒ야 혼빅(魂魄)이 몸의 븟디 아닌 ᄂᆞᆫ다라. 이러 굴제 그 도ᄉᆞ(都事)와 소졸(所卒)을 다 주겻더니 ᄯᅩ ᄌᆞ긱(刺客) 뉴칠명이 듕군(中軍)의 ᄃᆞ라드러 도무ᄉᆞ(都撫使)을 해ᄒ려 ᄒ니 이 역시 블의지변(不意之變)이라. 군병(軍兵)이 질녁(盡力)ᄒ야 겨유 두 놈을 자바 베히니라. 위티홀샤 션뎐관(宣傳官)의 머리여 손을 드러 칼흘 바다 잔명(殘命)을 보젼ᄒ나 손길히 간디 업닉. 희미ᄒᆞᆫ 돌빗히 도망ᄒᆞᄂᆞᆫ 재 긔 뉘런고. 이 아니 니비(李培)런가.

이인좌 반군이 습격대를 조직하여 오명항(吳命恒)의 진지에 쳐들어왔을 때의 위급한 상황을 묘사했다. 불의의 습격을 당한 관군들이 당황하는 장면 묘사가 인상적이다. 이인좌 반군은 이배(李培)에게 50명 정예병을 보내 관군을 습격하도록 했다. 그 습격대의 주임무는 관군의 총사령관 오명항을 처치하기 위함이었다. 관군은 조직이 채 정비되기 전이었고, 강행군 끝에 진위(지금의 경기도 평택)에 도착한 디였기 때문에 갑작스러운 습격에 제대로 대처하지를 못했다. 극도의 혼란 속에 관군들은 허둥거릴 뿐이었다. 서로 밟고 밟히는 혼란 속에서 관군들은 허둥지둥하느라고 정신이 없을 지경이었다. 작가는 그 점을 '혼백이 몸에 붙지 않았다'고 절묘하게 표현했다.

더구나 반란군 이배의 정예병사들은 오명항이 있는 중앙 진지의 막사에까지 습격을 하였다. 그때 당시 선전관이 부상당한 상황을 효과적으로 드러내기 위해 작가는 '위태할사 선전관의 머리여'라고 하여 독자의 주의를 환기하는 돈호법을 구사하고, '손길이 간 데 없구나'라는 영탄법을 결합시켰다. 관군은 전열을 재정비하면서 반군의 습격을 물리쳤다. 그 당시 관군에 의해 사로잡힌 병사가 있었는데, 그중 한 명이 관군의 감시가 소홀해진 틈을 타고 달아났다. 그 사람이 바로 반군의 습격을 이끌었던 이배였다. 그는 이인좌 반군의 중군으로 선봉이 되었으며, 관군이 진위에 이르렀을 때에 일군의 무리와 함께 습격을 하였다가 체포되었던 인물이다.

한편 『난리가』에서 작가는 마병 부대의 일원으로서 그들 마병의 활약상을 부각시켰다.

적군을 만나면 냥녑픠 눌개을 돗틴 듯ᄒ야 싱긔가 드러티니 저마다 용장(勇將)이라 천만군(千萬軍)인들 엇디 당ᄒ리오. 쟝슈는 비룡(飛龍) ᄀᆞᆺ고 군ᄉᆞ는 밍호(猛虎) ᄀᆞᆺᄐᆞ니 압녹강을 건네여도 도라셔든 아니 흘러라.

"장수는 비룡 같고 군사는 맹호 같아 압록강을 건너도 돌아서지 않을 것이다"는 비유적 표현을 통해 작가는 마병의 활약상을 작품 전면에 부각시켰다. 실제로 무신란에 동원된 군사들의 편제를 보면 마병이 700여 명, 보병이 1500여 명으로, 마병의 비중이 상당히 높았다. 이 같은 마병 중심의 군사 편제는 반란군을 신속하게 토벌하기 위함이었다. 기동성 확보를 위한 군사 편제였던 셈이다. 아래의 인용문은 돌격 선봉대로 활약하는 마병들의 전투 장면을 실감 나게 묘사했다.

① 못 보던 갑듀군ᄉᆡ(甲冑軍士) 저희 눈의 엇더ᄒᆞᆫ디 적쟝(賊將)이 긔롤 둘러 군ᄉᆞ롤 호령ᄒᆞ되 응ᄒᆞᆯ 재 젼혀 업ᄂᆡ. 듁산 압 너른 들히 마군(馬軍) 삼빅이 일시예 칼흘 ᄲᅡ혀 들고 고함을 크게 ᄒᆞ고 적딘(敵陣)의 ᄃᆞ라드니 그 군ᄉᆞ는 오합지졸(烏合之卒)이라 엇디 딕뎍(對敵)ᄒᆞ리오. ᄉᆞ면으로 헤여디니 군병이 승승ᄒᆞ야 적쟝을 싱금(生擒)ᄒᆞ고 자츙우돌ᄒᆞ야 적병을 믓디ᄅᆞ니 주검이 뫼 ᄀᆞᆺ고 피 흘너 내히 되얏더라.

② 마보군병(馬步軍兵)이 일시예 납함(吶喊)ᄒᆞ고 좌우로 협공(挾攻)ᄒᆞ야 도적을 싀살(弑殺)ᄒᆞ야 적쟝(賊將)도 버히며 적병(賊兵)을 즛디ᄅᆞ니 주검이 산곡(山谷)의 ᄀᆞ득ᄒᆞ고 피 흘러 내히 되더라. 기듕의 눌난 도적이야 쥐 숨듯 ᄃᆞ라나니 군병이 승젼곡(勝戰曲)을 울리고 본딘(本陣)의 도라오니 대쇼쟝졸(大

小將卒)들히 즐겨 티하(致賀)ᄒᆞᄂᆞᆫ 소리 턴디진동(天地震動)ᄒᆞ더라. 군긔(軍器)와 마필(馬匹) 어든 거시 그 수ᄅᆞᆯ 엇디 다 혜리오.

인용문 ①은 마병 부대의 활약상에 초점을 맞추어 전투상황을 묘사했다. '장하다 마병별장'이라는 돈호법을 통해 마병 부대를 통솔하는 지휘관의 출중한 능력을 드러내었고, '장함도 장할시고', '아니 하랴', '전혀 없네', '대적하리오', '되였더라' 등 의문과 감탄의 종결사를 통해 적진을 향해 돌진하는 마병들의 용감무쌍한 활약상을 강조하였다.

①에서 '못 보던 갑주군사(甲胄軍士)'는 바로 마병 부대를 가리킨다. 당시 훈련도감 소속 마병은 철갑, 보병은 피갑을 각각 착용하였다. 갑옷의 길이도 마병은 짧고 보병은 길었다. 철갑을 두르고 선봉에 서서 돌격하는 마병들의 힘찬 위세에 상대 적들이 위축되어 대응하지 못하였음을 부각시켰다. 마병은 활을 주무기로 하며, 환도와 편곤을 보조무기로 휴대하였다. 작가는 철갑을 두르고 날쌘 말과 함께 적진을 향해 용감무쌍하게 돌격하는 마병들의 활약상을 부각시켰다.

인용문 ② 또한 마병 군대가 보병 군사들과 함께 반란군을 진압하는 과정을 생동감 있게 묘사했다. '쥐 숨듯 달아나니'라는 비유적 표현은 마병들의 활약에 의해 관군이 승리를 거두는 상황을 인상적으로 드러내 주었다.

『난리가』의 서술태도에서 특징적인 점은 작가 개인의 입장과 감정을 적극적으로 드러내기보다는 작가를 포함하여 300여 명의 마병 전체를 대변하는 집단적 목소리를 더 강하게 표출한다는 사실이다.

① 삼월 십칠일 파루(罷漏) 후의 군병(軍兵)을 발힝(發行)흘시 나도 역시 군 스(軍士)로셔 북당(北堂)의 하딕ㅎ고 짓츨 지고 길흘 나니 툰셩톄읍(呑聲涕 泣)ㅎ고 일보십고(一步十顧)ㅎ야 나가는 이 형상이야 엇디 나 혼자뿐이리오.

② 도무시(都撫使) 각읍(各邑)의 브부ㅎ야 병든 군스룰 각별 티료(治療)ㅎ 야 낫거든 경셩(京城)으로 올녀 보내라. 그러나 쳔리 타향의 스디형뎨(死地 兄弟)라 병든 거슬 두고 가니 거류지졍(去留之情)의 슬프믈 엇디 견디리오.

인용문 ①은 가족들과 헤어져 출정을 떠날 때의 장면이다. "길을 처음 떠날 때의 행색이 어찌 나 혼자이겠는가"라는 표현 속에는 출정을 떠나는 많은 군사들의 한 일원이었음을 강조하는 작가의 목소리가 들어 있다. '우리 마군 300명'이라는 표현을 사용하거나, '천리타향의 사지형제(死地兄弟)'로서의 동료애를 강조하는 것 또한 이와 관련된다. 작가는 부상당한 병사들을 각 읍에 머물게 하여 치료한 후에 한양으로 돌려보내라는 명을 받았을 때에 "천리타향의 사지형제이므로 병든 사람들을 두고 가니 떠나고 머무는 슬픔을 어찌 견딜 수 있겠는가?"라고 탄식을 하였다. 형제간의 우애와 집단의식을 보여주는 대목이다. 좀 더 확대해서 말한다면, 일기를 쓰는 기본자세의 하나는 함께 출정했던 군사들 중에 나도 한 사람이었다는 의식, 즉 그들과 동고동락을 함께 하였다는 집단의식이었다.

『난리가』에서 작가는 자기 개인의 감정과 의식에 갇히지 않고, 함께 출정했던 동료 군사들의 처지와 입장을 적극적으로 대변하였다. 개인의 목소리는 되도록 감추고, 작가가 소속된 집단을 대변하는 목소리가 주조를 이루었다. 무능한 지휘관에 대한 풍자와 조롱, 덕망 있는 지휘관에 대한 칭송, 반란군과 그 협조자들에 대한 분노, 무고한 백성의 희생과 참전 병사들의 고된 생활에 대한 안타까운 시선 등은 전란에 참여했던 하급 병사의 집단적 정서와 의식을 반영하였다.

훈련도감 소속 병사는 수도 도성의 하층민으로 생활하였던 도시 서민이었다. 그들은 농민의 신분으로 일정 기간 동안 수도에 올라와 군인 복무를 하고 정해진 기간이 끝나면 다시 고향으로 내려갔던 병사들과 달랐다. 훈련도감 병사들은 군인 각자에게 무기와 군장, 마필 등을 부담시키는 조선 전기의 병농분리제와 달리 모든 군사 물자를 확보하여 군인들에게 지급해야 했다. 그리고 국가에서 도성에서 생활할 수 있도록 군인들의 의식주를 해결해 주어야 했으며, 이들에게 조총, 화약, 창검, 궁시, 갑주, 마필 등을 제작 공급해 주어야 했다. 그들은 군대에 근무한 일수에 따라 정해진 급료를 받았으며, 가족들과 함께 도성에서 생활하였다. 특히 보병보다 마병의 양성 유지에 더 많은 비용이 들었다. 국가에서는 마병들에게 말을 지급하였고, 말을 관리할 수 있도록 더 많은 급료를 주었으며, 피갑 대신 철갑을 보급해 주었다. 국왕의 호위, 도성 수비 등을 담당했던 훈련도감 병사들은 일종의 직업군인이고 국가 상비군이었다.[22] 이 점은 『난리가』에 투영된 작가의 의식과 정서를 파악하는 데에 중요한 단서를 제공해 준다.

---

22 차문섭, 「선조조의 훈련도감」, 『사학지』 4, 단국사학회, 1970; 김종수, 「조선 후기 중앙군제 연구—훈련도감의 설립과 사회변동」, 혜안, 2003; 유승희, 「17~18세기 한성부내 군병의 가대(家垈) 지급과 차입(借入)의 실태」, 『서울학연구』 36, 서울시립대 서울학연구소, 2009; 조성윤, 「19세기 서울의 상비군 제도와 하급군병」, 『연세사회학』 10, 연세대 사회발전연구소, 1990 참조.

피지배계층으로서의 자기 정체성은 일반 백성들의 처지에 대한 공감으로 이어진다. 아래 인용문을 들어본다.

잔잉(殘忍)타 그 천 여명 빅셩이 긔이 도적의 뉴(類)의 드럿던 거시니 블샹 긔는 젹거니와 이미혼 피란ᄒ던 빅셩이 남녀(男女)업시 다 살려ᄒ고 산의 올낫닷가 노쇼(老少)업시 다 주그니 그 잔잉ᄒ믈 엇디 다 측냥(測量)ᄒ리오.

무신란 진압의 과정에서 관군에 의해 무고한 백성이 무려 1,000여 명 희생을 당하였는데, 이에 대해 작가는 그들의 죽음을 안타까워하는 동시에 그들을 억울하게 죽음으로 내몬 지배층의 잔인함을 지적하였다. 일반 백성들에 대한 이 같은 공감의 표현은 하급 병사의 사회적 지위와 처지가 그들과 다를 바 없었기 때문이었을 것이다. 실제로 훈련도감 소속 병사들은 대부분 양인이나 천민으로 구성되었으며, 사회경제적 기반 또한 취약하였다. 그들은 장번병(長番兵)으로서 일종의 직업 군인이었지만, 국가에서 주는 급료만으로는 서울에서 생활하기가 쉽지 않았다. 국가에서 지급하는 급료와 면포가 서울 생활에 충분하지 않자 군인들은 군역 근무 이외의 시간을 이용하여 상행위 등의 다른 활동을 통해 생계를 책임져야 했다. 이 같은 그들의 사회경제적 처지는 일반 백성들과 별반 다르지 않았으며, 이러한 공통된 기반 위에서 작가는 반군 진압의 과정에서 억울하게 희생당한 백성들의 죽음을 동정하였고, 다른 한편 관군의 잔인한 진압 행위를 비판하였던 것이다.

4. 마무리

『난리가』는 훈련도감 소속 마병에 의해 한글로 기록된 일기문학이라는 점에서 주목된다. 하급 병사에 의해 창작된 일기작품이라는 점이 『난리가』의 자료적 가치를 높여 주는데, 이와 유사한 선행 사례로서 16세기 말 임진왜란 때에 한 병졸이 쓴 한글 일기를 예로 들어본다.

한 군졸이 공(鄭運)의 절의에 깊이 감복하여, 전쟁을 치루는 여가에 한글로 일기를 썼다. 배를 출항하던 4월초부터 9월에 탄환을 맞던 날까지 군중에서 일어난 사실들을 하나도 남김없이 자세히 기록했다. 우산 안선생(牛山 安先生(安邦俊))이 그 한글기록을 가지고 한문으로 엮어 내고, 『부산기사(釜山記事)』라고 이름 지었다.[23]

일찍이 고흥에서 오씨(吳氏) 성을 가진 사람을 만났다. 그는 전란이 일어난 초기 때부터 수군(水軍)에 참전하여 시종일관 공을 세운 사람이었는데, 언문으로 일기를 매우 상세하게 썼다. 주엽이 그 기록에 의거해 한문으로 옮겨 나에게 보여주었다. 내가 번잡한 것들을 깎아 내고 소략한 것들을 보완해서 『부산기사(釜山記事)』라고 이름 붙였다.[24]

---

23 崔是翁,「贈兵曹參判鄭公行狀」,『東岡遺稿』권7,『韓國文集叢刊續集』46, 558면. "有一戍卒深服公節義, 戰伐之暇, 以諺書爲日記. 自四月發船之初, 至九月中丸之日, 軍中事實, 纖悉無遺. 牛山安先生因其諺記, 以文字撰出, 名之曰釜山記事."

24 安邦俊,「釜山記事」,『隱峯全書』권7,『한국문집총간』74, 422면. "昔遇吳姓人於興陽地, 吳自亂初從舟師, 終始有功者. 以諺譯爲日記詳悉, 曄依其錄, 作一文字, 來示余. 余卽刪其煩蔓, 補其闕略, 名之曰釜山記事."

위의 인용문은 16세기 말엽에 하급 계층에 속한 한 수군(水軍) 병졸에 의해 한글 일기가 창작되었음을 알려준다는 점에서, 그리고 한글 일기 중에서 이른 시기의 작품이라는 점에서 중요한 의미를 지닌다. 그 뒤를 이어 유성룡(柳成龍)의 아들인 유진(柳袗)이 쓴 『임진록』과 『임자록』이 등장한다. 이들 작품은 1610년을 전후로 한 시기에 집필된 것으로 추정된다. 그리고 바로 이를 뒤이어 양반가 여성인 남평조씨(1574~1645)가 쓴 『병자일기』(1636~1640)가 나왔다. 이 글에서 다룬 『난리가』는 이들 한글 일기의 글쓰기 전통을 계승한 작품이다.[25]

그중에서도 『난리가』는 수군 병졸에 의해 임진왜란 때에 기록된 한글 일기의 전통에 직접적으로 연결된다. 아쉽게도 수군 병졸에 의해 한글로 쓰여진 원본 한글 자료는 현재 찾을 수 없고, 안방준(安邦俊)의 윤색과 가공을 거쳐 한문으로 옮겨진 「부산기사(釜山記事)」만이 전한다. 이 일기에는 이순신 장군과 그의 선봉장으로 있던 정운(鄭運)의 활약상이 생생하게 묘사되어 있다.

안방준은 임진왜란의 실상과 경과 등을 기록한 『은봉야사별록(隱鋒野史別錄)』을 편찬하였는데, 여기에는 조헌(趙憲)과 칠백의사(七百義士)의 순절을 다룬 「임진기사(壬辰記事)」, 이순신의 활약상을 다룬 「노량기사(露梁記事)」, 진주성 싸움을 다룬 「진주서사(晉州敍事)」 세 편이 수록되어 있다. 그런데 안방준이 「부산기사」를 『은봉야사별록』에서 뺀 이유는 자신이 직접 보고 들은 것이 아니었기 때문인 것으로 추측된다. 그러한

25　남평조씨가 쓴 한글 일기 『병자일기』를 다룰 때에 이 문제에 대해 간략하게 언급한 바 있다. 임진왜란 때에 한 수군 병졸에 의해 한글로 작성된 일기작품이 16세기 말엽에 등장했으며, 그 일기작품은 한문으로 개작되어 본래의 모습은 잃었지만, 그 이후의 한글 일기의 성장에 초석을 놓은 것임을 지적했다.

점을 미루어 보았을 때에 현재 전하는 「부산기사」의 기록 내용은 한글로 작성되었던 본래의 모습을 많이 간직하고 있지 않을까 생각된다. 현재 전하는 한문기록 「부산기사」를 통해 이름이 전하지 않는 한 수군 병졸의 손에 의해 한글로 창작된 종군 일기의 면모를 미루어 짐작케 한다. 16세기 말엽에 한 수군 병졸에 쓰여진 한글 일기는 조선시대 한글 일기문학사의 흐름을 선도한다는 점에서 중요한 의미를 지닌다.

『난리가』는 하층 병사에 의해 창작된 한글 일기라는 점에서 주목되는 작품이다. 현존하는 한글 일기가 많지 않아 자료적 희소성의 측면에서도 중요하겠지만, 무엇보다도 무신란에 직접 참전한 한 하급 병사의 손에 의해 창작되었다는 점이 조선시대 일기문학사의 흐름 속에서 더욱 의미 깊다고 하겠다.

『난리가』의 작가는 당시 수도 한양에서 생활하던 훈련도감 소속 마병의 일원이었다. 『난리가』를 쓴 작가의 신분과 지위가 무엇인지 정확하게 판단하기는 어렵지만, 훈련도감 소속 하급 병사라는 점에서 서울의 도시 하층민에 해당되는 것으로 생각된다. 현존하는 한글 일기는 대부분 상층 사대부층, 특히 남성 사대부들에 의해 창작 향유되었던 점을 고려할 때, 『난리가』의 존재는 특히 중요한 의미를 지닌다.

무능한 지휘관의 부정적 행태를 신랄하게 풍자하고 비판한 점, 하급 병사들의 고단하고 힘겨운 군영 생활의 단면을 부각시키기도 하고 그들의 전투 상황과 활약상을 생생하게 표현한 점, 아이러니의 기법, 시조 작품 등에서 항용 사용되는 돈호법의 수사기교 그리고 천근한 일상구어를 적절하게 운용한 점 등은 『난리가』가 보여주는 독특한 면모이다. 그리고 이 같은 작품적 특징은 도시 하층민으로 살아가던 훈련도감 소속 병사들의 정서와 의식을 반영하고 있다는 점에서 주목된다. 이 점은 반란의 진압 과정을 한글로 기록한 일기 자료『평남록』이나 『임신평란록』등과 비교할 때 더욱 분명하게 드러난다.

규장각에는 한글 일기자료『평남록』(필사본 1책)이 전하는데, 무신란의 경과와 관군의 진압과정을 날짜별로 기록했다. 무신란의 진압을 위해 관군측 내부에서 주고받은 문서들 — 장계(狀啓), 이문(移文), 관문(關文) 등 — 국왕의 유지(諭旨) 등을 중심으로 서술되어 있다. 따라서 하급 병사의 의식과 정서를 적극적으로 반영한『난리가』와 그 성격을 달리한다. 관군 내부에서 오고 간 문서들을 중심으로 전란의 과정을 한글로 기록한 일기 자료로는『평남록』이외에 홍경래 난을 대상으로 한 『임신평란록(壬申平亂錄)』이 있다.[26] 홍경래 난이 발발하면서부터 평정되기까지의 과정을 기록한 이 한글자료는 날짜별로 전란 진압의 과정을 서술하고, 지방관이 올린 장계 등을 수록해 놓았다. 관변측 문서 등을 주로 수록해 놓았다는 점에서『평남록』과 유사한 성격을 지닌다. 『난리가』와『평남록』,『임신평란록』은 전란의 진압 과정을 한글로 기록한 일기 자료라는 점에서 공통적이다. 하지만『난리가』는 관변측의 문서를 중심으로 전란의 진압 과정을 서술한『평남록』이나『임신평란록』과는 달리 훈련도감에 소속된 하급 병졸인 한 마병에 의해 기록되었고, 마병을 포함한 하급 병사들의 의식과 정서를 적극적으로 표현하였다는 점에서 더욱 중요한 의미를 지닌다.

---

26 현재 규장각과 장서각에 필사본 3책이 소장되어 있는데, 그 내용은 동일하다.

제4장

19세기 시조작가 이세보의 유배일기

『신도일록』

1. 문제 제기

그동안 한글 일기문학 연구는 여성이 쓴 작품에 한정하여 논의가 진행되어 왔으며, 남성이 쓴 한글 일기의 경우에는 자료 발굴 및 소개의 수준에 그치고 본격적인 작품론 연구로까지 확대 심화되지 못하였다. 『병자일기』, 『동명일기』 등 한정된 작품에 초점을 맞추어 연구가 진행되었기 때문에, 한글 일기문학을 전반적으로, 포괄적으로 다루지 못했다. 따라서 한글 일기문학의 전체상을 온전하게 구명하기 위해서는 남성들이 쓴 한글 일기문학 작품을 함께 고려해야 한다. 현재 전하는 조선 후기 한글 일기 가운데에는 남성작가들이 쓴 작품들이 다수 존재한

다. 유성룡(柳成龍)의 아들 유진(柳袗)이 쓴『임진록(壬辰錄)』과『임자록
(壬子錄)』, 김약행(金若行)의 유배일기『적소일기(謫所日記)』, 박조수(朴祖
壽)가 조부의 유배지를 따라갔다가 다녀온 경험을 기록한『남정일기』,
여행 일기의 성격을 지닌 김원근(金元根)의『자경지함흥일기(慈慶志咸興
日記)』와 이희평(李羲平)의『화성일기』, 그리고 이 글에서 다루고자 하는
이세보(李世輔)의『신도일록(薪島日錄)』등이 있다.[1]

이 글은 19세기를 대표하는 시조작가인 이세보(李世輔, 1832～1895)의
한글 유배일기『신도일록』을 분석 대상으로 삼아 그 특징적 면모를 밝
히고, 일기 '문학'으로서의 위상과 의의를 구명하는 것을 목적으로 한
다. 이세보는 19세기 시조작가의 한 사람으로, 460여 수에 달하는 방
대한 양의 시조 작품을 남겼다. 그동안 학계에서는 시조작가로서의 이
세보와 그의 작품 세계에 관하여 다각도로 연구를 진행해 왔으며, 그
성과 또한 풍부하다.[2] 하지만 아직까지『신도일록』을 남긴 산문작가

---

1 유진의『임자록』과『임진록』은 홍재휴에 의해 원문이 소개되고 연구가 진행되었다. 유진,
   홍재휴 역주,『역주 임진록』, 영남대 출판부, 2000 참조.『적소일기』에 대해서는 이승복,「적
   소일기의 문학적 성격과 가치」,『고전문학과 교육』5, 한국고전문학교육학회, 2003; 이승복,
   「유배체험의 형상화와 그 교육적 의미」,『고전문학과 교육』14, 한국고전문학교육학회,
   2007; 김희동 편,『선화자 김약행 선생의 꿈과 생애』, 목민, 2003에서 다루어졌다.「남정일
   기」는 작품 소개와 작가 문제에 대해 최강현,『한국문학의 고증적 연구』, 고려대 민족문화연
   구소, 1996에서 언급되었다. 그리고『신도일록』과 관련해서는 진동혁에 의해 학계에 소개
   된 바 있다. 진동혁,『이세보 시조연구』, 집문당, 1983; 진동혁,『주석 이세보시조집』, 정음
   사, 1985.『신도일록』에 수록된 유배 시조에 관해서는 진동혁,「이세보의 유배시조 연구」,
   『단국대학교 논문집』15, 단국대, 1981; 박길남,「이세보의 유배시조 연구」,『한남어문학』
   17, 한남어문학회, 1992 등의 연구가 있다. 한편 조동일 교수는『신도일록』에 대해 조선 후기
   한글 일기문학의 하나로서 그 중요성을 언급한 바 있다. 조동일,『한국문학통사』3, 지식산
   업사, 1984 참조.
2 이세보의 시조가집,『신도일록』등의 자료는 진동혁 교수에 의해 발굴 소개되었으며, 그에
   대한 기초적인 연구 또한 이루어졌다. 이후 많은 연구자들에 의해 이세보 시조에 대한 연구
   가 지금까지 활발하게 진행되어 왔다. 그 자세한 연구 목록은 생략한다. 단국대 동양학연구
   소 편,『이세보시조집 부 신도일록』, 단국대 출판부, 1985; 진동혁,『주석 이세보시조집』, 정

로서의 면모에 대해서는 크게 주목하지 않았다. 한글 산문으로 창작된 『신도일록』은 이세보의 또 다른 작가적 면모를 확인할 수 있는 점에서 그 의미를 지닌다.

또한 『신도일록』에는 이세보가 창작한 한시와 국문시가 작품이 실려 있다는 점에서도 주목되어야 한다. 한시 2首와 국문 가사 4편이 수록되어 있는데, 특히 국문 가사는 이세보의 시가작품 세계를 이해하는 데에도 중요한 의미를 지닌다. 그동안 이세보의 가사작품으로는 「상사별곡」이 주로 논의되어 왔을 뿐이다.

무엇보다도 조선 후기 일기문학사의 흐름 속에서 뛰어난 문학적 성과를 보였다는 점에서 중요하다. 국문으로 남겨진 일기작품이 많지 않다는 점에서도 그러하거니와, 문학적 성취가 높은 작품이라는 점에서 특히 그러하다. 조선 후기 일기문학사의 흐름 속에서 『신도일록』의 문학사적 가치와 지위를 구체적으로 해명해야 할 것이다.

2. 『신도일록』의 구성과 표현

이세보는 20세에 경평군(景平君)에 봉해지고 26세 때에는 중국 사신단의 정사(正使)로 연경에도 다녀오는 등 철종으로부터 두터운 신임을

음사, 1985; 진동혁, 『이세보 시조연구』, 집문당, 1983.

받고 있었다. 안동김씨 세력에 비판적이었던 이세보는 안동김씨 일파를 주축으로 한 관료들의 탄핵을 받고 1860년 29세의 젊은 나이로 신지도(薪智島)에 위리안치(圍籬安置)되었다. 그는 1863년 12월에 유배에서 풀릴 때까지 3년여의 시간을 전라남도 신지도에 갇혀 유배생활을 보내야 했다. 『신도일록』은 유배의 여정과 유배지에서의 생활을 일기 형식으로 쓴 한글 산문작품으로, 일기 기록이 끝난 뒤에는 시조작품 95수가 함께 수록되어 있다.

1) 내면 감정의 토로와 자기 독백적 어조

『신도일록』이 지닌 두드러진 특징의 하나는 화자의 내면 감정을 자기 독백적 어조로 토로하는 것이다. 이 점은 유배 경험을 다루고 있는 국문 작품 『적소일기』와 『남해문견록』이 화자의 견문을 전달하는 데에 중점을 두었던 것과 대비된다.

『신도일록』은 유배지에서 쓴 자전적 자기 고백의 성격을 지닌 한글 일기작품이다. 그것의 두드러진 특징의 하나는 내면 감정의 토로와 자기 독백적 어조이다. 『신도일록』은 다른 사람과의 만남이나 유배지에서의 일상적 생활 모습 등을 구체적으로 묘사하기보다는 화자 내면의 심리와 정감을 표출하는 데에 보다 중점을 두었다.

먼저 『신도일록』이 시조집 『풍아(대)』와 비슷한 시기에 묶여졌으며, 그 창작 배경 또한 유사하였던 점을 살펴본다.

① 셰지임슐지계츄하한(歲在壬戌之季秋下澣)의 신지도복스즁(薪智島鵬舍中) 亽년젹긱(四年謫客)으로 년부년월부월(年復年月復月)의 병근(病根)은 날노 더하고 슈회(愁懷)난 만단(萬端)하여 셰월를 잇고져 혹 글도 읽으며 시쥐(詩句)도 지으며 쇼셜(小說)도 보다가 쏘 노리를 지어 기록하나 쟝단고져를 분명이 츳지 못하엿스니 보난 스름이 짐쟉하여 볼가하노라.[3]

② 노리하기를 파하미 다시 글귀를 읊프며 글귀를 읊픈 후의는 다시 병을 읍듀어리니 병근이 날노 길미 화타와 편쟉이가 다시 난들 늬 병을 엇지 의원하리요.

③ 여긔와 이 고셩이 거연이 두 히가 되엿구나. 남방의 씨는 더위 즈고로 유명이라. 모진 볏 스오나온 불꽃 가온더 슘쉬이기를 헐썩이며 홍노상의 안진 것 갓고 싸이 쏘한 비습하니 누긔는 올나와셔 방돌의도 물리 난다. (…중략…) 교쏘 쟝마를 당하여 달리 진하도록 긔이지 아니하니 큰 브다 쳡쳡헌 셤의 도로를 통할 슈 업는지라 셔울 시골 일쯧 셔신도 비겨 드를 슈 업쓰니 마음의 답답하여 하로날 지팅하기가 더욱 어렵쏘다.

①은 『풍아(風雅)(대)』의 발문이며, ②와 ③은 『신도일록』에 나오는 글이다. 이세보는 신지도에서 많은 시가 작품을 산출하였다. 『풍아(대)』, 『풍아(소)』 등의 시조집과 함께 『신도일록』도 유배 시절의 작품이다.

---

3 『신도일록』의 원문은 단국대 동양학연구소에서 편찬한 자료집에 영인되어 있다. 단국대 동양학연구소 편, 『이세보시조집 부 신도일록』, 단국대 출판부, 1985 참조. 그리고 진동혁 교수가 이를 활자로 옮긴 자료는 진동혁, 『주식 이세보시조집』, 정음사, 1985에 소개되어 있다. 『신도일록』의 작품 인용은 이들 두 자료에서 한 것이다.

『신도일록』이 정확하게 언제 집필되고, 책의 형태로 묶여졌는지 확정하기는 어렵다. 인용문 ③의 "여긔와 이 고성이 거연이 두 히가 되엿구나"라는 내용을 근거로 할 때, 집필 시기는 1862년 여름 이후로부터 유배가 풀리기 이전까지로 추정된다. 아마도 『풍아(대)』가 1862년 가을에 편찬된 것과 비슷한 시기에 『신도일록』도 집필되지 않았을까 한다.[4]

1862년에 쓴 『풍아(대)』의 발문과 『신도일록』의 기록에 따르면, 작가는 유배객의 시름과 근심을 잊고자 글도 읽고 시도 짓고 소설도 보며 노래를 지었다고 하였다. 이세보가 남긴 시조 가운데 상당 부분이 신지도의 유배 시절에 창작되었던 데에서 알 수 있듯이, 유배객 이세보에게 있어 시조 창작은 유배객의 시름을 토로하는 역할을 하였다. 인용문 ②에서 작가는 유배의 고통과 고독감을 이기기 위해 노래를 부르고 글귀를 읊는다고 했다.

인용문 ③에서는 유배생활을 하는 화자의 모습이 보다 뚜렷하게 보이는데, 특히 "마음이 답답하여 하루도 지탱하기 더욱 어렵도다"라고 토로하는 화자의 독백 속에서 유배지에서 겪어야 하는 작가의 답답한 심정을 떠올리게 한다. 인용문 ②와 ③을 미루어 볼 때 일기의 집필 또한 작가가 유배지에서 겪는 수심과 고뇌를 표출하는 하나의 통로로서 이루어졌음을 짐작케 한다.

4　『신도일록』의 집필 시점을 『풍아(대)』의 편찬 시점과 비슷하게 보는 이유는 다음과 같다. 유배 여정을 기록할 때에는 날짜별로 표시를 하다가 유배지 도착 이후에는 날짜별 표시를 하지 않았다는 점, 날짜별 표시방식도 여타의 일기에 보이는 것과 다르다는 점, 과거 회상과 자전적 술회를 보인다는 점 등을 고려했기 때문이다. 물론 유배를 오는 도중에 작가가 그날 그날의 일들을 기록해 둔 것을 참조했을 것이다. 중요한 것은 『신도일록』의 경우 유배생활의 어느 시점에서 자신이 유배를 오게 된 내력과 과정을 회상하면서 집필했을 가능성이 더 크다는 점이다. 그리고 이러한 집필 시점이 『신도일록』의 글쓰기 방식에 영향을 미쳤다는 점이 작품을 분석할 때에 중요하게 고려되어야 한다.

『신도일록』은 화자 자신의 내면 감정을 토로하는 데에 중점을 두었다. 특히 유배지 도착 이후를 다루고 있는『신도일록』후반부는 날짜별로 기술하지 않고 그때그때 떠오르는 단상들을 적어 나갔기 때문에 작가의 내면적 고뇌와 갈등을 더욱 짙게 드러내 보였다.

동지달 긴긴 밤의 잔등은 명멸한데 벼기 우의 몸을 버렸다가 반갑다 계명셩의 강잉ᄒ여 이런안졋쓴들 한잔 더운 물를 뉘가 능히 날 권ᄒ며 한 그릇 미음인들 뉘가 능히 날 권ᄒ며 한 그릇 미음인들 뉘가 능히 날 먹이리요. 이 밤이 비록 신들 오는 밤은 엇지ᄒ며 이 날리 비록 져믄들 오는 날은 어이ᄒ리. 남지의 깃드린 시를 뉘 능히 살녀 쥬리.

"한잔 더운 물도 권할 사람 없는" 유배지의 고독감을 생생하게 표현했다. 그 생생함은 화자의 되뇌는 자기 독백에서 기인하며, 이 점이『신도일록』의 독특한 특징이다. 특히 우리가 주목할 사항은 화자가 자신의 유배 생활의 고독감과 절망감을 표현할 때에 자기 독백적 어조를 자주 활용한다는 점이다.

화자는 겨울밤 홀로 일어나 앉아 자신을 거울로 삼아 혼잣말을 이어간다. "누가 능히 날 권하며ㅡ 누가 능히 날 권하며ㅡ 누가 날 먹이리요?"라고 말하는 데에서, 연속되는 반어형 의문문을 통해 내면의 수심과 무력감을 독백처럼 되뇌었다. 화자의 하소연을 듣는 듯한 느낌을 준다. 연속되는 의문문은 청자에게 질문하여 답변을 얻으려는 목적으로 사용된 것이 아니라, 화자가 이미 알고 있는 사항을 강조하고 확인하려는 목적으로 사용된 것이다.[5] 위의 인용문에 보이는 반어 의문형 문장들은 자기 독백적 어조를 활용하여 화자의 상념과 수심의 토로를 더욱 강화시켜 주었다. 이어지는 진술 속에서도 화자는 "오는 밤을 어찌하며, 오는 날은 어이하리?"라고 하소연한다. "누가 능히 살려주리?"라는 마지막 문장에 이르러 자문자답의 고뇌 표출은 절정에 달한다.

자기 독백적 어조의 표현 방식과 관련하여 또 하나 언급할 점은 문장종결어미에서 감탄형, 의문형 등을 빈번하게 사용한다는 점이다.

그 잇튼날은 십칠일이라. 의관을 강잉ᄒ여 뎡제ᄒ고 부모게 비스ᄒ니 오날 이후로는 승안ᄒ기 어렵고 셔신도 통ᄒ기 쉬울소냐. 고복ᄒ신 은혜와 구로ᄒ신 졍니가 ᄒ날 가웃과 짜이 진한 곳의 기리 쓴어지니 옷슬 붓들고 발를 굴너 엇지할 쥴를 아지 못ᄒ고 아니 갈 수 잇슬소냐. 드듸여 길를 ᄶ나 갈지라 ᄒ는 고긔의 이르니 위태롭고 놉기도 측냥 업쏘다. 봉만이 ᄶ근 듯ᄒ고 길리 경측ᄒ니 뉘라셔 촉나라 길리 어렵다 ᄒ던고. 여긔 비ᄒ면 평지가 안릴넌지 언덕을 붓들며 셕벽을 어루만져 간신이 올나가니 긔운이 탈진ᄒ고 숨이 쳔쵹ᄒ더라. 영 우의 이르러 잠간 슈이고 쟝안을 ᄇ라보니 청산은 몟 겹이며 녹슈는 몟 구븬고. 눈 ᄇ람은 머리를 치고 운이는 눈을 막엇쏘다. 드듸여 길를 ᄶ나 갈지라 ᄒ는 고긔의 이르니 위태롭고 놉기도 측냥 업쏘다. 봉만이 ᄶ근 듯ᄒ고 길리 경측ᄒ니 뉘라셔 촉나라 길리 어렵다 ᄒ던고.

문장의 끝말에 사용된 종결어미에 주목해 보자. 위 인용문에 사용된 종결어미는 '-도다', '-소냐', '-던고', '-고' 등으로, 대다수가 감탄형과

---

5   이를 수사적(修辭的) 의문문 혹은 반어(反語) 의문문이라고 한다. 반어 의문문은 상대방의 대답을 요구하거나 전제하지 않은 독백조의 어투에 많이 사용된다.

의문형 종결어미이다. 이에 반해 설명법 종결어미는 한 군데밖에 보이지 않는다.[6] 작품 내에서 의문형과 감탄형 종결어미를 빈번하게 구사하는 것은 화자 내면의 정감을 효과적으로 표현하기 위해 의도적으로 선택된 결과이다.

위의 인용문 이외에 『신도일록』에 나오는 여타의 종결형 어미를 조사해 보면, '-더라'와 같이 평서문을 만들어 주는 종결형 어미도 사용되지만, 감탄과 의문의 종결형이 상당히 많이 보인다. 작품에서 자주 등장하는 것을 예로 들면, "-리요, -는고, -소냐, -하랴, -할고, -ㄴ말가, -ㄴ말고" 등이다. 이처럼 의문형과 감탄형 종결어미를 자주 사용하고, 이를 통해 화자 자신의 자기 독백적 어조를 적극적으로 활용하는 것은 『신도일록』의 독특한 특징의 하나로서, 유배의 경험을 다루고 있는 국문 작품인 『적소일기』와 『남해문견록』 등과 대비할 때 특히 더 두드러진다. 달리 말해 『신도일록』은 화자가 겪은 견문과 사건 등을 객관적으로 제시하거나 설명하기보다는 화자의 내면에 자리한 복잡 미묘한 주관적 감정의 양태들을 다채롭게 표출하는 데에 더 중점을 두었다.

『적소일기』와 『남해문견록』에서는 화자가 관찰자적 위치에 서서 독자에게 자신이 겪었던 사건들을 전달하는 방식을 주로 택하였다. 『신도일록』이 자기 내면의 '감정'을 토로하고 독자에게 자신의 처지를 '고백'하는 데에 보다 중점을 두고 있다면, 『적소일기』과 『남해문견록』은 자신이 겪은 '사건'과 '견문'들을 독자들에게 '전달'하는 데에 보

6　국어 종결어미는 화자의 진술 태도나 목적에 의하여 문장의 종류를 결정해 주는 역할을 하는 문법 요소이다. 이 종결어미는 문장 종결법 유형에 따라 크게 설명법 종결어미, 의문법 종결어미, 명령법 종결어미, 감탄법 종결어미, 청유법 종결어미로 구분된다.

다 중점을 두었다. 도식적으로 말한다면, 『신도일록』이 '고백체'라고 한다면, 후자는 '이야기체'이다.

① 인의 집의셔 아희 병 드라고 빌녀 쩍ㄱ로롤 졀고의 샌으니 ㄹ졀이 쩍이 먹고시믜 그 쩍을 빈 후 흔 조각이나 주면 먹을가 ᄒ다가 죵시 주는 일이 업스매 못먹으디 쩍 싱각은 오히려 마디 아니ᄒ다가 ᄯ 말재 쥬인의 집이 비는 일이 이셔 쩍쑬을 씨허가니 그나 혹 쩍을 보낼넌가 ᄒ디 일양 긔척이 업스니 아희들 쩍 어더 먹으려 ᄒ다가 못 어더먹고 낙막ᄒ야 ᄒᄂ 거동 ㄱ 튼야 스스로 우습고 한심ᄒ믈 씨듯디 못ᄒ야 비곱푼 째는 ㅈ연 셔울 음식을 두루 싱각ᄒ다가 싱각ᄒ야 브졀업스믈 탄ᄒ고 그러구러 츄동이 졀셰롤 밧고이매 졈졈 긔허ᄒ고 위약ᄒ야 병 빌믜 되얏더라[7]

② ㅁ을드리 뫼 밋티도 잇고 물ㄱ의도 이시니 울과 사립플 다 대로 ᄒ고 동산의 대숩피 프르러 잇고 뜰ㄱ의 셩뉴고치 불거시니 보기의 경가롭고 뎐답이 옥토요 딜삼들이 착실ᄒ고 희물이 ㄱ자 이시니 싱니는 됴흔 고지로디, 내 쥬인의 마루의 안잣더니 지붕으로셔 홀연 압픠 쩌러지는 거시 잇거눌 보니, 큰 비얌이 앞픠 쩌러져 방셕이 서리ᄂ니라. ㅁ이 놀납고 진에도 방과 마루의 ㄱ다허니 몰니기는 면ᄒ나 이 두 가지 일이 복거ᄒ야 잇든 못홀 고지러라. (…중략…) 삼월의 유교리 구향 오니 이웃ᄒ야 든든이 디내거니와 집의 칠십 팔셰 노친을 두고 쳔니 밧긔 와 잇기 주야 용녀ᄒ야 침식을 불안 ᄒ야 ᄒ니 소견의 불샹ᄒ기 다른 덕긔이셔 더ᄒ더라.[8]

7 김희동 편, 『선화자 김약행 선생의 꿈과 생애』, 목민, 2003.
8 최강현 역주, 『후송 유의양 유배기 남해문견록』, 신성출판사, 1999.

위의 인용문은 '-더라'의 종결형을 보여주는 한 예이다. 인용문 ①은 김약행(金若行)의 『적소일기』이며, ②는 유의양(柳義養)의 『남해문견록』이다. 전자에서는 화자가 유배지에서 겪는 굶주림을 묘사했으며, 후자는 유배지의 열악한 환경과 다른 유배객에 대해 기술하였다. 위의 두 인용문에서는 공통적으로 종결형 선어말어미 '-더'가 사용되었다. 종결형 선어말어미 '-더-'는 과거에 목격한 일을 입증, 회상하는 데에 사용되며, 과거의 상황을 그 시점에서 이루어지고 있는 것으로 표현하는 데에 그 특징이 있다.[9] 이 말은 달리 말해 상황을 바라보는 화자의 위치가 그 상황의 시점에 위치해 있음을 의미한다.[10] '-더'는 과거의 상황을 현재의 일처럼 전달할 수 있게 하며, 회상, 과거 지각 등의 기능을 갖고 있는 것이다.[11]

『적소일기』는 가족과 친척들에게 자신의 유배체험을 '이야기' 삼아 들려주고픈 동기에서 집필되었다. 그리고 '이야기'로서의 성격을 적절하게 표현하기 위해 화자는 문장의 종결형 표기에 유의하였다. 『적소일기』에서 주로 사용된 종결형은 '-더라', '-니라', '-러라', '-더니라' 등

---

9 중세국어, 현대국어 등에 사용되는 선어말어미 '더'의 의미, 기능에 관해서는 그동안 많은 연구성과가 제출되었다. 이재성, 「선어말어미 -더-의 문법 기능에 대한 연구」, 『우리말연구』 26, 우리말학회, 2010; 이지영, 「선어말어미 '더'의 통시적 연구」, 서울대 석사논문, 1999; 이지영, 「지문의 종결형태를 통해 본 고전소설의 서술방식」, 『정신문화연구』 107, 한국학중앙연구원, 2007; 최동주, 「선어말어미 '-더'의 통시적 변화」, 『언어학』 19, 한국언어학회, 1996 참조.

10 최동주, 「선어말어미 -더의 통시적 변화」, 『언어학』 19, 한국언어학회, 1996 참조.

11 고전소설의 하나인 『사씨남정기』에 사용된 종결형태에 대한 분석 결과에 따르면, '-이라'가 많고 '-더라'가 적은 판소리계 소설이나 신소설과는 달리 『사씨남정기』 종결형에는 '-더라'가 압도적으로 많다. 그리고 '-니라'가 전지적 서술에 해당된다면, '-더라'는 서술자가 서술대상과 거리를 두고 관찰자의 위치에서 서술할 때 나타난다고 했다. 이지영, 「지문의 종결형태를 통해 본 고전소설의 서술방식」, 『정신문화연구』 107, 한국학중앙연구원, 2007 참조.

인데, 그중에서도 특히 '-더라'가 가장 많이 사용되었다. 이에 반해 감탄형, 의문형 종결어미는 상대적으로 적게 나타난다.『적소일기』에 빈번하게 사용된 '-더라' 종결형 어미는 8년 동안의 유배 체험을 회상의 방식에 의해 주된 독자인 가족들에게 전하는 데에 적절한 형식이었다. 유의양의『남해문견록』은, 책 제목에서도 암시하듯이, 남해 유배지에서의 생활, 풍속, 기행 등을 객관적으로 전달하는 데에 중점을 두었다. 이렇게 볼 때『적소일기』와『남해문견록』에서 '-더라'의 종결형을 많이 사용한 것은 화자가 관찰자적 위치에 서서 독자에게 자신의 견문이나 과거에 겪었던 사건들을 전달하기 위함이었다.

한편『신도일록』에는 작품 중간중간에 가사체 방식의 서술 방식을 활용했다. 이 점 또한 앞서 본 화자의 내면 정감의 토로와 연계되는 문제이다. 예컨대 다음과 같은 것들이다.

① 압길은 어듸며뇨 은진현을 지나가면 여산부가 젼나도 쵸경이로구나.

② 청산은 몇 겹이며 녹수는 몇 구비인고. 눈 바람은 머리를 치고 운애는 눈을 막었도다.

③ 쳔신만고ᄒ여 비로소 신지도의 오단 말가.

④ 남경의 잇다 ᄒ더니 이 곳즌 무어슬 빙ᄌᄒ여 금능이라 ᄒ엿는고. 금능이 예 잇쓰니 봉황디는 어듸 잇누.

⑤ 온 ᄉ롭이 구호ᄒ여 반일 후의 회소ᄒ니 모질다 완명이여 죽끼도 어렵쏘다.

⑥ 두어라 비왕티리는 샹텬됴화시니 어늬 날 금계가 ᄉ를 만나 도라가리요.

『신도일록』에 나오는 가사체 방식의 표현들 가운데 일부이다. 앞서 본 것처럼 감탄형, 의문형 종결어미를 활용하여 화자의 고양된 정서를 효과적으로 표현하는 동시에, 대구의 방식과 4음보의 율격적 흐름을 적절하게 구사하고 있는 점이 인상적이다. 이러한 문장 구사의 방식은 방대한 시조작품을 남길 만큼 노래에 능하였던 이세보의 작가적 역량과 관련되는 동시에, 앞에서 언급했던 바처럼 화자의 내면 정감을 효과적으로 표현하기 위한 장치이다.

2) 과거 회상과 자전적 술회

일기는 기본적으로 자서전, 회고록과 달리 규칙적인 시간의 연속 속에서 자기의 삶을 기록하는 방식을 취한다. 자서전에서는 집필시점과 경험시점 사이의 시간적 간극이 크게 나타나는 데에 비하여, 일기의 경우에는 그 시간적 간극이 크지 않다. 그 점에서 일기는 매일의 일상을 그때그때 기록한다는 '즉시성'을 그 특성으로 한다. 상당수의 한문일기가 이 같은 특성을 지닌다.

그런데 우리는 『신도일록』에서 작품 속 화자가 지난 시절의 기억들을 회상하는 장면을 자주 접하게 되며, 화자의 성장과정과 관직생활 등을 자전적으로 술회하는 장면을 만나게 된다. 즉 '즉시성'에 의해 그날그날의 일상을 하루의 시간 속에 분할하여 그때그때 적어 나가는 방식과 구분되는 것이다. 일기이면서 자전적 회상록의 성격을 지니고 있는 것이 『신도일록』에서 주목해야 할 점이다.

① 여러 날 디명헌 끗히 슉병이 틈발ᄒ여 호련이 샹긔ᄒ며 토혈ᄒ여 음음 헌 모양이 능히 젼진치 못ᄒ고 시흥현 쥬막의셔 즈니 그 잇혼날은 쵸팔일 이라. 길리 안양으로 지나가니 이 짜혼 나 셩장헌 곳이라 소나무 어덕과 밤 나무 동샨이 다 아희쩍 노든 데라 비록 이 길리 아릴지라도 미양 이 짜을 지 니면 방황ᄒ여 가지 못ᄒ고 권련헌 회포 간졀하엿거든 허물며 ᄇ다 밧겻히 쫏긴 신ᄒ요 ᄒ날가으셰 외로온 손이라

② 공쥬 광졍 쥬막의 이르러 잘 시 이날 밤의 병졍이 더욱 즁ᄒ여 쟉슈도 마시지 못ᄒ고 침샹의 혼도ᄒ니 졍신을 슈습할 슈 업쏘다. 슬푸다. 니 일신 을 뉘라셔 능히 불샹ᄒ여 ᄒ리요. 니가 졍ᄉ년 겨울의 ᄉ명을 밧ᄌ와 셔울 노부터 쩌나 의쥬이 득달ᄒ니 여러 날리 되고 압녹강을 건너 온졍평의 한 진ᄒ고 쳥셕녕 너머 요동칠빅니를 지나 샨히관의 드러가 옥ᄒ관의 다다르 니 그 졍도를 혜아리면 샴쳔여리가 되고 인ᄒ여 ᄉ십여일를 머무니 디궐를 ᄇ라보고 부모를 싱각ᄒ미 심신이 불타는 것 갓고 모진 ᄇ롬과 챤 눈의 침 식이 온젼치 못ᄒ나 미양 마음을 억제ᄒ여 오히려 도라올 긔약을 위로ᄒ엿 쩌니 (…중략…) 그러나 강진현 신지도는 우리나라 짜이라 엇지 타국의 비 ᄒ여 그 졍도를 혜아리면 불과 일쳔나라 가기가 비록 지리ᄒ나 오히 만리 힝역 보다 낫고 ᄯ 도즁 소식을 드르니 짜이 남만의 갓가우며 모진 풍속이 왕화도 밋지 못헌다ᄒ나 그러ᄒ여도 ᄯ한 아국ᄉ롬이니 머리를 싹고 옷깃 슬 외우ᄒ여 언어를 통치 못ᄒ는 놈보다 나혼지라

인용문 ①은 경기도 안양을 지날 때에 자신의 어릴 적 기억을 회상 하는 대목이며, 인용문 ②는 공주 주막에서 잠을 잘 때에 과거 중국에

사신 갔을 적의 일을 떠올리는 장면이다. 두 작품은 공통적으로 유배객으로 전락한 현재의 자아와 그 이전의 자아를 상호 대비하여 서술해 놓았다. 어렸을 때의 즐거웠던 추억이 서려 있는 장소에서 화자는 '바다 밖으로 쫓긴 신하', '하늘 가의 외로운 손'이라는 현재의 자기 모습을 마주하게 된다. 어린 시절의 천진하고 행복했던 모습과 유배객의 고단하고 초라한 모습이 겹쳐지면서 화자가 처한 현재의 상황이 보다 뚜렷하게 부각된다.

또한 화자는 공주 주막에 머물 때에 "누구 하나 자신을 불쌍하게 여길" 사람이 없다고 한탄을 하면서 중국 사신단의 정사로 북경에 갔을 때의 일을 회상한다. 화자는 이역만리 타국에서 고생을 하였던 것에 비하면 지금 고국에서의 고난은 그래도 견딜 만하다고 스스로를 위안한다. 요컨대 위의 두 인용문은 과거 회상의 술회를 통해 현재와 과거의 상반되는 자아를 대비했으며, 이 같은 대비의 방식은 유배객으로 먼 길을 떠나고 있는 화자의 심회를 효과적으로 표현하는 장치였다.

과거 회상을 통한 자전적 술회가 더욱 두드러지게 나타나는 대목을 들어본다.

호천망극ᄒ신 지우헌 은혜 특별이 한 목슘을 쑤이스 ᄇ다 가으셰 보니셧쏘다. ᄒ날를 원망ᄒ며 스롬 허물ᄒ기를 닉 엇지 감히 ᄒ리요. 여긔 이르럿쓰미 닉 신셰 더욱 슬푸도다. ᄌ과부지ᄒ미 혹 고이치 아니ᄒ니 반구져긔 ᄒ는거시 진실노 맛당할 비로다. 쟈ᄉ우량ᄒ여도 닉의 소됴는 텬지를 부앙ᄒ여 ᄒ속걸일 데 업쓰니 한갓 통박만 더ᄒ도다. 우리 부모 나를 쳐음으로 나으시미 나를 도라보고 쏘 도라보와 편벽되이 지즈ᄒ시도다. 나히 계우 말를 비우미 의방을 가르치시고 등을 어류만져 미양전가헐 아희라 ᄒ셧도다. 거연이 두각이 졈졈 쟝더ᄒ미 샹자를 지고 동셔로 날마다 스승을 돗ᄎ 단녓도다. 십스의 이르러 취쳐헌 후의 몸을 외가의 가 부쳐 이우ᄒ미 만토다. 집이 가난ᄒ미 슉수지공이 어렵고 셩샨ᄒ미 젼묘를 다스릴 슈 업쏘다. 신히년 봉군ᄒ기의 이르러 봉공ᄒ기의 골몰ᄒ니 엇지 스졍을 도라보리요.

위의 인용문에서 화자는 과거의 삶을 회상하면서 자신의 불효불충(不孝不忠)을 자책하였다. 어릴 때부터 부모의 사랑을 받으며 성장했던 일, 스승을 좇아 공부를 하였던 일, 결혼을 한 후 외가에서 살았던 일, 가난했던 집안 일, 경평군에 봉해졌던 일 등이 하나하나 새로운 기억으로 재생되었다. 이러한 과거 기억의 재생을 통해 화자는 자기 내면의 울울한 심정, 그리고 회한과 자책의 감정을 토로하였다. 어린 시절 이후 지나온 과거 삶을 술회하면서 경험시점의 자아와 그 이전의 자아를 극명하게 대비시킴으로써, 화자는 현재의 자아를 끊임없이 되돌아보고 있는 것이다.

『신도일록』은 과거 회상의 방식을 적절하게 활용하여 과거의 자아와 현재의 자아를 대비시키고 자신의 처지를 반성하고 되돌아보는 자전적 술회의 면모를 보여준다. 그리고 더 나아가 과거의 시점에서 다시 더 시간을 거슬러 올라가 대과거의 시점에서 자신의 경험을 서술하는 시간 구조를 취하였다. 이 같은 중층화된 시간구조는 회상을 통한 자전적 술회를 효과적으로 드러내 주는 장치이다.

『신도일록』이 과거 회상을 통한 자전적 자기고백을 자주 보이는 까닭은 무엇일까? 우선 『신도일록』의 집필 시점을 고려해야 한다. 『신도일록』의 집필은 그날그날 이루어진 것이라기보다는 유배 이후 2년이 지난 1862년 어느 무렵에 일괄적으로 이루어졌을 가능성이 크다. 유배객의 답답한 심사를 달래기 위해 작가는 유배를 떠나게 된 경위에서부터 유배지까지 이동한 과정, 그리고 유배지에서의 생활 등을 전체적으로 정리하고자 했다.

『신도일록』이 자전적 술회에 많은 비중을 두는 이유 중에서 보다 중요한 것은 작품의 주제의식과 관련된다. 왕실의 인물로서 철종의 총애를 받으며 전도유망하였던 이세보에게 있어 유배라는 특수한 상황은 현재의 자신을 되돌아보는 계기를 마련하였다. 그러다 보니 자연스럽게 과거 시절의 자아와 현재의 자아를 상호 대비하고, 지난 과거의 기억들을 때때로 환기하여 현재 일기 서술 속에 삽입하는 방식을 자주 택하였다. 현재와 과거의 교차, 공존을 지향하는 방식이다.

『신도일록』은 그날그날의 일어났던 경험들을 사실성에 입각해 충실하게 기록하는 자세를 취하기보다는 자신의 내면적 고통과 정서를 표출하고, 과거의 회상 속에서 지난 삶을 되돌아보는 모습을 주로 보인다. 회상의 방식, 그리고 회상 속의 회상 방식이 이중적으로 교차된 것이 『신도일록』의 독특한 구성방식이다. 『신도일록』 전편을 관류하는 화자의 기본적인 심리 태도는 자신의 내면에 쌓여 있는 감정을 밖으로 발산하는 것이며, 또한 지나온 과거 삶을 통해 현재의 자아를 되돌아보는 것이다.

3) 산문과 운문의 유기적 결합─한시와 국문시가의 활용

『신도일록』의 두드러진 특징의 다른 하나는 국문시가와 한시 등을 적절하게 삽입, 활용하여 화자의 정감과 의식 지향을 효과적으로 표현하고 있다는 점이다. 일기문학은 대체로 산문의 형태로 서술되기 마련이며, 한문 일기의 경우 이따금 한시 작품이 들어가는 경우가 있다. 예컨대 김려가 쓴 『감담일기』는 그날그날의 견문을 산문의 형태로 기술한 다음에 그날의 견문 중에서 특별한 소재를 택해 한시의 형태로 노래하는 구성 방식을 택했다.

『신도일록』은 산문과 운문을 유기적으로 결합한 한글 일기라는 점에서 독특한 서술 방식을 취했다. 더욱이 한시와 국문시가는 작품 전체의 구성 속에서 긴요한 역할을 담당했다. 『신도일록』에 실린 운문은 절구 1수, 율시 1수, 가사 형식의 시가작품 4편이다.

　　나도 일즉이 머단 말를 드럿쩌니 머나먼 험한 길의 오늘날 무샴 연고로 여기 왓는고. 낙일를 의지ᄒᆞ여 북두성을 ᄇᆞ라보고 디궐를 싱각ᄒᆞ니 외로온 졍셩이 참아 잇기 어렵쏘다. 드듸여 한 율시를 지어 가로되 "흰가마의 병든 몸을 싯고 강진의 이르니 문득 인간의 닉 몸 두믈 한ᄒᆞ노라. 늣기는 거슨 셩셩ᄒᆞ신데 극ᄒᆞ나 나라 갑기가 어렵고 은혜는 고복ᄒᆞ신데 깁헛쓰니 참아 어버이를 이즐소냐. 슬피 ᄇᆞ라보니 뎐지가 혼년이 즈음이 업고 괴로이 읊푸니 챵명이 널너 가으시 업쏘다. 챵낭 한 곡됴를 어부로 화답ᄒᆞ니 외로온 비는 츌몰ᄒᆞ여 고신을 시럿쏘다."

강진 지역을 지날 때에 화자는 서울로부터 멀리 떨어져 있는 자신의 모습을 바라보면서 깊은 감회에 젖는다. "외로운 정성이 참아 잇기 어" 려워 화자는 율시를 한 수 짓게 된다. 이처럼 화자가 산문에 의한 서술 방식에서 벗어나 한시라는 서정 장르를 삽입한 것은 내면의 감흥과 심회를 효과적으로 표현하고자 함이었다. 다른 대목에서 절구를 지을 때에도 작자는 "쥬막의 드러 잘새 슬픔을 이긔지 못하여 한 절귀를 지엿쓰니"라고 하여, 내면 감정의 자연스러운 표출을 계기로 한시라는 장르를 택하게 되었음을 밝혔다.

한시가 그때의 감흥과 심회를 짧게 토로하는 것임에 비하여, 가사 형식의 노래는 긴 호흡 속에서 화자의 감정과 심회, 의식 지향 등을 매우 다채롭게 표현하는 역할을 하였다. 한시는 정해진 짧은 분량 속에 화자의 심정을 압축해서 보여주어야 한다. 그리고 시조 또한 3장 형식의 짧은 분량 속에 화자의 내면을 응축시켜 표현해야 한다. 이 같은 장르적 차이가 이세보로 하여금 『신도일록』 일기 내에 한시 이외에 가사체 작품을 네 편이나 수록한 이유이며, 유배 체험을 형상화한 시조 작품을 일기가 끝난 뒤에 인종의 부록 형태로 따로 모아 놓은 까닭이기도 하다.

작가는 가사 형식의 작품을 네 편 창작하여 수록해 놓았는데, '노래'를 짓게 된 계기를 이렇게 밝혀 놓았다.

병은 고향의 침노ᄒ고 근심은 썰기처럼 모뒤니 누엇다 다시 이러하고 이러나미 다시 안져 늣기는 회포만 갈수록 억제ᄒ기 어렵쏘다. 인ᄒ여 노리 한 곡됴를 지어 가로더 근심 속에 불안한 심리를 내비치는 화자의 모습을 읽을 수 있다. 그리고 그 같은 유배객의 근심과 불안감을 해소하기 위해 화자는 '노래'라는 장르를 택했다. '갈수록 억제하기 어려운 회포'를 토로하는 적절한 장치로 '노래'를 활용하였던 것이다. 여기서 노래는 짧은 시조나 한시를 가리키는 것이 아니라, 유장한 호흡 속에 개인적 체험을 다채롭게 표현해 낼 수 있는 가사 형식을 말한다.

① 셕각은 챠아ᄒ고 디슙풀은 쇼샴ᄒᆞᆫ데 바닷물노 셩을 ᄊᆞ코 신지도를 비판ᄒ니 ᄒ날이 지으신 지옥이라 이를 엇지ᄒᆞ쟌 말고. 인ᄒ여 한 노릭를 지여 ᄀ로딕

손이 잇셔 너게 읍ᄒ고 무러 가로딕 그딕 엇지ᄒ여 여긔 이르럿누. 오호의 비를 씌여 도쥬공을 ᄎ져 가나. 샴샨의 약을 키여 안긔싱을 보려는가. 아득키 힝노란을 우에 모르고 쨕몸이 우우ᄒ여 쟝챳 엇지ᄒ랴는고. 몸을 진이 가온디 버셔나 멀니 놀미 가는 ᄇ를 임의로 ᄒ랴는가.

② 챵낭가 한 고됴가 심이 맑고 ᄯ오 한가ᄒ니 날노 더부러 어부스나 화답ᄒ셰. 너 이 말를 듯고 기리 탄식ᄒ니 나 지긔ᄒ느니 아니면 엇지 나를 아러 보리요. 유유한 너 속의 ᄊᆞ인 회포를 그딕게 번거이 한번 펴미 어리셕지 아니ᄒ랴. 너가 근본 션파집의셔 싱쟝ᄒ여 약간 예를 비우고 능히 시를 말ᄒ미 평싱 심두의 츙효 두 글ᄊ를 직희여 일치 안코 샥여 두엇노라. 나이 계우 열아홉의 근동의 참녜ᄒ미 다힝이 우리 셩상의 부류ᄒ신 은혜를 힘입엇ᄯ다.

이세보는 굴원과 어부 사이의 대화를 다룬 창랑가와 어부가의 형식을 빌어 유배된 자신의 처지를 기탁하였다.[12] ①은 객이 부르는 창랑가이며, ②는 화자가 부르는 어부사이다. 본래 굴원이 참소를 받아 유배를 갈 때에 어부와의 문답을 기록한 것이 「창랑가」 혹은 「어부사」이다. 『신도일록』에서는 「창랑가」와 「어부사」의 두 편으로 나누어 객(어부)과 작가 사이의 문답 형태로 구성했다.

「창랑가」에 등장하는 객은 유배객으로 쫓겨 온 작가의 처지에 공감을 하며, 그를 위로하고자 한다. "청년의 옥 갓흔 ᄌ질이 가이 앗갑쏘다"라는 말에서 그 점이 분명하게 드러난다. 「창랑가」에 등장하는 어부의 존재는 유배객으로 전락한 작가의 불우한 처지와 상황을 안타깝게 여기며 위로하는 '지기(知己)'이다. 「창랑가」를 듣고 나서 작가가 "내 이말를 듯고 기리 탄식하니 나 지긔하느니 아니면 엇지 나를 아러 보리요"라는 말에서 어부와 작가 사이의 공감과 상호 이해를 짐작케 한다. 이렇게 보면 어부의 존재는 작가의 불우한 유배객의 처지를 대변하고 위로할 줄 아는 지기이다.

여기에 나오는 어부는 허구적 자아이다. 즉 『신도일록』 내에 등장하는 화자의 내면을 더욱 대상화, 객관화시킨 시적 장치이다. 작품 내 화자의 대화 상대자이며 허구적 청자라고 할 수 있다. 이 같은 허구적 자아의 등장은 유배객으로 떠나는 작중 화자의 다른 면을 드러내 보이는 동시에, 화자와의 대화를 통해 화자의 내면적 심리와 정감을 효과적으

---

12 조선시대 어부사의 전승과 관련해서는 많은 연구성과가 제출되었다. 단행본 성과를 들면 다음과 같다. 이상원, 『조선시대 시가사의 구도와 시작』, 보고사, 2001; 이형대, 『한국 고전 시가와 인물 형상의 동아시아적 변전』, 소명, 2002; 박규홍, 『어부가의 변별적 자질과 전승 양상』, 보고사, 2011 참조.

로 표현하는 역할을 한다. 작중 화자의 처지를 이해하고 공감하며, 또 그를 위로하는 역할을 수행하는 것이다.

이 같은 점은 초나라 때의 「어부가」와 그 성격을 약간 달리한다고 보여진다. 초나라 때의 「어부가」는 굴원이 조정에서 추방된 후에 처세 방향과 관련하여 굴원이 겪는 내면적 갈등과 고뇌를 표현했다. 내면의 서로 다른 욕구가 충돌하고 갈등을 일으키는 모습을 형상화한 것이다. 이에 비해 『신도일록』 내의 「창랑가」와 「어부사」는 두 자아의 갈등하는 모습보다는 상호 공감하고 이해하는 모습을 더 부각시켰다.

한편 「창랑가」에 화답하여 작가가 읊은 「어부사」는 그 주된 내용이 작가 자신의 과거 삶에 대한 회상이다. 작가는 위의 「어부사」에서 자신이 태어난 집안에서부터 성장과정, 관직 생활 등을 서술했다. 자전적 회상의 방식을 통해 작가는 지난 삶에 대한 자기 술회를 펼쳤다. 『신도일록』에 수록된 「창랑가」와 「어부사」는 유배객의 처지를 반영하고 있으며, 유배 체험을 계기로 지나온 삶을 되돌아보고 있다는 점에서 종래의 어부가의 전통 속에서 독특한 지위를 갖고 있다고 하겠다.

초사체(楚辭體)를 활용한 다른 시가 작품을 들어본다.

① 병은 고항의 침노ᄒ고 근심은 썰기쳐럼 모뒤니 누엇다 다시 이러하고 이러나미 다시 안져 늣기는 회포만 갈수록 억졔ᄒ기 어렵쏘다. 인ᄒ여 노리 한 곡됴를 지어 가로더 "멀니 별니ᄒ미여 셔로 싱각ᄒ기를 괴로이ᄒ니 ᄉ랑ᄒ고 보지 못ᄒ니 가이 엇지ᄒ리요. 미인을 ᄒ날 한가의 ᄇ라보니 홀노 황혼을 의지ᄒ여 눈물리 물결갓도다. 슬픈 노리 한 곡됴의 챵ᄌ가 아홉 번 도라오니 옷나라 뫼와 춋나라 물리 눈압헤 만엇쏘다."

② 쏘 노리ᄒ여 가로디, "오희라 한번 노리ᄒ미여 텬지는 져물고져 ᄒ고 비풍이 이러나는쏘다. 틱힝산의 올나 구름을 ᄇ라보미여 우리 어버이 계신 데가 곳 져 속이로다. 맑은 밤이 셔셔 달의 거름이여. 싱각이 고당의 간절ᄒ 미 마음이 타는 것 갓쏘다. 가마귀싀의 반포ᄒ는 졍을 늣기미여. 가이 스룸 이 져 즘싱만 못ᄒ는구나."

위의 두 시가 작품은 제목을 밝혀 놓지는 않고 '노래'라고만 하였다. 화자가 '노래' 두 편을 부른 이유는, 위의 인용문에 보듯이, "늣기는 회 포만 갈스록 억졔ᄒ기 어렵"기 때문이다. 화자 내면의 절실한 체험을 밖으로 표출하고자 하는 강렬한 욕구를 감당하기 어렵기 때문에 '노래' 라는 시가 장르를 의도적으로 택하였던 것이다. 앞의 시가작품이 굴원 의 「어부사」를 차용하여 어부와의 문답을 통해 유배지로 향하는 화자 의 괴로운 마음을 위로하였다면, 위의 시가 작품은 초사 형식을 빌려 임금과 부모에 대한 그리움과 자책의 심정을 토로하였다.

인용문 ①에 나오는 '미인'은 아마도 철종 임금을 가리키는 것으로 보인다. 신지도 유배시절에 지은 가사 작품 「상사별곡」에도 님이 등장 하는데, 임금을 상징하며 나아가 남녀관계에 의탁한 충신연주지사(忠 信戀主之詞)로 이해된다.[13] 인용문 ①은 여성 화자의 목소리를 등장시켜 임금에 대한 충심을 표현했다. 이에 비해 인용문 ②는 부모에 대한 그 리움을 토로했다. 두 시가 작품에서 말하고자 하는 주제 의식은 직분

---

13 이세보의 가사작품 「상사별곡」의 창작시기 및 작품 특정에 대해서는 김인구, 「이세보의 가 사 상사별곡」, 『어문논집』 24, 민족어문학회, 1985; 정인숙, 『자사문학과 시적화자』, 보고 사, 2010 참조.

에 충실하지 못한 자신에 대한 반성이다. 임금과 부모의 총애를 받고 성장하였던 화자는 '충효'라는 '직분'을 충실하게 수행하지 못한 현재의 자신을 책망하였다.[14] 그리고 이들 시가 작품은 「상사별곡」과 함께 이세보의 가사체 작품[15]으로 주목할 필요가 있다.

그리고 여기서 한 가지 우리가 놓쳐서는 안 될 것은 일기작품 내의 시가작품이 수행하는 기능과 역할의 문제이다. 『신도일록』에서 '노래'의 삽입은 다른 산문과 유기적이며 내적인 맥락에 의해 엮어져 있다. '노래'는 단순히 산문에서 진술된 내용을 요약하거나 정리하는 데에 그치는 것이 아니다. 일기작품 내의 문맥 속에서 필연적 계기에 의해 화자의 정서와 심리를 효과적으로 드러내기 위한 장치였다. 작가는 일기 속에다가 한시와 시가 창작의 계기를 밝혀 놓았다. '노래'라는 서정 장르의 선택은 작품 전체의 유기적 맥락 속에서 이해되어야 하며, 내면적 정서 표출을 중시하고 주관화, 서정화의 경향을 짙게 띠고 있는 『신도일록』의 독특한 성격을 보다 강화하는 기능과 역할을 수행한다. 요컨대 『신도일록』 내의 시가 작품은 작품 내의 유기적 구성 요소의 하나로서, 내적 감정의 절실한 토로, 자기 독백의 진정성 있는 표출을 강화하는 기능을 하였다는 점에서 그 의미가 있다. 그리고 시가 작품과의 유기적 결합에 의해 구조화되었다는 점이 『신도일록』만의 주요한 특징이기도 하다.

---

14 이 부분 서술은 이세보 시조작품의 주요한 자질로 언급된 '분(分)' 의식을 참조하였다. 박노준, 「이세보 시조의 分의식과 정서표출의 두 국면」, 『동양학』 20, 단국대 동양학연구소, 1990.
15 『신도일록』에 수록된 시가 작품의 장르 규정과 관련해 가사의 율격을 엄격하게 지키지 않는 부분도 있어서 일단 '가사체 작품'이라는 용어를 쓴다. 이에 대해서 별도의 논의가 필요하다.

4) 비유와 인용의 효과적 운용

『신도일록』이 지닌 또 다른 특징은 비유와 인용을 효과적으로 운용하는 것이다. 참신한 비유를 활용한 예를 들어본다.

① 셔울노 써나지가 십오일이 되엿쓰니 정도를 혜아리면 구빅구십니요, 이 써는 경신년 동 십일월 이십이일이라. 비컨더 샴쟝법스가 십구년만의 셔역국의 이름 갓도다. 영쥬봉이 뒤의 셔고 한나샨이 지쳑이라.

② 천신만고흐여 비로소 신지도의 오단 말가. 악헌 봉만과 츄헌 셕각은 전후의 묵써 셧고 홍도와 거랑은 좌우의 고리흐여 둘넛는데 돕고 돕은 셤 동구는 범의 입 형상갓고 검슈와 도샨이 한 염나귀관을 엿럿쓰니 인간이 어듸며뇨 풍도셤이 여긔로다

③ 흐류천의 이르러 능소를 브라보니 빅운 깁은 곳의 송빅도 울울흐다. 전년의 힝힝흐실 써의 수가흐여 왓던 일을 싱각흐니 더욱 감회를 이긔지 못흐여 반향이나 쥬져흐다가 계우 진위현 쥬막의 이르러 잘시 이날 밤의 챤 위엄은 소음을 짜고 챤 긔운은 뼈의 스못치는데 짜의 가득헌 빙셜은 문득 유리세계를 지엇써라.

서울을 떠나 신지도에 이르기까지 15일 동안 겪은 온갖 고생이 『서유기(西遊記)』에 나오는 삼장법사 일행의 고행과 흡사하다고 비유했다. 19년 만에 서역에 이른 삼장법사 일행의 고행에 견주는 것은 일면 과

장일 수도 있겠지만, 그 비유를 통해 화자는 험난했던 유배 여정을 함축적으로 제시할 수 있었다. 신지도에 도착한 이후 마주한 자연 풍광은 서울에서 성장한 청년의 눈에 비추어 보면 낯설고 두렵기만 한 대상일 것이다. 화자는 이를 '범의 입'에 견주기도 하고, 지옥과 관련된 일련의 용어 —'검수', '도산', '염라귀관', '풍도섬' — 를 연속적으로 활용하여 그 낯선 환경에 처음 마주하였을 때의 충격을 실감나게 표현했다. 세 번째 인용문에 나오는 '빙설은 문득 유리세계를 지었다'는 은유는 한겨울 추위를 인상적으로 묘사하였다.

① 긔갈은 ᄌ심ᄒ고 병긔는 더욱 더ᄒ니 긔부는 날노 소삭ᄒ여 피골이 샹년ᄒ니 의연이 마른 나무와 셕은 풀 갓ᄒ며 가샴의 불이 부치처럼 움쟉이니 잇따감 밋친 ᄉ롬도 갓고 츼헌 손도 갓더라. ᄉ마귀 갓혼 젹은 셤의 큰 ᄇ다이 ᄉ면으로 막켜쓰니 어늬 곳의 가 의약을 구헐고.

② 샴츈이 향난ᄒ니 빗홰징받이라 촉물샹심은 더욱 견듸여 억졔ᄒ기 어렵고 산졍ᄉ틱고ᄒ고 일쟝여소년한데 겻히 한 ᄉ롬도 업고 깁피 홀노 안졋쓰니 의연이 흙과 나무 허두ᄌ비 ᄉ롬이요 참션ᄒ는 노승과 갓쓰다.

③ 병은 고항의 침노ᄒ고 근심은 썰기처럼 모듸니 누엇다 다시 이러하고 이러나미 다시 안져 늣기는 회포만 갈스록 억졔ᄒ기 어렵쓰다.

인용문 ①은 여러 개의 비유를 연이어 활용했다. '비쩍 바른 육체'를 '마른 나무'와 '썩은 풀', '미친 사람', '취한 손'에 각각 비유하면서, 그 강도를 점차 높였다. 이어서 '가슴에 불이 부채처럼 움직인다'는 표현은 화자의 내면에 쌓여 있는 울적한 심사와 고통을 여실하게 비유하였다. 이 같은 비유는 이세보의 다른 작품에서도 보인다. 신지도 유배 시절에 지은 것으로 추정되는 가사작품「상사별곡」에 보면, "디인난 긴 한숨의 눈물은 몟쩌런고 / 흉중의 불니 나니 구회간장 다타간다 / 인간의 물노 못쓰난 불리라 업건마는 / 니 가샴 터우는 불은 물노도 어이 못쓰난고"에서 유배지의 답답한 마음을 가슴에서 타는 불에 비유한 바가 있다. 가슴 속에 불이 붙은 화자는 '미친 사람' 같고, '취한 손'과 같다고 하여, 유배객의 육체적 정신적 고통의 강도를 더욱 높였다.

인용문 ②와 ③에서도 유배지에서의 고독감을 형상화하기 위해 비유를 적절하게 활용했다. 주변에 아무도 없고 홀로 앉아 있는 화자의 처지를 흙과 나무, 허수아비 사람으로 빗대고, 참선하는 노승에 견주었다. 또한 '근심은 떨기처럼 모인다'고 하여 작중 화자가 겪는 고통의 심도를 참신하게 표현했다.

『신도일록』에 나타난 표현상의 특징 가운데 주변 인물들의 말을 직접적으로 인용함으로써 작중 화자의 처지를 효과적으로 형상화하는 점이 돋보인다. 대표적인 예를 들어본다.

① 밋강을 건널 시 북궐를 바라보고 앙던통곡ᄒ여 눈물노 ᄒ직ᄒ니 일월도 무광ᄒ고 운산도 근심한다. 거리의 가득헌 남녀들과 길의 단니는 힝인드른 다 불샹타ᄒ고 서로 일너 가로딕 "져갓흔 청춘소년이 무삼 되를 나라의 짓고 이 먼 길를 힝ᄒ는고. 가련ᄒ기도 그지 업다" ᄒ더라.

② 붕우들과 노복들리 길를 막으며 손을 잡고 가로더 "척신고동이 이졔 쟝찻 어디를 향ᄒ며 병식이 져갓흐니 험헌 무뢰 어려운 뫼를 엇지 지나리요. 쳔니의 귀양길리 뉘 아니 혈비 업것마는 이갓흔 경식은 챰아 눈으로 보지 못ᄒ겟다" 하고 면면이 셔로 보와 눈물노 쟉별ᄒ더라.

③ 부ᄌ슉질이 황망이 셔로 안고 통곡ᄒ니 텬지는 챰담ᄒ고 셜월이 회명ᄒ더라. 각쳥 ᄒ인들과 읍즁빅셩드리 다 뫼야 셔로 이르되 "챰혹ᄒ고 챰혹하다. 방년이 얼마완더 년년헌 져 약질노이 지경의 이르럿누." 돌탄ᄒ기를 마지 아니ᄒ더라.

인용문 ①은 유배길을 처음 나설 때 길가 백성들이 건네는 말이다. 인용문 ②는 안양을 지날 때 화자의 친척들이 하는 말을 옮겼다. 인용문 ③은 정읍 고을의 관아 하인과 백성들이 주고받는 말을 인용했다. 화자를 향해 말을 건네는 인물들은 공통적으로 유배객으로 전락하여 배소로 떠나는 화자를 보면서 따뜻한 위로와 안타까운 마음을 표현했다. 그들이 건네는 목소리는 모두 화자의 불행한 처지에 공감하는 것이라는 점에 주목할 필요가 있다.

주변 인물들이 전하는 생생한 목소리는 유배 여정의 당시 정황을 생동감 있게 표현해 줄 뿐만 아니라, 화자 자신의 유배가 부당함을 알리고 현재 처지를 위로하는 효과를 가져 온다. 요컨대 주변 인물들의 목소리를 직접적으로 인용하는 서술 방식은 당시의 현장감을 살리면서 유배에 대한 화자의 태도, 자신의 행동에 대한 정당화를 우회적으로 표현할 수 있는 이점이 있는 것이다.

3. 『신도일록』의 문학사적 위상과 의의

일본의 한 연구자는 일본 헤이안平安시대 일기를 남성과 여성이 쓴 일기로 구분하고, 각각의 특징을 다음과 같이 요약한 바 있다.[16]

> 남성 일기 : 한문(漢文) / 일월(日月)의 명시를 원칙 / 사실의 기록을 중시 /
> 즉일 형식(卽日 形式) / 비망록의 역할이 강함
> 여성 일기 : 일본문자(日本文字) / 일월(日月)의 명시가 원칙이 아님 / 사실의
> 기록을 절대시하지 않음 / 회상 형식 / 자기반성의 역할이 강함

위의 도식은 조선시대 한글 일기와 한문 일기의 구분에도 일정 부분 통용될 수 있다. 한글로 쓰여진 일기 가운데에는 비망록에 머물지 않고, 회상의 형식을 차용하여 자기의 삶을 되돌아보는 작품들이 다수 있다. 남평조씨의 『병자일기』는 날짜별 기술을 정확하게 지키고 있지만, 한편으로는 매일의 일상생활을 섬세하게 기록하는 동시에 꿈과 죽음을 계기로 해서는 과거를 기억하고 지난 삶을 회상한다. 같은 유배 일기인 『신도일록』과 『적소일기』는 날짜별 기록 방식에 얽매이지 않았으며, 또한 지나온 과거의 삶을 회상하면서 일기를 쓰고 있다는 점에서 공통적이다. 이러한 점에서 한글 일기는 ― 여행 일기를 제외하고 ― 기본적으로 한문으로 기록된 많은 일기류 작품과는 달리 날짜의

---

16 久保朝孝 編, 『王朝女流日記を學ぶ人のために』, 東京 : 世界思想社, 1996 참조.

명시에 얽매이지 않고, 사실의 충실한 기록을 절대시하지 않으며, 회상의 형식을 적절하게 활용하며, 자기 내면을 향하여 반성적 태도를 보인다는 점에서 주목되어야 한다. 한문이라는 표기 수단을 택해 일기를 쓸 때의 기록정신과 글쓰기 자세는 한글이라는 표기 수단을 택해 일기를 쓸 때의 그것과 구분된다고 생각한다.[17]

여기서 지적하고 싶은 것은 작중 화자의 체험을 기록하고 표현하는 방식에 있어서『신도일록』은 남평조씨의『병자일기』와 그 맥을 같이 하고 있다는 점이다. 다른 하나의 계열로 김약행의『적소일기』, 유진의『임진록』과『임자록』, 박조수의『남정일기』가 자리한다. 한글 일기의 글쓰기 방식을 크게 갈라서 본다면,『임진록』과『적소일기』등이 하나의 부류로 묶여지며,『병자일기』와『신도일록』이 또 하나의 부류로 묶여진다고 생각된다. 후자는 자기 독백적 언술을 통해 화자 내면의 심리와 갈등을 매우 섬세하게 포착하였던 점이 중요하다. 잠정적으로 두 계열로 한글 일기의 글쓰기 전통을 나누고 두 계열의 차이점을 간략하게 살펴봄으로써『신도일록』이 지닌 일기문학사에서의 위상과 의의에 대해 살펴보려고 한다.[18]

① 팔년(八年) 적긱(謫客)의 만단(萬端) 비감흔 회포룰 이긔디 못ᄒᆞ야 금갑덕거록(金甲謫居錄)을 디어 도라가는 날의 집안 사룸들을 븨고 닉 고힝(苦行) 격근 말을 니아기 삼아 니르려 ᄒᆞ니 삼장(三藏)의 팔시일난(八十一難)이

---

17 일기를 기록하는 언어, 표기 수단의 차이가 지닌 의미에 대해서는 추후 심도 있는 연구가 필요하다.
18 여기서는 여행을 소재로 한 국문 기행일기는 논의의 대상에서 제외했다.

나 다른디 아니흐디 무춤니 필경(筆耕) 홀 거시 업서 헛도이 고힝(苦行)만 격글 쏠롬이로다.

— 김약행, 『적소일기』

②이제는 부모 업스시고 동성들 다 죽고 나 혼자 스라셔 병이 드러 아모 제 죽을 줄 모르니 나 곳 니르지 아니면 비록 주식이라두 그리 신고흐여 죽디가 사라는 줄 모를 거시라 일가 사룸이나 예아기 삼아 보게 흐여 긔록흐노라.

— 유진, 『임진록』

③임지년 스셜과 흔듸 써 주식들을 주어 제 아비 평성 셜워흐던 줄을 알게 흐노라.

— 유진, 『임자록』

④ 집안 여편니 무양 흑도(黑島) 왕환(往還)의 간신(艱辛)흠과 게 가 머무던 일을 듯고져 흐야 일긔(日記)를 써 니라 흐되 내 성품이 게어르기 심흐여 이제야 이 칙을 일워시되 그 중 세쇄(細瑣)흔 말과 불긴(不緊)흔 말과 번거흔 말을 다 빠히고 약간 긔록흐나 긔록흐는 말도 흐나흘 쓰매 열흘 빠지운 재[字] 만흐니 비록 애돏스오나 짐작흐여 보소셔.

— 박조수, 『남정일기』

위의 인용문에서 고딕 강조한 부분에 주목해 보자. 김약행은 『적소일기』의 대상 독자를 집안사람들로 설정하고 자신의 유배 경험을 적어 내려갔다. 할아버지의 유배지를 다녀와서 쓴 『남정일기』는 부인의 권유에 의해 일기를 쓰게 되었음을 밝혔다. 『임진록』과 『임자록』은 남성 사대부가 쓴 이른 형태의 한글 일기라는 점에서 주목되는데, 여성 독자들에 의해 전승되고 유통되었음을 보여준다.[19]

『적소일기』는 주독자를 집안사람으로 설정했으며, 여성을 포함하고 있었기에 일기의 표기 수단을 한글로 하였다. 그리고 작가는 『적소일기』가 자신의 고행과 고생을 독자들에게 '이야기'로 들려주기 위해 집필한다고 했다. 유배지에서 8년 동안 겪어야 했던 육체적, 정신적 고통이 일기의 주된 내용이며, 그 서술 방식은 '이야기체'이다. 그리고 문장의 길이가 대체로 긴 편이다. 실제로 『적소일기』를 읽어보면, 유배지에서 겪는 의식주 해결의 어려움이 큰 비중을 차지한다. 날마다 먹고 입고 잠자는 의식주의 일상에 초점을 맞추어 화자가 겪어야 하는 고통을 묘사했다. 유배지 거처를 여러 차례 옮기고, 유배지 집의 주인이 바뀌고, 관가의 출석 점호에 참석하고, 전염병 등의 질병으로 고생하는 등 일련의 체험들이 이야기를 들려주듯이 생생하게 그려져 있다.

이 점은 유진(柳袗)이 쓴 『임진록』, 『임자록』에도 유사하게 보인다. 유성룡의 셋째 아들이었던 유진은 임진왜란 때의 체험을 서술한 『임진록』과 옥중 체험을 기록한 『임자록』을 남겼다. 유진은 『임진록』의 집필 동기를 언급하면서 집안 자식들에게 자신의 체험담을 '이야기' 형식으로 들려주기 위함이었다고 밝혔다. 작가는 임진왜란의 피난 중에

---

19 『신도일록』이 여성 혹은 집안사람들을 독자로 상정하여 집필되었는지의 여부는 확실하게 단정하기 어렵다. 서문과 발문이 없어서 작가의 분명한 목소리를 들을 수 없다. 추정하건대, 『신도일록』의 경우에 작가가 집안사람들이나 여성들에게 읽힐 것을 주목적으로 삼았다기보다는 자신의 수심과 고뇌를 표출하는 데에 더욱 초점이 놓여 있지 않았을까 한다. 『병자일기』는 여성이 창작 주체가 되어 쓴 일기라는 점에서 주목된다.

겪었던 극적인 체험을 사건 중심으로 서사화하는 데에 중점을 두었다. 작품 내에서 인물들 간의 대화 방식을 다양하게 활용한 것은 사건 중심의 서사화에 중점을 둔 저자의 의도에 부합한다. 그리하여 서울을 떠나 경기도, 평안도에 이르는 동안 온갖 고생으로 점철된 피난 생활의 구체적 모습들이 매우 생생하게 전달될 수 있었다. 같은 작가가 쓴 『임자록』 또한 사건 중심의 서사화에 중점을 둔 작품이다. 1612년(광해군 4) 2월 김직재(金直哉, 1554～1612)의 역옥(逆獄) 사건에 연루되어 감옥에 갇혔을 때의 옥중 체험을 소재로 하였다. 박조수가 쓴 유배일기 『남정일기』 또한 할아버지를 따라가 유배지에서 보고 들었던 견문과 사건들을 설명하는 데에 주력하였다.

이들 작품들은 공통적으로 문장 종결어미 '-더라'를 많이 사용하였다. 그것은 작가가 관찰자적 위치에서 자신이 겪은 경험과 사건을 서사화하는 데에 효과적이기 때문이다. 자신이 체험했던 특별한 사건들을 과거 회상의 방식을 통해 서사화하여 집안사람들에게 '이야기'하는 데에 중점을 둔 것이다. 사건 기술 중심적이며, 설명과 전달 위주의 진술 방식이 작품의 근간을 이루었다.

이 글에서 다룬 이세보의 『신도일록』은 이들 작품들과는 다른 지향을 보이며, 그것은 남평조씨의 『병자일기』의 전통을 이어받고 있다. 『병자일기』의 예를 들어본다.

① 별좌의 제사를 지내니 나의 설움이야 끝이 없으니 어찌 다 말하랴? 제사를 지낼 사람도 없어 남진사와 조창하가 참여하고 신주를 보는데, 아득하니 세월이 지나가나 어느 때 어느 날에 잊을까. 어여쁘던 얼굴이 떠올라

그리움 생각나하면 간담이 찢어지는 듯 '아이고' 꿈에 보이지 아니하니 정령(精靈)이 있으면 노모(老母)를 생각하지 않으려마는 유명(幽明)이 달라서 그런가 더욱 서러워하노라. 벌써 오년이 장차 다하여 가니 흐르는 세월이 누구를 위하여 머물까.[20] (1637.10.2)

② 머리를 빗겨 땋아 보이며 반가와 하다가 깨니 저희의 정령이 없지 아니하여 나에게 보이되 어른 얼굴은 뵈지 아니하니 설운 정을 다 말하랴. 불쌍하도다. 내 자식들, 아깝도다 내 자식들. 시절이 이러하다고 하나 하나라도 있으면 내 몸이 이다지 외롭고 서러우랴. (…중략…) 이승에서는 그리 사나운 일을 하지 않으려고 하는 것이 내 마음이었건만 어찌 하늘이 나쁘게 보셔서 무지한 상사람들도 자식이 많은데 나에게는 이렇게 하시는가? 갑갑할 적에는 공평하신 하늘을 원망하다가도 반드시 내 죄던가 하니, 한시에 헤아리는 내 생각을 수레엔들 다 실으랴.
중방인 엄이와 충신이가 소주하고 오리알을 삶아다가 준다.[21] (1638.2.15)

먼저 세상을 뜬 자식들에 대한 애타는 그리움을 토로하였다. 가슴 속에 아픈 상처를 간직한 채 하루의 일상을 살아가는 화자는 죽은 아들을 떠올리며 간담이 찢어지는 복받치는 서러움과 슬픔을 드러낸다. "불쌍하도다. 내 자식들, 아깝도다 내 자식들. 시절이 이러하다고 하나 하나라도 있으면 내 몸이 이다지 외롭고 서러우랴"라는 화자의 독백적 어조는 억눌리고 억압되었던 감정의 분출을 보여준다. 인용문 ②를 보

---

20 남평조씨, 전형대 · 박경신 역주, 『병자일기』, 예전사, 1991.
21 위의 책.

면, 크게 두 부분으로 구성되어 있다. 하루의 일상을 다룬 대목은 일기 끝 부분에 간략하게 적어 놓았고, 그날 일기의 대부분은 죽은 자식에 대한 온갖 상념들이다. 과거 회상의 방식, 자기 독백적 어조를 통해 화자의 내면에 쌓여 있는 갖가지 감정들이 쏟아져 나온다.

하루의 일상이 충실하게 기록되는 한편, 화자의 내면적 심리와 정조가 때로는 섬세하고, 때로는 격렬하게 표출되는 것이 『병자일기』가 보여주는 특징적 국면이다. 그리고 이 같은 이중적 서술 방식은 『병자일기』가 취하는 시간 구조 — 날짜에 따른 시간의 규칙적 흐름 속에서는 하루의 일상들이 기록되고, 아들 및 주변 사람의 죽음과 남편의 부재를 계기로 환기되는 회상의 시간 속에서는 과거의 기억들이 기록되는 — 와 긴밀하게 연결되어 있다.

앞서 언급한 『적소일기』 등의 일기작품이 주로 작중 화자의 체험과 견문을 설명하고 전달하는 데에 보다 중점을 두고 있다면, 『신도일록』과 『병자일기』는 작중 화자의 복잡다단한 내면 심리와 감정을 표출하는 데에 더 힘을 기울였다. 『신도일록』과 『병자일기』는 자기를 거울로 삼아 자기 독백적 형식의 글쓰기를 보여주었다. 『병자일기』는 날짜별로 시간을 균분하여 일상의 경험들을 세심하게 기록하는 한편, 과거 회상의 형식을 통해 자기 독백적 언술과 내면적 정감의 토로를 보여준다. 특히 자식들의 죽음이라는 과거의 아픈 기억은 화자의 정한을 더욱 짙게 토로하는 계기였다.

물론 『신도일록』과 『병자일기』에서 작중 화자의 경험과 견문이 없다는 것은 결코 아니다. 『병자일기』에서는 남평조씨가 겪은 일상의 다양한 경험들이 그날그날의 시간 속에 세심하게 기록되어 있다. 『신도일록』에도 유배 여정에서의 견문과 유배지의 풍속 인심 등을 기록해 두었다. 하지만 중요한 것은 『신도일록』에서는 화자가 겪은 견문과 사건 등을 객관적으로 제시하거나 설명하는 데에 주력하기보다 화자의 내면에 자리한 복잡 미묘한 주관적 감정의 양태들을 다채롭게 표출하는 데에 더 중점을 두고 있다는 점이다. 자기독백적 어조, 가사체 서술 방식의 원용, 의문형과 감탄형 종결어미의 빈번한 사용, 한시와 국문시가를 적극적으로 활용하여 운문과 산문을 유기적으로 결합하는 작품 구성 방식 등은 『신도일록』이 지니는 주관화, 내면화의 작품적 성격을 효과적으로 드러내는 문학적 장치였다. 그리고 이 점은 전시대 일기문학의 전통, 특히 남평조씨의 『병자일기』에 보이는 성과 — 자기 독백적 어조의 활용, 내면 심리와 감정의 섬세한 표현 등 — 를 계승한 것이라는 점에서 의의가 크며, 『신도일록』을 일기문학으로서 높이 평가할 수 있는 이유이기도 하다. 아울러 18세기 이후 유만주(兪晚柱)의 『흠영(欽英)』, 김려(金鑢)의 『감담일기(坎窞日記)』, 심노숭(沈魯崇)의 『남천일록(南遷日錄)』 등에 나타나는 한문 일기의 새로운 흐름 — 개인의 내면 심리와 감정을 풍부하게 보여주는 — 과 문학사적 맥락을 공유한다.

제5장

19세기 나주임씨의 피란일기
『병인양란록』

1. 문제 제기

이 글은 한 양반가 여성이 1866년 병인양요(丙寅洋擾) 당시의 전쟁 체험을 기록한 한글 일기 『병인양란록』의 작가 문제를 재론하고, 작품 세계를 구명하는 것을 목적으로 한다. 『병인양란록』은 여성에 의해 한글로 쓰여진 일기문학이라는 점에서 중요하다. 일기 자료 가운데 한글로 기록된 것이 드물며, 더욱이 여성에 의해 쓰여진 것은 더욱 희소하다.

『병인양란록』의 작가 나주임씨(羅州林氏, 1818~1879)는 강화도에 세거하였던 여흥민씨 집안으로 시집을 와서 결혼 생활을 하다가 1866년 49세의 나이에 전쟁으로 인한 혼란상과 피난 생활을 직접 체험하게 된다. 병인양요는 서구 세력과의 첫 무력 충돌이었다는 점에서 근대사의 중요한 사건이었다. 비록 그 전쟁의 범위가 강화도에 국한되기는 하였지만, 당시 조선 정부와 일반민들에게 준 충격은 컸다. 나주임씨는 전란의 현장에서 자신이 직접 경험했던 것뿐만 아니라 주변으로부터 들었던 견문을 적절하게 활용하여 이양선이 출몰하던 때부터 서술을 시작하여 병인양요 기간 동안 자신을 포함해 강화도민들이 겪어야 했던 고통과 수난의 실상을 생동감 있는 언어를 통해 서술해 놓았다. 전쟁의 극한적 위기 상황 속에서 피난 생활을 전전하는 자신의 체험담을 한글 일기의 형태로 기록했다는 점에서 조선시대 일기문학사의 흐름 속에서 중요한 의미를 지닌다.[1]

한편 『병인양란록』은 병인양요의 역사적 실상을 살피는 데에 유용한 역사 사료로서 가치가 있다. 현재 병인양요와 관련하여 전하는 국내 문헌들은 대부분 한문으로 기록된 공적 기록들이다. 상소문, 격문(檄文), 전교(傳敎), 정부 부서 간에 주고받은 공문서들이 대부분을 차지한다. 개인의 체험에 바탕하여 기록한 자료들 ― 양헌수(梁憲洙)의 「병

---

[1] 임진왜란이나 정묘호란을 배경으로 한 문학작품은 다수 존재하는 것에 비해 병인양요를 작품 배경으로 그에 대응한 문학 작품은 많지 않다. 일기 자료 가운데 병인양요 당시 정족산성 전투에서 전공을 올린 양헌수(梁憲洙)가 쓴 「병인일기」가 자신의 종군 체험을 바탕으로 작성되었다는 점에서 주목되며, 한응필(韓應弼)이 기록한 『어양수록(禦洋隨錄)』(규장각소장본)에는 국왕의 전교(傳敎)와 의정부의 초기(草記)와 계문(啓文) 이외에 연안부사로 재임하면서 자신의 체험을 일기로 작성한 부분이 수록되어 있다. 그리고 옥수 조면호(玉垂 趙冕鎬)의 「서사잡절(西事雜絶)」은 병인양요와 신미양요를 한시 연작시의 형태로 다루고 있다는 점에서 주목된다. 이에 대해서는 김명호, 「옥수 조면호의 서사잡절 전후편에 대하여」, 『고전문학연구』 20, 한국고전문학회, 2001; 김용태, 『19세기 조선 한시사의 탐색』, 돌베개, 2008 참조. 20세기를 전후한 시기에 이르러 병인양요를 소재로 한 일련의 작품들 ― 「서진사전」, 「병인양요」 등 ― 이 출현하는 것 또한 흥미롭다. 권혁래, 「신작구소설 서진사전에 그려진 피난자의 형상과 현실인식」, 『온지논총』 14, 온지학회, 2006; 이민희, 「구활자본 고소설 『병인양요』 연구」, 『어문연구』 56, 어문연구학회, 2008 참조.

인일기」와 한응필(韓應弼)의 『어양수록(禦洋隨錄)』—도 있지만, 전쟁의 경과를 서술하는 데에 초점을 맞추고 있다. 『병인양란록』은 전쟁의 직접적 피해를 입은 강화도민들의 고통과 수난의 실상을 생생하게 보여주는 흔치 않는 자료라는 점에서도 중요한 의미를 지닌다. 그리고 『병인양란록』은 강화도 사투리를 구사하고 있어 19세기 후반 한글 고어 및 강화도 지역 방언 연구에도 유용한 자료이기도 하다.

그동안 『병인양란록』의 작가는 경주김씨로 알려져 왔다. 『병인양란록』의 작가를 경주김씨로 비정했던 근거는 책 표지 이면에 연필로 '경주김씨소저야(慶州金氏所著也)'라고 쓰여 있다는 것에 있었다.[2] 하지만 연필로 쓰여진 이것은 누가 언제 쓴 것인지도 불확실하다. 그리고 경주김씨에 관한 정보도 제대로 밝혀진 바가 없으며, 작품 내의 서술 내용과 경주김씨 사이의 연관성에 대해서도 밝혀진 바가 없다.

작품 안에 서술된 내용과 족보 등의 관련 자료를 종합적으로 검토해본 결과 『병인양란록』의 작가는 경주김씨가 아니었다. 이 글에서는 그동안 『병인양란록』의 작가를 경주김씨로 추정해 왔던 통설을 비판하고, 작품 내의 관련 정보들을 종합적으로 분석 정리하고 관련 자료를 연계시켜 『병인양란록』의 작가 문제를 새롭게 밝히고자 한다.

아울러 이 글에서는 『병인양란록』에 투영되어 있는 작품 세계의 일단을 밝히고자 한다. 병인양요는 19세기 후반 서구 열강의 외세 침입

---

2 이주홍, 「내방수기 병인양란록」, 『백경논집』 1, 부산수산대, 1958. 원래 『병인양란록』은 이주홍이 1951년에 구입하여 『국제신보』(1954년 6월 발행)에 처음 소개하였으며, 학술지 『백경논집』과 수필집 『뒷골목의 낙서』(을유문화사, 1966)에 재수록하였다. 현재 『병인양란록』의 원본은 부산에 소재한 이주홍문학관에 소장되어 있다. 원본 촬영에 도움을 준 이주홍문학관 관계자 및 부산대 한문학과 김승룡 교수에게 감사를 표한다.

을 단적으로 보여주는 일대 사건이었다. 세계사적 변환의 큰 흐름 속에서 병인양요는 서구 문물과 열강 침략의 큰 충격을 가져다 준 사건이었던 것이다. 이 같은 충격 앞에 한 양반가 여성이 직접 겪은 자신의 체험을 바탕으로 어떻게 그 사건들을 이해하고 수용하여 한글 일기라는 형식으로 글쓰기를 하고 있는지에 대해 살펴보고자 한다.

『병인양란록』은 소설가이며 아동문학가였던 이주홍에 의해 처음 발굴 소개되었다.[3] 이후 이경선 교수에 의해 비교문학적 관점에서의 연구가 있었다. 이경선 교수는 병인양요 때에 프랑스 함대에 참전했던 쥐베르의 기록물과 『병인양란록』을 비교 분석하였다.[4] 이후 조동일 교수는 『한국문학통사』에서 외세 대응의 문학적 형상화와 관련하여 이 작품의 개략적인 의미에 대해 언급하였다.[5] 최근에는 이영태와 이민희가 지역문학사의 관점에 입각하여 강화문학사의 서술 구도 속에서 이 작품을 간략하게 소개한바 있다.[6] 하지만 두 사람은 『병인양란록』을 가사로 장르 규정을 하는 오류를 범하였다. 이민희는 『병인양란록』에 대해 "경주김씨 부인이 현지에서 직접 경험한 바를 수기 형태로 기록한 규방가사"라고 하였으며, 이영태 또한 「병인양요와 병자호란의 기형적 대응을 증언하는 가사와 고전소설」이라는 장에서 '고전소설 강도몽유록'과 함께 '가사 병인양란록'을 소개하였다. 이처럼 『병인양란록』을 가사 장르로 오인하는 것은 여성이 자신의 사건 체험을 기술

---

3   이주홍, 「내방수기 병인양란록」, 『백경논집』 1, 부산수산대, 1958.
4   이경선, 「병인양란록과 강화도원정기의 비교연구」, 『비교문학』 5, 1980.
5   조동일, 『한국문학통사』 4(4판), 지식산업사, 2005, 125면.
6   이민희, 『강화 고전문학사의 세계』, 인천대 인천학연구원, 2012; 이영태, 『인천고전문학의 이해』, 인천 : 다인아트, 2010.

했다는 점과 작품 제목이 '병인양란록' 이외에 '병인년양난시가스'로 명기된 데에서 기인한 것이 아닌가 한다.[7]

『병인양란록』은 유진(柳袗)의 『임진록』, 김약행(金若行)의 『적소일기』, 훈련도감 소속 한 마병의『난리가』그리고 이세보(李世輔)의『신도일록』으로 이어지는 한글 일기 서술방식의 전통 ─ 사건이 경과된 후 일정 시점에서 과거의 시가을 작가의 내면 의식 속에서 재구성하여 회상하는 방식 ─ 을 이어받은 한글 일기문학이다. 작가의 기억 속에서 과거의 시간들이 재구성되어 추체험하는 방식으로 서술되었는데, 이 같은 서술 방식은 한글 일기문학에서 많이 보인다. 『병인양란록』은 이세보의『신도일록』과 함께 19세기 중후반의 한글 일기문학을 대표하는 작품이라는 점에서 그 문학사적 의의가 크다.

『병인양란록』에 관한 본격적인 작품 연구는 정밀하게 진행되지 못했으며, 작가 문제는 관련 자료를 통해 새롭게 밝혀져야 할 사항이다.

---

7 『병인양란록』 작품 첫머리에 작가는 작품 제목을 '병인년양난시가스'라고 밝혀 놓았다. 제목이 '가사'라고 하더라도 작품의 장르가 가사는 아니다. 비슷한 사례로 한글 일기『난리가』를 들 수 있다. 『난리가』는 이인좌의 난 때에 관군으로 참전했던 한 하급병사가 쓴 한글 일기작품이다. 작품 서두에 작가가 '날리개라'라고 적어 놓은 것은『병인양란록』첫머리에 '병인양난시가스'라라고 표기해 놓은 것과 마찬가지이다. 『난리가』는 1728년에 발생한 무신란(일명 이인좌(李麟佐)의 난)을 진압하기 위해 관군으로 참전한 훈련도감 소속 한 마병이 산문으로 기록한 일기작품이다. '가사'라는 용어가 조선시대인들에게 어떻게 수용되고 이해되고 있는가를 알려주는 실제 작품 사례라는 점에서 주목된다.

2. 『병인양란록』의 작가 문제

작가 문제를 재론하기에 앞서 『병인양란록』의 서지 사항을 정리하면 다음과 같다.

저자(著者) : 나주임씨

표제(表題) : 병인양난녹

권수제(卷首題) : 병인년양난시가ᄉ

판종(板種) : 사본(寫本)

책권수(冊卷數) : 불분권(不分卷) 1책(25장)

책크기 : 23.0cm × 19.3cm

내형(內形) : 무계(無界) 매반엽(每半葉) 10～13행(行), 매행(每行) 14～16字

장정(裝幀) : 사침안정법(四針眼訂法). 선장(線裝)

지질(紙質) : 저지(楮紙)

서발(序跋) : 없음

필사년기(筆寫年記) : 병인십이월긔

표기문자(表記文字) : 한글

장서인(藏書印) : 노우산방(露友山房)

주기사항(註記事項) : 표지 뒷장 상단에 '경주김씨소저야(慶州金氏所著也)'
라고 기록. 하단에는 '일구오일년하(一九五一年夏) 구
득어노전(求得於路塵) 향파(向破)'라고 기록.

소장처(所藏處) : 부산 이주홍문학관

표지서명은 '병인양난녹'이며, 권수제(卷首題)는 '병인년양난시가亽'이다.[8] 첫장에 '노우산방(露友山房)'이라는 장서인이 보인다. 그리고 표지 뒷장에는 '경주김씨소저야(慶州金氏所著也)'라고 연필로 쓰여 있고, 하단에는 '일구오일년하 구득어노전 향파(一九五一年夏 求得於路塵 向破)'라고 쓰여 있다. 향파(向破)는 소설가 이주홍(李周洪, 1906~1987)의 호이다. 1951년 여름에 이 책을 구입했음을 밝혔다.

『병인양란록』의 작가 문제를 재론하기 위해 먼저 작품 내에 서술된 작가 관련 정보를 추출해 보았다. 이를 통해 다음 몇 가지 사항을 알 수 있었다.

- 작가는 강화도에 세거하던 여흥민씨 집안에 시집을 왔다.
- 임진년(1832) 이래로 강화도 인정면 의곡에서 생활했다.
- 시댁의 시부모는 5남 2녀를 두었으며, 형제들이 분가를 하지 않고 모여 살았다.
- 작가의 맏시매(媤妹)댁은 1866년 병인양요 당시 삼척부사로 재직하고 있었다.
- 작가의 시매의 시숙 홍신규(洪愼圭)는 병인양요 당시 평산부사로 재직하고 있었다.
- 작가의 첫째 딸은 김참판 댁에 시집을 갔으며, 둘째 딸은 이직각 댁에 시집을 갔으나 일찍 죽었다.

---

8 그동안 작품 제목이 권수제(卷首題) '병인년양난시가사' 대신 표제(表題)인 '병인양난녹'으로 알려졌기 때문에 이 글에서도 이를 따라 작품 제목을 '병인양란록'으로 하였다.

우선 작가의 맏시매댁이 삼척부사로 재직하고 있었다는 정보에 근거하여 『승정원일기』, 『외안고(外案考)』 등의 문헌 등을 검토한 결과 1866년 당시 삼척부사는 이정(李㴽)이라는 인물이었다.[9] 이후 우봉이씨(牛峰李氏)였던 이정의 족보를 통해 그의 부인이 여흥민씨 민창현(驪興閔氏 閔昌顯)의 딸임을 확인하였다. 작가와 이정의 아내가 시누이 올케 사이이며, 작가의 시아버지가 민창현인 것이다. 그후 여흥민씨 족보를 조사하던 중 청백리공파(淸白吏公派)에 속하는 민창현을 찾았다.

족보, 관련 문헌 그리고 작품 내 정보 등을 종합적으로 검토해 본 결과, 『병인양란록』의 작가는 기존에 알려진 것처럼 경주김씨가 아니라, 여흥민씨 청백리공파 민치승(閔致升)의 부인 나주임씨(羅州林氏, 1818~1879)이다.

작품 내 작가 관련 정보를 예시하고, 이들 작가 정보를 족보 등의 관련 문헌자료와 연계시켜 나주임씨의 생애를 서술하도록 한다.

① 임진 슴월에 강도(江都) 인정면(仁政面) 의곡(衣谷) 지명에 우거(寓居) 흐연지 슴십 오년의 이로되 별 지앙(災殃) 업스며 존구고(尊舅姑) 겨옵셔 오즈니여(五子二女)를 두어겨옵시고 남혼여가(男婚女嫁)의 빈빈(彬彬)이 지니고 슈십번 방셩(榜聲)의 과경(科慶)이며 가계(家計) 구추치 아니흐고 (…중략…) 가군(家君)과 여러분 싀슉(媤叔)의 효셩과 우이지졍(友愛之情)이 출뉴(出類)하여 즁년이 지나시나 분호(分戶)흐기를 괴로이 여겨 일당의 뫼이여 슉식(宿食)을 갓치 흐며 일일담쇼(日日談笑)로 지니니[10]

---

9 『승정원일기』 1865년 6월 22일 기록을 보면, 이정을 삼척부사로 임명하였다.
10 나주임씨, 『병인양란록』, 이주홍문학관 소장본. 작품 인용은 이주홍문학관에 소장된 원본에 의거한다. 현대 독자를 위해 띄어쓰기를 하고, 한자를 병기하였다. 이하 작품 출처는 따로 밝히지 않는다.

② 이씨 여아(女兒)의 싀집 김춤판 집의셔 용인으로 가니 자식을 다시 못 볼 듯 비회(悲懷) 금치 못ᄒ고

③ 둘ᄌ 싀슉은 벼슬의 미이여 셩즁(城中)의 겨시니 이런 난시(亂時)를 당ᄒ여 ᄉ싱도모(死生圖謀)를 갓치 못ᄒ고 나라의 미이여 겨시니 두 분 노치신니 과도이 슬허ᄒ시니

④ 이씨 양인(洋人)이 젼등ᄉ 치라 간다 하니 젼등ᄉ 길은 우리 집 문 압히라 날마다 지난다 쇼리뿐이니

⑤ 본관 평산부ᄉ난 싀미(媤妹)의 싀당슉(媤堂叔) 홍신규라

⑥ 이고존 평산 셔봉면 용두라 민시(閔氏) 오륙디 셰젼ᄒ난 가긔(家基)라

⑦ 갑ᄌ년(1864)의 둘짓 딸 니직각(李直閣) 집의 춤경(慘境)을 당하여 흉보(凶報) 드른 이후로 악회(惡懷)난 비길디 업스나

⑧ 맛싀미(媤妹) 딕의셔 습쳑부ᄉ로 겨셔

⑨ 솃ᄌ 싀슉은 ᄌ녀 더불고 밤기셔 슌을 난화

　작가의 친정 집안은 나주임씨 정자공파(正字公派)에 속하는데, 대대로 관직 생활을 역임하였던 양반 가문이었다. 5대조(代祖) 임세량(林世

良)은 1684년에 생원을 거쳐 장성부사를 역임했으며, 4대조 임상규(林象奎)는 1725년 생원시를 거쳐 형조좌랑을 역임하였고, 3대조 임기호(林氣浩)는 감역(監役) 벼슬을 지냈다.

• 나주임씨 정자공파

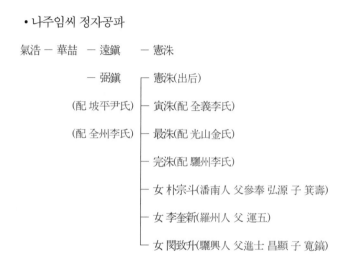

氣浩 — 華喆 — 遠鎭 — 憲洙

　　　　　 — 弼鎭 ┬ 憲洙(出后)

　(配 坡平尹氏) ├ 寅洙(配 全義李氏)

　(配 全州李氏) ├ 最洙(配 光山金氏)

　　　　　　　 ├ 完洙(配 驪州李氏)

　　　　　　　 ├ 女 朴宗斗(潘南人 父參奉 弘源 子 箕壽)

　　　　　　　 ├ 女 李奎新(羅州人 父 運五)

　　　　　　　 └ 女 閔致升(驪興人 父進士 昌顯 子 寬鎬)

　　나주임씨의 아버지 임필진(林弼鎭, 1761~1834)은 첫째 부인 파평윤씨와의 사이에서 1남 1녀를 두었으며, 둘째 부인으로 전주이씨를 맞았다. 나주임씨는 전주이씨와의 사이에서 낳은 3남 3녀 중 한 명으로 1818년에 태어났다.[11]

　　나주임씨는 1832년 15살에 여흥민씨(驪興閔氏) 청백리공파(淸白吏公派) 민치승(閔致升, 1820~1887)과 혼인을 올렸다. 청백리공파 여흥민씨 집안은 대대로 강화도 지역과 황해도 평산에 거주해 왔다(①, ⑥). 나주임씨의 시댁은 강화도 인정면 의곡에 세거하였는데, 작품 속에 여흥민씨

---

11 『나주임씨대동보(羅州林氏大同譜)』, 회상사(回想社), 1996 참조.

시댁을 주변 사람들이 '의곡댁'이라고 불렀다. 『병인양란록』에서도 작가의 일행을 지칭할 때 '의곡댁'이라는 용어를 사용했다. 인정면 의곡은 현재 인천광역시 강화군 불은면에 속한 지명으로, 전등사로 가는 길목에 위치해 있었다(④).[12] 강화군 불은면을 지나 조금 더 내려오면 전등사가 나온다. 인정면 의곡에 세거하였던 여흥민씨 시댁은 강화학파를 대표하는 사기(沙磯) 이시원(李是遠) 집안과 친밀한 교분을 맺고 있었다. 병인양요 당시 여흥민씨 시댁은 60여 명의 일행을 이끌고 피난길에 오르게 되는데, 이때 이시원 집안의 일행과 함께 동행을 하였고, 그 집안의 도움을 받기도 하였다.

• 여흥민씨 청백리공파

閔百恩 ┬ 閔義顯
       └ 閔昌顯 ─ 女 李畋
       (配 全州李氏) ─ 子 致升(配 羅州林氏) ┬ 女 金商絢(慶州人 父參判德喜)
                                          ├ 女 李承純(韓山人 父吏判謙在)
                                          ├ 子 寬鎬(配 全州李氏)
                                          ├ 女 李鳳稙(韓山人 父府使承謙)
                                          └ 女 金宗鎬(商山人)
                   ├ 子 致斗(配 韓山李氏)
                   ├ 子 致鼎(配 延安金氏)
                   ├ 女 洪鍾雲
                   ├ 子 致箕(配 宜寧南氏)
                   └ 子 致鍾(配 達城徐氏)

나주임씨의 시아버지 민창현은 자가 군성(君盛)으로, 1855년에 생원시에 합격했으며, 전주이씨와의 사이에서 5남 2녀를 두었다(①). 이와 관련해 족보에는 다음 기록이 나온다.

　　공은 품성이 순후하고 지극히 효성스러웠다. 한 집안이 화목하여 형제 다섯사람의 우애가 지극하였다. 증손자를 볼 때까지 분가를 하지 않았다. 세상 사람들이 장공의 가문과 같다고 했다.[13]

　　다섯 형제가 분가를 하지 않고 한 곳에 같이 모여 생활하고 있었음을 지적하였는데, 이 점은 위의 인용문 ①의 기록과 일치한다.

　　나주임씨는 민창현의 맏아들 민치승(閔致升)과 혼인을 하였다. 남편 민치승(1820~1887)은 자가 석여(錫汝)로, 족보에 관직 생활에 대해 기록되어 있지는 않다. 나주임씨의 맏시매(媤妹)는 우봉이씨(牛峰李氏) 집안의 이정(李㙉)에게 시집을 갔다. 맏시매부 이정은 병인양요 당시 삼척부사를 지냈으며(⑧), 이정의 부친 이광정(李光正)은 형조판서, 대사헌, 호조판서 등의 고위직을 역임했던 인물이다. 둘째 시매(媤妹)는 홍종운(洪鍾雲)과 혼인을 하였다. 홍종운은 자가 희대(希臺)이며 본관은 남양으로, 1845년에 문과 합격하였으며, 그의 부친은 홍세규(洪世圭)이다. 홍종운의 시당숙이 홍신규(洪愼圭)이며, 홍신규는 병인양요가 일어났을

---

12 여흥민씨 청백리공파 족보를 살펴보면, 나주임씨 시댁의 집안사람들의 무덤 중에는 강화도 인정면(仁政面) 의곡(衣谷)에 묻힌 경우가 다수 보인다. 강화군 인정면은 지금의 인천광역시 강화군 불은면에 속한다. 1914년「강화군 외 2군면 폐합에 관한 건(경기도장관, 1914.2.26)」이라는 문건에 따르면, 불은면(佛恩面) 및 인정면을 병합하고 불은면이라 하였다.

13 여흥회 편,『여흥민씨세보』, 뿌리정보미디어, 2004. "公品資純厚, 至孝至德. 一門和睦, 兄弟五人, 友愛至極. 至見曾孫時, 不分戶. 世人稱之, 如張公家閥."

때에 황해도 평산부사를 지냈다(⑧).

둘째 시숙(媤叔) 민치두(閔致斗)는 무과 시험에 합격한 후 훈련도감 첨정(訓練都監 僉正)을 지냈다. 위의 인용문 ③에서 작가는 둘째 시숙이 병인양요가 일어났을 때에 서울에서 벼슬을 하고 있어서 시부모가 걱정하고 있음을 기록해 두었다.

나주임씨는 남편 민치승과의 사이에 1남 4녀를 두었다. 아들 민관호(閔寬鎬, 1849~1872)는 자가 성오(成五)이며 호가 용암(龍岩)인데, 나주임씨 생전에 23세의 젊은 나이로 요절을 하였다. 『여흥민씨세보』에 따르면, 민관호는 여러 저술을 남겼는데, 불행하게도 한국전쟁이 일어났을 때에 모두 소실되었다고 한다. 이후 민영문(閔泳文)을 양손자로 맞이하였다. 며느리 전주이씨(1843~1911)는 남편이 죽은 후 음독 자살을 시도하는 등 효부(孝婦)로서 이름이 높았다고 한다.[14]

큰 딸은 김상현(金尙絢)에게 시집을 갔는데, 김상현의 부친은 참판을 지낸 경주김씨 김덕희(金德喜)이다(②).[15] 김상현의 부친이 「호동서락기(湖東西洛記)」의 저자 금원(錦園)의 남편 김덕희이니, 금원은 정식 부인이 아니고 소실의 신분이었지만, 나주임씨와 서로 사돈지간인 셈이다. 이 둘은 서로의 존재를 아는 사이였을 것으로 보인다. 19세기 여성문학사에서 『호동서락기』의 저자 금원과 이번에 새로 밝혀지는 여성 작가 나주임씨가 서로 사돈지간이라는 점이 흥미롭다. 금원이 1817년생이고, 나주임씨가 1818년생이니, 두 여성 문인이 같은 시대를 살았던 셈이다.

---

14 여흥회 편『여흥민씨세보』의 기록에 따르면, 나주임씨의 며느리 전주이씨는 남편이 죽자 3번에 걸쳐 음독 자살을 시도하였지만 그때마다 집안사람들에 의해 목숨을 구하였다. 그후 시부모를 극진하게 봉양하여 효부로 일컬어졌다고 한다.
15 박능서 편,『한국계행보(韓國系行譜)(天)』, 보고사, 1992, 569면.

둘째 딸(1842~1864)은 이승순(李承純, 1841~?)에게 시집을 갔다.[16] 이 승순은 이조판서 겸재(謙在)의 아들로, 1859년 문과에 급제하였고, 1861년 예문관검열을 거쳐 1862년 규장각 직각(奎章閣 直閣)을 지냈으며, 이후 형조판서 등을 직책을 역임했다. 그는 19세기 후반의 문장가 한장석(韓章錫, 1832~1894)과는 처남 매부 사이였다. 그런데 둘째 딸은 결혼을 한 지 얼마 지나지 않아 1864년 23세의 젊은 나이에 세상을 떠났다. 인용문 ⑦에서 "갑즈년(1864)의 둘짓 딸 니직각(李直閣) 집의 춤경(慘境)을 당하여 흉보(凶報) 드른 이후로 악회(惡懷)난 비길더 업스나"라는 언급은 바로 이 점을 가리킨다. '니직각'은 1862년에 규장각 직각으로 임명된 이승순을 말한다.

셋째 딸(1852~1874)은 한산인(韓山人) 이봉직(李鳳稙, 字는 舜儀, 강릉군수 역임)과 결혼을 하였는데, 불행하게도 23세의 나이로 나주임씨 생전에 세상을 떠났다.[17] 나주임씨는 생전에 둘째 딸과 아들 그리고 셋째 딸을 연이어 잃는 슬픔을 겪어야 했다.

나주임씨는 시부모와 함께 강화도 인정면 의곡에서 생활을 하다가 나이 49세 때에 병인양요를 맞게 되었다. 결혼 생활을 한 지 35년의 세월이 지났을 때였다(①). 그녀는 병인양요가 발발하여 사태가 악화되었을 때에 시부모를 모시고 일행들과 함께 강화도 주변 피난처를 전전하다가 황해도 평산으로 갔다. 황해도 평산군 서봉면(西峰面)은 여흥민

---

16 이중규 편 『한산이씨양경공파세보(韓山李氏良景公派世譜)』에는 이승순과 결혼한 인물이 여흥민씨 치정(致鼎)의 따님으로 기록되어 있다. 민치정은 민치승의 둘째 동생이다. 족보에 착오가 있었던 것이 아닌가 한다.
17 이중규 편, 『한산이씨양경공파세보(韓山李氏良景公派世譜)』, 농경출판사, 1982. 이에 따르면 이봉직(李鳳稙)의 첫째 부인은 송근수(宋近洙)의 따님이었고, 둘째 부인이 바로 민치승의 따님이다.

씨 집안사람들이 대대로 거주해온 곳이었고, 선영이 있던 곳이었다 (⑥). 나주임씨는 그곳에서 피난 생활을 하다가 프랑스 군대가 물러간 후에 다시 강화도로 돌아왔다.

나주임씨가 『병인양란록』을 저술한 것은 대략 1866년 12월로 추정된다. 책 표지에 '병인십이월긔'라고 명기된 것이 그 근거의 하나이다. 『병인양란록』을 저술한 이후 나주임씨의 행적은 달리 발견되지 않는다. 생전에 아들과 둘째, 셋째 딸을 연달아 잃은 나주임씨는 1879년 62세의 나이로 죽음을 맞이하였다. 그 후 남편과 함께 황해도 평산군 서봉면에 묻혔다.

> 글을 배움에 넉넉함이 있었으며, 시부모를 섬김에 효성을 극진히 하였다. 『양란기(洋亂記)』와 『내용의서(內用醫書)』 두 권을 지었다.[18]

위의 기록에서 흥미로운 것은 나주임씨가 『양란기(洋亂記)』와 『내용의서(內用醫書)』를 저술했다는 점이다. 여기서 『양란기』는 바로 이 글에서 다루는 『병인양란록』을 가리키는 것으로 보인다. 그리고 『내용의서』는 제목으로 볼 때 의학서로 짐작되는데, 현재 그 소재가 확인되지 않는다.[19]

『병인양란록』 내의 서술 내용과 족보 등의 관련 자료 등을 종합적으로 검토해 본 결과, 『병인양란록』의 작가는 강화도에 세거하던 여흥민씨 집안의 민치승과 결혼을 한 나주임씨임을 확인할 수 있었다.

---

18 여흥회 편, 앞의 책. "學文有餘, 事舅姑盡孝. 著洋亂記及內用醫書書二編."
19 여흥민씨 청백리공파 종중과 접촉을 해보았지만, 나주임씨가 남긴 여타 저술에 대한 정보는 얻지 못했다.

3. 『병인양란록』의 작품 세계

　나주임씨는 병인양요가 끝난 뒤인 1866년 12월 무렵에 『병인양란록』을 창작하였던 것으로 추정된다.[20] 작가는 지난 시절을 회상하며 자신이 체험했던 시간들을 추체험하였다. 대체로 한글 일기는 한문 일기와 달리 그날그날 기록해 나가는 것이 아니라, 일정 시간이 지난 후 회상의 방식에 의해 쓰여지는 경우가 많다. 그리고 그 기술방식 또한 한문 일기의 그것과 다소 다르다. 하루를 시간 단위로 매일의 일상을 그때그때 즉시 기록하는 방식이 아니라, 일정한 시간이 경과한 후 과거의 사건과 사실들을 회상하면서 시간의 연속적인 흐름 속에서 서술하는 방식을 택했다. 『병인양란록』 또한 그날의 일상을 그때그때 즉시적으로 기록하는 방식을 취하지 않고, 일정 시점이 지난 후 회상의 방식을 통해 집필되었다. 이 같은 서술방식은 김약행의 『적소일기』, 이세보의 『신도일록』, 그리고 훈련도감 마병의 『난리가』 등 다수의 한글 일기작품에서도 확인된다.

20　『병인양란록』은 프랑스 군대가 음력 10월 5일에 강화도에서 철수하였음을 서술하였고, 또한 양헌수가 정족산성 전투에서 승리를 거둔 공로로 중군에 제수되었음을 밝혀 놓았다. 양헌수가 총융중군(總戎中軍)에 임명된 것은 1866년 음력 10월 23일이다. 그리고 『병인양란록』 표지에 '병인십이월긔'라고 명기되어 있다. 이를 통해 볼 때 『병인양란록』은 대략 1866년 12월경에 창작되었을 것으로 추정된다.

1) 전쟁 속 여성의 수난

1866년에 발발한 병인양요는 구질서와 신질서, 조선왕조체제의 전통과 서구자본주의 근대가 무력으로 충돌하는 일대 사건이었다. 『병인양란록』은 강화도에 거주하였던 한 양반가 여성의 눈을 통해 전쟁이라는 극한적 위기 상황 속에 자신을 포함해 강화도민들이 겪어야 했던 고통과 참상을 생생하게 증언하였다. 작가는 같은 여성의 입장에서 전쟁 상황에서 겪는 여성 수난을 부각시켰다.

> 읍즁(邑中)의 슈만금(數萬金) 부즈(富者)의 지물(財物)을 쇽공ᄒ고 집좃ᄎ 불 노이고 도망(逃亡)혼 즈 부지기슈(不知其數)요 남동 니참판(李參判)의 손즈(孫子) 니쳘쥬도 게셔 스니 비록 가난ᄒ나 조혼 집의 셰간 치장(治粧)이 찰난ᄒ더니 급혼 지경의 다 ᄇ리고 부인(夫人)너들이 총각(總角) 모양ᄒ고 손목 맛줍고 도망(逃亡)ᄒ니 그 집도 불 놋코 셰간은 다 바ᄋ며 그리ᄒ고 촌(村)으로 쩨지어 단니며 녀인(女人) 욕 뵈기와 셰간 탈취(奪取)ᄒ되 남정(男丁)의 옷과 쇠긋(金屬)과 돈이며 양식(糧食)이며 쇼 줍기와 닥언 더 죠아ᄒ니 집을 좀으고 간 집은 다 ᄇ으며 혹 불도 놋코 쥬인(主人)이 잇셔 디졉(待接)ᄒ고 닥 줍아 쥬난 즈난 칭춘(稱讚)ᄒ고 그리ᄒ면 그 집 거슨 가져가난 거시 업더라. 젹금 슬기를 구ᄒ여 황겁(惶怯)ᄒ니 어늬 누구 진츙보국(盡忠報國)홀 즈 잇스리오.

위의 인용문은 프랑스 군대의 2차 원정기에 해당된다. 1866년 양력 10월 11일 중국 지부를 떠난 7척의 프랑스 함대는 1,400여 명의 병력을 이끌고 이틀 후인 13일 전진기지인 물치도에 도착하여 병사들을 훈련시키고 14일에 염하해협을 거쳐 강화도와 수도 서울의 도선장인 갑곶진을 점령하였다. 그리고 16일에는 강화읍으로 진격하여 강화부성을 점령하고 약탈하였다.[21]

위의 인용문에서 작가는 월등한 군사력을 앞세운 프랑스 군대의 무자비한 약탈과 방화의 현장을 생생하게 묘사하였다. 프랑스 군대는 '상교청과 관사며 대궐과 고집이며 모도 불 지르'고, '촌(村)으로 쩨지어 단니며 녀인(女人) 욕 뵈기와 세간 탈취(奪取)'를 자행하였다. 조선정부와 관군의 보호를 받지 못하는 강화도민들은 '격금(제각각) 살기를 구하'지 않을 수 없었다.

특히 작가는 전쟁상황에서 여성들이 겪어야 했던 고통과 수난을 특별하게 주목하였다. 전란 중의 혼란스러운 피난 상황을 묘사하는 대목에서 작가는 부인들이 총각 모양으로 변장을 한 채 손을 맞잡고 도망을 간다고 하였고, 서양 군인들의 무자비한 약탈을 서술하면서 '촌(村)으로 쩨지어 단니며 녀인(女人) 욕 뵈기', '녀인은 보난 족족 욕을' 보인다고 표현하였다. 전쟁 속에 희생당하고 수난당하는 여성들의 모습에 초점을 맞추어 서양인들의 무력 침탈과 폭력성을 부각시켰던 것이다. 여성들이 감당해야 했던 전쟁은 남성의 그것과는 사뭇 달랐다. 약육강식의 비정한 생존법칙에 지배되는 전쟁상황에서 여성들은 거의 무방비상태로 노출되고 참혹하게 고통을 겪어야 했던 것이다.[22]

---

21 장동하, 「병인박해에 대한 프랑스의 대응과 강화점령사건」, 권희영 외, 『병인양요의 역사적 재조명』, 한국정신문화연구원, 2001, 84~85면.

22 『병인양란록』에서 여성의 전란 체험과 수난을 다루는 부분은 임병 양란을 배경으로 창작된 유사한 성격의 작품들과 대비하는 작업이 앞으로 필요하다. 정환국, 「병자호란시 강화관련

① 경성(京城)서난 어언간의 모도 만장안(滿長安)이 피란(避亂) 가노라 성문(城門) 닷기 전 급히 나오니 가난흔 집 부인(夫人)들은 종도 업시 교군(轎軍) 군ᄆᆞ(軍馬) 맛타 가지고 나가다가 가마 줏밀닌터 급히 나와 젹금 쉬다가 박구아 메고 가 니가 무슈(無數)ᄒᆞ고 지상가(宰相家)며 여염닌ᄀᆞ(閭閻人家)의셔 모도 가산(家産)을 헛치고 모도 도망(逃亡)ᄒᆞ니

② 양인(洋人)이 녀인(女人)은 보난 족족 욕을 뵈니, 상겨집은 언만지 슈(數)를 모로나 ᄉᆞ부(士夫) 황이쳔집 부인(夫人)과 동니(洞里) 양븐(兩班) 심션달(沈先達) 부인(夫人) 둘이 욕을 보앗다 ᄒᆞ니

첫째 인용문은 1차 원정 때에 서울 도성 안의 혼란 속에서 서민 부녀자들이 피란하는 상황을 언급하는 대목이다. 프랑스 함대가 한강 수로를 따라 서울로 들어오자 도성 안은 전쟁이 일어난다는 소문으로 민심도 흉흉하고 피난길로 일대 혼란을 이루었다. '가마를 바꾸어 메고 가는 이들이 무수하였고, 재상가와 서민가들이 모두 재산을 두고 도망'하기에 급급한 위기 상황이었다.

두 번째 인용문은 2차 원정 때에 프랑스 군대에 의해 성폭력을 당하는 여성의 수난을 그렸다. 전쟁의 극한 상황 속에서 남성과 여성이 모두 피해를 입었지만, 특히 약자인 여성들은 더 큰 고통과 수난을 견뎌

실기류 및 몽유록에 대한 고찰」, 『한국한문학연구』 23, 한국한문학회, 1999; 조혜란, 「강도몽유록 연구」, 『고소설연구』 11, 한국고소설학회, 2001; 장경남, 「병자호란의 문학적 형상화 연구-여성 수난을 중심으로」, 『어문연구』 31, 한국어문교육연구회, 2003; 조혜란, 「여성, 전쟁, 기억 그리고 박씨전」, 『한국고전여성문학연구』 9, 한국고전여성문학연구회, 2004; 김정녀, 『조선 후기 몽유록의 구도와 전개』, 보고사, 2005 등 참조.

야 했다. 전쟁이라는 폭력적 현상은 남성에 비해 신체적으로 약한 여성과 어린이에게 더 큰 피해를 미쳤던 것이다. 프랑스 군대의 약탈과 방화의 현장 속에서 '여성'으로 대표되는 사회적 약자들은 그 누구로부터도 보호를 받지 못한 채 점령국 남성에 의해 착취당해야 했다. 여성의 경우에는 전쟁의 혼란 속에서 성폭력에 희생당하는 일이 잦았던 것이다. '녀인(女人)은 보난 족족 욕을 뵈니, 상겨집은 언만지 슈를 모로나'라는 표현은 성폭력이 광범위하게 자행되었음을 보여준다. 그리고 작가는 성폭력의 현장을 증언하면서 양반 여성가의 신원을 구체적으로 밝혀 놓았다. 같은 여성의 입장에서 당시 강화도 여성들이 마주해야 했던 성폭력의 수난을 가감 없이 드러내 보여주고자 했던 작가의 의도로 읽힌다.

여기서 작가는 소문에 근거하여 여인의 수난을 증언하였다. 전쟁터에 떠도는 소문은 전쟁에 맞닥뜨린 사람들의 근심, 불안 그리고 공포를 반영한다. 전쟁의 야만성에 따른 두려움과 공포는 소문을 통해 확산되고 증폭된다. 작가는 이 같은 소문의 위력에 기대어 전쟁이 가져다주는 공포와 두려움, 특히 여성에게 가하는 야만적 폭력을 폭로하였던 것이다.[23]

---

23 한국전쟁 당시 여성에게 공포스러운 기억은 외국군에 의한 강간과 성폭력에 대한 소문이었다. 남성의 기억은 자신의 전쟁경험과 인생을 업적화하는 양상을 보인 반면, 여성의 기억은 가족의 굶주림과 피난, 이산에 초점을 맞추었다. 젠더별로 다른 유형의 전쟁경험을 하였다. 이에 대해서는 이성숙, 「한국전쟁에 대한 젠더별 기억과 망각」, 『여성과 역사』 7, 한국여성사학회, 2007 참조.

2) 피란 체험의 형상화

병인양요는 11월 21일 제2차 원정이 끝날 때까지 무려 2개월여에 걸쳐 진행된 전쟁이었다. 전쟁 피해자의 시선에 비친 당시 강화도민은 정부의 보호를 받지 못한 채 제각각 살 길을 찾아 피란 생활을 떠나야 했다. 작가는 삶의 터전을 버리고 피란을 가던 당시인들의 모습, 강화도를 탈출하여 황해도 평산으로 피란 가던 자신의 체험을 긴박감 있게 묘사하였다.

> 이날은 십일이라. 그 동니(洞里) 소임(所任) 흐나이 밧긔 와 보(報)흐되 나라의셔 강도(江都) 빅셩(百姓)이 모도 양국(洋國)의 붓터다흐물 드리시고 크게 진노(震怒)흐스 긔병(起兵)흐야 강도 빅셩붓허 함몰(陷沒)흐라 전교(傳敎) 나리셧다 흐니 이날 밤의 이 말을 듯고 디듸 정신(精神)이 아득흐고 일신(一身)이 썰녀 혼스 통곡(痛哭)이 낭ᄌ흐고 황황망죠(遑遑罔措) 중의 의논(議論)이 분운(紛紜)흐여 아모조록 강밧긔 나셔기를 원흐나 난시(亂時) 중의 어듸를 향흐여 비 타리오.

낮에는 굴에 숨어 있다가 밤이 되면 집에 내려오는 피란 생활을 하고 있었다. 이때 작가는 강화도민들이 서양인들에게 협력하였다고 하여 강화도민을 함몰(陷沒)하라는 전교(傳敎)를 내렸다는 소문을 듣게 된다. 서양인에게 협력하였다는 것도 소문이었고, 강화도민을 함몰하라는 것도 소문이었다. 여기서도 전쟁터의 소문이 사람들의 불신을 조장하고, 그들에게 불안과 공포를 증폭시키고 있음을 보게 된다. 그리고 고종이 내린 전교의 내용이 실제 사실에 부합하는 것인지 관련 사료를 통해 확인하기는 어렵지만, 그 같은 흉흉한 소문의 전달과 유포의 이면에는 조선 정부에 대한 불신이 암암리에 포함되어 있던 것으로 보인다. 프랑스 군인의 약탈과 방화로 인하여 고통받고 있을 백성들을 구원하기보다는 오히려 그들을 처단하라는 명령을 내린 조정의 처분에 대해 작가를 포함한 당시 강화도민들은 일대 혼란과 충격을 받아야 했다. '정신이 아득하고 일신이 떨려 통곡이 낭자하다'는 작가의 발언이 전혀 과장으로 느껴지지 않는다.

작가는 전쟁 초기에는 집 뒷산에 굴을 파고 숨어 살다가 음력 9월 11일에 시부모와 일가 사람, 노비 등을 포함해 피란을 떠났다. 당시 작가의 일행은 60여 명에 이르렀다. 이들 일행은 강화도 인근에 있는 시도(矢島), 신도(信島) 등의 섬을 전전하면서 갖가지 고생을 겪다가 21일에 여흥민씨의 세거지였던 황해도 평산에 도착해서야 비로소 안착할 수 있었다.

① 명일은 십이일이라 셕양(夕陽)의 비 타려 ᄒᆞ난디 인셩만셩ᄒᆞᆫ 피란군들쓸난 소리 천지(天地) 뒤놉고 너른 기포의 편야(遍野)ᄒᆞᆫ 스람이 젹금 슬기를 구ᄒᆞ여 어디를 가면 스ᄂᆞ냐 ᄒᆞ난 쇼리 님니(淋漓)ᄒᆞ고 비 돗디 강변(江邊)의 별 결니듯 ᄒᆞ엿드라.

② 노를 젓짜가 풀의 가 걸니니 비 반이나 씨우러지니 스공(沙工)이 긔급(氣怯)ᄒᆞ난 소리 진동(振動)ᄒᆞ고 선샹(船上) 스람 모도 긔식(氣塞)ᄒᆞ며 합물(陷沒)ᄒᆞ난 듯 파리 목슘 갓ᄒᆞ여 죽기로 디령(待令)ᄒᆞ엿더니

③ 풍낭(風浪)이 점점 더죽(大作)ᄒ려 ᄒ니 ᄉ공(沙工)이 아모리 홀 줄을
모로고 분분이 겁을 니고 무변디ᄒᆡ(無邊大海) 즁의 일을 엇지 ᄒ리오? 다만
하늘을 우러러 탄식(歎息) ᄲ이오 다 죽은 ᄉ람 갓치 숨도 크게 못 쉬고 셔로
ᄇ라보아 죄목(罪目)이 잇고 업ᄉᆞ물 싱각홀 ᄯᆞ름일더니

『병인양란록』은 병인양요 당시 전쟁의 극한적 상황을 직접 체험하
고 목도하였던 여성 주인공이 강화도를 탈출하여 피란을 다녀야 했던
상황을 매우 생동감 있게 묘사했다. 이를 통해 독자는 병인양요 당시
점령지 피란민들이 겪어야 했던 고통과 수난을 실감 있는 언어 표현을
통해 전달받을 수 있다.

인용문 ①은 피란 행렬에서 들려오는 소리에 초점을 맞추었다. 피란
민들이 저마다 살길을 찾아 떠나는 모습이 선명하게 떠올려진다. ②,
③에서는 죽을 고비를 넘겨 강화도를 탈출했던 당시의 상황을 실감 있
게 재현했다. 노를 젓다가 풀에 걸려 배가 반이나 기울어지는 위급한
상황을 맞이하였으며, 거친 바다의 파도와 풍랑에 목숨이 풍전등화와
같았다. '파리 목숨 같이 죽기를 대령하였다'라는 표현이 당시의 급박
했던 상황을 생생하게 드러냈다. 그리고 '숨도 제대로 쉬지 못한 채 죄
가 있고 없음을 생각할 따름'이라는 말은 죽음의 문턱에 발을 딛고 서
있는 절대절명의 위기 상황을 참신하게 표현했다. 죽음을 목전에 둔 일
행들의 긴박했던 순간을 예리하게 잘 포착하여 현장감을 높여 주었다.

3) 관군 비판과 개인의 충절

『병인양란록』에서 작가는 지배층, 관군의 무기력한 대응을 우회적으로 드러내는 한편, 이와는 대조적으로 개인의 안위를 돌아보지 않고 순절과 충의를 발휘한 인물들의 행적을 높이 평가했다.

①두 척만 몬져 터진기로 연긔(煙氣)를 픠우며 술 닷듯 가니 당일(當日)의 풍덕(豊德)가 셧다가 셔울노 치다라 가니 강화(江華)셔난 군亽(軍士) 난즁히 쏘바 목슴 직히니 집집이 곡셩(哭聲)은 낭ᄌ하고 방포(放砲) 쇼리와 디안구(大碗口) 쇼리난 산쳔(山川)이 문허지난듯 느리 들니니 졍신(精神)이 아득 황황ᄒ더니 양션(洋船) 볼셔 가셔 셔울 가문돌 가 셔니 상(上)이 디경실식(大驚失色)ᄒ오셔 불문곡직(不問曲直)ᄒ고 오군문(五軍門) 군亽 긔병(起兵)ᄒ여 치려 ᄒ니 군병(軍兵)이 ᄒ나토 용밍(勇猛)이 업셔 한번을 못 치고 헛총을 노아 취졸(醜拙)만 뵈니

②필경의 양션(洋船) 육쳑이 도로 그리로 올나와 터진기 압히 덥히여 올오니 강도(江都) 군亽(軍士)와 숨영(三營)이 아모러 홀 줄을 모로더니 이윽고 각고지(甲串) 가셔 하륙(下陸)ᄒ여 둔취(屯聚)ᄒ고 위풍(威風)이 늠늠하ᄒ며 본관(本官) 숨영(三營)을 침노(侵擄)ᄒ니 유슈(留守) 이인교 당치 못할 줄 알고 평복(平服)ᄒ고 빅셩(百姓)과 갓치 셧기여 동졍(動靜)을 술피다가 홀일업셔 인(印)을 들니고 통곡(痛哭)ᄒ며 쌔져 도망(逃亡)ᄒ고 숨관(三官)이 모도 그리 되니 양인(洋人)이 더욱 긔탄(忌憚) 업亽지라.

인용문 ①은 프랑스 함대의 제1차 침입(1866년 9월 18일~10월 3일) 때의 상황이다. 프랑스 함대의 1차 원정 때에 군함이 한강 수로를 타고 서강까지 올라왔다. 도성 안은 삽시간에 두려움과 공포에 떨어야 했으며, 피란길이 줄을 이었다. 하지만 이에 대한 조선 관군의 대응은 무기력하기만 하였다. "용맹이 업셔 한번을 못 치고 헛총을 노아 취졸(醜拙)만 뵈"는 한심한 상황만을 보여줄 뿐이었다.

인용문 ②는 프랑스 함대의 제2차 침입(1866년 10월 11일~11월 21일) 때의 상황이다. 프랑스 군대가 강화도를 점령하는 과정에서 조선 관군은 맞서 싸우지도 못한 채 도망가기에 바빴던 장면을 묘사했다. 관복을 평복으로 갈아입고서 백성들과 섞이어 동정을 살피며 도망가는 강화부 유수(留守)의 모습을 통해 지배층의 무능함과 무기력함, 비겁함을 드러내 보였다. 강화도 지역민을 보호하기는커녕 백성들과 함께 도망치기에 급급했던 관군들의 행태로 인하여 프랑스 군대의 약탈과 방화는 더욱 심하였으며, 강화도민들의 고통과 수난은 더욱 클 수밖에 없었다.

이에 반해 작가는 외세의 침탈에 맞서 자신의 안위를 돌보지 않고 충절을 드러낸 이시원(李是遠)과 양헌수(梁憲洙)의 행적을 높게 평가했다.

① 도로 드러오믈 가 고(告)ᄒ니 니판셔(李判書) 친(親)이 나와 보고 슬허ᄒ며 존구(尊舅)긔 부탁ᄒ여 왈 "나난 이졔난 죽난 스람이니 니 후진(後進)들이나 잘 구ᄒ여 달나." ᄒ고 "나난 상소(上疏) 지어 나라의 니 죡하 쥬어 경셩(京城)의 씌엿노라." ᄒ고 쏘 "유셔(遺書)를 지어 자손(子孫)의긔 지어놋코 형졔(兄弟) 죽으려 ᄒ노라." ᄒ니 팔십(八十) 노인(勞人)이 빅슈(白鬚)을 붓

치고 나와 이런 유언(遺言)을 ᄒᆞ니 석목(石木)인들 감동(感動)ᄒᆞ고 슬푸지 아니리오.

② 젼등(傳燈)은 놉흔 손상(山上)이라 미복(埋伏)ᄒᆞ엿다가 일시(一時)의 고각(鼓角)이 디진(大振)ᄒᆞ며 좌우(左右)로 씨 지약(藥)을 ᄒᆞ여 노ᄒᆞ니 장슈(將帥) 죽어 마하(馬下)의 ᄊᆞ러지며 양인(洋人) 십여 명이 죽으니 양인이 디픿(大敗)ᄒᆞ여 쏙이여 오난지라 느리노으며 쏫ᄎᆞ니 졔동무의 신체(身體)를 엽회 씨고 급히 본진(本陣)으로 도망(逃亡)ᄒᆞᆯ시 우리 스던 집의 달녀들어 신교(乘轎)를 쎄여 신체를 담ᄋ 맛메고 도망ᄒᆞ며

③ 당일 오시(當日 午時)에 적장(賊將)이 말을 타고 수백 명을 이끌고 동남문으로 나뉘어 오는 것을 헤아렸다. 우리 군대가 총을 일제히 발사하니, 맞기도 하고 맞지 않기도 했다. 그들도 쏘아 대었는데, 멀리 성 안의 집과 선두보에까지 이르렀다. 별장(別將)이 탄환에 맞아 쓰러지고, 초관(哨官)도 탄환에 맞아 죽었으며, 마을 사람 이재준이 탄환에 맞아 쓰러졌다. 적들의 경우 사망한 자가 6명이었는데, 모두 시신을 수습하여 도망갔다.[24]

작가는 인용문 ①에서 사기 이시원(沙磯 李是遠, 1790~1866)의 순절(殉節)을 다루었다. 나주임씨 시댁은 평소 이시원 집안과 친분을 맺고 있었다. 나주임씨 일행이 강화도를 떠나 평안도 평산으로 피란을 갈 때

---

24 미상,『丙寅洋亂錄』권1, 고려대 소장. "當日午時, 量賊將騎馬率數百名, 分入東南門. 我軍發銃一放, 或中或不中. 彼亦發放, 遠及城內房屋船頭堡. 別將中丸而仆, 哨官一幷中丸而死, 邑民李再俊中丸而仆. 賊漢則致死者爲六名, 皆收屍而去."

이시원 집안사람들과 함께 동행하였다. 이때 이시원은 미리 자결을 할 생각을 하고 준비를 하였다. 이시원은 1815년 문과에 급제한 후 벼슬이 이조판서, 홍문관제학에 이르렀다. 1866년 강화도가 함락되자 동생 이지원(李止遠)과 함께 유서를 남기고 음독자살하였다.[25] 작가는 이시원이 남긴 유언의 말을 직접 옮겨 놓음으로써 충절을 향한 그의 비장한 각오와 죽음에 임하는 의연한 태도를 효과적으로 형상화했다.

인용문 ②는 타인의 견문에 바탕하여 양헌수 장군에 의해 프랑스 군인이 격퇴되는 장면을 묘사했다. 정족산성을 지키던 양헌수 장군은 10월 3일 프랑스 함대의 로즈 제독이 보낸 해군대령 올리비에의 부대 160여 명을 맞아 치열한 전투를 벌인 끝에 프랑스군을 격퇴시켰다. 이를 계기로 프랑스군이 철군하는 데에 결정적 역할을 했다. 프랑스 군대와의 전투 장면, 격퇴당한 프랑스군이 죽은 전우의 시체를 업고서 가마에 태워 도망을 가는 장면, 벼를 베던 일꾼을 만났을 때 두 팔을 헤치며 도망하라고 하는 장면, 시신을 화장하여 관에 넣고 성명을 쓴 다음 돌아가는 장면 등에서 작가의 서술이 매우 현장감 있게 사실적으로 묘사되어 있음을 알 수 있다.

4) 서구의 충격과 구질서의 붕괴

서구 세력과의 접촉은 병인양요 이전에도 간헐적으로 지속되어 왔

---

25 李是遠의 충절과 사의식에 대해서는 김용태, 「이시원의 사의식과 이용후생의 논리」, 『한국실학연구』 12, 2006 참조.

다. 이양선의 출몰은 19세기 중엽에 이르러 통상 관계를 요구하는 등 구체적 목적을 띠고 이루어졌다. 병인양요는 그 같은 서구와의 접촉이 이제는 무력 충돌의 양상으로 전환되었음을 의미한다. 병인양요는 서구 열강과의 첫 무력 충돌이었다.

『병인양란록』은 나주임씨가 병인양요라는 일대 역사적 사건을 직접 체험하였던 것에 근거하여 서술되었다. 하지만 저자 자신이 직접 본 것에만 한정하지 않고, 주변으로부터 견문한 것들을 두루 참조하여 병인양요 발발 이전에 서구인들이 강화도를 찾아오는 데서부터 서술을 시작하여, 프랑스 함대가 강화도에서 물러나기까지를 다루었다. 병인양요 이전에 서구인들이 강화도를 찾아와 통상을 요구하는 대목이나 프랑스 군인들이 강화도를 침략하는 장면 등은 저자 자신이 직접 본 것은 아니다. 아마도 주변으로부터 견문한 것을 저자 자신이 풀어 쓴 것으로 보인다.

강화도에서 오랫동안 살아왔던 저자는 이양선에 대한 소문을 많이 들었을 것이며, 때로는 직접 이양선을 목도하였을 것이다. 이를 통해 자연스럽게 서구 세력의 존재를 접하였을 것이다.

① 양인(洋人)이 만리경(萬里鏡)을 니여놋코 보며 "속인다"고 디쇼(大笑) 호고 나죵 호난 말은 "조선국(朝鮮國) 물화(物貨)를 셔로 통호여 강화(江華) 로 짜흘 졍(定)호여 달나" 호니 즉시(卽時) 상(上)긔 고(告)호즉 상이 난처(難處) 이 혀아리시다 허락(許諾)호시되 천즈(天子)의 교지(敎旨) 업시 어렵다 호시며 디국(大國) 가셔 단녀와 교지 밧즙고 허락호마 사니난 전교(傳敎) 일 우니

②9월 22일, 물길 안내를 맡은 데룰레드호를 비롯한 군함 3척은 수로에 진입하여 북쪽으로 향진했다. 사방에서 몰려온 조선인들이 산꼭대기에 모여 물살을 거슬러 올라오는 우리의 괴력의 기선들을 감탄과 두려움이 섞인 시선으로 뚫어지게 쳐다보았다. 이제껏 그 어떤 배도 감히 하류(河流)와 맞서 거슬러 올라온 적이 없었을 것이다. 세계로부터 자처해서 고립되어 살아가면서 그 안에서 자신들만의 과장된 사고를 키우고 있는 이 나라 백성은 유럽 과학의 기발한 산물 하나가 느닷없이 자기네들 눈앞에 나타나자 야릇한 생각이 들지 않을 수 없었을 것이다.[26]

9월에 로즈함대가 3척의 배를 타고 염하를 거슬러 올라와 한강의 진입로로 들어왔다. 그들은 서구 근대과학문명에 대한 우월감과 자신감을 내세우며 서울 서강에 도착했다. 이 같은 서양인들의 시각은 인용문 ②에 보인다. 조선과의 통상을 요구하며 찾아온 영국 상선의 출몰을 다룬 인용문 ①에서 작가는 서양인과 조선인의 대화를 통해 서양과의 접촉과 만남을 다루었다. 그리고 그 대화를 기록한 서술 속에서 서양 세력의 출현에 대한 작가의 시선을 읽을 수 있다.

영국 상선은 통상 요구와 천주교 문제를 내세워 교섭을 주장하였다. 이에 대해 조선 통사관은 서울과의 거리가 수 천리가 된다고 대답을 하는 장면을 묘사했다. '만리경(萬里鏡)'으로 상징되는 서구 문물의 이기(利器) 앞에 조선 통사관의 대답은 거짓임이 바로 드러난다. 그리고 청나라 사람의 말을 빌어 작가는 통상을 내세워 조선을 찾아오는 서양

---

26 앙리 쥐베르, 유소연 역, 『프랑스 군인 쥐베르가 기록한 병인양요』, 살림, 2010, 31~32면.

세력에 대한 경계의 시선을 감추지 않고 있다. "타국셔 조션국을 금작이 어려이 아난대 우에 허탄이 허락하냐?"는 말은 이 같은 경계의 목소리를 분명하게 들려준다. 하지만 그 같은 경계는 조선 관군의 무준비성과 무기력한 대응으로 빛을 잃고 말았다. 작가가 병인양요가 발발하기 이전에 조선을 찾아왔던 이양선의 존재를 작품 앞머리에 서술하고 또 그들 서양 세력에 대한 경계의 목소리를 작품 내에 서술한 것은 조선 관군과 정부의 대응을 문제 삼고자 했던 의도로 읽힌다.

> 이쩌 양인이 허락을 벗고 션물(膳物)을 쳥(請)ᄒ니 외춤외와 슈어와 계란(鷄卵)을 쥬니 죠아ᄒ며 져의난 유리병(琉璃甁)과 여러가지 무어실넌지 졍표(情表)ᄒ고 왈, "우리 빈난 아모 탈 업스나 이 뒤의 화션(火船)이 오니 죠심ᄒ라" 하니 곡졀(曲折)을 무른즉 양학(洋學)을 펴라 단니난 비라 ᄒ니 그리면 막아달나 ᄒ니 그리 ᄒ마 ᄒ고 빅비ᄉ례(百拜謝禮)ᄒ고 쩌나난디 비 몰골은 상부 갓치 길고 산쩌미 갓치 크고 돗디만 둘이 셔고 가온디 굴통 잇셔 노질언 ᄒ난 일이 업고 굴통의 년긔(煙氣) 피우며 술 가닷 가니 드러온 지 육일만의 나가니라.

병인양요가 발발하기 이전에 강화도에 찾아온 서양인들이 통상을 요구하는 장면을 다루었다. 우리 측에서는 외참외, 숭어, 계란을, 서양인들은 유리병을 선물로 주고받는 장면을 묘사하고, 서양인들이 타고 온 배를 인상적으로 묘사했다. 특히 서양인이 타고 온 함대의 외양과 운항 모습을 세심하게 묘사했는데, 겉모습은 상어 같고, 산더미 같이 크며, 돛대가 둘이 있고, 노를 젓지 않고 증기를 뿜으며 운항한다고 했다.

강화도 해안에 자주 출몰하였던 서양 선박과 서양인에 대해 느끼는 작가의 시선은 무엇이었을까? '천만의외 국운이 불행하여'라는 말에서 보듯이, 이양선의 출현이 병인양요라는 무력 충돌로 이어졌다는 점에서 그것은 두려움과 불행의 대상이었다. 다른 한편 서양 선박은 신기롭고 경이로운 대상이기도 했다.[27] 나룻배나 범선으로 힘겹게 강을 건너던 조선인의 눈에 증기기관으로 조류를 거슬러 올라가는 서양 함대의 모습을 가까이에서 보고 서양 과학기술에 대한 '감탄과 두려움'의 이중적인 감정을 느꼈을 것이다. 두려움과 공포의 대상인 동시에 호기심 속에 감탄을 하게 되는 대상이기도 하였다.

서구의 충격 속에서 그들의 문명과 폭력을 경험하는 한편, 작가는 전쟁의 혼란한 상황 속에서 구질서의 붕괴를 체험하게 된다.

① 슘셤 인심(人心) 고이(怪異)ᄒ고 불측(不測)ᄒ 빅셩(百姓)들이 흉측(凶測)ᄒ 쯔즐 먹고 슈십여 명이 나와 홍셩원(洪生員) 부지(父子)를 슈욕(受辱)을 존상이 뵈고 결박(結縛)ᄒ려 ᄒ며 모도 탈취(奪取)ᄒ더니 엇지 싱각ᄒ고 더러만 아ᄉ가되 홍셩원의 말이 평젼(平戰)ᄒ거든 갑슬 달나ᄒ며 쎄기고 가니라. 이 거동(擧動)을 목도(目睹)ᄒ여 보니 놀나오믈 이긔지 못ᄒ여 ᄒ나 져의가 우리 탄 빈난 감히 싱의(生意)치 못ᄒ고 져어하며 의곡딕 민진ᄉ(閔進士) 비나 셔로 일카르며 붓그려 ᄒ난 눈치 션연(鮮然)타 ᄒ더라.

② 슬푸다. 윤긔(倫紀)난 모도 상ᄒ고 불측(不測)한 빅셩(百姓)들 노략(擄

27 조선 후기 이양선의 출현과 관련해서는 박천홍, 『악령이 출몰하던 조선의 바다―서양과 조선의 만남』, 현실문화, 2008 참조.

掠)하기를 양인(洋人)과 갓치 단니더라. 양인이 노략흔 짐을 닷난디로 붓줍
아 지이면 줄 져다 쥬면 속젼(錢)을 후이 쥬고 상 츠려 쥬어 포식(飽食)을 시
겨 보니니 숙짐 지기 즈원(自願)ᄒ난 즈(者) 무슈(無數)ᄒ며

①은 피란 일행이 강화도를 탈출하여 시도(矢島)로 왔을 때의 일을
다루었다. 섬에 사는 백성들이 홍생원으로 대표되는 양반 부자에게 모
욕을 주고 재물을 탈취하는 장면을 목도하였다. 공고했던 신분질서가
무너지는 현장을 직접 보게 된 것이다. ②에서 작가는 서양인들의 침
탈에 편승하여 그들의 노략질에 앞장 서는 일부 조선사람의 행태에 대
해 지적하였다. 목숨이 경각에 달려 있는 위급한 절대절명의 상황 속
에서 자기 한 목숨을 보존하기 위해 사람으로서 지켜야 할 도리를 잃
어버리는 지경에까지 이르렀음을 개탄하였다. 사대부가 양반 여성의
도덕적 시각을 읽게 된다.

작가는 조선의 근간을 이루고 있는 윤리강상과 신분질서가 무너지
는 현실을 눈앞에서 직접 목도하였다. 서구 세력과의 물리적 충돌로
이어진 병인양요는 전통적 윤리 규범의 해체를 가속화하는 계기를 마
련하였다. 함께 모여 살아야 할 가족들이 저마다 흩어지고, 각자 생명
을 부지하기 위해 윤리와 체면과 양심을 버려야 했다. 작가는 서구 세
력과의 무력 충돌을 통해 신구질서가 재편되는 역사적 현장을 몸소 증
언했던 것이다.

4. 마무리

　이 글은 1866년에 발발했던 병인양요 때에 한 양반가 여성이 쓴 한글 일기『병인양란록』의 작가 문제를 재론하고, 작품 세계를 구명하였다. 『병인양란록』은 한 양반가 여성이 직접 겪은 전쟁 체험과 수난의 양상을 매우 사실적이며 생동감 있는 언어로 표현한 한글 일기작품이다.

　그동안 이 작품의 작가를 경주김씨로 비정하였는데, 이 글에서는 작품 내 서술과 족보 등의 관련 자료 등을 종합적으로 검토하여『병인양란록』의 작가가 강화도에 세거하던 여흥민씨 집안의 민치승(閔致升)과 결혼을 한 나주임씨임을 새롭게 밝혔다. 19세기 여성문학사에서「호동서락기(湖東西洛記)」의 저자 금원(錦園)과 이번에 새로 밝혀지는 여성 작가 나주임씨가 서로 사돈지간이라는 점이 흥미롭다. 금원이 1817년생이고, 나주임씨가 1818년생이니, 두 여성 문인이 같은 시대를 살았던 셈이다.

　『병인양란록』은 강화도에 거주하였던 한 양반가 여성의 눈을 통해 전쟁이라는 극한적 위기 상황 속에 자신을 포함해 강화도민들이 겪어야 했던 고통과 참상을 생생하게 증언하였다. 이 과정에서 작가는 삶의 터전을 버리고 피란 가던 당시인들의 모습, 강화도를 탈출하여 황해도 평산으로 피란 가던 자신의 체험을 긴박감 있게 묘사하였다. 그리고 작가는 같은 여성의 입장에서 전쟁 상황에서 겪는 여성 수난을 부각시켰다.『병인양란록』에서 작가는 지배층, 관군의 무기력한 대응을 우회적으로 드러내는 한편, 이와는 대조적으로 개인의 안위를 돌아보지 않고 순절과 충의를 발휘한 인물들의 행적을 높이 평가했다. 한편 작가는 서구의 충격 속에서 그들의 문명과 폭력을 경험하는 한편, 전쟁의 혼란한 상황 속에서 구질서의 붕괴를 체험하게 된다.

여성이 전쟁 체험을 일기의 형식을 빌어 표현한 앞 시기 작품으로는 남평조씨의 『병자일기』가 있다. 『병자일기』에는 병자호란 중에 겪은 피란 생활의 고난과 시련이 생생하게 표현되어 있다. 나주임씨가 지은 『병인양란록』은 남평조씨의 『병자일기』가 만들어놓은 한글 일기문학의 전통을 이어받고 있는 것이다. 또한 『병인양란록』은 유진의 『임진록』, 김약행의 『적소일기』, 훈련도감 소속 마병의 『난리가』 그리고 이세보의 『신도일록』으로 이어지는 한글 일기 서술방식의 전통 — 사건이 경과된 후 일정 시점에서 과거의 시간을 작가의 내면 의식 속에서 재구성하여 회상하는 방식 — 을 계승하였다. 『병인양란록』은 이세보의 『신도일록』과 함께 19세기 중후반의 한글 일기문학을 대표하는 작품이라는 점에서 그 문학사적 의의가 크다.

제2부
한문 일기문학의 세계

제1장

장현광의 피란일기『피란록』

성리학자가 본 임진왜란

1. 문제 제기

임진왜란의 체험을 다룬 여헌 장현광(旅軒 張顯光, 1554~1637)의『피란록(避亂錄)』을 주대상으로 하여 작품에 나타난 서술시각과 글쓰기방식을 분석함으로써『피란록』이 조선시대 일기문학사에서 지닌 의의를 집중적으로 밝혀 보고자 한다.[1] 여헌(旅軒)의『피란록』은 임진왜란의

---

[1] 학계에서는 그동안 여헌이 쓴 임진왜란 일기를『용사일기(龍蛇日記)』로 지칭해 왔는데, 여기에서는『피란록』으로 부르고자 한다. 여헌은 임진왜란 일기 작성과 관련해서 "을미년 이후로 떠돌아다니며 피란을 하던 행적이 세월이 흘러 모두 잊혀질까 하여 이를 기록하고 '피란후록(避亂後錄)'이라고 이름하였다"고 직접 언급한 바 있다. 여헌의 이 같은 언급과 함께, 임진왜란의 체험을 다룬 일기 가운데 '용사일기'를 제목으로 삼은 것이 많이 있어 혼동을 주고 있는 점 등을 아울러 고려할 때에, 여헌의 임진왜란 일기 명칭 문제에 있어서『용사일

전란 체험을 다룬 여타 많은 작품들 가운데 어떤 특질을 갖고 있으며, 그 의의가 무엇인가를 밝히는 것이 중요한 과제의 하나이다. 『피란록』의 독특한 특질과 성격을 밝히기 위해 여기에서는 서술시각과 글쓰기 방식에 초점을 맞추어 분석을 진행하고자 한다. 작가는 일기 집필에 있어 어떠한 기본적인 입장과 시각을 갖고 있었는지, 그리고 그 같은 서술 시각의 바탕 위에서 주제의식을 작품 속에 구현하기 위해, 혹은 효과적으로 표현하기 위해 어떠한 글쓰기 방식을 운용하였는가에 초점을 맞추어 논의하고자 한다.

이 같은 문제들을 선명하게 밝힐 수 있다면 『피란록』이 여타 임란 체험을 다룬 일기작품들과 어떠한 점에서 차별될 수 있는지, 그리고 사료로서의 가치와 함께 문학작품으로서의 의의를 보다 확실하게 드러낼 수 있을 것이며,[2] 조선시대 일기문학사에서 차지하는 위상과 성격을 밝히는 데에 도움이 될 것이다.[3] 아울러 최근 들어와 여헌학(旅軒學)의 경세적 측면, 실용적 측면에 관한 연구가 새로이 진행되고 있는 가운데, 『피란록』은 여헌 장현광의 사회사상, 철학사상, 경세사상 등을 살필 수 있는 자료라는 점에서도 중요한 의미를 지닌다.[4]

기』보다는 『피란록』이라는 명칭을 사용하는 것이 더 합당하지 않을까 생각한다.

2 여헌의 문집에 수록된 『갑자추조록(甲子趨朝錄)』과 『병인추조록(丙寅趨朝錄)』도 일기 성격을 지닌 작품이다.

3 그동안 여헌의 『피란록』에 대해서는 박인호, 「임진왜란기 지방 지식인의 피난살이-장현광의 용사일기를 중심으로」, 『선주논총』 11, 금오공과대 선주문화연구소, 2008(『여헌학의 전개와 수용』, 보고사, 2010에 재수록)에서 본격적으로 다루어졌다. 주로 여헌의 피난행로와 임진왜란의 참상에 초점을 맞추어 논의를 하였다. 일기문학사의 관점에서 여헌의 『피란록』을 다룬 연구는 아직까지 없다.

4 여헌의 사상, 문학 등 제분야에 걸친 연구성과는 고려대 민족문화연구원 한국사상연구소 편으로 출간되는 『여헌 장현광의 학문세계』 시리즈를 참고하면 될 것이다. 최근 여헌학의 실용적 측면과 관련하여 김학수, 「17세기 여헌학과 형성과 학문적 성격의 재검토」, 『한국인

2. 『피란록』의 서술시각

1) 일기 장르에 대한 여헌의 인식

여헌 장현광은 일기 장르의 창작 목적에 대해 매우 분명한 인식을 갖고 있었다. 일기를 왜 쓰는가에 대한 명확한 인식의 바탕 위에서 여헌은 임진왜란의 체험을 소재로 한『피란록』을 창작했다. 여헌에 따르면, 일기는 '일신의 동정과 한 집안의 일들, 그리고 귀와 눈으로 본 것을 기록'한 것인데, 여기서 '일신(一身)의 동정(動靜)은 의리(義理)가 나타난 바이며, 한 집안의 일들은 덕행(德行)이 드러난 바이다.' 의리와 덕행의 발현에 초점을 맞춘 이 같은 여헌의 지적은 일기를 '인간의 행동 준칙이며 만세(萬世)의 모범'이라는 의의를 지닌 것으로 평가하게 된다. 일기에 기록된 평소의 행적과 과거 경험을 살펴봄으로써 스스로를 개선하고 권면할 수 있는 것이 일기의 효용인 셈이다. 이처럼 여헌은 일기 장르에서 자기반성과 권면의 기능을 강조했다.

비슷한 시기에 저술된 조극선(趙克善)의『인재일록(忍齋日錄)』서문에서도 이렇게 말했다.

물사연구』13, 한국인물사연구소, 2010; 유권종, 「여헌 장현광의 실학적 설계」,『동양고전연구』49, 동양고전학회, 2012; 최원석, 「여헌 장현광의 지리인식과 문인들의 지지 편찬 의의」,『동양고전연구』49, 동양고전학회, 2012; 박학래, 「여헌학의 실용적 면모―도덕 실천과 우리 문화에 대한 주체의식 강조」,『한국인물사연구』21, 한국인물사연구소, 2014 등이 참고가 된다.

오늘로서 어제를 보고, 오는 달로 이전 달을 비교하여 하루에는 그 시작되고 끝나는 것을 알아야 하고, 달에는 그 시작하여 성장함을 잊지 말아야한다. 그러면 나날이 새로운 하루이고, 한 달은 한 달을 성장하게 하며, 일년은 일 년의 공부가 있게 된다. (…중략…) 사람들이 어찌 성현(聖賢)을 스스로 기약하지 않고서 장차 일등을 전인에게 양보하겠는가? 이것이 내가일록(日錄)을 짓는 뜻이다. 그래서 내 일신(一身)이 힘쓰는 바와 일가(一家)의 대소사에 이르기까지 모두 다 기록했다.[5]

조극선의 『인재일록』은 1609년(15세) 12월 3일부터 1623년(29세)까지 작성했다. 조극선은 그 서문에서 하루를 반성하고 스스로 성인이될 것을 기약하고자 하는 의도에서 일기를 집필하였음을 밝혔다. '일신(一身)이 힘쓰는 바와 일가(一家)의 대소사'를 기록한 의도는 자신을뒤돌아보고 성장하기 위함이었다.

또 하나 일기 장르의 효용과 관련해 여헌은 노년의 고독감과 무료함을 해소하는 측면을 지적했다.

비단 이뿐만 아니라 사람의 감정은 일이 지나간 뒤에 생각이 더욱 절실해지고 사물이 지나간 뒤에 그리움이 더욱 깊어진다. 기쁨과 근심을 기록하고 길흉을 기록하고 들은 것을 기록하고 본 것을 기록하였다가 노년에 이르러 무료한 날에 일기를 읽어보며 자취를 헤아려 본다면 근심하고 즐거웠

---

5 조극선, 『인재일록』, 한국학중앙연구원 출판부, 2012. "以今日視昨日, 以來月較前月. 日知其所亡, 而月無忘其所能, 則一日新一日, 一月長一月, 而一年有一年之工夫也. (…中略…) 人豈可不以聖賢自期, 而便將第一等讓與別人爲耶? 此乃余之所以爲日錄者歟. 凡我一身之所務, 與一家之所爲, 大小之事, 無不記載."

던 것, 길하고 흉한 것들이 마치 어제 겪은 것처럼 환하게 빛나며 예전에 보고 들었던 사람과 일들이 전과 다름없이 지금 보고 듣는 것과 같을 것이다. 그러니 외롭고 쓸쓸한 생각을 위로하는 것이 여기에 있지 않겠는가? 사람들이 일기를 쓰는 것은 대개 이러한 뜻에서이다.[6]

여헌은 노년의 무료한 날에 일기를 꺼내 놓고 읽는다면 과거의 행적들을 눈앞에 선명하게 상상하면서 마음의 위안과 위로를 받을 수 있다고 하였다. "노인은 살아온 긴 생을 뒤로 갖고 있으며, 앞으로 살아갈 삶의 희망이 매우 한정된 인간이다."[7] 과거의 시간들이 기록된 일기를 통해 시간의 변화와 인간 존재의 유한성을 느끼는 노년의 쓸쓸함을 달래 주는 심리적 위안의 기능을 지녔음을 강조했다.

여헌의 이 같은 지적은 일기 장르가 독자에게 심리적 위안과 안정을 가져다주는 감상과 독서의 중요한 대상임을 명료하게 인식하였다는 점에서 중요한 의미를 지닌다. 여헌에게 있어 일기 장르는 인간의 도덕성을 향상시키는 '자기반성의 문학'인 동시에 인간의 고독감을 견뎌 내고 심리적 안정을 가져다주는 '치료와 위안의 문학'이었다.

---

6 장현광, 『여헌선생전서(旅軒先生全書)』(영인본), 인동장씨남산파종친회, 1983. "不特此也, 凡人之情, 思益切於事去之後, 想益深於物過之後, 如能憂樂焉錄之, 吉凶焉錄之, 聞焉錄之, 見焉錄之. 及其白首之境, 無聊之日, 得閱其錄, 而考其跡, 則所曾憂樂者, 所經吉凶者, 昭然若昨日之所過, 而舊聞之事, 舊見之人, 依然若今日之聽覩, 其所以慰孤索之懷者, 不在是耶? 人之有日錄者, 盖此意也."

7 보부와르, 『노년, 나이듦의 의미와 그 위대함』, 책세상, 2002 참조.

2) 『피란록』의 서술시각

서술시각은 작품 전체를 관류하고 있는 서술자의 기본 시각을 가리킨다. 서술시각은 어떠한 입장과 시각에서 사실을 바라보는가 하는 문제의식과 상통한다. 『피란록』에 나타난 여헌의 서술시각은 크게 보아두 가지로 나뉜다. 하나는 혼란한 시대 현실에 관한 비판적 성찰의 시각이며, 다른 하나는 자기존재 및 상황에 대한 반성적 시각이다.

(1) 혼란한 시대현실에 관한 비판적 성찰

『피란록』에서는 전란 중의 혼란한 사회상에 대한 작가의 비판적 시각을 여러 곳에서 읽을 수 있다. 피란 도중에 만난 한 노인과의 대화 속에서 우리는 이 점을 명료하게 확인한다.

> 내가 팔거에 있을 때에 어떤 사람이 난리가 일어나 얼마나 고생스러우냐고 위로를 하니 그 노인이 이렇게 말했다. "전란의 고생도 고생임은 사실이지요. 그러나 전란이 일어난 뒤로 내 집 문 앞에서 망태기를 맨 자를 보지 않게 된 것은 여간 다행이 아니랍니다." 이른바 '망태기를 맨 자'는 무슨 뜻인가? 그 전의 판관 때 세금을 거두는 방법이 천만 가지 갈래였고 부패한 정치가 나오는 곳이 천만 가지 문이었다. 그런데 세금을 징수하는 자가 늘상 망태기를 둘러메고 다녔으므로 그를 지목하여 망태기를 맨 자라고 하였고, 보이지 않아 큰 다행이라고 하였으니 증오하는 말이 아니겠는가? 분탕질이나 도략 그 어느 것인들 전란보다 괴로울까마는 성주 백성들은 징렴의 고통이 더 심하다고 하니 참으로 얼마나 그들의 다스림이 적보다도 가혹했던

가를 알 수 있다. 백성의 곤궁함이 이와 같으니 오늘날 이 난리가 어찌 괴이 쩍은 것이겠는가?[8]

여헌은 팔거(八莒) 지역에서 사는 어느 한 노인을 등장시켜 당대 현실에 대한 비판적 인식을 드러내었다. 전란으로 인해 겪는 온갖 고통도 괴롭고 힘든 일이지만, 세금 징수의 고통에서 벗어난 것이 오히려 다행이라는 노인의 이 역설적 발언을 통해 여헌은 당시 지방 정치의 모순이 얼마나 심각한 것이었는지를 통렬하게 비판하였다. 팔거 지역의 백성들이 겪어야 했던 고통의 실상과 부패한 정치에 대한 백성들의 원망이 이 노인의 말 속에 집약되어 있다. 더 나아가 여헌은 이 같은 지방 정치의 모순된 현실이 종국적으로 지금의 전란을 초래하였음을 엄중하게 지적하였다. 전란의 원인은 밖으로부터 온 것이 아니라, 조선 사회 내부의 모순에서 기인하였음을 설득력 있게 논증하였던 것이다.

무능하고 부패한 정치와 관료 지배층에 대한 비판은 『피란록』여러 곳에서 확인된다. 여헌은 새로 임명된 의성현감의 사례를 구체적으로 적시하면서 전란으로 인해 혼란한 사회상을 틈타 엉터리 군공(軍功)을 세운 자가 비어 있는 고을에 임명을 맡음으로써 백성들의 생활은 더욱 궁핍해지고 규율은 날로 문란해짐을 지적하였다.[9] 전란이라고 하는

---

8   장현광, 앞의 책. "余在八莒時, 有一人以賊亂之苦, 慰一老氓. 氓曰, '賊亂之苦, 苦則苦矣. 然自賊亂以來, 吾門之前, 不見有荷網橐者, 此吾所甚安也.' 所謂荷網橐者, 以前判時, 徵斂之路, 千歧萬徑, 弊政之出, 千門萬戶. (…中略…) 其徵斂之使必荷網橐, 故目之曰荷網橐者, 而以不見爲大幸, 玆非疾苦之言乎? 焚蕩屠掠, 孰苦於賊亂? 而星州之氓, 以徵斂爲尤苦, 則州政之虐, 盖有甚於暴賊者矣. 民困至此, 則有今日之亂, 豈其怪哉?" 번역은 『김사엽전집』에 수록된 번역문을 참고하여 수정 보완하였다. 장현광, 김사엽 역, 『피란록』, 『김사엽전집』 13, 박이정, 2004(『자유문학』에 1959년 1월부터 1960년 1월까지 연재한 것을 재수록).

9   위의 책. "時義城縣監, 武人以軍功升堂上者, 其居官沒體貌, 棄法度, 無意民隱, 日事耽樂而已.

미증유의 혼란한 사회 현실 속에서 국가의 안위와 백성의 안전을 책임 지기는커녕 그 혼란한 틈을 이용하여 자기 이익을 도모하려는 지배층 의 부도덕을 신랄하게 비판하였다. 군공을 허위로 조작하여 벼슬자리 를 얻거나 이를 제대로 관리, 감독하지 못하는 지배층 내부의 모순이 백성들의 궁핍을 더욱 가중시키고 군대 기강을 해이하게 하는 결과를 초래하게 되었음을 논파하였다.

또한 여헌은 국가를 뒤흔든 참혹한 전란을 목도하면서 그 같은 전란 을 초래한 책임을 외부 요인에서 찾지 않고 조선 지배 관료의 무능에 서 찾았다. 여헌은 "저 임금의 녹을 먹고 임금의 옷을 입던 자들이 이 날에 이르러 개나 말 보기에 부끄럽지 않을 자가 과연 몇이나 될 것인 가?"[10]라고 하여 지배 관료층에 대한 신랄한 비판의 목소리를 감추지 않았다. 또한 여헌은 임란이 발발한 이후 어느 누구도 나서지 않고 도 망가기에만 바쁜 당시 피란의 실상과 그 원인을 진단하면서 사전 준비 를 철저하게 하지 못한 채 외부 세력에 대한 경계를 소홀히 하였고, 군 대의 규율이 느슨한 데에 따른 것임을 주장했다.[11]

一自亂生之後, 軍功之立, 以本道言之. 一二城之勝, 固爲一道所共知, 二三將之功, 固爲衆人所共 信, 而其餘所謂某戰所斬幾頭, 某人所射幾賊, 則實如其數者, 其有幾乎? 頭不必徵, 頭禿其髮, 則 假之耳, 不必賊耳, 無所穿則假之, 或他人之斬, 而買之者有焉. 或下卒之斬, 而奪之者有焉. 一陣 之將, 則以其諸卒之斬, 皆爲己功, 故不辨一陣中之眞僞. 一道之將, 則以其諸陣之捷, 皆爲己勳. 故不辨一道中之眞僞. 至於記功之司, 亦信諸將之獻, 隨其級數, 輒加職帖. 故出入諸陣者無, 無職 之人, 身帶將名者, 皆頂玉之官用, 是軍功塡補闕官. 故郡縣之任, 多非其人, 使生靈日困, 綱紀日 紊者, 職此由也."

10 위의 책. "雖無言語, 豈非心性之不自忍者哉? 彼食君食衣君衣者, 其於此日, 能不愧於犬馬者, 其 有幾也."

11 위의 책. "國家施澤於民, 二百年矣. 鍊兵籍卒, 似無遺策矣, 而賊至之日, 路無所礙. 今日陷一城, 明日陷一城, 分三道而來者, 無處不然, 而沿海諸鎭, 一路各邑, 莫不棄城先遁, 望風自潰, 未聞有 一將對敵設陣, 一卒向城鳴弦, 則忠君死長之風, 掃地盡矣, 而其所以使之然者, 何哉? 烽燧之設, 誠報變之捷徑, 而是時或有前烽未擧, 而後烽累擧者, 或有前烽累擧, 而後烽不擧者. 此其太平已

이와 같은 맥락에서 여헌은 산성(山城)을 쌓는 문제와 관련하여 자신의 입장을 매우 조리 정연하게 밝혔다. 산성 축조를 왜적에 대비하는 중요한 방책으로 간주하는 논법에 대해 그는 다음과 같이 자신의 견해를 밝혔다.

고단한 백성을 부려서 흙과 돌을 끌게 하여 농사에 때를 잃게 했고 군량미를 옮기느라고 백성들의 힘을 다하게 했는데, 다만 쌓기만 하고 장수, 군사, 군량미가 없다면 이는 반드시 성이 무너지고 함락되며 마침내 죽음을 면치 못할 것이다. 지금 늙고 약한 부녀자들을 몰아다가 이 가운데 넣어 두니, 식자는 이를 근심할 것이요 미친 자는 웃을 것이며 어리석은 자는 분개할 것이다. (…중략…) 대개 조정이 성을 쌓아 백성을 그곳을 옮기게 함은 나라를 위하고 도적을 막기 때문만이 아니고 백성을 살리고 보호하고자 함인데 백성이 도리어 이를 원수처럼 여기는 까닭은 무엇 때문인가? 장수가 없고 군사가 없고 군량미가 없기 때문이다.[12]

여헌은 축성(築城) 문제의 이해득실을 판단함에 있어 민(民)의 생활에 초점을 맞추었다.[13] 물론 여헌이 산성을 쌓는 일 자체를 부정하는 것은 아니다. 축성의 궁극적인 목적이 국가와 인민을 보호하고 외부 적으로

久, 無臨事之警者耶? 軍令乃弛致顚倒之失者耶? 在縣之烽如是, 一路之烽可知, 擧烽之失如是, 他律之失可知矣."

12　위의 책, "是時朝廷以築山城爲禦賊不易之長策. 余嘗以此築山城一事, 敢揆其利害於私見 (…中略…) 役子遺攻玉石, 而農失時焉, 駈負戴輸兵粮, 而民竭力焉, 空築無將無軍無兵無粮之城. 人皆以爲, 必陷必敗必死必盡之地也, 而至今駈老弱婦女, 而俱納其中, 則識者憂之, 狂者笑之, 愚者憤之."

13　위의 책, "是時朝廷方以山城爲禦敵之第一策. 故本縣三年城, 亦在當築之中. 其築城利害, 非腐儒所能知也, 而殘民洶湧, 以此尤極焉."

부터 방어하기 위함인데 실제 현실에서 나타난 결과는 그 반대인 것을 문제 삼았다. 본말이 전도된 현실의 문제점을 지적하였던 것이다. 축성(築城)이라는 눈앞의 결과만을 생각한 채 백성들을 강제 동원하는 것은 오히려 백성들의 궁핍을 더욱 가중시킬 뿐이라고 생각한 여헌은 축성에 있어서 장재(將才), 민정(民情), 재력(財力), 형세(形勢) 등의 제반 요소를 종합적으로 고려하는 것이 무엇보다도 선결되어야 한다고 보았다. 여헌은 축성으로 인해 파생되는 문제점을 논리적으로 지적하는 동시에, 때로는 구체적인 사례를 들어 비판하기도 하였다. 당시 경상도 관찰사로 부임한 김수(金睟, 1537~1615)에 대해 여헌은 다음과 같이 신랄하게 비판을 하였다.

> 이때 순찰사 김수(金睟)는 공문을 각 고을에 보내 백성들로 하여금 땅을 파고 가재를 묻도록 했다. 김순찰사는 백성을 독려해서 성을 높게 쌓게 하여 괴롭힌 사람이다. 한 도의 백성들이 그를 원수처럼 미워하였으니, 이름의 수(睟)가 수(讐)와 동음(同音)이어서 백성들이 모두 순찰사 김수는 진짜 원수(眞寃讐)라고 하였다. 그를 미워하는 것이 이와 같았다.[14]

여헌은 당시 백성들의 여론을 원용하였다. 김수의 이름 수(睟)가 수(讐)와 동음(同音)이라는 점에 착안하여 백성들이 그를 가리켜 '진짜 원수(眞寃讐)'라고 불렀다고 하였는데, 무능한 관료에 대한 백성들의 원망이 어느 정도였는지를 미루어 짐작할 수 있다.

---

14 위의 책. "是時, 巡察使金睟廻關于列邑, 令人民掘地藏其家物. 金巡察乃督民築城, 專務刻迫者也. 一道人心如疾仇讐, 以其名睟字與讐同聲, 皆曰, '巡察金睟眞寃讐也', 其疾之之甚如此."

『피란록』에서 두드러진 특징의 하나는 임진왜란의 체험을 서술함에 있어 눈앞에서 목도한 현실을 충실하게 서술하는 데에 그치지 않고, 그 배후의 본질적 근원적 측면에 대해 작가의 의론과 주장을 펼치기도 하며, 현상이 발생하게 된 원인이 무엇인지에 대해 집중적으로 탐구했다는 점이다.

임진왜란이라는 초유의 사태가 발생하게 된 원인이 무엇인가를 놓고 여헌은 다음과 같이 지적했다.

> 이 난망(亂亡)의 원인을 말하되, 혹은 국가 운수에다가 돌리기도 하고 혹은 풍신수길(豊臣秀吉)에다가 원한을 돌리기도 했다. 하지만 이것은 다 나에게 있지 않은 것에서 구하는 것이며, 내게 있는 것에서는 구하지 않는 논법이다. 나는 생각하기에, 운수를 부르는 것은 사람이요 적을 이끌어 들인 것은 나다. 사람에게 난망(亂亡)의 도(道)가 없다면 운수를 부르지도 않았는데 스스로 왔겠는가? 또한 사람에게 난망(亂亡)할 근본이 없다면 적을 부르지도 않았는데 스스로 왔겠는가? (…중략…) 그 어지러움이란 벌써 오래였고 그 망함이란 벌써 오래된 것이다. 다만 이것을 사람들이 모르고 있었을 뿐이다. 스스로 그 이치를 어지럽게 해 놓고 스스로 그 도를 망하게 해 놓고 하는 소리가 오늘날 나라 어지러움을 운수라 하고 오늘날 망함을 왜놈이 성해서 그러하다고 한다. 이 또한 깊이 생각하지 못한 때문이다. 앞의 발자취에 따라 옛 수레바퀴에 따라 한갓 일의 지엽말절에만 얽매여 이르기를 어지러워진 것은 다스릴 수 있고 망한 것은 되살릴 수 있다고 한다면 될 말이겠는가?[15]

여헌은 임란이 발생한 원인을 진단하면서 국가의 운수와 일본 막부(幕府)의 풍신수길(豊臣秀吉)에 그 원인을 돌리는 것은 지엽말단에 지나지 않는다고 단언했다. 지엽말단에 치우치는 원인 진단에서 벗어나 근원적 성찰이 필요하다는 점을 지적하면서 여헌은 임란 발생의 원인을 내부에서 찾았다. 내부로 시선을 돌려 원인을 탐구하는 시각의 전환을 강조했던 것이다. 이와 같은 맥락에서 여헌은 임진왜란 초기에 왜적이 거침없이 진격해 온 것에 대해 "성은 필시 문을 열어 놓고 적을 기다렸을 것이요, 산마루에는 반드시 복병을 거두어 놓고 대기하였을 것이며, 강에는 반드시 배를 갖추어 놓고서 대기하였을 터이니, 이 어찌 된 까닭인가? 필시 적의 장수가 군사를 부리었던 때문이 아니라, 우리나라에 인물이 없었던 까닭일 것이다"[16]라고 하였다.

산승(山僧)이 앞장서 인도하였다. 바위에 올라 자리 잡고 앉아 사방을 살펴보니, 푸른 낭떠러지 푸른 나무 푸른 개울물 푸른 이끼가 산속에 비친다. 술을 데우고 안주를 차리라 하고 술을 마시면서 담론을 하며 굽어보고 우러러 보니 무한한 정취가 가득하여 진종일 휘파람을 불며 읊조렸다. (…중략…) 이로써 본다면 군자가 처하는 곳은 그 마땅한 곳을 얻지 않으면 안 된다. 밖에 있는 것을 빌려도 몸이 그곳에 처하게 되면 오히려 하루의 한정을 얻을 수 있는데, 하물며 마음의 진경에서 얻어 오래도록 처하면 그 한정의

---

15 위의 책. "求其亂亡之由, 或皆歸數於國運, 或皆歸怨於平秀吉, 是皆求之於不在我者, 而不求之於在我者也. 余則以爲致運者人也, 招賊者我也. 人無亂亡之道運, 豈不致而自至哉? 我無亂亡之本賊, 豈不招而自來哉?"

16 위의 책. "自釜山至平壤, 城幾過也, 嶺幾踰也, 河幾渡也. 城必開門而待, 嶺必撤伏而待, 水必具船而船者, 何也? 然則賊將非能用兵, 我國無人故也."

즐거움이야 어떠하겠는가? 오늘 이곳에서 빌린 바는 산과 때와 시내와 바위와 술과 바람인데도 세상 근심을 잊고 속된 잡념을 끊어 버릴 수 있기에 넉넉하다. 하물며 내 마음의 세계로 하여금 넓고 넓은 하늘에다가 맡기고 넉넉한 땅에 거닌다면 귀에 들리는 것은 진화(眞化) 아님이 없을 것이고, 눈에 보이는 것은 진계(眞界) 아님이 없을 것이다. 거처함에 편안하고 지나가도 거침이 없고 조화와 함께 왕래하며 귀신과 함께 드나드니 언제가 이때보다 더 한가할 것이며 어디가 이곳보다 더 고요할 것인가?[17]

전란의 와중에 모처럼 한가한 시간을 이용하여 산수 완상의 기회를 얻게 되었을 때의 생각을 적은 글이다. 여헌은 산수자연의 한적함이 주는 흥취를 지적했다. 산중에서의 한적한 시간은 혼란한 피란 생활 속에서 모처럼의 여유와 안정을 가져다주었다. 그런데 여헌은 그 같은 산수자연의 한정(閒靜)은 일시적인 것에 불과하며, 외부에 가탁한 것에 지나지 않는다고 보았다. 여헌은 "마음의 참된 경지를 몸에 지닌 사람은 거처할 땅을 가리지 않아도 고요함을 얻고, 때를 가리지 않아도 한가함을 얻을 수 있다(眞境之人, 不擇地而靜, 不擇時而閑)"고 하였던 것이다. 산수 자연을 바라보는 시선과 입장은 시대와 역사의 변화에 따라 서로 다르게 나타났다.

여헌에게 있어, 산수자연의 아름다운 경관을 통해 촉발되는 미적 정

---

17 위의 책. "寺僧先路引登石上, 旣坐田畎, 蒼崖綠樹, 碧澗靑苔, 輝映乎其間也. 令煖酒進肴, 且飲且談, 俯仰成趣, 嘯咏終日. (…中略…) 以此觀之, 君子所處, 不得不得其地矣. 旣假於在外者, 而身處之, 尙得一日之閑靜. 況得乎心上之眞境, 而長處之, 則其閑暇之樂, 當何如也? 今日之所假者, 山也, 時也, 溪也, 石也, 酒也, 風也, 猶足以忘世憂絶俗念. 況乎任浩浩之天, 遊恢恢之地, 入乎耳, 無非眞化, 觸於目, 無非眞界, 居而安, 履而坦, 與造化俱往來, 與鬼神同出入. 孰閑於是, 孰靜於此也?"

취와 심리적 안정은 제한적인 의미를 갖는다. 그것은 산수자연의 아름다움과 한적함이 주는 심미적 가치에 중점을 두어 접근하는 태도이다. 여헌은 이 같은 산수 감상 태도가 외부로부터 빌린 것이며, 일시적인 것이라는 데에 한계가 있음을 지적하면서, 마음속의 참된 경지를 확립하는 것이야말로 최상의 가치를 지닌다고 보았다. 이 같은 여헌의 관점은 산수 자연을 미적 감흥과 쾌락을 구하는 장소로서가 아니라 내면적 심성 수양과 우주적 철리(哲理)의 구현을 위한 장(場)으로 파악하는 것과 연관된다.

임진왜란 이후 혼란한 시대 현실 앞에서 여헌은 현상의 근본적 원인을 탐구하고자 하였으며, 현상의 배후 너머에 있는 보다 근본적이며 본질적인 문제에로 논의의 초점을 맞추었다. 여헌의 시선은 혼란한 시대 현실의 문제점을 진단하고 이를 극복할 수 있는 방향을 모색하고자 하였다. 한편으로는 민의 현실을 중심에 놓고 지배층의 부도덕과 무능을 날카롭게 비판 풍자하였으며, 다른 한편으로는 전란의 원인을 진단하고 도덕 질서의 붕괴를 우려하였다. 혼란한 시대 현실에 대한 여헌의 비판적 성찰은 '민(民)'의 현실과 '인륜 도덕'이라는 이 두 층위를 중심으로 이루어졌다.

이미 의병(義兵)이라고 부르게 되었으니, 그 의(義)는 우리 인간의 떳떳한 도리요 공공의 천성이니 이때에 이르러 이 같은 이름을 띠게 된 것만으로도 귀중한 것임에 틀림없다. 큰 것은 여러 고을을 모아 한 진을 만들고 적은 것은 한 고을을 가다듬어 한 진을 만들기도 하고 또는 동지를 모아 진을 만들고 또는 힘센 장정을 모아 진을 만들어서 요로에서 적을 막는 것이 있는

가 하면 적의 뒷덜미를 치기도 한다. 비록 적의 큰 진영을 무너뜨려 꺾지는 못해도 적으로 하여금 그들을 원수로 아는 자가 많으며 그들을 적으로 여기는 자가 많다는 것을 알게 하는 결과가 될 것이다. 이 의(義)란 한 글자야말로 우리나라를 다스릴 큰 방책이니, 날아가는 탄환도 맞힐 수 없고 날카로운 칼도 쪼갤 수 없고 강해도 위협할 수 없고 무리라도 빼앗을 수 없는 것이어서, 우리나라가 이길 수 없는 승리를 하고 저 도적이 패배할 수 없는 패배를 하게 할 것이니 의병의 공이 또한 심오하지 않은가?[18]

　여헌은 의병 활동에 대해『피란록』내에서 상세하게 언급했다. 곽재우 장군이 처음으로 의병 활동을 선도했음을 칭송하기도 하고, 곽재우 장군 이외에 김시민, 김성일 등의 의병 활동을 적극적으로 평가하였다. 또한 "순찰사 김수는 의병을 원수처럼 미워했다"고 하면서 의병과 지방 수령 사이의 갈등을 지적하기도 하였다. 의병활동의 활약과 공적을 높이 평가함에 있어 여헌은 '의(義)'라는 인륜 도덕의 관점에 입각하여 논의를 전개했다. 의(義)의 체용(體用) 문제로 논의를 심화 발전시켰다. 여헌은 의병 활동을 통해 수세에 몰렸던 전세를 역전하였던 당대의 동향을 '의(義)'의 발현으로 해석하였다. 그리고 이 같은 해석에 근거하여 여헌은 인륜 질서가 붕괴된 당시의 혼란한 시대 현실에서 벗어나 머지않은 장래에 국운이 다시 회복할 것을 전망하고자 하였다. 여헌은 "큰

---

18 위의 책. "然旣曰義兵, 而義是吾人秉彝, 公共之天性, 則當此時, 杖是名者, 豈不貴哉? 大者聚諸邑而爲一陣, 小者統一邑而爲一陣, 或結同志而爲陣, 或募壯勇而爲陣, 要於路者有之, 擊其尾者有之, 雖不能陷巨陣, 挫銳鋒, 猶能使賊知. 夫讐我者多, 敵我者衆. 一箇義者, 爲我國經天緯地之大防. 飛丸之所不能中, 利刃之所不能斫, 强不能劫, 衆不能奪者, 而成我國不勝之勝, 致彼賊不敗之敗, 則義兵之功, 亦不爲深乎?"

도(道)를 써서 막힌 운수를 타개하고 양명(陽明)을 써서 어둡고 침침함을 변하게 하며, 바르고 큼을 써서 삐뚤어지고 어지러운 것을 개혁하는 것은 어둠 속의 밝음이며, 반드시 홍왕하고야 말 것이다"[19]고 하여, 인륜 도덕의 확립을 통해 국운(國運)이 회복될 것을 내다보았다. 누군가는 "다큐멘터리는 진실을 기록함으로써 희망을 말한다"고 하였다. 여헌 또한 혼란스러운 시대 현실을 목도한 자신의 임란 체험과 견문을 충실하게 기록함으로써 인류 질서와 국운의 회복을 전망하였던 것이다.

(2) 자기존재에 관한 반성적 시각

일기를 문학으로서 생성하게 하는 것은 쓰기 행위에 의해 자기의 존재를 만들어 내고 그것에 따라 지각하고 성숙하며 새로운 자기를 창조하는 행위이다. 일기는 작가에게 거울의 역할을 한다. 일기문학에서 중요한 것은 달력에 의한 객관적 시간을 따르면서도 그 속에 흡수되지 않고 작품 고유의 시간을 만들어 내는 점이다. 작가가 자기 내면의 시간을 펼치며, 자신을 들여다보는 회상적 자세가 사실의 기록에 충실한 여타의 일기와 다른 독특한 작품 질서를 형성하는 것이다. 따라서 그 속에서는 작가 스스로 자신의 처지와 삶을 대상화하여 응시하는 태도를 취하게 된다.

나는 을미년 여름에 문소(聞韶)의 우거에 있으면서 내가 피란했던 행적을 기록했다. 임진년 여름부터 그해(을미년) 여름까지였다. 그때는 왜적이 아

---

19 위의 책. "用通泰而開否塞, 用陽明而變陰暗, 用正大而革邪亂者, 陰中之陽也, 必昌者也."

직 남쪽 끝에 주둔하고 있어 전란이 아직 끝나지 않았다. 나는 이전에 일기를 쓰지 않았는데, 세월이 흘러 오래 지나면 겪었던 일들을 필시 잃어버릴까 걱정을 했기 때문에 기록하게 되었다. 을미년 여름 이전의 일은 대강만을 기록하여 상세하지 못했다. 그 이후의 일도 모두 피란(避亂)의 행적이었다. 정유년 가을에 왜적이 다시 크게 침략을 하였으니, 물러갔어도 다시 전에 주둔했던 곳을 점거하였고, 무술년 겨울에야 바다를 건너 철수했다. 나는 그동안에 여러 차례 엎어지고 넘어져서 오늘까지 이르렀다. 지금도 아직 고향으로 돌아가지 못하고 예전처럼 나그네로 떠돌아다니고 있으니, 혹독한 난리의 남은 여파가 아니겠는가? 을미년 이후로 피란했던 행적이 세월이 흘러 모두 사라질까 염려되어 기억나는 것을 모아 기록하고서, '피란후록(避亂後錄)'이라고 이름 붙였다.[20]

『피란록』을 집필하게 된 내력을 서술한 부분이다. 여기서 화자는 거처를 옮겨 다니며 피란 생활을 했던 지난날을 회상하면서 '지금도 나그네처럼 떠도는 처지'임을 밝혔다. 여헌이 작성한 임란 일기는 크게 두 부분으로 나뉘는데, 『피란록』은 임진년부터 을미년 여름까지의 행적을 기록했고, 『피란후록(避亂後錄)』은 1595년 여름 이후부터 1596년까지의 행적을 기록했다. 『피란록』은 1595년 여름에 집필했고, 『피란후록』은 정확한 집필 시점을 확인하기 어렵다. 다만 정유재란이 발발한

---

20 위의 책. "余於乙未夏, 方在聞詔之寓, 錄余避亂事跡. 自壬辰夏, 至其年夏, 其時賊尚列屯南陲, 亂非有終也, 而以余前無日記, 恐歲久則必遺忘其所經歷者, 故遂錄. 其夏以前事, 只錄其大槩不能詳也. 其後之事, 亦莫非避亂之跡也. 至丁酉秋, 賊又大肆寇掠, 其退復窟據前屯, 至戊戌冬, 始撤渡海. 余於其間, 幾經顚沛, 以至於今日也. 今日猶且未返舊鄕, 旅寄猶昔. 豈非酷亂之餘困也? 又慮乙未後, 流避之跡, 亦不免久而忘失之盡也. 玆拾其可記憶者, 而錄之. 遂目之曰, 避亂後錄."

뒤 여전히 여러 지방을 떠돌아다니고 있던 어느 무렵으로 짐작된다. 여기서 우리가 주목할 점은 작가 스스로 자신을 '나그네처럼 떠돌아다니는 존재'로 규정하고 있다는 점이다. 『피란록』의 마지막 부분이 여타 임란 일기처럼 집으로 귀환하는 것으로 종결되지 않고 고촌(古村) 우거지에 머물러 있는 것으로 끝난다.

① 나는 나의 사표가 수리되지 않음을 알면서도 돌아갈 것을 결심했다. 3월 3일이었다. 이 고을의 품관(品官)과 선비들이 교외에서 전별을 마련하였다. 나는 말에서 내려 선배들의 술은 받고 품관들의 술잔은 받지 않았다. 고을 경계를 넘어서니 초연한 마음이 드니 거꾸로 매달렸다가 풀려난 듯했다. 나는 이날부터 다시 떠돌아다니는 신세가 되고 말았다. 전에 의성에 머물렀지만 의성은 내 곳이 아니라 다시 갈 수 없고, 옥산(玉山)은 내 고향이지만 폐허가 되었다. 돌아가도 의탁할 곳이 없다.[21]

② 나는 옥산(玉山) 사람인데 어려서 아버지를 여의고 사방에 돌아다니며 배웠으니, 집안에 있지 못함은 어렸을 때부터 그러하였다. 그리고 지난 임진년(1592, 선조25) 여름에 옥산은 왜적이 곧바로 올라오는 길목이 되었으며, 또 나의 집은 길가에 있었으므로 도망하여 달아남이 남들보다 가장 먼저였고 집이 병화(兵火)에 불타서 다만 빈터만 남아 있다. 그리하여 나는 왜구가 물러간 뒤에도 고향으로 돌아가지 못하였다.

---

21 위의 책. "余雖狀不見聽, 而決發行, 乃三月三日也. 本縣品官及士子設餞于郊外, 余下馬, 只受士子爵, 於品官則辭之. 旣離縣境, 超然若解去倒懸也. 余自是日, 又便是流離之蹤, 前者雖寓義城, 義城本非吾所, 不可復往. 玉山雖吾本土, 草墟而已, 歸無可依泊."

이로부터 친척에 의탁하거나 그렇지 않으면 반드시 붕우에게 의지하여 처자를 이끌고 이곳으로 옮겨 가고 저곳으로 옮겨가, 혹 한 해에도 서너 번씩 옮겨 다녀 마침내 동서남북의 정처 없는 사람이 되었으니, 나그네가 됨이 그 누가 나보다 더한 자가 있겠는가. 이와 같다면 여헌이라고 호하는 것이 마땅하지 않겠는가.[22]

첫 번째 인용글은 여헌이 보은현감에서 임용되어 근무를 하다가 1596년 3월 보은현감을 스스로 그만두고 돌아올 때의 심정을 적어 놓았다. 여헌은 자기 존재를 '다시 떠돌아다니는 신세', '돌아갈 곳 없는 처지'로 규정하였다. 물론 피란 체험을 다룬 여타의 일기작품 또한 작가는 자신을 떠도는 신세로 묘사하였지만, 여헌의 경우 '떠돎'의 의미는 자기 존재를 규정하고 새로운 삶의 지향을 모색하는 차원에서 중요한 의미를 지니고 있다. 둘째 인용문은 당호(堂號)의 의미를 해석한 「여헌설(旅軒說)」로, 1597년에 쓰여 졌다. 여헌의 사상적 입장과 관련하여 주목받아 온 이 글은 임진왜란 중에 여기저기를 떠돌며 지내야 했던 존재상황에 근거하여 집필되었다는 점이 중요하다.

① 나는 사십이 넘도록 고향 땅을 나가지 않다가 이제 천지의 상도(常道)가 비색한 운수에 다달아 아무런 이렇다 할 국가를 위한 도움과 계책을 세

---

22 장현광, 「여헌설」, 『여헌선생문집』 권7, 『한국문집총간』 60, 140면. "余玉山人也. 幼而孤露, 遊學四方, 其不能在家也, 自少然矣. 頃於壬辰夏, 玉山爲倭賊直路. 余家又在路傍, 奔而竄之, 最在人先, 而家燼兵火, 只有丘墟. 雖在寇退之後, 不能返於故土. 自是不托於親戚, 則必依於朋友, 攜挈家累, 遷此移彼, 或一歲而三四遷. 遂作東西南北之人. 其爲旅也, 孰有如我乎? 如是則號以旅軒, 不亦宜耶?"

우는 등의 보탬이 없는 몸이 되었으니 이제 마땅히 행해야 할 도리를 폐한 것이 이보다 심함이 있겠는가? 이것은 필시 하늘이 걸어 다녀야 할 두 다리에다가 벌을 주어 도를 행하지 못하는 죄를 보여준 것이다.[23]

② 내 자신을 돌이켜 보건대 용렬한 재주인데다가 기절(氣節)이란 없고 몸은 비록 무고하다고 해도 분려해서 일어설 수 없다. 비록 일어난다고 해도 아무런 성과가 없을 것을 누구보다 잘 안다. 그뿐만 아니라 상주인데다가 큰 병을 부둥켜안고 있으니 어찌 능히 무엇을 이룰 수 있겠는가? 병든 몸에 다만 여러 아이들의 장난을 구경할 뿐이다.[24]

첫째 인용문에서는 각기병(脚氣病)에 걸려 걷기 힘들게 되었을 때의 심정을 썼다. 임진왜란으로 인하여 전 국토가 유린된 상황에서 이곳저곳을 전전하며 피란 생활을 해야 했던 상황을 지적했는데, 여기서 여헌은 자기 자신을 '도움과 계책을 세우는 보탬이 없는 몸'이라고 표현했다.

둘째 인용문에서는 의병 활동에 대해 자세하게 언급한 뒤에 자신의 소회를 밝혔다. 학봉 김성일(鶴峰 金誠一)과 내암 정인홍(來庵 鄭仁弘)이 의병 활동을 하던 상황을 소개하였는데, 학봉은 경상우도 초유사(慶尙右道 招諭使)와 순찰사(巡察使)에 임명되었으며, 내암 등 남명(南冥) 문인이 중심이 된 의병조직을 지휘, 조율하였다. 여헌은 두 사람의 충의(忠

---

23 장현광, 『피란록』, 『여헌선생전서』(영인본), 인동장씨남산파종친회, 1983. "况余年踰四十, 不出鄉人之界境, 當此天經地緯, 乖亂隊絶之秋, 尚無以爲扶持樹立之策. 其所以廢當行之道者, 孰甚於此乎? 此天之所以降病於行地之脚, 示不能行道之罪也."

24 위의 책. "顧余庸才, 且無氣節. 身雖無故, 必不能振奮. 設或出起圖事, 當在人後, 知無所成矣, 而身適衰中, 又抱劇病. 況能有所爲耶? 時乘病間, 但看群兒之戲也."

義)를 높이 평가하면서, 다른 한편 전략과 임기응변이 부족한 점을 지적하기도 했다. 견문을 통해 알게 된 경상도 의병 활동의 동향을 기록한 뒤에 여헌은 자신에게로 눈을 돌렸다. 용렬한 재주에다가 절의도 없는 몸이리고 자신을 한껏 낮추었다. '아이늘의 장난을 구경하고 있을 뿐'이라는 말을 통해 의병으로 나가지 못한 채 몸을 숨기고 피해 다녀야 하는 자신의 무력함을 자조적으로 표현했다.

처음에 나의 상복(喪服)은 피난 다닐 때에 반드시 등에 걸머지고 다녔는데, 묵방(墨坊)에 있을 때는 병들어 가지고 다닐 수가 없어서 머물던 절간에 두었다. 적이 와서 열어보고는 땅에다가 흩어 버렸는데 찢어 없애지는 않았다. 그 뒤 한실에 있을 때에도 머물던 집에다가 두었더니 적이 와서 또 열어보고는 상복의 뒷자락을 찢어 상복을 싼 보자기와 함께 가지고 가 버렸다. 이 어찌 부모를 잃은 몸이 마음에 슬픔을 끊고 치전을 패하여 자식된 직분을 허물어뜨린 까닭에 하늘이 탓하고 신이 노하여 왜적의 횡포한 짓으로 나에게 훈계를 드리운 결과가 아니겠는가?[25]

여헌은 임란이 발발했을 때에 상중(喪中)이었다. 피란을 갈 때에 모부인의 신주(神主)를 등에 짊어지고 다녔다. 위의 인용문에서 여헌은 자신의 상복이 왜적에 의해 훼손되는 불초한 경험을 묘사했다. 이에 대해 여헌은 "하늘이 탓하고 신이 노하여 왜적의 횡포한 짓으로 나에

---

25 위의 책. 初余喪服奔竄時, 必自負持. 當在墨坊, 病不自持, 置之寓寺. 賊來開見, 散布於地, 猶不毀裂. 在大谷, 又置于寓舍. 賊又開見裂取燕尾, 幷其外裌以歸焉. 豈不由孤哀之身, 心絶悲哀, 事廢奠薦, 旣自虧缺子職, 故天非神怒, 縱暴賊以示戒也.

게 훈계를 드리운 결과"라고 자책하고 반성하였다. 또한 땅에 묻은 목
주와 7대조의 초상이 사라진 것에 대해 "자신의 죄가 크고 악이 극진하
여 천지간에 용납될 수 없어 마침내 화가 선세에까지 미친 결과"라고
도 하였다. 『피란록』의 다른 곳에서도 여헌은 "불초하고 쓸모없는 나
의 죄가 이보다 더함이 없다"고 하거나 "비록 하늘을 향해 울부짖고 땅
을 굽어 가슴을 친들 이 마음이 가라앉을 것인가?"라고 하여 불효한 자
기 존재에 대한 자책과 반성의 목소리를 전하였다. 여헌은 「분찬중사
망의략(奔竄中事亡儀略)」이라는 글을 따로 남겨 전란 중에 신주(神主)를
보전하지 못한 자신을 가리켜 "불초(不肖)함이 이를 데 없으며 죄악이
크고 지극"하다고 한 바 있다.

3. 『피란록』의 글쓰기 방식

1) 의론적 성격의 강화

여헌의 『피란록』은 사건과 체험을 서사한 부분, 작가의 개인적 심회
를 서정적 필치로 묘사한 부분, 그리고 작가의 주장과 의론을 논리적
으로 서술한 부분이 균형감 있게 배치, 교직(交織)되어 있다. 임란 체험
을 소재로 하는 여타 일기작품이 서사 부분을 위주로 하는 경우가 많
은데 비해서, 여헌의 작품에서 우선 주목되는 글쓰기 방식은 의론성의

강화이다.

『피란록』에는 여헌 자신의 피란 생활상이 잘 그려져 있을 뿐 아니라 일반 백성들이 겪어야 하는 고통도 균형 있게 서술했다. 여헌은 끼니를 잇지 못한 채 굶주림에 허덕이는 백성들의 참상을 전하면서 굶어 죽는 백성들이 풀뿌리로 연명하는 비참한 현실을 지적하였다. 이때 여헌은 풀열매, 나무열매, 풀잎사귀, 풀뿌리, 나무뿌리 등으로 세분하여 전란 속에 백성들이 궁여지책으로 찾아 먹는 식재료를 매우 자세하게 소개했다.

그런데 여기에서 그치지 않고 여헌은 먹는 것의 문제를 천지운행(天地運行)의 문제와 연관시켜 논의를 심화, 발전시켰다. 천지운행이 지금은 순조롭지 못하게 되어 옛날에는 입에 대지도 못하였던 것을 지금은 먹게 되었으며, 그 극단에 이르러서는 사람끼리 서로 잡아먹는 참혹한 실정에 처했음을 지적했다. 만물의 영장인 인간이 가장 아름답고 좋은 것 — 곡식, 과일, 어육 — 을 먹다가 지금은 극단에까지 이르렀음을 지적하였다. 우리가 여기서 주목하고자 하는 것은 이 같은 주장의 적합성이 아니라 어떤 사실과 현상을 기술함에 있어 여헌이 구사하는 글쓰기 방식의 특징적 국면이다. 『피란록』은 피란 생활의 일상적 부분들을 대체로 간략하게 처리하는 반면, 그때그때 사안에 따라 자신의 주장과 의견을 긴 편폭으로 논증하는 데에서 여헌만의 독특한 글쓰기 방식을 드러내 보인다.

① 나는 본래 각기(脚氣) 증세가 없었는데 이제 이 증세가 나타나니 앞으로는 멀리 가려고 하거나 좋은 산수를 찾아 노닐고자 해도 할 수 없게 되었

다. 사람들이 모두 말하길 "이번 난리 중에 동분서주하느라고 냉습(冷濕)에 상하여 혈액이 잘 순환되지 못해서 발병한 것이다"고 한다. 나는 이렇게 생각한다. 인간이 천지간에 태어나 본래 마땅히 걸어야 할 길이 있다. 이 도리는 마음에 근원하여 만사에 이르는 것이며, 몸에 근본하여 천하에 행해지는 것이다.[26]

② 이날 예안의 수령 신순부가 내게 편지를 보내왔는데, 내가 보은 고을 원에 임명되었다는 기별이었다. 조금 뒤에 의성에 있는 임형도 종을 보내어 왔고, 정한강의 편지가 서울로부터 왔는데 모두 제수되었다는 것을 알리면서 꼭 상경하지 않으면 안 된다고 했다. (…중략…) 낮에 김여윤 집에 들어가니 그 집은 진성 어천에 있다. 이튿날 낮에 만음촌에 와보니 군섭이 먼저 도착해 있었다. 마을 옛 친구들을 만나 이야기를 하고 저녁때에 군섭과 더불어 채형 무덤을 찾아가 참배하고 슬피 울고 왔다. 이튿날 의성 우거로 군섭과 함께 돌아왔다. 나는 일찍이 출처와 거취에 대한 의의를 논했는데, 한 가지를 고집해서는 안 된다고 하였다. (…중략…) 내가 명을 받아 나갈 뜻을 군섭에게 이야기 했다. 군섭은 내 거처에 머물다가 이튿날 돌아갔다.[27]

---

26 위의 책. "余本無脚氣之疾, 于今始有之, 自此雖欲遠遊長程, 恣步高深之境, 不可能也. 人皆以爲, 亂離之中, 東奔西走, 多傷令濕, 血不得其所, 故致是疾也. 余則以爲, 人生天地之間, 本有當行之道, 是道也, 根於心, 而達於萬事, 本諸身, 而行於天下."

27 위의 책. "日禮安倅申順天, 有書轉致於余, 言余蒙除報恩之事. 旣而聞詔任兄又送奴來, 亦有鄭寒岡書自京轉至者, 亦言其除授之意. 且曰, 不可不上來也. (…中略…) 日午投金汝允家, 其家在眞城之漁川. 翌日午, 到晩音村, 則君燮已先至矣. 夕與君燮, 往拜蔡兄墓, 相與悲咽而還. 翌日, 還聞詔之寓, 君燮偕至. 余嘗論出處去就之義, 盖不可以執一論也. (…中略…) 余遂以赴命之意, 言于君燮. 翌日, 君燮留余寓, 其翌日, 君燮歸."

위의 인용문은 보은현감에 임명되었을 때를 다루었다. 여헌은 여타의 일기와 마찬가지로 그날그날 있었던 사실들을 기록해 두었다. 보은현감에 임명된 소식을 전해 받거나 이웃을 방문했던 일들을 간략하게 서술해 놓았다. 그런데 우리가 주목할 부분은 이 같은 일상의 기록 뒤에 이어지는 여헌의 출처관에 관한 긴 논설이다. 출처에 관한 여헌의 논설이 길게 이어진 뒤에 다시 일상을 간략하게 서술하였다. 2~3면에 걸쳐 계속되는 출처관에 관한 여헌의 주장은 학(學), 시(時), 예(禮)와의 관계 속에서 사(仕)의 문제를 분석하였다. 그리고 여헌은 "때에 따라 응하면 도(道)는 그 가운데에 있는 것이니, 의(義)를 잃지 않는 것이 중요하다"[28]는 논리에 근거하여 출사를 결심하기에 이르렀다.

여기에서 지적할 점은 여타 일기와 달리 여헌의『피란록』이 지닌 중요한 특징 중의 하나는 피란 생활의 일상을 객관적으로 서술하는 데에 그치지 않고, 그 일상을 계기로 촉발된 자신의 주장과 의론을 긴 호흡으로 설파하였다는 데에 있다. 출처관 이외에도 여헌은 지방 수령의 통치 방법에 대해 논설하기도 하고, 경상도 지역 의병의 동향과 관련하여 의(義)의 체용론(體用論)을 펼치기도 하였으며, 축성(築城)이 지닌 현실적 문제점에 대해 평소 자신의 견해를 적극적으로 개진하기도 하였다. 그런 점에서 볼 때『피란록』은 사회비평적 성격과 철학 담론적 성격을 강하게 지닌 일기작품이라고 할 수 있다.

---

28 위의 책. "隨時應之, 道在其中, 要在不失其義而已."

2) 인물 간 대화와 문답법의 효과적 활용

『피란록』의 글쓰기 방식에서 또 하나 지적할 점은 인물 간 대화와 문답법의 효과적 활용이다. 하나의 사례를 먼저 들어본다. 산성을 쌓는 문제에 대해 여헌은 자신의 주장을 효과적으로 전달하기 위해 가상의 인물을 내세워 작가와의 문답을 진행했다. 가상인물과 화자 사이의 문답을 정리하면 다음과 같다.

> 물음 1 : 장수다운 인물이 없다고 할 수 있겠는가?
>
> 답변 1 : 군정을 통해 장수다운 인물이 없음을 알 수 있다.
>
> 물음 2 : 장수다운 장수를 우리나라에서 얻을 수 없는가?
>
> 답변 2 : 앞으로 성심을 다해서 구한다면 얻을 수 있을 것이다.
>
> 물음 3 : 앞으로 옳은 장수를 얻을 수 있다면 지금 산성 쌓는 일을 중지해야 하는가?
>
> 답변 3 : 나라를 지키고 백성을 보호하고 적을 방어하는 목적에 맞게 산성을 쌓아야 한다. 헛되이 쌓아 백성의 원한을 사는 일은 없어야 한다.

인물 간 대화 수법을 활용하는 것은 문장의 흐름에 색다른 변화를 가져온다. 글에 변화를 줄 뿐만 아니라 읽는 이로 하여금 그 말에 대해 생각하게 하는 효과가 있는 것이다. 독지의 호기심을 자극하고 독자를 글 속으로 끌어들이는 강한 힘을 갖고 있다. 「여헌설」에서도 가상적 인물과의 문답을 연속해서 활용하면서 화자의 주장을 논증하였다. 축성의 문제에 관한 위의 글에서도 여헌은 가상 인물과의 대화를 세 번에 걸쳐 연속 배치하였다. 이 같은 표현 방법은 논의를 단계적으로 발전시키면서 화자의 주장을 한층 강화하는 데에 기여한다.

대개 내가 한번 관직에 진출한 것은 즐거워서 한 것이 아니있는데 마침내 이같이 뒤죽박죽 결과가 되고 말았다. 그러나 나의 비루하게 굽히는 것을 싫어하는 뜻은 이룰 수 있었다. 어떤 사람이 말하길, "이미 나왔는데 어찌 바로 들어가는가? 그렇게 바로 들어갈 바에야 차라리 나오지 않는 게 낫지 않았는가? 처음에는 무슨 마음으로 나왔다가 무슨 일로 그렇게 급하게 들어가 버리는가?" 이에 내가 말했다. "의리상 나갈 만한데 어찌 반드시 들어갈 만한 형세를 미리 헤아려 그 때문에 나가지 않겠는가? 형세상 들어갈 만한데 어찌 반드시 이미 나온 자취에 구애되어 그 때문에 들어가지 않겠는가? 나아갈 때에 들어갈 것을 기약하지 않고 들어갈 때에 나온 것에 구애되지 않는다. 한번 나가고 한번 들어감이 오래일 수도 있고 빠를 수도 있는 것은 때에 달려 있을 뿐이니, 옳지 않겠는가?"[29]

보은현감을 자진하여 사직하고 돌아왔을 때의 일을 다루었다. 여헌이 보은현감에 임명된 것은 1595년 7월이었으며, 보은현감을 사직하고 돌아온 것은 1596년 3월이었다. 재직기간이 8개월 정도에 그쳤다. 이때 여헌은 자신이 보은현감을 사직할 수밖에 없는 정당한 이유를 제

---

29 위의 책. "夫吾一出, 本非所樂, 而畢竟顚沛, 乃至於此也. 雖其顚沛, 吾之所以不喜縶屈之志, 則遂矣. 人或以爲, '旣出, 何可卽入? 如其卽入, 不若不出. 初何心而出, 又何事而遽入也?' 我則以爲'義苟可出, 何必預料其可入之勢, 而不爲之出哉? 勢苟可入, 何必復泥於旣出之跡, 而不爲之入哉? 出不期入, 入不繫出, 一出一入, 可久可速, 時焉而已者, 不亦可乎?"

시하면서 가상적 인물과의 대화 수법을 적절하게 활용했다. 혹자가 "그처럼 당장 들어갈 바에는 차라리 나오지 않은 게 더 낫지 않는가?" 라고 힐난한 것에 대해 여헌은 "한번 나가고 한번 들어감에 있어서 오래 머물 것인지 빨리 할 것인지는 때에 달려 있을 뿐"이라고 답변하였다. 보은현감 사직 행위의 정당성 입증과 출처에 관한 입장 표명에 있어서 여헌은 가상 인물과의 대화를 적절하게 활용함으로써 독자들을 효과적으로 설복시키고자 하였다.

다음의 사례는 자문자답(自問自答)의 기법을 통해 출처관(出處觀)을 다루고 있어 흥미롭다.

나는 지금 논밭 가는 것을 시험하는 중이다. 나는 마음속에서 이렇게 자문자답을 해보았다. "이윤이 신야에서 밭을 갈고 공명이 남양에서 밭을 갈았으니, 모두 몸소 경작하던 야인이었다. (…중략…) 옛사람이 나갈 때 나는 몸을 들어 앉게 하고 옛 사람이 펼 때에 나는 굽히었으니 이상한 노릇이 아닌가?" 이에 스스로 해명하였다. "이윤이 성인인 까닭은 몸소 밭갈이를 한 것에 있지 않고 요순의 도를 즐긴데 있으며, 공명이 현자인 까닭은 몸소 밭갈이를 한 것에 있지 않고 이윤과 여상의 재주를 몸에 갖춘 데에 있다. (…중략…)" 이처럼 내 마음과 입이 서로 말을 주고받는 동안에 해는 이미 한낮이 되었다. 이때 서늘한 구름이 문득 걷히고 새로운 햇살이 따뜻하게 내려 비쳤다. 나는 낫질하던 것을 멈추고 집으로 돌아왔다.[30]

---

30 위의 책. "今日余其試矣. 余自語於心曰, '伊尹之於莘野, 孔明之於南陽, 昔皆躬耕之野人也. (…中略…) 旋自解之曰, '伊尹之所以聖者, 不在於能耕, 而在於樂堯舜之道. 孔明之所以賢者, 不在於躬耕, 而在於蘊伊呂之才. (…中略…) 余其心與口相語之間, 日已午矣. 於是陰雲忽開, 新陽流熱. 余遂輟鎌而還."

여헌은 피란 중에 농부가 되어 농사짓는 경험을 하였다. 그는 새벽에 일하러 나갔다가 달빛 아래 호미를 메고 돌아오는 새로운 일상을 통해 농사(農事)의 보배로움을 알게 되었다고 고백하였다. 그리고 여헌은 이 같은 농부로서의 체험이 도연명의 한가로운 정취만은 아니라고 하여, 농부로서 농사짓는 체험이 지닌 의미를 부여하였다. 진원에 은거하여 정취를 즐기는 것과는 달리 실제 삶의 현장에서 체득하게 된 노동의 가치였다.

또 하나 이 글에서 주목되는 것은 자문자답 기법의 활용이다. 인용문의 기본 구조는 '자어어심(自語於心)' → '선자해지(旋自解之)' → '기심여구상어지간(其心與口相語之間), 일이오의(日已午矣)'이다. 들밭에 나가 경작을 하던 중에 '마음과 입이 서로 주고받는 대화'를 하였다. 작품 속화자가 자기 독백적 문체를 구사하고 있는 점이 매우 참신한 시도로 읽혀진다.

화자가 자기 마음에 말을 거는 형식을 취하였는데, 먼저 마음에게 말을 건네는 대목에서 화자는 이윤(伊尹)과 제갈공명(諸葛孔明)의 고사를 원용하여 자신의 처지와 비교하였다. 이윤이나 제갈공명이 때를 만나 세상에 나가는 때에 자신은 밭갈이를 시작하고 있다고 하면서 그 차이점을 지적하였다. 이렇게 스스로에게 물음을 던진 화자는 스스로에게 답변을 내놓았다. 자신에게는 현재 요순(堯舜)의 도(道)와 이윤(伊尹), 여상(呂尙)의 재주가 없기 때문에 도탄에 빠진 백성을 구제하지 못하고 물러난 채 밭갈이를 하고 있는 것이라고 답변하였다. 자문자답의 시간 뒤에 다시 화자는 이미 한낮으로 바뀐 일상으로 돌아온다. 출처에 관한 의론을 효과적으로 표현하기 위해 마음과의 대화를 엮어 나가는 자문자답의 수사법 운용이 매우 인상적이다. 자문자답의 형식은 화자에게 물러나 지내는 현재 행위의 정당성을 부여해 주며, 다른 한편 국가와 백성을 구제하지 못한 채 물러나 지낼 수밖에 없는 자신의 심정을 스스로 위안하는 기능을 수행하는 데에 효과적이었다.

3) 피란 생활과 민의 현실에 관한 관심과 그 표현

『피란록』에는 전쟁이라는 극한적 위기 상황 속에 자신을 포함해 일반 민들이 겪어야 했던 고통과 참상을 생생하게 증언하였다. 이 과정에서 작가는 자신의 피란 체험을 생생하게 표현하는 한편, 삶의 터전을 버리고 피란 가던 일반 백성들이 굶주려 죽어 가던 참상을 사실적으로 표사했다.

먼저 여헌 자신이 겪었던 피란 생활의 고통을 다룬 부분을 살펴본다.

> 내 병이 날로 더해 가서 문밖조차 나가지 못하고 음식을 입에 넣지 못했
> 다. 기력이 쇠하고 기침이 심하여 몸을 지탱할 수가 없었다. 기름진 맛에 의
> 지하여 비위를 도울까 했는데 드디어 나물을 먹고 입맛을 살렸다. 어육으
> 로 몸을 보호하려고 했지만 피난 중이라 얻을 도리가 없었다. 이달 22일에
> 문장수가 조그만 생선 한 마리를 구해와 나에게 먹으라고 했다. 나는 눈물
> 을 흘리며 먹었다.[31]

---

31 위의 책. "余病日深, 足不得出門, 食不得入口. 氣力漸困, 喘息急促, 若不可以支. 吾欲資滋味, 以補脾胃. 遂取菜物, 以助食味. 又欲用魚肉, 以全軀命, 而奔竄之中, 無由求得. 至是月二十二日, 門丈手持小鮮來勸余. 余遂涕出而吞之."

하루는 몹시 목이 날라 수박을 먹었으면 하는 생각이 들었다. 마침 누군 가가 수박을 조공(趙公)에게 보내왔기에 조공이 나에게 권하여 이를 먹었 다. 오랜 병에 열이 있는 터라 입에 상쾌한 것을 만나 산듯함에 많이 먹었으 니, 이것이 몸에 이로울지 해가 될지를 생각하지 못했다. 얼마 있다가 앓고 있던 설사가 급성 이질(急性 痢疾)로 변하여 하루 밤낮으로 수십 번 설사를 했다. 설사를 한 뒤에는 두 다리가 가벼워지고 정신이 돌아왔으니, 아마 쌓 였던 습독이 다 빠진 것이었다. 이 뒤로는 음식도 맛을 알게 되고 다리도 제 대로 폈다 굽혔다 하며, 피부의 검푸른 자국도 풀려 본색으로 돌아왔다.[32]

첫 번째 인용문은 피란 생활 중에 병까지 얻어 제대로 식사를 하지 못하던 때에 작은 생선을 하나 얻어먹게 된 사연을 기록했다. '눈물을 흘리며 먹었다'는 표현 속에 피란 생활의 고통을 미루어 짐작케 하게 한다. 두 번째 인용문은 오랜만에 먹게 된 수박으로 인해 급성 이질(急 性 痢疾)을 얻어 고생하다가 몸이 다시 회복된 과정을 묘사했다.

이처럼 여헌은 피란 중에서 겪었던 자신의 체험을 곡진하게 표현하 는 한편, 일반 민의 현실로 눈을 돌려 그들이 겪어야 했던 참상을 생생 하게 형상화하였다.

이 해 봄에 백성들의 굶주림이란 더없이 혹독하며 굶어 죽은 시체가 구렁 마다 가득 차서 연이어 있었고, 사방에서는 토적(土賊)이 벌떼같이 일어났

---

32 위의 책. "一日, 余口渴思嚼西果. 適有人遺西果於趙者, 趙公卽賜余食之. 久病沉熱之中, 新逢爽 口之物, 乘快多食, 不計已病之利害. 旣而所患之痢, 轉作水痢, 一晝夜間, 至數十餘注. 自注後, 脚 部似輕, 神氣稍醒, 盖注盡積滯之濕毒也. 食漸知味, 脚漸屈伸, 靑黑肥膚, 漸還常色."

으니 그들은 반드시 금전을 염탐하는 것뿐만이 아니라 사람을 죽여 뜯어
먹었다. 그러므로 길 가는 사람이 빌고 한 되의 곡식이나 한두 자의 베를 몸
에 지님이 없이 남루한 누더기를 걸쳤어도 이 자들에게 붙잡히면 생죽음을
당하였다. 선산사람 생원 김석규는 재주 있는 선비였는데, 몸에 가진 것 없
이 고촌으로 가다가 실종당하고 말았으니 필시 서로 잡아먹는 자들의 손아
귀에 잡히여 죽은 것에 틀림없다.[33]

위의 글에서 여헌은 왜적의 침탈에 편승하여 노략질에 앞장 서는 토
적(土賊)의 행태에 대해 지적하였다. 전란이라는 현실의 폭압 앞에 고
통받는 백성들의 처지에 공감했던 여헌의 생각은 유민(流民)의 참상을
묘사한 다음 글에서 확인된다.

개령(開寧), 선산(善山), 인동(仁同)에서 유리하는 백성들이 증산(甑山)을
거쳐 거창(居昌)으로 들어왔다. 노인을 부축하고 어린아이를 이끌고서 지
치고 쇠약하여 거의 죽게 될 자들이 길에 연이어 즐비했다. 사족의 부인들
도 쓰러지고 떠돌아다녔으니, 더욱더 차마 볼 수가 없었다. 굶주림과 추위
가 닥쳐 사람의 도리가 무너져 버렸고, 부자와 부부가 뿔뿔이 흩어졌고, 도
중에 굶주려 죽은 시체가 구렁에 가득 찼다. 누군가 말하길, "해인사에 죽은
시체를 끌고 나오는데, 날마다 7,8인 이상이었다고 하니 모두 굶어 죽은 사
람들이다. 또 겨울에 들어서면서부터 역질(疫疾)이 크게 창궐하여 온 마을

---

33 위의 책. "是春民飢尤甚, 餓莩連輦, 土賊蝟起, 無處不發. 不必貪貨, 殺人爲食其肉. 故雖不持升
粟尺布, 身荷懸鶉者, 亦皆見殺. 善山人生員金錫圭, 才士也. 身無所待, 行向古村, 竟無去處. 盖死
於相食者之手也."

이 눕게 되고, 온 가족이 죽는 것은 어느 곳, 어느 마을이나 그러하지 않음이 없었다."[34]

다시 인동(仁同)에서 자고 팔거(八莒)에서 묵은 다음 마침내 암포(巖浦)로 돌아왔다. 이번 떠난 길에서 도로에서 죽은 사람을 이루 헤아릴 수 없을 정도로 보았다. 어리석은 저 백성들이 무슨 죄를 졌길래 이러한 도탄의 지경에 이르렀으며, 그들의 원한은 장차 어디로 돌아갈 것인가?[35]

위의 두 인용문에서 여헌은 전란의 와중에서 겪어야 하는 유민들의 참상을 생생하게 전하였다. 전란으로 인하여 유민들은 굶주림에 허덕여야 했고, 역질까지 창궐하여 그 참혹함은 더욱 심하였다고 하였다. 이 같은 참상은 조선의 근간을 이루었던 인륜 도덕의 질서가 붕괴되는 결과로 이어지고 있음을 여헌은 아울러 지적하였다.

이와 관련하여 여헌은 「수예백골문(收瘞白骨文)」을 짓기도 하였다.

아! 지금 이 백골(白骨)들은 어느 성씨의 집안이며 어느 고을 어느 마을 사람인가 그 칼날에 죽은 것인가. 아니면 얼고 굶주림에 전전하다가 죽은 것인가. 혹 칼날에 죽었거나 혹 얼고 굶주려 죽었거나 똑같이 난리 중에 죽은 것이며 아무 성씨 아무 고을 아무 마을의 사람이거나 모두 나와 더불어 동

---

34 위의 책. "開寧善山仁同流民, 路由甑山, 方入居昌. 故扶老携幼, 癃疲垂死者, 日絡繹于其路. 至於士族婦人, 亦皆顚倒流泊, 尤不可忍見. 飢寒飢迫, 人理壞絶, 父子夫婦, 亦多相棄, 道路餓孚, 塡滿溝壑. 人云, 海印寺曳尸而出者, 日不下七八人, 皆飢民之死也. 又自其冬癘氣大熾, 全里而臥, 合家而死者, 無境不然, 無邑不然."

35 위의 책. "更宿于仁同村, 又宿八莒, 遂還于巖浦. 是行見道路死者, 不可勝數. 莫愚者氓, 彼何罪矣, 而塗炭至此, 怨將何歸哉?"

포의 백성이다.[36]

동포의식(同胞意識)에 근거하여 여헌은 전란 중에 죽은 시체를 거두어 장례를 치러 주었다. 동포의식과 관련해 정구복 교수는 민족을 최초로 인식한 사례로 주목하기도 하였다.[37] 본래 동포(同胞)는 형제자매를 가리키는 용어였는데, 점차 그 의미가 확대되었다. 장재(張載)의 「서명(西銘)」에 나오는 "백성은 나의 동포이다"라는 말을 인용하면서 조선시대 국왕들이 백성들을 애휼(愛恤)의 대상을 지칭할 때에 동포라는 말을 사용한 사례가 보인다.[38] 따라서 위의 인용글에 나오는 '모두 나와 더불어 동포의 백성이다'라는 말을 근거로 하여 최초로 민족을 인식한 것으로 해석하는 것은 재고할 필요가 있다.

다만 여기서 강조하고자 하는 것은 전란 체험을 통해 여헌이 민의 현실에 관해 적극적으로 사고하였으며, 이 같은 민의 현실에 대한 비판적 성찰 위에서 일반 백성이 임란 중에 겪어야 하는 고통과 참상을 사실적이며 생생하게 표현할 수 있었다는 점이다. 작가 개인의 체험 안에 머무는 것이 아니라, 혼란한 시대 현실을 살아갔던 대다수 백성들의 구체적 삶으로 시선을 확대하였던 것이다.

---

36 장현광, 「수예백골문(收瘞白骨文)」, 『여헌선생문집』 권11, 『한국문집총간』 60, 215면. "嗚呼! 今此白骨, 其何姓之族也? 其何鄕何里之人也? 其殞於鋒鏑者耶? 其順於凍餓者耶? 或于鋒鏑, 或于凍餓, 而brain同是亂中之死也. 其某姓某鄕某里之人, 而皆與同胞之民也."
37 정구복, 「전근대국사의 형성과 그 발전」, 『한국사학사학보』 17, 한국사학사학회, 2008.
38 이에 대해서는 박찬승, 「한국에서의 민족 개념의 형성」, 『개념과 소통』 1호, 한림대 한림과학원, 2008 참조.

4. 『피란록』의 문학사적 위상

— 유진의 『임진록』, 도세순의 『용사일기』와의 대비적 검토를 중심으로

여헌 장현광의 『피란록』이 지닌 문학사적 위상을 검토하기 위해 이 글에서는 여헌의 문인이기도 했던 유진(柳袗)과 도세순(都世純)의 일기를 상호 대비하도록 한다. 여헌의 『피란록』, 유진의 『임진록』, 도세순의 『용사일기』는 임진왜란을 소재로 한 일기 가운데 개인의 피란 체험을 다룬 작품이라는 점에서 유사하다.

유진(柳袗, 1582~1635)은 서애 유성룡의 셋째 아들로서, 임진왜란 때의 체험을 훗날 기록한 『임진록』과 옥중 체험을 기록한 『임자록』을 한글로 남겼다.[39] 작가가 임진왜란을 체험한 시기는 나이 11세였으며, 이를 일기의 형태로 남긴 것은 그로부터 20여 년이 지난 뒤인 1614년 전후였다. 유진은 『임진록』의 집필 동기를 이렇게 말했다.

이제는 부모 업스시고 동싱들 다 죽고 나 혼자 스라져 병이 드러 아모 제 죽을 줄 모르니 나 곳 니르지 아니면 비록 조식이라도 그리 신고ㅎ여 죽다가 사라는 줄 모롤 거시라 일가 사롬이나 예아기 삼아 보게 ㅎ여 긔록ㅎ노라.[40]

유진은 집안사람들에게 과거에 자신이 겪었던 사건 — 임진왜란의

---

39 유진의 『임진록』에 관한 논의는 정우봉, 「조선시대 국문 일기문학의 시간의식과 회상의 문제」, 『고전문학연구』 39, 한국고전문학회, 2011에서 다루었다.

40 유진, 『임진록』, 홍재휴 역주, 『역주 임진록』, 영남대 출판부, 2000, 56면.

피란 체험 ― 을 '이야기' 삼아 들려주기 위해서 일기를 썼다고 했다. 위 인용문은 한글 일기가 집안사람들 사이에서 유통되었던 정황을 알려준다. 『임진록』과 『임자록』은 합편(合編)되어 대대로 집안에 전해졌으며, 1847년에는 유씨(柳氏) 집안의 두 모녀에 의해 전사본(轉寫本)의 형태로 옮겨 쓰여졌다. 한글 일기가 가문 여성들에 의해 유통된 정황을 알려준다. 한글 유배 일기인 박조수(朴祖壽)의 『남정일기(南征日記)』의 경우에도 "집안 녀편닉 민양 흑도왕환의 간신홈과 게가 머무던 일을 듯고져 ᄒ야 일긔롤 뻐너라"[41]라고 하여 일기 집필이 부인의 권유에 의해 이루어졌음을 밝혔다.

　시간표현방식과 관련하여 『임진록』의 종결형을 살펴보면, 관찰자의 위치에서 경험과 사건을 서술하는 '-더라'의 종결형을 가장 많이 사용하였다. 이 점은 이야기로서의 성격을 더욱 강하게 지닌 『임진록』의 특징과 연관된다. 그리고 『임진록』에서는 특정한 날짜를 표시하는 경우가 많지 않다. 대신 '하루는-', '또 하루는-' 등을 사용해서 불특정한 상황을 소설처럼 이야기하는 식으로 제시하거나, '이튿날', '날이 샌 뒤에' 등을 사용해서 일련의 사건들을 연속해서 서술하는 방식을 택했다.[42] 임진왜란을 체험한 후 20여 년의 시간이 지난 뒤에 과거의 기억

41　박조수, 『남정일기』, 규장각 소장본. 『남정일기』는 이병기에 의해 학계에 처음 소개되었다. 최강현은 작가 문제를 새로이 고증하였고, 이승복은 국문일기문학의 측면에서 분석한 논문을 제출했다. 최강현, 『한국문학의 고증적 연구』, 고려대 민족문화연구소, 1996; 이승복, 「유배체험의 형상화와 그 교육적 의미」, 『고전문학과 교육』 14, 한국고전문학교육학회, 2007 참조.

42　『임진록』에서 시간의 경과를 표시해주는 부분들을 정리하면 다음과 같다. "임진년 사월에, 그 이튿날, 하루는, 대엿새도 아니되어, 이튿날, 대엿새 묵어서, 하루 묵어, 그때는 유월 스무이렛날이라, 그날, 이튿날, 열흘 남짓 머무르면서, 사흘 묵어, 또 하루는, 그때는 10월이라, 마침 섣달에, 그때가 스무 여드렛 날이라, 날이 새자, 이듬해 삼월"

을 더듬어 일기를 쓰는 것인 만큼 특정한 일자를 표기하는 것이 어려울 수 있었을 것이다.

하지만 보다 중요한 것은 작가의 체험 전달 방식이다. 작가는 일자별로 자신의 경험을 기록하는 방식을 택하지 않고, 작품 중간중간에 시간을 표시해 주는 단어들을 적절하게 배치하여 사건 중심으로 자신의 경험을 서사화하는 방식을 택하였다. 불특정한 시간들이 불규칙한 연속으로 나타나는 시간 표현 방식을 통해 작가는 자신이 겪었던 체험을 사건 중심으로 서사화하는 데에 중점을 두었던 것이다. 그리고 인물들 간의 대화 방식을 다양하게 활용한 것 또한 사건 중심의 서사화에 중점을 둔 저자의 의도에 부합한다. 『임진록』의 한 대목을 들어본다.

우리 가는 냥을 보고 놀나 무르디 "너희 엇던 사람인다?" 흐여눌, 판관(判官) 실니(室內) 손 부뷔여 일오디 "죽게 된 거러이를 살오쇼셔. 굴먼지 사흘이니 밥 흔 술을 어더 손즈룰 살와지이다" 흐니, 흔 놈이 머리와 슈염이 반나마 셰고 갓 벗고 옷 벗고 들비만 츠고 나모 밋히 지혀 안자셔 일오디 "아희들아 져 사람 수이 후좃츠라. 져런 사람들이 단니며 도적질 흐니라. 어셔 쑤지저 수이 가라" 흐여눌, 형님이 울며 닐오디 "엇지 그런 말숨을 흐시느뇨? 내 얼굴을 보거니 도적질 홀 사람이며 셜스 도적질 흐고져 온들 이 노친(老親)과 저 아희를 드리고 엇지 하리라 그런 말 흐시는고? 우리 셔울 냥반(兩班)으로셔 피란(避亂)흐여 가다가 예룰 만나 어버이야 계집 즈식 다 일허 브리고 한마님과 이 아희룰 드리고 이리 와시니 어엿부도 아녀. 그런 말 흐시는가?"[43]

인용문에 등장하는 형님은 작자의 매부(妹夫) 이문영(李文英)이다. 그리고 할머님은 작가의 조모, 즉 유성룡의 어머니인 정경부인 안동김씨이다. '판관 실내(判官 室內)'는 판관 벼슬을 하는 남궁침(南宮枕, 1513~?)의 부인이다. 작가는 임진년(1592) 4월에 임진왜란이 일어나자 매부를 따라 피란길에 올랐다. 서울을 떠나 경기도 풍양, 양주, 영평, 포천, 가평, 양근 등으로 피란 생활하였고, 다시 강원도 화천, 김화, 회양 등과 평안도 평양 근교에까지 발길이 이어졌다. 다시 은산, 영유, 안주, 가산 등을 거쳐 황해도 수안을 지나 이듬해 윤동짓달에 서울로 돌아왔다. 참혹한 전장의 한복판에서 화자 일행은 사흘을 굶은 채 산 속을 헤매다가 일군의 사람들을 만난다. 위의 장면은 산 속에 만난 사람들에게 밥을 구걸하는 대목이다.

위의 인용문에서 작가는 그때 겪었던 사건들을 형상화하는 과정에서 인물 간 대화의 수법을 적극 활용했다. 『임진록』을 읽어보면, 화자 일행들이 겪었던 험난했던 삶의 모습들이 생생하게 그려져 있는데, 그러한 작품적 효과는 인물들 간의 대화 수법을 통해 가능하였다. 인물 간 대화수법은 당시의 사건과 그 배경을 보다 선명하게 묘사하는 기능을 한다. 대화수법의 적절한 활용은 과거 발생했던 사건의 현실성과 현장감을 높이는 데에 효과적이다. 작가가 『임진록』에서 자신이 겪은 사건들을 직접 서술하는 대신에, 여러 인물들을 등장시키고 그들 인물들이 주고받는 대화들을 적극적으로 활용함으로써 그때의 사건과 그 배경, 상황 등을 독자들에게 더욱 흥미롭고 설득력 있게 전달하고자

---

43 유진,『임진록』, 홍재휴 역주,『역주 임진록』, 영남대 출판부, 2000, 44면.

했다. 인물대화의 활용은 당시의 상황과 배경 등을 선명하게 묘사함으로써, 독자의 이해를 보다 쉽게 하고 독자에게 흥미를 불러일으키게 하는 이점을 갖는다. 일기문학이 이야기, 소설로서의 성격을 얼마만큼 갖는가를 측정하는 잣대의 하나는 인물 대화 문장의 작품 내 분포 상황이다. 『임진록』에서 인물 간 대화수법은 시작이 있고 끝이 있으며 중간에 다채로운 서사적 상황을 연출하는 이야기로서의 일기문학을 효과적으로 드러내기 위한 표현방식의 하나였던 것이다.

성주 지역의 지식인이었던 도세순(都世純, 1574~1653)은 자신과 마을 사람들이 1592년부터 1595년까지 2년 반 동안 겪었던 피란 체험을 다루었다. 유진의 『임진록』이 10대 초반의 경험을 다루었고, 도세순의 경우에는 10대 후반이었다. 물론 일기를 집필한 시점은 그로부터 한참 시간이 경과된 때였지만, 일기작품 안에 묘사되는 작중 화자의 나이는 10대라는 점에서 동일하다. 이에 비해 여헌의 『피란록』은 40대의 체험을 다루었다.

유진과 도세순의 일기는 청년의 눈으로 비쳐 본 전쟁의 참상과 혼란을 다루고 있다는 점에서 여헌의 일기와 다른 지점에 있다. 그리고 또 하나 유진과 도세순의 일기는 피란 체험을 보다 구체적으로 묘사하는 데에 중점을 두었다. 전란의 와중에서 피란을 갔던 개인의 생생한 체험을 최대한 충실하게 복원하는 데에 서술의 초점이 놓여 있던 것이다. 따라서 개인 서사의 부분이 큰 비중을 차지하며, 여헌의 『피란록』에서 두드러지는 작가의 주장과 의론 부분은 상대적으로 미약하다.

도세순의 『용사일기』의 한 대목을 들어본다.

조금 후에 한 사람이 벌떡 일어나 지나갔다. 그에게 물어보니, 적의 선봉이 이곳으로 오고 있으니 앉아 있는 곳이 위험하다고 하였다. 모두 낙담을 하여 달아나려고 했지만, 아직 형님이 돌아오지 않았기 때문에 차마 헤어질 수 없었다. 또 배협은 적이 간 곳을 이미 알았다고 했으니, 그 사람의 말을 다 믿을 수도 없었다. 그러나 마음은 불안해서 요행을 앉아 바라고 있었다. 어머니께서 눈물을 글썽이며 복일(復一)과 예일(禮一)을 어루만지면서 "내가 너희들과 같은 때에 죽어 저승에 가서는 헤어지지 말자"고 하셨다. 듣는 사람이 모두 가련하게 여겼다.[44]

어느 방향으로 피란을 가야 할지에 대해 망설이고 있는 가운데 화자의 어머니가 동생들을 어루만지면서 말을 건네는 장면이 인상적이다. 화자의 바로 밑 동생이었던 복일(復一)은 그 이듬해 오랜 굶주림 끝에 보리밥을 먹고 죽었으며, 어머니는 1593년 6월 피란 중에 돌아가셨다. 『용사일기』에서 도세순은 "세상이 끝나고 하늘이 무너지는 소식을 전했다. 어머님이 돌아가셨다는 것이다. 세상천지가 망망하여 그간 예를 갖추지 못하고 장례를 치른 일들은 차마 다 기록하지 못하겠다"라고 적어 놓았다. 이처럼 도세순의 『용사일기』에는 화자가 겪어야 했던 피란 체험의 구체적 실상이 생생하게 묘사되어 있다.

여헌의 『피란록』은 개인의 피란 체험을 다루고 있다는 점에서 유진

---

44 도세순, 「용사일기」, 『암곡일고(巖谷逸稿)』 권1, 국립중앙도서관 소장본. "尋有一人, 蹶然而過, 問之, 則賊鋒來此坐處, 亦可危矣. 皆喪膽欲走, 而舍兄未還, 故不忍相離. 且裵協已探知賊之所向, 故厥言未可盡信. 然心不自安, 坐冀僥倖. 慈親泫然撫復禮曰, '吾與若同死一時, 至於幽冥之間, 毋相違矣.' 聞者莫不憐之." 도세순의 『용사일기』는 그의 후손에 의해 최근 번역 출간되었다. 도세순, 도두호 역, 『피란록』, 새박, 2009 참조.

의 『임진록』, 도세순의 『용사일기』와 공통된다. 물론 개인의 피란 체험을 다룬 작품은 이외에도 오희문(吳希文)의 『쇄미록(瑣尾錄)』 등 중요한 작품들이 다수 존재한다. 유진, 도세순의 일기는 여헌의 문인이 작성한 것이라는 점에서 같이 묶어 다룰 필요가 있다. 개인 서사의 측면에 중점을 둔 두 작품과 비교하여 여헌의 『피란록』은 의론성이 대폭 강화된 점이 두드러진 특징이다. 피란 생활에서 겪는 개인의 일상을 매개로 하여 여헌은 개인의 출처(出處) 문제, 의병(義兵)의 동향과 전망, 축성(築城)의 이해득실, 인륜 도덕의 회복, 전란의 원인과 책임 등 다방면에 걸쳐 자신의 의견과 주장을 선명하게 펼쳐 내었다. 아울러 여헌은 자기 체험을 바탕으로 하여 민의 현실로 시선을 확장하여 그들이 겪어야 하는 고통과 참삼을 생생하게 증언하였으며, 지배층의 부도덕과 무능을 신랄하게 풍자, 비판하였다. 이 같은 사회비평적 성격과 함께 『피란록』은 성리학적 인간관과 심성관에 입각하여 혼란한 시대 현실에 관한 근원적 성찰을 적극적으로 모색하였다.

한편으로는 민의 현실에 시선을 두고, 다른 한편으로는 인륜 도덕의 확립을 전망하는 방향에서 『피란록』은 의론성을 대폭 강화하는 글쓰기 방식을 택하였다. 이 점이 여타 임란 소재 일기와 차별화되는 지점이라고 생각한다. 요약해 말한다면, 사회비평적 성격과 철학 담론적 성격을 효과적으로 작품 속에서 구현하기 위해 여헌의 『피란록』은 여타 임란 체험을 다룬 일기와 달리 의론성의 비중을 크게 높였으며, 인물 간 대화와 자문자답의 기법 등을 적절하게 활용하였던 것이다.

제2장

이덕무의 독서일기『관독일기』

자아상의 확립

1. 문제 제기

이 글은 이덕무(李德懋, 1741~1793)가 젊은 시절에 쓴 독서일기『관독일기(觀讀日記)』에 나타난 자아상을 분석하는 것을 목적으로 한다. 『관독일기』는 이덕무의 나이 24세에 작성된 것으로, 1764년 9월 9일부터 11월 1일까지 약 60여 일 동안의 기록을 담고 있다.[1]『중용(中庸)』을 읽는 것을 목표로 제한된 시간의 기록이라는 점에서, 그리고 무엇보다도 젊은 시절 이덕무의 감성과 의식 지향을 파악하는 데에 중요한 가치를

1　실제로는 1764년 9월 9일부터 11월 30일까지 약 3달에 걸쳐 일기를 작성했는데, 현재 전하는 것은 그중의 2/3에 해당한다.

지닌다는 점에서 『관독일기』는 우리의 관심과 흥미를 끈다. 달리 말해 『관독일기』는 청년 이덕무의 고민과 내면 정감을 드러내는, 젊은 날의 자화상인 셈이다. 이 무렵을 전후로 하여 창작된 이덕무의 작품에는 참신한 시각과 감성을 드러내는 수작들이 많이 보인다. 예를 들어 『관독일기』(24세) 이외에 「기유북한(記遊北漢)」(21세), 「칠십리설기(七十里雪記)」(23세), 『이목구심서(耳目口心書)』(26세), 『서해여언(西海旅言)』(28세) 등이 대표적이다.

일기 자료에 대한 학계의 관심이 높아지는 이때에 우리는 내면의 고백과 감정 표현을 위주로 한 일기문학 작품 등에 주목할 필요가 있다. 이 같은 관심의 연장선상에서 우리는 이덕무의 청년 시절 자화상에 해당되는 『관독일기』에 나타난 자아상을 분석하고자 한다.

그동안 『관독일기』를 주대상으로 다룬 단독 논문은 아직 제출되지 않았다. 독서론의 측면에서 다루거나, 이덕무의 생애 및 교유 관계를 밝히고자 하는 보조적 자료로서만 활용되는 데에 그쳤을 뿐 하나의 빼어난 작품적 성취를 이룩한 일기작품으로서의 면모를 구명하지는 않았다.[2]

---

2   이덕무의 독서론과 관련해서는 김영, 「이덕무의 독서론」, 『동방학지』 36, 연세대 국학연구원, 1983; 박문열, 「청장관 이덕무의 독서관」, 『인문과학논집』 7, 청주대 인문과학연구소, 1988; 이만수, 「형암 이덕무의 독서론」, 『독서문화연구』 7, 대진대 독서문화연구소, 2008 등을 참조.

2. 『관독일기』 쓰기의 목적 ─ 치유와 정체성 확립

이덕무가 남긴 글 가운데 매일의 일상을 적어 내려간 일기작품은
『관독일기』가 유일하다. 이 일기 또한 『중용』을 읽기 시작하여 마칠
때까지 약 3개월간 ─ 실제로 현재 전하는 분량은 2/3 ─ 의 시간만을
기록해 놓았다. 다른 일기를 남기지 않았고, 『중용』 독서를 중심으로
일기를 썼던 만큼 『관독일기』의 창작에는 특별한 목적과 동기가 작용
하고 있었다고 생각된다.

먼저 이덕무가 쓴 서문을 들어본다.

> 내가 금년에 과거 공부에 얽매여 옛사람의 시서(詩書)가 있어도, 보고 읽
> 을 겨를이 없었다가 중양일을 맞이하여 비로소 문자에 마음을 두어, 책들
> 을 손질하고 붓과 벼루를 씻은 다음 『중용』을 읽으며, 그 여가에 고금의 제
> 자백가와 문집, 시문들도 함께 열람하기로 했다. 이날부터 마음에 얻어진
> 바를 날마다 기록하여 정양(靜養)의 모범으로 삼으려 한다. 갑신년(영조 40,
> 1764) 중양일에 산사(散士)는 쓴다.[3]

이덕무가 쓴 『관독일기』는 독서의 즐거움과 내면에의 침잠이라는

---

3 李德懋, 『觀讀日記』, 『嬰處雜稿』 권2, 『靑莊館全書』 6권, 『한국문집총간』 257, 107면. "余今年
爲業所縛纏, 雖有古人詩書, 不隙觀且讀焉. 重陽日, 存心文字裏, 掃拂卷帙, 洗筆硯, 于以讀中
庸, 有暇旁觀古今子集詩文. 自此日爲首, 凡有得, 逐日書之, 以就靜養規模. 甲申重陽, 散士書."
앞으로 『관독일기』에서 인용할 때에는 '李德懋, 『觀讀日記』, 『靑莊館全書』 6권'으로 약칭함.
번역은 민족문화추진회에서 간행한 『국역 청장관전서』를 참조하였음.

측면에서 주목될 작품이다. 단순하게 책에 들어 있는 정보와 지식들을 기술하는 데에 그치지 않고, 독서하는 화자의 내면과 감정을 드러내 보이고 있다는 점에 주목하고자 한다. 화자의 내면을 들여다보고 수양하는 데에 도움이 되는 목적으로 이덕무는 일기를 쓰고 있는 것이다.

이덕무는 『관독일기』의 창작 목적을 '정양(靜養)'에서 찾았다. '정양'의 사전적 풀이를 살펴보면, 몸과 마음을 안정하게 하여 쉬는 것, 또는 몸과 마음을 편하게 하여 육체적 정신적 피로나 병을 요양함을 뜻한다. 달리 말해 육체적, 정신적 안정을 취하고 휴식을 취하는 것을 말한다. 독서를 통해 마음에서 터득하고 깨우친 바를 매일매일 기록해 나감으로써 '정양'으로 삼고자 하였다고 밝혔다. 일기 쓰기의 목적을 현재의 기억을 훗날 잊지 않기 위한 비망(備忘)의 측면에서 찾는 것이 일반적인 데에 비하여, 이덕무는 일기 쓰는 목적을 육체적, 정신적 안정과 휴식에서 찾았다. 그것은 달리 말해 육체적 정신적 아픔과 갈등을 치유하는 의미를 지닌다고 하겠다.

이에 관한 이덕무의 다른 용례를 살펴본다.

한 달 전에 어린 딸을 잃었네. 비록 품 안의 어린 아이지만 마음이 매우 슬펐는데 이제야 비로소 조금 안정되었네. 그 일을 당한 이후로 책을 접어 두고 가까이하지 않다가 이달에 들어오면서부터는 조금씩 문을 닫고 앉아서 정양법(靜養法)을 익히고 있네. 그러나 그것도 때로는 중단되기도 하니, 다만 나의 성급함을 탓할 뿐이네. 들으니, 그대는 요즘 전모(典謨)를 읽는다 하는데, 진전됨이 있는가? 이 글은 고문의 비조이므로 공부를 배가하지 않으면 그와 비슷한 것도 얻을 수 없는 것이니, 어찌 다른 자사(子史)의 부류와 같겠는가?[4]

이덕무가 내제(內弟) 박종산(朴宗山)에게 보낸 편지이다. 가난과 질병
속에 살아갔던 이덕무는 혈육의 죽음을 가까이에서 지켜봐야 했다. 위
의 편지글에 나오는 어린 딸의 죽음 또한 그 하나였다. 어린 딸의 죽음
이 가져다 준 크나큰 슬픔과 충격에서 조금씩 벗어나 이제는 문을 닫고
정양법(靜養法)을 익히고 있다고 하였다. 여기에서 사용된 정양의 용례
또한 앞서 본 그것과 크게 다르지 않다. 육체적, 정신적 충격과 슬픔에
서 벗어나 심리적 평온과 안정을 취하고자 하는 맥락에서 사용되었다.

그렇다면 이덕무가 특별히 일기를 쓰게 되고 육체적, 정신적 안정과
평온감을 회복하고자 하였던 동기나 배경은 무엇이었을까? 앞서 본 서
문에서 이덕무는 "과거 공부에 얽매여 옛사람의 시서(詩書)가 있어도,
보고 읽을 겨를이 없었다"고 언급한 바 있다. 이덕무는 이에 대한 보다
자세한 설명을 다음 글에서 하였다.

나는 뜻을 굳세게 먹고 고인의 글을 읽기로 결심하였지만 그렇게 하지 못
한 채 무더운 여름, 낮고 비좁은 집에 앉아 노심초사하여 과거 문장을 공부
하고 있는 것이 어찌 내 마음에 시원한 것이겠는가?

9월이 되어 처음으로 나의 급하고 들뜬 생각을 억누르고 단정히 앉아서
『중용』을 읽었다. 대저 성명(性命), 비은(費隱), 지인(知仁), 성명(誠明)의 심

---

4 李德懋, 「內弟朴稚川」, 『雅亭遺稿』 권8, 『靑莊館全書』 16권, 『한국문집총간』 257, 238면. "月
前失了弱女. 雖孩抱中物, 惻惻于中, 今始少定矣. 由來書卷, 束閣不親. 自入此月, 粗杜牖跪處, 做
靜養法. 有時間斷, 只憎此漢之躁擾耳. 聞近讀典謨, 進也否? 是書古文之鼻祖, 匪倍加工夫, 不可
得其彷彿. 豈它子史之倫哉?"

오한 뜻에는 대개 밝지 못하였다. 『중용』에 이르기를, "군자는 화(和)하여
도 흐르지 아니하나니 굳세도다. 중립하고 편벽되지 아니하나니 굳세도다.
나라에 도가 있어 벼슬하게 되면 빈천할 때의 지조를 변하지 아니하나니
굳세도다. 나라에 도가 없으면 죽음에 이르더라도 뜻을 변하지 아니하나니
굳세도다" 하였다.

　나는 정충신(鄭忠信)의 『북천일기(北遷日記)』에서 '백사(白沙) 이문충공
(李文忠公, 이항복)이 선왕의 원로대신으로서 인목대비를 폐할 수 없다는
의론을 주장하다가 북청으로 귀양 가서 죽었다'는 기사를 보고는 일찍이 침
울하게 상심하여 '굳세도다'를 외어 그를 슬퍼하지 않을 수 없었다.

　나는 일찍이 탄식하여 이르기를, "크도다, 사서(四書)에 『중용』이 있음이
여! 그것은 삼경(三經)에 『주역』이 있는 것과 같으니 어리석은 나 같은 이가
어찌 알 수 있겠는가?" 하고, 이에 『관독일기』를 저술하였다. 『관독일기』는
날마다 보고 읽은 것을 기록한 것이다. 읽고서 깨달은 것이 있으면 감히 어
리석은 설을 늘어놓았으며, 또 시간이 있으면 널리 다른 서책을 보아서 논
찬한 것도 있다. 대개 『관독일기』는 갑신년(1764) 9월 9일에 시작하여 11월
30일에 마쳤는데, 모두 3권이다.[5]

　위 인용문은 제목 「갑신제석기(甲申除夕記)」에서 보듯이, 『관독일

5　李德懋, 「甲申除夕記」, 『嬰處文稿』 권1, 『靑莊館全書』 3권, 『한국문집총간』 257, 67면. "余志
夫刻意讀古人書, 而不遑焉. 夏蒸炎, 坐湫卑屋, 矻矻攻擧子文. 豈余心灑然哉? 建戌之月, 始抑余
劻勷字浮之思, 匡坐讀中庸之書. 夫性命費隱知仁誠明之奧, 余盖夢夢云. 中庸曰, '君子和而不流,
强哉矯. 中立而不倚, 强哉矯. 國有道, 不變塞焉, 强哉矯. 國無道, 至死不變, 强哉矯.' 余觀鄭忠信
北遷日記, 白沙李文忠公, 以先王之老大臣, 主廢母后不可議, 竄北靑以死, 未嘗不黯然傷心, 誦强
哉矯而吊之也. 余嘗嘆曰, '大哉! 書之有庸. 其猶經之有易也歟. 小子顓蒙, 何入焉?' 於是著觀讀
日記. 夫觀讀日記者, 記日之觀且讀焉者也. 讀焉而有得, 則敢以設陳之. 又暇而旁觀它書, 有論贊
之者矣. 盖觀讀日記, 起于甲申九月九日, 止于十一月三十日, 凡三卷."

기』를 창작한 해(갑신년, 1764)의 섣달 그믐밤에 쓴 글이다. 스물네 살의 한 해를 마무리하는 시점에서 지난 일 년간의 시간을 회상하였다. 특히 화자는 중양절부터 쓰기 시작하여 11월 30일에 마친『중용』읽기와 『관독일기』쓰기에 큰 의미를 부여했다. 이덕무가 스스로 밝힌 바대로 『관독일기』를 쓰는 행위는 과거 문장 공부에 몰두하였던 지난 시절의 자신을 반성하고자 하는 동기에서 비롯되었다. 여름날의 무더위 속에서 과거 시험용 문장 짓기 연습에 골몰하였던 지난 시절을 되돌아보고, 차가운 바람이 부는 중양절을 맞이하여 굳은 각오와 결심을 하고 있는 화자의 모습을 발견하게 된다.

『중용』과『북천일기』에 나오는 구절은 이 같은 화자의 자기반성과 자기결정의 확고성을 촉발시켰다. 화자는『중용』에 나오는 구절 중에서 '화(和)하여도 흐르지 않으며', '중립되고 편벽되지 않으며', '뜻과 지조를 바꾸지 않는' 대목을 특별하게 원용하였다. 그것은 바로 외부 환경과 상황에 흔들리지 않고 자기 신념과 가치를 굳게 지켜 나가는 군자상을 스스로 실천하고자 한 화자의 확고한 의지를 보여주는 것이다. 그 같은 화자의 실천 행위가『중용』읽기였으며, 그 읽기의 과정을 매일매일 기록해 나간『관독일기』쓰기였다. 요컨대 이덕무에게 있어 일기 쓰기는 서얼이라는 신분적 정체성 속에서 겪어야 하는 고민과 갈등을 해소하고, 과거 시험에의 집착과 미련에서 벗어나 외부 환경의 변화에 흔들리지 않는 굳건한 정신을 갖춘 자아로 거듭나기 위한 의식 지향과 관련된다.

이덕무의『관독일기』에서 또 하나 주목할 점은 독서를 통한 치유의 효과이다. 이덕무는 가난으로 인하여 스승을 모시지 않고 홀로 공부를 하였다. 가난한 형편 속에서도 그는 2만 여권의 책을 읽고 수백 권의 저서를 남겼다. 『관독일기』는 기본적으로 『중용』을 매일매일 읽어 나가면서 느끼고 생각한 점들을 기록해 나갔다. 그리고 『중용』 이외의 문집 등을 읽어 나사면서 사신의 견해와 생각을 밝혀 놓았다. 이들 기록의 과정을 통해 화자는 과거 시험에의 집착을 버리고 진정한 독서인으로서의 자기 정체성을 성찰하고 확고하게 지켜 나가고자 하는 의식 지향을 보여주었다.

『중용』을 읽으면서 화자의 생각과 견해를 밝힌 것들 가운데 다음 인용글은 참신한 비유를 활용하여 경전의 의미를 해석한 사례라는 점에서 흥미롭다.

> 아침에는 흐리고, 저녁과 초경에는 먹구름이 하늘에 덮여 폭우가 세차게 쏟아지면서 북풍까지 불었다. ○‘그 다음은 한쪽을 지극히 함이니[其次致曲]’에서부터 ‘지극한 성은 신과 같다[至誠如神]’까지 읽었다. ○형(形), 저(著), 명(明)의 순서는 마치 꽃이 피는 것과 똑같다. 봄 기운이 왕성하여 생기가 발동하면 일시에 꼭지가 생기는 것을 아무도 금지할 수 없는 것은 형(形)이다. 점차 태양을 받고 비를 맞고 자라 꽃술이 중심에 자리 잡고, 꽃봉오리가 외부를 감싼 가운데 꽃이 필 듯 말 듯한 것은 저(著)이다. 향기가 풍기고 색상이 뚜렷하여 아름답고 난만함이 남김없이 발로된 것은 명(明)이다.[6]

---

6 李德懋, 『觀讀日記』, 『青莊館全書』 6권. 朝陰夕及初夜黑雲布天, 急雨橫奔, 挾以北風. ○讀自其次致曲, 至至誠如神. ○形著明次第, 如花開一般. 春氣氤氳, 生意勃越, 一時生蒂, 不可禁抑者, 形也. 漸漸向陽而滋雨, 蘂隱于中, 苞包于外, 欲開未開者, 著也. 及其生香着色, 馥郁照爛, 發露無餘者, 明也.

위의 인용글은 『중용』 23장에 대한 것이다. "그 다음은 한쪽을 지극히 함이니, 한쪽을 지극히 하면 능히 성실할 수 있다. 성실하면 나타나고 나타나면 더욱 드러나고, 더욱 드러나면 밝아지고, 밝아지면 감동시키고, 감동시키면 변하고, 변하면 화(化)할 수 있다. 오직 천하에 지극히 성실해야만 능히 화할 수 있다"[7]는 『중용』의 구절을 해석함에 있어 화자는 '형(形)', '저(著)', '명(明)'의 개념을 구체적 사물을 통해 비유하여 설명하였다. 사소한 일, 개개의 사물에도 성을 다해서 하나하나 성취해 나가야 하는 과정을 통해 최상의 단계에 이르게 되는데, 그 과정을 보여주는 개념들을 설명함에 있어 이덕무는 꽃이 피기까지의 일련의 과정과 그 변화에 초점을 맞추어 비유하였던 것이다. 주희가 지은 『중용장구』에서는 이들 개념에 대해 설명하기를 "형은 속에 쌓여 밖에 나타남이요, 저는 또 더 드러남이요, 명은 또 광휘의 발산이 성함이 있는 것이다"라고 하였다. 이 대목은 부분적인 일편(一偏)들의 실현을 점차적으로 지극하게 해 나감으로써 마침내 본성의 전체적 실현에 이르게 됨을 설명하였다. "성(誠)하면 나타나고 나타나면 뚜렷해지고, 뚜렷해지면 밝아진다"는 것은 성이 발하는 효능의 점진적인 심도(深度)를 가리킨다.[8] 그 점진적인 심도를 화자는 형상적 비유의 언어를 활용하여 효과적으로 해설하였던 것이다.

참신한 비유를 동원하여 어떤 이치를 설명하고 있다는 점에서 아래의 인용글은 주목된다. 더구나 독서 행위를 약리(藥理)에 비유하는 점

7　『中庸』23장. 其次致曲, 曲能有誠, 誠則形, 形則著, 著則明, 明則動, 動則變, 變則化. 唯天下至誠, 爲能化.

8　이에 대해서는 이동환 역해, 『중용 대학』, 나남출판, 2000, 223면 참조.

은 치유로서의 글쓰기를 지향하고 있는 이덕무의 의식 지향을 잘 보여주고 있다는 점에서 특별히 중요한 의미를 지닌다.

> 글 읽는 것을 약리(藥理)에 비유할 수 있다. 중용을 하는 자는 원기가 충실하고 맥박이 순조로워 수족과 이목이 활발하고 총명하여 조금의 아픔도 없는 것과 같다. 인지(仁智)를 행하는 사람은 태어날 때부터 정신이 밝고 기혈이 충만하여 애당초 그릇된 기운의 침투가 없다. 거기에다 마음을 잘 살피고 조리를 잘하여 잠시의 끊김도 없기 때문에 한평생 건강하여 조그만 병도 없는 것과 같다. 중용(中庸)을 행하지 못하는 사람은 처음에는 힘이 왕성하기는 하지만 침투된 병의 뿌리가 점차 커져서 온갖 고통에 얽매이게 되기 때문에 만일 적기에 조치하지 않으면 마침내 죽음에 이르게 되는 것과 같다.[9]

위의 인용문은 독서(讀書)와 약리(藥理)의 비유가 지닌 참신함과 함께 독서 행위의 의미를 마음을 치유하는 것에서 찾고 있다는 점에서 주목된다. 약리란 약품이 인간의 몸에 들어가 일으키는 생리적인 변화를 말한다. 약제를 먹고 난 뒤에 생리적 변화가 일어나는 것을 원용하여 이덕무는 독서 행위를 통한 육체적 정신적 변화에 대응시켰다. 약을 통해 육체적 질병을 치료하듯이, 독서 행위는 인간의 정신적 육체적 갈등과 아픔을 치유하는 효험을 지니고 있다고 보았다. 달리 말해 마

---

9 李德懋, 『觀讀日記』, 『靑莊館全書』6권. "讀書亦可以藥喩. 中庸者, 元氣充實, 脈膝暢順, 手足耳目, 便利聰明, 元無些兒痛痒之類也. 仁智者, 生得精神英明, 氣血盛滿, 元無邪氣之可闖入, 尤善存養調理, 無一時間斷. 故一生康健而無微也. 其不中庸者, 初非不盛壯, 而伊來病源漸滋, 百種纏縈, 若不適時調治, 終至死界矣."

음을 치유하는 독서법을 제시하였다고 하겠다. 화자는 독서하는 사람을 분류하고 각 유형의 독서인에 해당하는 효험을 투약에 따른 생리적 변화의 다양한 양상으로 설명하였다. "오랫동안 음미할수록 마음이 매우 즐겁고 차분해진다"[10]고 하거나, "나 같은 사람도 이 장을 읽으면 자신도 모르게 의지가 고상하고 분발되어, 혼미하고 나태한 기질과 그릇되고 편벽한 뜻이 거의 다 사라지는 듯하다"[11]고 하는 언급들은 독서를 통한 육체적 정신적 변화와 치유의 효과를 지적한 것들이다.

3. 『관독일기』에 나타난 자아상

『관독일기』에서 주로 다루어진 소재와 내용, 의식 지향 등을 종합적으로 고려하였을 때에 작품에 형상화된 자아상은 크게 세 가지로 구분된다. 일상적 경험과 관련된 자아상, 신분적 갈등 속에서 정체성을 확립하고자 하는 면모, 그리고 서얼지식인들과의 교류를 통해 문인으로서의 의식 지향을 보이는 것이다. 매일의 일상 경험들을 『관독일기』에서는 자세하게 언급해 놓지 않았다. 가족이나 친척들과 관련된 일상적

---

10 李德懋, 『觀讀日記』, 『靑莊館全書』 6권. "始讀至致中和天地位焉, 萬物育焉, 茫然不省是何語. 及讀章句註脚四三細究, 然後始覺其言之精且大也. 程子所謂放之則彌六合, 卷之則退藏於密者, 眞旨言哉! 反覆之久, 心甚樂康."

11 李德懋, 『觀讀日記』, 『靑莊館全書』 6권. 栗谷先生嘗讀孟子居天下之廣居章及此强哉矯章, 三復歎息, 或睡覺諷誦, 以爲立心修身之地, 可見老先生一生行藏. 如余者讀此章, 不覺耿介而激昂振發, 昏惰之氣, 邪僻之意, 庶幾脫然矣.

기록들 — 특히 가족 및 친척의 병환 및 죽음 및 불평지기 등 — 에 부분적으로 나타난 자료를 통해 일상적 자아상의 내밀한 모습을 추적해 보고자 한다. 두 번째는 서얼 출신으로서의 불평지기와 갈등을 해소하고 굳건한 자아를 확립하고자 하였던 면모를 살펴보고자 한다. 세 번째는 서얼 지식인들과의 교유에 집중하면서 문학과 예술을 토론하며 젊은 시절을 보내고 있는 화자의 또 다른 면모를 파악해 보고자 한다.

1) 일상 속의 자아상

일기문학적 관점에서 본 『관독일기』의 특징은 개인의 내면 감정과 심리를 잘 드러낸다는 점이다. 이덕무는 서사 출신으로서 가난과 질병 속에서 젊은 시절을 보냈다. 가난한 살림 속에서 이덕무는 모친의 병환에 가슴 아파하는 모습을 보이곤 하였다.

아침에 모친의 가래와 기침이 자주 극심하여 어지럼증까지 일으켰다. 자식된 자의 초조한 마음이 이루 말할 수 없었다. 저녁에 어지럼증은 조금 나았지만, 허리 통증이 더욱 심해졌다가 밤중에서야 조금 나아졌다. 이대로 완쾌될지 모르겠다. 집 안에는 한 섬의 곡식도 없어 모친의 의식과 약재를 성의껏 해 드릴 수 없으니 가슴이 아프다. 나의 체력이 워낙 허약하여 살림을 제대로 꾸려 나갈 수 없으므로, 몸소 농사나 장사에 힘써 조그만 한 성의나마 펴 보지 못하는 것이 유감일 뿐이다. 그러나 어찌 하늘을 원망하거나 사람을 탓하겠는가? 왕연(王延)이 "엄동설한에 자기의 몸에는 온전한 의복이 없으면서도 어버이의 봉양을 극진히 하였다"는 대목을 읽을 적마다 나도 모르게 흐느껴 울었고 또 자신을 돌아볼 때 몸 둘 곳이 없었다. 어떻게 해야 좋겠는가? 가슴만 아프다.[12]

모친의 병환에 따른 화자의 걱정과 슬픔을 짙게 토로하였다. 특히 어머니의 병환을 치유하는 데에 별다른 보탬과 도움을 주지 못하는 화자의 자책감이 매우 두드러지게 그려졌다. 먹을거리와 약재를 마련하지 못하고, 허약한 체질로 인하여 집안 살림마저 제대로 꾸려 나가지 못하는 화자는 자신의 무능함과 무력함에 자책과 한탄을 거듭하였다. "어찌 하늘을 원망하거나 사람을 탓하겠는가"라는 탄식은 화자의 자기 질책의 감정을 극명하게 보여준다. 하늘과 남을 탓할 수 없으며, 자신의 무능함과 무력함으로 인해 초래한 불행이라고 하였다. '어떻게 해야 좋겠는가? 가슴만 아프다'는 마지막 말 속에서 화자의 깊은 슬픔과 자책감을 느낄 수 있다. 집안의 경제적 문제를 해결하기 위해서는 과거 급제를 통해야 하지만 화자는 현재 과거 시험을 위한 공부를 멀리한 채 경전과 문집 등을 읽으면서 시간을 보내고 있었다. 그렇다고 농사를 짓거나 장사를 하지도 못한 채 지내야 했던 화자 자신을 스스로 책망하고 있었다.

새벽에 소나기가 내리고 밤에 안개가 끼었다. 모친의 병환이 조금 안정

---

12 李德懋, 『觀讀日記』, 『靑莊館全書』6권. 朝, 慈親痰咳頻劇, 因之暈眩, 子心焦熬, 不可言. 夕, 暈眩少已, 腰痛轉劇. 夜又少已, 庶幾乃瘳耶? 家無儋石, 奉養藥餌, 不亟如其誠. 傷哉! 但恨稟質虛危, 幹事不力, 不能躬勤農商, 少展微誠也. 然亦豈怨天尤人哉? 每讀王延隆冬盛寒, 體無全衣, 而親極滋味, 不覺感泣, 亦自顧無置身地也. 何以則善耶? 傷哉!

되었다. 그러나 나의 삼가며 조심스러워 하는 마음은 잠시도 해이해질 수 없다.[13]

나는 집을 떠나온 지가 겨우 며칠이 안 되었고 또 거리도 5리가 못 되는데도 때 없는 집생각이 마치 어린애의 연모하는 정과 같다. 주색을 탐하고 거기에 빠져서 먼 곳을 돌아다니느라고 부모를 돌보지 않아 밤낮 걱정을 끼쳐 주는 자들을 생각하면, 그들은 무엇 하는 사람일까? 나가고 돌아올 때 반드시 부모에게 고해야 하며 또 나간다는 방향을 바꾸지 말아야 하고 돌아오겠다는 시일을 어기지 말아야 한다는 옛 사람의 훈계가 너무도 곡진하다. 혹시 벼슬살이나 기타의 일로 타향에 분주하면서 부모의 봉양을 도모하는 이는 부득이한 사정이기도 하다. 그러나 그 마음에 어찌 내켜서이겠는가?[14]

위의 두 인용문은 어머니를 생각하는 화자의 지극한 마음을 잘 보여준다. 모친의 병환이 어떻게 되어 가는가를 조심스럽게 지켜보면서 공경하며 걱정하는 마음을 잠시도 느슨하게 할 수 없다는 화자의 말 속에서 모친의 병환이 빨리 낫기를 바라는 진실된 마음을 읽을 수 있다.

이덕무의 모친은 폐병을 앓다가 1765년 5월에 돌아가셨다. 어머니가 돌아가신 후에 쓴 이덕무의 글을 들어본다.

---

13 李德懋, 『觀讀日記』, 『靑莊館全書』 6권. 慈患少寧, 然洞屬之心, 不暫弛也.
14 李德懋, 『觀讀日記』, 『靑莊館全書』 6권. 余離家才數日, 相距亦不五里, 而無時不思家, 頗同嬰孩之戀慕. 顧彼流連花酒, 貪戀色技, 雲遊方外, 不顧父母, 以致日夜之思者, 此何人也? 其出入必告, 不易方, 不踰時者, 古人垂訓, 曲且盡也. 若仕宦營辦, 奔走道路, 以圖供養者, 亦不可得已也. 然其心豈樂乎哉? 豈樂乎哉?

1년의 일을 자세히 헤아려 보면 큰 파초와 살찐 사슴이 여름 구름보다 기이한 변화가 심하다. 그리고 한 사람의 일을 가만히 생각해보면 느티나무와 작은 개미가 가을 물결보다 환롱(幻弄)이 심하다. 하물며 백년의 일이 원만하여 이지러짐이 없고, 만인의 일이 가지런하여 어그러짐이 없음을 얻을 수 있겠는가? 내가 갑신년 섣달 그믐날 밤에 다음과 같은 시를 지었다.

신년 인사를 시속에 따라하고 / 웃는 얼굴로 사람을 만나면 축하하네
소자가 바라는 것은 무엇인가 / 어머님의 폐병이 낫는 것이라네

폐병이란 것은 기침병이다. 지금은 슬픈 생각이 들어 가만히 귀를 기울이면, 어머니의 기침소리가 은은하게 아직도 귀에 있는 듯하다. 황홀하게 사방을 돌아보아도 기침하시는 어머니의 그림자는 찾을 수가 없다. 이에 눈물이 쏟아져 얼굴을 적신다. 등잔에게 물어보지만 등잔이 말이 없는 것을 어찌하랴.[15]

위의 글은 『이목구심서(耳目口心書)』에 나온다. 폐병을 앓고 있는 어머니의 병환이 빨리 낫기를 바란다는 시작품을 인용해 놓고, 화자는 돌아가신 어머니의 잦은 기침소리가 아직도 귓가에 들리는 듯하다고 고백하고 있다. 생전에 귓가에 들려오던 어머니의 기침소리가 이제는

---

15 李德懋, 『耳目口心書』 1, 『靑莊館全書』 48권, 『한국문집총간』 258, 354면. 一年之事細筭, 則大蕉肥鹿, 劇奇變於夏雲, 一人之事暗記, 則荒槐纖螘, 太幻弄於秋濤, 而況百年之事, 圓而無缺, 萬人之事, 齊而無差. 其可得乎? 余甲申除日, 有詩曰, 吉語任俗爲, 笑顏逢人祝. 小子何所願, 慈母肺病釋. 肺病者, 咳喘也. 于今悲思而靜聽, 則吾母之咳喘, 隱隱尙在于耳也. 怳惚而四瞻, 則咳喘之吾母, 影亦不可覿矣. 於是淚湧而面可浴也. 問諸燈, 奈燈不語何.

더 이상 들리지 않고 어머니의 그림자조차 없기에 더욱더 슬픔은 배가된다. '눈물이 쏟아져 얼굴을 적시는' 가운데 화자는 등잔에게 물어보지만, 등잔이 대답할 리가 만무하다. 밤을 밝히며 가물거리는 등잔에게 묻는 것에서 어머니의 죽음을 슬퍼하는 화자의 심정을 극명하게 엿볼 수 있다.

새벽에 비가 내리고 낮에 바람이 불었다. 여범(汝範, 이광석)이 오늘 진시에 아내를 잃는 슬픔을 당했다는 소식을 오후에 들었다. 여범은 유인(孺人) 정씨(鄭氏)와 함께 나이 20인데 이제 생사의 결별을 당하였으니, 생각할수록 측은하다. 더욱이 그의 가세가 빈한한데 수의와 관을 어떻게 마련할 것인가? 큰 강이 가로막혀 곧장 달려가 위문하지 못하니, 이 어찌 종족 간의 정의라 하겠는가?

여범은 기력이 허약하여 언제나 해만 지면 시름시름하면서 가슴이 울렁거리며 불안해하는 증세를 일으키곤 하였는데, 지금 과연 무사하게 있는지 모르겠다. 그는 이웃 사람들의 슬피 우는 소리만 듣고도 미간을 찌푸린 채 마주 보고 흐느끼면서 눈물이 금방 쏟아질 듯하였는데, 하물며 그 아내를 잃었음에랴? 그러나 여범은 마음이 편안하고 화락한 군자이므로 예로써 몸을 규제하여 그 슬픔을 억제할 줄 안다. 여범을 아는 자는 나만한 사람이 없으므로 이처럼 무한한 관심이 가는 바이다.[16]

---

16 李德懋, 『觀讀日記』, 『靑莊館全書』6권. 曉雨晝風. 午後, 聞汝範以今日辰時喪其耦, 慘矣. 汝範與其孺人鄭氏, 俱二十歲矣. 死生訣別, 想恻恻哉! 且其家貧, 衣衾棺槨, 何以辦也? 大江限之, 不卽匍匐以唁. 是豈宗族之誼也哉? 汝範氣弱, 恒日昏黑淬淬地, 或忡怔, 其今果無歉? 汝範每聞隣人之哭啾啾者, 眉端乃蹙相向, 淚幾欲簌簌出, 況哭其妻也哉? 然汝範樂易豈弟, 欲以禮防身, 應節其悲也. 知汝範莫如余, 故津津不置也.

여범(汝範)은 이덕무의 종질(宗姪)인 이광석(李光錫, 1745~1788)을 가리킨다. 아내를 잃는 슬픔을 당한 이광석에게 곧바로 달려가 조문하지 못하는 미안한 마음을 표현하는 한편 그에 대한 걱정과 위로를 드러내었다. 기력이 허약하고 울렁증 증세가 있으며 감정이 풍부한 그였기에 아내를 잃은 슬픔은 더욱 견딜 수 없을 것이라고 걱정을 하면서도, 다른 한편 화평하고 단아하며 예를 알고 있는 그였기에 그 슬픔을 잘 이겨낼 것이라고 격려하였다. 평소 가깝게 왕래하였던 집안 조카에 대한 화자의 애틋한 마음을 엿볼 수 있다.

2) 신분적 갈등 속의 정체성 확립

다음 인용문은 신분적 불만과 갈등을 독서를 통해 해소함으로써 정신적 평온을 회복하고자 하는 화자의 모습을 보여준다.

내가 말하기를 "평소 가슴 속에 불평한 기운이 있으면 때때로 까닭 없이 슬픔이 생겨 탄식하는 것이 극도에 달하게 된다. 이때 「이소(離騷)」와 「구변(九辨)」을 외면 더욱 감촉하는 것이 겹쳐진다. 그때 마음을 가라앉히고 『논어』를 읽으면 그 기운이 반드시 풀어진다. 이처럼 여러 번 한 뒤에야 비로소 성인의 기상이 천년 뒤에도 능히 기질을 변화시키는 것이 이와 같음을 알았으니 효험을 얻은 것이 매우 깊다. 일가 사람 중에 소년으로 강개한 자가 있는데 나와 밤에 이야기하다가 육수부(陸秀夫)가 송나라 상흥제(祥興帝)를 업고 바다에 들어가던 일에 미치자 그가 문득 눈물을 흘리니 나도 또한 슬펐다. 한참 뒤에 증점(曾點)의 기수(沂水)에 목욕하고 무우(舞雩)에서 바람 쐰다는 글을 읽고서야 두 사람이 비로소 애기하고 웃기를 전과 같이 하였다."

김희문(金希文)이 말했다. "형의 말이 어찌 그렇게 내 마음과 같은가. 나도 또한 이러한 기상이 있어서 항상 벌레가 울고 달이 밝은 때에는 감회가 깊다. 작년에 북한산에 올라가서 『논어』를 읽다가 눈이 내린 뒤에 동쪽 성문에 올랐더니, 첩첩한 산봉우리는 뾰쪽하고 눈빛은 눈을 어지럽게 하였다. 마음이 매우 쓸쓸하여 뜻이 없고 즐겁지 못하므로 급히 돌아와 『논어』를 읽으니 비로소 마음이 가라앉았다. 형의 말이 과연 그렇다. 옛날에 여조겸(呂祖謙)은 기운이 지나쳐 매우 억세었으나 병중에 『논어』를 읽다가 비로소 그 기질을 변화하였으니, 예전부터 이러하다."[17]

서얼 출신인 김희문(金希文)과의 대화 속에서 화자는 "평소 가슴 속에 불평한 기운이 있으면 때때로 까닭 없이 슬픔이 생겨 탄식하는 것이 극도에 달하게 된다"고 하였다. 그리고 이 같은 불평의 기운은 비추(悲秋)의 계절적 분위기에 촉발되어 더욱 증폭, 심화되게 된다. 이 점은 앞서 살펴본 『관독일기』의 특징적 면모의 하나였던 개인의 내면 감정의 토로와 연결된다. 서얼로서 감내해야 했던 사회신분적 제약과 좌절이

---

17 李德懋, 『耳目口心書』1, 『靑莊館全書』48권, 『한국문집총간』258, 354면. 余曰, "平日胸中, 有魂磊氣, 時時作無故之悲, 而嘘唏之極, 誦離騷九辨, 尤感觸層疊. 平心讀論語, 其下必按下. 如此者數, 始知聖人氣象, 千載之下, 能点化客氣如此也. 僕得效頗深, 宗人有年少而慷慨者, 與僕夜語, 語次到陸秀夫負宋帝入海事. 宗人淚忽湧于眼, 僕亦惻愴良久, 誠誦曾點浴乎沂風乎舞雩章畢. 二人者始言笑自若也." 希文曰, "兄言何其與余心甚合也? 僕亦有此氣, 每當蟲吟月白之時, 感激者深. 去年上北漢山中, 讀論語, 雪後登東城門, 疊嶂峨峨, 雪色汝眼. 意甚蕭然, 忽忽不樂. 急歸讀論語, 始帖然恬靜矣. 兄言果爾也. 昔呂伯恭多氣凌厲, 病中讀論語, 始變化氣質, 自古爾爾也."

조락(凋落)의 계절에서 오는 비애감과 결합되어 화자에게 불평지기(不平之氣)를 더욱 더 증폭시켰던 것이다.

이 같은 신분적 갈등과 불평지기를 해소하고 치유하는 하나의 방편이 『논어』 읽기였다는 점이 흥미롭다. 예로 든 『논어』는 알아주는 사람을 만났을 때에 어떻게 쓰이기를 바라겠느냐는 공자의 물음에 대해 제자들이 각각 대답하는 대목을 가리킨다. 그 가운데 증점(曾點)의 대답에 대해 주희(朱熹)는 "천리가 유행하여 곳에 따라 충만하니 결함이 없고 가슴속이 유연하여 천지만물과 함께 운행하니 모든 사람이 자기 자리를 얻은 오묘함을 터득하였다"고 평하였다. 증점이 기수에서 목욕하고 무우에서 바람 쐰다는 대목이 이덕무에게는 마음의 위안과 평온을 가져온다고 하였다. 불평지기를 해소하고 평온한 마음의 회복을 가능케 하는 것이 바로 『논어』 읽기에 있었음을 지적하였다.

평온한 마음의 회복, 이를 통해 굳건한 정신의 독립된 자아를 더욱 확고하게 정립하고자 하는 화자의 의식 지향은 아래의 인용문을 통해 다시 한 번 확인하게 된다.

어떤 손님이 나를 찾아와서 "평소 과거 합격자 발표를 기다릴 때에 그 마음이 조급하고 동요됩니까?"라고 묻기에 나는 이렇게 대답했다. "내가 비록 불민하지만 일찍이 율곡 선생의 '금세에 선비된 자가 많이 부모의 기대와 가문의 계책을 위하여 하는 수 없이 과거 공부에 힘쓰게 된다. 그러나 재주를 닦아 그 시기를 기다리면서 득실을 천명에 맡길 뿐, 거기에 탐내고 애태워 본심을 상실해서는 안 된다'는 말을 외어 왔습니다. 나는 과거 문장을 익히고 과거 시험에 응하면서도 전혀 이 말로써 발붙일 자리를 삼아, 조급해지는 뜻이 싹틀 적에는 힘써 억제하여 담담한 경지로 되돌아가게 하였을 뿐입니다." (…중략…)

또 손님이 "그러면 그대는 자신을 어떠한 사람으로 보십니까?"라고 묻기에 나는 이렇게 대답했다. "나는 비록 불민하지만 일찍이 나의 시기하는 마음을 없애고, 나의 화평한 기운을 양성하기를 힘쓰려는 그 뜻과 의지만은 남에게 뒤지기를 부끄러워할 뿐, 명예가 따라오고 따라오지 않는 것은 전혀 알아보려고 하지 않습니다. 만일 명예만을 요구한다면 이는 세상을 속이는 것이며 세상을 속이는 자는 실속이 없는 법이다. 장자의 말에 '이름은 실질의 손님이다'고 하였는데, 세상에 어찌 주인이 없는 손님이 있을 리가 있겠습니까?"[18]

위의 인용문은 과거 시험에 관한 화자의 입장과 견해를 분명하게 보여준다. 지난 시절 과거 문장을 익히고 과거 시험에 응하면서도 조급하거나 초조해 하는 태도를 갖지 않았다고 하면서, 그 이유를 자신의 허약한 체력에서 찾는 것이 흥미롭고 인상적이다. 더욱 중요한 지적은 자기 자신에 대한 규정이다. "그대는 자신을 어떠한 사람으로 보십니까?"라는 상대방의 질문에 답하는 방식으로 화자는 이상적으로 추구하는 자아상을 제시하였다. 시기하는 마음을 제거하고 외부의 동요에 흔들리지 않는 화평한 마음을 소유하고자 하였음을 강조했다. 그리고

---

18 李德懋, 『觀讀日記』, 『靑莊館全書』 6권. 客有問余者曰, "平日待科榜之時, 其爲心躁競孚搖, 不可忍乎?" 曰, "余雖不敏, 嘗誦栗谷先生語曰, '今爲士者, 多爲父母之望門戶之計, 不免做科業, 亦當利其器, 俟其時, 得失付之天命, 不可貪躁熱中, 以喪其志也.' 余習時文赴科試, 全以此語爲立脚地. 躁競之意或萌, 則務以克制, 歸之澹然而已矣." (…中略…) 客曰, "然. 子自視何如人也?" 曰, "余雖不敏, 嘗務祛吾猜妬之心, 養吾溫平之氣, 其意思則恥爲下等人也. 其於名之來不來, 不暇知矣. 若要名則欺世也, 欺世者無實. 莊周曰, '名者實之賓', 世豈有無主之賓乎?"

'명(名)은 실질의 객(客)이다'는 장자의 말을 원용하여 헛된 명예에의 추구를 단호히 거부하고자 하였음을 밝혔다. 이덕무가 과거시험 초시(初試)에 합격한 것은 1774년, 그의 나이 34세 때였다. 그리고 검서관에 임명되어 벼슬길에 오른 것은 1779년, 그의 나이 39세였다.

과거 시험에의 집착을 거부하고 『중용』과 문집 등을 독서하는 행위를 통해 신분적 한계에 따른 현실적 갈등을 해소하는 동시에 독서인으로서의 자기 정체성을 확고하게 정립해 나가고자 하는 화자의 의식 지향을 보여준다.

서얼 출신 지식인으로서의 이덕무가 지니는 자기 정체성과 관련하여 다음 인용문이 주목된다.

> 밤에 희미한 달빛이 은은히 비치고 뭇 풀벌레의 구슬픈 울음소리가 요란했다. 등불은 가물가물거리는데 아무 말 없이 오똑이 앉아 있으니 강개한 마음이 자꾸 소용돌이치고 까닭 모를 슬픔이 일어났다. 이는 아마 가을의 기운이 장부의 굳센 창자를 더욱 단련시키려는 것인가 보다. 송옥(宋玉)의 「구변(九辯)」을 소리 높여 읽으니, 그의 구레나룻이며 기침소리와 웃음소리에 담긴 정령이 글자 사이에 뚜렷이 나타나는 듯하였다. 이에 장률(長律) 한 편을 읊었는데, 그 대략은 다음과 같다.
>
> 기러기 나니 가을 기운 쓸쓸하고 / 달이 뜬 갠 하늘 깨끗하고 푸르네
> 세월은 누구인들 아끼지 않으랴만 / 회포 한 구석엔 후련하지 않네[19]

---

19 李德懋, 『觀讀日記』, 『靑莊館全書』 6권. 夜微月隱映, 蟲蟲蒼蒼, 聲已老硬矣. 燈影兀兀, 危坐無言, 慷慨層動, 作無故悲. 盖秋之正氣, 能鍊男子剛腸, 乃如是也. 太讀宋玉九辨, 玉之鬢鬚警咳, 笑

위의 인용글은 서얼 출신 지식인으로서의 자의식과 관련하여 화자의 강개한 심정과 불우의 심회가 매우 잘 드러나 있다. 송옥(宋玉)의 「구변(九辨)」이 굴원(屈原)의 초사체를 계승한 이래 '비추(悲秋)'의 문학적 전통은 다양한 형태로 변주되어 왔다. 재주를 펼쳐 볼 때를 만나지 못한 고뇌와 갈등은 그 가운데 하나이다. 위의 인용글에서 화자는 가을철 쓸쓸한 심회를 노래하는 '비추'의 문학적 전통 위에서 조락의 계절인 가을 기운이 불러일으키는 비애와 고독의 정감을 토로하였다.

"강개한 마음이 자꾸 소용돌이치고 까닭 모를 슬픔이 일어났다"고 하는 화자의 자기 고백은, 그 구체적 함의를 명료하게 적시하지는 않지만, 서얼 출신 지식인으로서의 신분적 한계와 관련되는 것으로 보인다. 일기에 나오는 내용은 실제로 이덕무가 같은 서얼 출신 문인이었던 윤가기(尹可基)에게 보낸 편지에 나온다.[20] 윤가기와의 편지 교환 속에서 이덕무는 가을 기운에 의해 촉발된 비애의 정감과 강개의 회포를 토로하였던 것이다. 그리고 이 같은 비애와 강개의 회포는 서얼 출신으로서의 신분적 한계에서 비롯된 것이었다. 홀로 앉아 자신을 돌아볼 때마다 화자의 가슴 속에서는 강개한 마음과 까닭 모를 슬픔이 솟구친다고 하였다. 불평지기와 비분강개의 심정을 화자가 표출하면서도 동시에 『중용』 등의 독서 활동을 통해 그것을 해소하고자 하였다.

晋精靈, 曄然皎然於字墨之間矣. 仍吟長律一篇, 其略曰, '鴻流勁氣蕭森亘, 月霽寥天灑落靑. 歲色阿誰能不惜, 襟懷强半是難平.'

20 李德懋, 「尹曾若」, 『雅亭遺稿』 권8, 『靑莊館全書』 16권, 『한국문집총간』 257, 240면. 弟亦病患, 衾枕圖書, 擧付之呻吟裡矣. 煩鬱不知, 夫赤楓之爲何樹, 重九之爲某節, 祇有時抖搜精神. 展讀子思子中庸書, 可替爲秦越人之千金良劑耳. 昨夜爲秋之正氣所感觸, 如斗大忧慨塊, 塡著丹田上格, 格不按下. 大讀宋玉氏九辨, 仍長吟曰, 唧唧群蟲滿耳聽, 倒飛凉露草根停. 鴻流勁氣蕭森亘, 月霽寥天灑落靑. 歲色阿誰能不惜, 襟懷强半是難平. 詩書遠挹前脩影, 大讀三更葉打牕. 笑矣乎, 其爲言也. 似痴似狂, 終歸宿何處, 弟亦不知也.

젊은 시절 이덕무는 서얼 출신 지식인들과 활발한 교유를 가졌다. 종로의 백탑으로 이사한 이후에는 박제가, 유득공뿐만 아니라 박지원 등의 사대부 지식인들과도 활발하게 교유를 하였던 것과 비교하였을 때에 『관독일기』를 쓸 무렵을 전후하여서는 주로 친척 및 서얼 지식인들 ― 윤가기(尹可基), 이광석(李光錫), 이규승(李奎昇), 원중거(元重擧), 이시복(李時福), 변일휴(邊日休), 여좌백(呂佐伯), 이공무(李功懋) 등 ― 과 교유를 가졌다.[21] 『관독일기』에도 이 같은 교유의 면모들이 매우 구체적으로 잘 드러나 있다. 윤가기와의 교유를 보여주는 예를 들어본다.

오후 서너 시에 증약(曾若, 윤가기의 자)의 여종이 나에게 편지를 전해 왔다. (…중략…) 나는 이렇게 답장을 하였다. "나 역시 몸이 아파서 신음하느라고 책은 하나도 읽지 못하여 단풍이 무슨 나무이며 중양절이 무슨 계절임을 전혀 알지 못하고 있었네. 그러나 가끔 정신을 바짝 차리고 『중용』을 읽으면 그 효험이 만금의 값어치가 나가는 편작의 약처방을 대신할 수 있었네. 어젯밤에는 가을의 기운에 촉발되어 말[斗]만큼 큰 강개함의 뭉치가 갑자기 단전을 메우더니 그대로 가로막혀 손을 댈 수 없기에 송옥(宋玉)의 「구변(九辨)」을 큰 소리로 읽어 씻어 내린 다음, 이어서 길게 읊었네. 그 말됨이 우습기 이를 데 없지만 멍해진 듯 미친 듯한 심정으로 어디에 가서 어떻게 잤는지 자신도 그 까닭을 알 수 없었네.

지금 형의 편지를 어젯밤에 읽던 「구변」처럼 읽어 보니, 우선 고인의 풍미가 들어 있어 기쁘네. 이번 달에 들어서는 성균관 시험과 월과제술(月課

---

21 이 시기 이덕무의 교유 관계와 관련해서는 권정원, 「이덕무의 가계와 교유관계」, 『한문학보』 17, 우리한문학회, 2007 참조.

製述), 단풍과 국화가 일시에 겹쳐서 매우 성황을 이루고 있네. 아무도 성균관 시험과 제술 시험을 가지고 단풍과 국화로 바꾸는 이가 없고 거기에만 골몰하여 돌아설 줄 모르네. 그런데 형은 이 같은 풍진 속에서 풍(楓), 삼청(三淸), 추기(秋氣), 소쇄(蕭灑), 요락(搖落) 등의 참신한 시구를 뽑아 내었으니, 고인의 풍미가 들어 있다는 것이네. 병이 아직 낫지 않았지만 내일 찾아오게."[22]

위의 인용문에서 화자는 윤가기와 주고받은 편지를 길게 인용해 놓았다. 윤가기에 대해 알려진 것은 단지 자가 증약(曾若)이며 니산(尼山) 윤씨(尹氏) 가문의 서파로 음직으로 벼슬을 지냈으며, 박제가와 사돈지간이다라는 사실 정도다. 연암의 무리를 만나기 전 20대 초반의 이덕무는 서얼 문인들과 교류하면서 그들로부터 많은 영향을 받았다.[23]

병환으로 인해 만나지 못하는 안타까운 심정을 편지로써 대신하는 가운데 두 사람은 서얼 출신으로서 감내해야 했던 신분적 갈등과 좌절을 공유하면서 과거 시험에 집착하는 세태로부터 벗어나 아름다운 산수 자연의 흥취를 완상하고자 하는 의식 지향을 공통적으로 지니고 있었다. 과거 시험 공부에만 골몰하는 세태 속에서 가을의 정취를 듬뿍

---

22 李德懋, 『觀讀日記』, 『靑莊館全書』 6권. 晡, 曾若奚持束書, 致余曰, (…中略…) 余報曰, 弟亦病患, 衾枕圖書, 擧付之呻唔裡矣. 不知夫赤楓之爲何樹, 重九之爲某節, 秖有時抖搜精神, 展讀子思子中庸書, 可替夫秦越人萬金良劑矣. 昨夜爲秋之正氣所感觸, 如斗大慷慨塊, 忽塡著丹田上格, 格不能按下, 大讀宋玉氏九辨以澆之, 仍長吟云云. 笑矣, 其爲言也. 如痴如狂, 不知歸宿何處, 弟亦不知其故也. 今把吾曾若束書, 依昨夜讀九辨法, 先喜有古人味也. 自今月以來, 泮試庠製, 與丹楓黃菊, 同淋漓爛慢矣. 無一人持試製易楓菊, 幾往而不返矣. 兄能於塵臼中, 拈出楓字三淸字秋氣字蕭灑搖落字, 是吾所謂有古人味者也. 弟病不瘳矣, 試明日來之.

23 최근 윤가기의 시작품을 발굴하고 그의 생애를 새롭게 조명한 연구 성과가 제출되었다. 정재철, 「연암의 면양잡록 수록 윤가기 시에 대하여」, 『한문학논집』 40, 근역한문학회, 2015 참조.

느낄 수 있는 시구를 같이 감상하면서 그들은 의식 지향의 공유를 통해 두 사람은 서얼로서의 동류의식을 재삼 확인하였던 것이다.

3) 문인으로서의 의식 지향

서얼 출신들과의 교유를 통해 이덕무는 주로 문학 창작과 비평에 관한 견해와 생각을 주고받았다. 이를 통해 문인으로서의 의식 지향에 대해 살펴보도록 한다.

> 명오(明五, 李奎昇)를 방문하여 그의 시 30여 수를 보았다. 그중에는 새로운 뜻이 들어 있는 것도 있었다. '거룻배 어디서냐 / 게 잡는 불이 별과 같네 [漁舠何處自, 蟹火一星如]'가 가장 빼어난 경구인데, 그의 시는 재주가 너무 지나쳐서 신기한 것만을 주력한다. 내가 "자네의 시는 갈수록 더욱 신이해지기만 하니 장차 무슨 물건이 될 것인가?"고 물었더니 "나에게 좋은 도리를 지시해 달라"고 하였다. 내가 이렇게 대답했다. "무릇 시에는 사(事)와 경(景)이 서로 조화되어야 문(文)과 질(質)이 어울린다고 할 수 있네. 경 가운데 사를, 사 가운데 경을 띤 것도 있고, 경과 사를 각각 묘사한 것도 있으며, 경우에 따라서는 경만을 혹은 사만을 묘사하기도 하였네. 만일 시마다 사만을 위주한다면 진부한 데로 빠지게 되고 경만을 위주한다면 부화한 데 돌아가게 되는데, 자네의 시는 아무래도 경만을 위주한 바가 많은 것 같네." 명오가 그렇다고 대답하였다.
> 또 증약(曾若, 尹可基)의 시를 보면 혼융과 원숙을 위주로 한다. 내가 이렇

게 말했다. "문장이란 구태여 하나의 문호에만 집착하지 말고 형편에 따라 처리해야 하네. 즉 때로는 너무 곱게 하기도 하고 때로는 너무 괴팍하게 하기도 하며 때로는 신기하게 하기도 하고 때로는 평이하게 하기도 하며 혹은 넓게 하기도 하고 혹은 섬세하게 하기도 하고 부화하게 하기도 하고 혹은 침착하게 하기도 하되, 옛사람의 뜻만은 상실하지 않으면서 그 변화의 신축이 자신의 수중에 들어 있어야 하네. 만일 옛사람의 뜻을 상실한다면 이는 잡스러운 말이지 좋은 문장이 아니네."[24]

이규승(李奎昇), 윤가기(尹可基)와의 토론에서 문학 일반에 관한 화자의 생각을 읽을 수 있다. 화자는 이규승의 시작품이 경물만을 위주로 하여 신기함을 추구하는 것에 대해 그 문제점을 지적하면서 시 창작의 방법과 관련하여 경물과 정감의 융합을 강조하였다. 여기서 사(事)는 '정경일치(情景一致)'에서 말하는 '정(情)'과 크게 다르지 않은 개념으로 파악된다. 화자에게 있어 사(事)와 경(景)은 시예술을 구성하는 두 가지 기본 요소로서, 그 둘이 혼연일체가 되어야 완벽한 예술 형상을 창출하게 되는 것이다. 따라서 시창작의 중심 문제는 사와 경의 상호 관계를 어떻게 통일적으로 파악하느냐 하는 것이다. 예술적 형상에 있어 사와 경은 대립 통일되어 존재하는 것으로서, 상호 교섭과 상호 침투

---

24 李德懋, 『觀讀日記』, 『靑莊館全書』 6권. 訪明五, 觀其詩三十餘首, 間有新意. 漁舠何處自, 蟹火一星如, 最警句, 而此君詩不勝其才, 專務新奇. 余曰, "君詩去益靈異, 將成何物?" 答曰, "爲我指示好道." 余曰, "凡詩事景俱適, 可稱文質彬彬. 有景中帶事者, 事中帶景者, 有各道景與事者, 又隨其卽地, 有專言景專言事者. 若每篇專言事, 則落於陳冗, 專言景, 則歸於浮輕. 君詩恐言景多矣." 答曰, "唯." 又見曾若其詩, 盖以渾融圓熟爲主意. 余曰, "文章不必專主一門, 隨地從心. 有時以險媚, 有時以險怪, 有時以新奇, 有時以平易, 或洪以纖, 或浮以沉. 但不失古人之旨, 而其變化伸縮, 在吾手中也. 失古人之旨, 則雜說也, 而非好文章也."

의 과정을 거쳐 하나의 새로운 의상을 창조하게 되는 것이다.

윤가기(尹可基)에 답한 부분에서 화자는 다양한 시풍격 중에서 어느 하나에 집착하지 않고 적재적소에 맞게 변화 신축할 것을 주장하면서 '고인의 뜻(古人之旨)'을 잃지 말 것을 강조하였다. 여기서 '고인의 뜻'이 구체적으로 무엇을 가리키는지 명시하지 않아 분명하게 그 함의를 알기는 어렵지만, '시언지(詩言志)'를 중심으로 한 『시경』의 전통을 지칭하는 것이 아닌가 추정된다. 시인의 사상 감정을 진실된 언어로 표현하고자 했던 창작 정신 — 고인의 뜻 — 을 지키면서 다양한 풍격의 활용을 강조하였던 것으로 보인다.

신기(新奇)에의 일방적 추구를 경계하면서 혼융(渾融)과 원숙(圓熟)을 강조하였던 이덕무의 견해는, 다른 자료들과 연관 지어 참고해 보면, 어느 특정한 풍격과 시풍에 집착하기를 거부하면서 '자득(自得)'과 '묘해투오(妙解透悟)'의 시 학습 방법을 통해 창신(創新)만을 위주로 한 병폐를 지적하였던 것으로 연결된다. 그는 의고와 창신의 통합적 입장에 서서 서위(徐渭), 원굉도(袁宏道), 원매(袁枚) 등 중국 성령설의 대표적인 이론가의 성과를 일정 정도 수용하는 한편 성령설의 시적 특질로 지적할 수 있는 초탈(超脫), 창신(創新), 험괴(險怪), 신기(新奇)에의 일방적 편향을 아울러 견제하였다. 이와 유사한 맥락에서 서얼 시인으로 유명한 이봉환(李鳳煥)의 시작품에 대한 평을 들어본다.

명오(明五, 李奎昇)가 찾아와서 이제암(李濟菴, 李鳳煥)의 근작 시작품을 전해 왔다. 나는 '담배의 괴로운 벽이 자주 불을 일으키고 / 연적의 신령스러운 마음이 공교롭게 조수에 응하네[煙茶苦癖頻生火, 硯滴靈心巧應潮]'는 시를 보고, "이 사람은 시를 유희로 여기는 사람이 아니겠느냐?"라 하였다. 명오가 시 짓는 법에 대해 다시 구하였다. 나는 이렇게 대답했다. "시는 괴벽하고 평담하거나 예쁘고 날카로운 것을 막론하고 조화를 이루어 말이 되었다면 쓰임이 있다. 겉모습만 화려할 뿐 고인의 뜻을 상실하고 또 끊어져서 말이 되지 않는다면 어찌 시와 문이라 하겠는가? 문장에는 아(雅)와 속(俗)이 있네. 먼저 이 두 가지를 살펴야 온갖 격식과 법칙이 다 무언중에 들어 있게 되니, 삼가 티끌 무더기와 세속 구덩이에 떨어지지 않아야 하네."[25]

서얼 출신의 시인 이봉환의 근작시를 평하면서 이덕무는 겉모습만을 가꾸고 옛사람의 뜻을 상실한 창작 경향을 비판하였다. 앞서 본 인용문에도 등장한 '고인의 뜻'을 화자는 강조하면서 겉모습만 화려하게 치장하여 알맹이가 부족한 작품을 경계하였다. 이봉환의 인용시에 대해 화자는 대구와 수사의 공교로운 측면을 지적하면서 '시를 유희로 여기는 사람'이라고 하였던 것이다.

나는 근래 손암(遜菴) 원장(元丈, 원중거)과 함께 문장의 시대적 오르내림에 대해 토론했다. 손암이 이렇게 말했다. "내가 이번에 일본을 다녀왔는데 그곳 문사들이 백설루(白雪樓, 이반룡) 등의 여러 문집을 힘써 읽어서 한창 풍미하고 있고, 문장도 더러는 그럴듯하더군. 대저 명나라에는 뛰어난 문장도 없고 성리학도 없었으니 명대의 문장을 젖혀 놓고 시문을 자의로 지

---

25 李德懋,『觀讀日記』,『靑莊館全書』6권. "明五來傳李濟菴近者詩云, '烟茶苦癖頻生火, 硯滴靈心巧應潮', 此其以詩遊戲者耶? 明五又求爲詩之法. 余曰, "無論幽僻平澹, 艶麗削露, 化而成說之爲可用. 徒顔色燦然也, 而失古人之旨, 斷落不成說者, 是可謂詩與文乎哉? 文章有雅俗. 先審夫二者, 百格千法, 統在無言中矣. 愼無落塵寶俗坑也. 無其才則已, 況有其才而甘心乎?'"

은들 무엇이 불가하겠는가? 내가 역대 이래의 장점을 열거하되 '주나라의 예, 진나라의 법, 한나라의 문장, 당나라의 시, 송나라의 학문, 원나라의 사곡, 명나라의 제발(題跋)이다' 하였는데 자네는 어떻게 생각하는가? 제발만은 간혹 고금에 내놓을 만한 것이 있지만 나머지는 취할 바가 없네."

나는 "명나라 문장의 힘은 비록 옛사람에게 미치지 못한다 하겠지만 어찌 명나라 3백 년 동안 학사와 문인들을 제발 두 가지로써 얕잡아 논평하겠습니까?" 하였더니, 손암이 웃으면서 "자네는 나를 오활하다고 여기는가?"고 하였다.[26]

원중거(元重擧, 1719~1790)는 이덕무가 평소 존경하였던 인물이었다. 원중거는 1763년 일본통신사 서기로 발탁되어 일본을 방문하였다. 일본을 방문하였을 때에 원중거는 이반룡과 왕세정 등 명대 의고파 문인들의 영향이 매우 크게 성행하고 있었음을 목격하였다. 예컨대 그가 남긴 통신사 사행록인 『승사록(乘槎錄)』에서 에도 지식인 오규 소라이[荻生徂徠]에 대해 설명하면서 "나가사끼에 배가 통하게 된 뒤로 명나라 이반룡과 왕세정의 글을 얻어 기뻐하고 드디어 스스로 이름을 번창시켜 이반룡과 왕세정의 학문을 하였고, 그들을 참된 선비라고 여겼다"고 평하였다.[27]

위의 인용문은 각 시대마다의 독특한 학문적 예술적 성취가 다름을

---

26 李德懋, 『觀讀日記』, 『青莊館全書』 6권. "余近與遜菴元丈, 談文章陞降. 遜菴曰, "余新遊日本來, 其文士方力觀白雪樓諸子文集, 靡然成風, 文章往往肖之. 大凡明無文章, 又無理學, 抛擲明代文章, 做文做詩, 有何不可哉? 余嘗分排歷代所長曰, 周之禮, 秦之法, 漢之文, 唐之詩, 宋之學, 元之歌詞, 明之題跋, 君以爲何如? 但其題跋有或出入古今者, 它無足稱." 余對曰, "文力雖不及古人, 然豈可以盛明之三百年學士才子, 草草以題跋二字了當哉?" 遜菴笑曰, "君以我爲迂濶歟?"

27 元重擧, 『乘槎錄』, 김경숙 역, 『조선 후기 지식인, 일본과 만나다』, 소명출판, 2006. 349면.

시석하였던 원중거의 발언과 관련하여 이덕무는 특히 명나라 문학으로는 제발(題跋)밖에 없다고 단정한 것에 대해 이의를 제기하였다. '제발만은 간혹 고금에 내놓을 만한 것이 있지만 나머지는 취할 바가 없'다고 하는 원중거의 언급은 명대(明代) 소품문의 성행과 함께 제발 양식이 독자적으로 변화, 발전하였던 문학사적 상황을 반영한 것이었다. 이에 대해 이덕무는 명대 문학에서 제발 이외의 양식에서도 취할 만한 점이 있음을 내세워 원중거의 견해를 반박하였다. 원중거가 웃으면서 말하는 부분을 통해서 짐작되듯이, 명대 문학에 관한 이들 사이의 대화와 토론은 서얼 출신 지식인으로서의 공통된 문예 취향에 기반한 것이었다.

4. 마무리

조선 후기 일기문학사의 흐름 속에서 18세기는 일기 주체의 내면 고백과 감정 표현의 성향이 강하게 드러나는 시기이다. 유만주의『흠영』, 김려의『감담일기』, 심노숭의『남천일록』은 개인의 자아와 내면에 대한 진지한 성찰을 보여준다는 점에서 중요한 문학적 성과로 기억될 필요가 있다.

18세기 후반에서 19세기 전반에 이르는 이 시기 동안 일기문학은 개인의 내면성 탐구와 관련하여 커다란 진전을 이룩하였다. 이 논문에서 살펴본 이덕무의 『관독일기』 또한 이 같은 변화의 흐름 속에서 파악될 필요가 있다. 일기문학적 관점에서 본 『관독일기』의 특징적 면모는 개인의 내면 감정과 심리를 잘 드러낸다는 점이다. 일상 경험의 내용들을 자세하게 기록해 놓지는 않았지만, 모친의 병환이나 친척의 죽음과 관련된 단편적인 기록들을 통해 화자의 내밀한 감정 세계의 면모를 확인해 볼 수 있다.

이덕무는 과거 시험에의 집착을 거부하고 『중용』과 문집 등을 독서하는 행위를 통해 신분적 한계에 따른 현실적 갈등을 해소하는 동시에 독서인으로서의 자기 정체성을 확고하게 정립해 나가고자 하는 의식 지향을 보여주었다. 아울러 서얼 출신으로서의 신분적 정체성을 재삼 확인하면서 때로는 불평지기와 비분강개를 토로하기도 하고, 같은 신분의 부류들과 활발하게 교유를 하면서 문학 창작 및 비평 활동을 공유하였다.

이덕무는 일기 쓰는 목적을 육체적, 정신적 안정과 휴식에서 찾았다. 그것은 달리 말해 육체적 정신적 아픔과 갈등을 치유하고 굳센 자기 정체성을 확립하는 의미를 지니고 있었다. 이덕무는 일기 쓰기를 통해 서얼이라는 신분적 정체성 속에서 겪어야 하는 고민과 갈등을 해소하고, 신체적 허약으로부터 벗어나고 외부 환경의 변화에 흔들리지 않는, 달리 말해 건강한 육체와 굳센 정신의 자아상을 확립하고자 하였다.

제3장

김려의 유배일기 『감담일기』

일기문학으로서의 의의

1. 문제 제기

문학, 역사학 방면에서 일상사, 생활사에 대한 연구가 활발하게 전개되면서 일상생활의 단면들을 생생하게 보여주는 일기 자료가 새로운 연구 대상으로 주목받고 있다. 일기 자료에 대한 학계의 관심이 높아지는 이때에 우리는 내면의 고백과 감정 표현을 위주로 한 일기문학 작품들, 특히 조선 후기 일기문학 중에서 유만주(兪晩柱)의 『흠영(欽英)』, 김려(金鑢)의 『감담일기(坎窞日記)』, 심노숭(沈魯崇)의 『남천일록(南遷日錄)』 등에 주목하고자 한다. 그동안 『계축일기』, 『동명일기』, 『병자일기』, 『산성일기』 등 국문 일기는 여러 연구자들의 관심을 받았지만, 한문 일기문학은 많은 관심을 받지 못했다.[1] 근래에 유희춘(柳希春)의 『미암일기(眉巖日記)』, 유만주의 『흠영』을 일기문학의 관점에서 분석한 성과가 제출되어, 이 방면 연구의 좋은 참조가 된다.[2]

이 글에서는 조선 후기 문인지식인 담정 김려(潭庭 金鑢, 1766~1822)의 『감담일기(坎窞日記)』를 주대상으로 하여 일기문학으로서의 특징과 의의를 집중적으로 밝혀 보고자 한다. 우리가 『감담일기』에 특별히 주목하는 이유는 이 작품이 일기문학으로서의 특징을 여실하게 보여주기 때문이다. 일기문학의 본질적 특성은 기록성과 함께 개인의 내면적 심리와 정조를 진실하게 표현한 점에 있다. 작가가 자아의 모습에 침잠하여 스스로를 들여다보고 반성하는 시선과 태도, 그리고 이 시선과 태도를 문학적으로 형상화하는 점이 일기를 사료(史料), 비망록(備忘錄)으로서의 차원과 구별 짓게 한다. 이것을 일본문학사에서는 '자조성(自照性)'으로 명명하기도 한다.[3] 『감담일기』는 한문 일기 중에서 일기문학의 본질적 특징의 하나인 내면성 혹은 자의식의 성향을 풍부하게 담고 있다. 이 점에서 『감담일기』는 조선 후기 일기문학의 대표적 작품

---

1 이우경의 『한국의 일기문학』은 한국 일기문학을 전반적으로 다룬 연구 성과로 주목된다. 일본에서는 중세시대 일기문학에 관해서 활발한 연구가 진행되었으며, 그중에서 玉井幸助의 『日記文學槪說』(圖書刊行會, 1982)은 일본과 중국의 일기문학에 관해 전반적으로 다룬 대표적 성과이다. 중국 대륙의 대표적 성과로는 陳左高, 『古代日記選注』, 上海古籍出版社, 1984; 陳左高, 『中國日記史略』, 上海翻譯出版公司, 1990 참조.

2 이연순, 「미암 유희춘의 일기문학 연구」, 이화여대 박사논문, 2006; 송재용, 『미암일기 연구』, 제이앤씨, 2008; 김하라, 「유만주의 흠영 연구」, 서울대 박사논문, 2011 참조.

3 예를 들어 다음과 같은 언급을 들 수 있다. "일기문학은 한 개인이 자기 존재를 의식하기 시작해서 거기에서 형성된 자아의 맹아가 타자와의 사회적 제관계 속에서 한 개인의 자아의식이 인식으로서 확립되는 과정 속에서 창조되는 형태"(佐佐木新太郎) 또는 "일기문학은 자아의식, 타와 자기의 차이를 자각하는 데에서 출발한 것"(今關敏子) 이들 언급은 이미숙, 「나는 뭐란 말인가 : 가게로 일기에 나타난 화자의 자의식과 젠더」, 『일어일문학연구』 67집 2권, 한국일어일문학회, 2008에서 재인용하였음.

의 하나로 주목되어야 할 대상이다.

　아울러 우리는 『감담일기』에 관한 분석을 통해 김려의 산문작가로서의 면모를 부각시키고자 한다. 그동안 김려 문학에 관한 연구는 한시 작품과 야사 편찬에 집중되어 왔으며, 산문 작품에 관한 연구는 많지 않다.[4] 현재 전하는 김려의 작품들이 대부분 한시 작품들이며, 유배 기간에 쓴 많은 산문작품들이 일실되었기 때문일 것이다.

　김려는 유배기간 동안 『귀현거사고(歸玄居士稿)』, 『연음수필(烟窨隨筆)』, 『연희언행록(蓮姬言行錄)』, 『찰나비사(刹那秘史)』, 『침전록(鍼氈錄)』, 『영산신사(寧山神詞)』, 『부춘풍속경(富春風俗繁)』, 『이하기문(梨下記聞)』, 『천수만한서(千愁萬恨書)』, 『화탕선어(樺宕羨語)』, 『정채활요기(檉砦滑耀記)』, 『영성충렬전(寧城忠烈傳)』, 『감담속기(坎窞續記)』, 『설교영언(雪窖零言)』 등 10여 종의 저술을 창작했다. 그러나 김려가 감옥에 갇혀 심문을 받고 유배를 하는 동안 대부분 일실되었고 『사유악부』와 『감담일기』 일부만 전한다.[5] 전하지 않는 이들 저술들 가운데 산문작품이 상당수였을 것으로 보이는 바, 산문작가로서의 김려의 활발한 창작 활동을 엿보게 한다. 김려의 초기 작품으로 알려진 『단량패사』는 하층 인물을 대상으로 그들의 뛰어난 행적을 입전한 작품이다. 『단량패사』에서 보였던 하층 인물들에 대한 관심과 그 문학적 형상화는 유배 기간에 창

4　김려의 한시 세계에 대해서는 그동안 많은 연구 성과가 축적되었다. 근래 들어와 강혜선, 박준원, 박혜숙, 허준구 등에 의해 김려 한시의 다채로운 면모가 밝혀졌으며, 김려의 야사 총서 편찬에 관한 연구 또한 활발하게 이루어지고 있다.

5　이에 대해서는 김려, 「제사유악부권후(題思牖樂府卷後)」, 『담정유고(藫庭遺藁)』 권6, 『한국문집총간』 289, 485면 참조. "余自居謫以來所著述, 曰歸玄居士稿, 曰烟窨隨筆, 曰蓮姬言行錄, 曰刹那秘史, 曰鍼氈錄, 曰寧山神詞, 曰富春風俗繁, 曰梨下記聞, 曰千愁萬恨書, 曰樺宕羨語, 曰檉砦滑耀記, 曰寧城忠烈傳, 曰坎窞續記, 曰雪窖零言等書凡十數種. 或闕失於縋騎, 或流落於嶺嶠, 並無存者, 只有思牖樂府二及坎窞日記下函. 故玆散寫一通, 以入叢書云."

작된『감담일기』와『사유악부』로 계승되었다. 우리는『감담일기』의 분석을 통해 산문 작가로서의 면모를 새롭게 확인하고, 유배시기 김려 문학의 추이를 밝히는 데에도 일정한 도움을 줄 것으로 기대한다.

『감담일기』에 관해서는 최근 박준원이 본격적인 연구를 시도하여, 유배시기 김려의 의식 지향의 면모를 새롭게 밝혔다. 하지만 이 연구는『감담일기』에 수록된 한시를 대상으로 하였으며, 일기문학의 측면에서『감담일기』의 특징과 그 의의에 대해서는 다루지 않았다.[6]

2. 일기문학으로서의『감담일기』의 특징

『감담일기』에서 화자는 일기 쓰기라는 행위를 통해 신체와 정신에 각인된 고통의 기억을 기억하고자 했다.[7] 우리는 내면성, 육체, 형상성이라는 세 관점에 입각해서 일기문학으로서의『감담일기』의 특징적 면모에 접근하고자 한다. 내면성의 관점에서는 작가의 내면적 갈등과 고뇌의 표출을 다룬다. 이 점은 화자가 객관적 사실이나 정보를 단순히 기록하는 것을 넘어서 개인의 주관적 심리와 감정을 충실하게 묘사

---

6   박준원,「감담일기 연구」,『한문학보』19, 우리한문학회, 2008 참조. 그밖에 강혜선,「김려의 패사소품문 연구」,『한국고전소설과 서사문학』하, 집문당, 1998; 심경호,『한문산문의 내면풍경』, 소명출판, 2001에서『감담일기』의 면모에 대해 간략하게 언급한 바 있다.

7   『감담일기』의 '감담(坎窞)'은『주역』「감괘(坎卦)」에 나오는 말이다. '감(坎)'과 '담(窞)'은 모두 구덩이를 뜻하는데, 구덩이에 빠지고 또 그 안의 구덩이에 다시 빠지는 것을 의미한다.

하는 특징과 관련된다. 육체의 관점에서는 육체적 고통의 생생한 형상화와 그 의미를 다룬다. 이 점은 유배 여정에서 겪었던 체험을 화자가 자신의 신체 기관의 반응과 변화를 통해 효과적으로 표현하는 특징과 관련된다. 마지막으로 형상성의 관점에서는 섬세한 관찰을 바탕으로 인간 군상의 다양한 삶에 대한 작가의 관심을 다루고자 한다.

1) 내면적 갈등과 고뇌의 표출

성균관 유생으로 지내던 작가는 1787년 11월 12일 강이천(姜彛天) 유언비어 사건에 연루되어 유배객의 신세로 전락했다. 이후 1800년 신유사옥에 연루되어 재조사를 받았고 진해로 유배를 갔다. 고향으로 돌아온 것은 1806년이었다. 1787년 유배의 경험은 김려에게는 뜻하지 않은 충격이었고, 이전까지의 삶을 완전히 변화시켰다.

사나운 바람은 세차게 불고, 지는 달은 희미했다. 정해진 일정이 촉박하고 길 떠나는 차림새는 초라했다. 행장으로는 이불 한 채, 반팔 덧저고리 하나, 두루마리 하나, 사서삼경 일곱 권, 운서 한 권, 엽전 600닢, 요강 하나, 비옷이 전부였다. 지난날을 돌이켜 생각해보면, 도리에 어긋나는 행실은 없었다. 갑자기 이러한 변고를 당하니, 몸과 마음이 하늘에서 떨어지는 듯 어떻게 해야 좋을지 몰랐다. 그리고 위로는 늙으신 부모님이 계시고, 아래로는 앞길이 창창한 동생들이 있는데, 하늘끝 땅끝으로 홀로 떨어져서 떠돌게 되었다. 아들을 낳았지만 얼굴조차 보지 못하고 아내가 병들어 누웠는데 소식조차 전하지 못했다. 용담 관아에서 경원까지 거리가 삼천리이다. 이것들을 생각하면 가슴이 꽉 막히고 눈물이 비 오듯 쏟아졌다. 아득하고 아득한 저 하늘, 어찌하여 나에게 이다지도 모질단 말인가?[8]

위의 인용글은 1787년 11월 14일 밤에 경기감영에서 출발하여 함경도 경원 유배지로 떠나는 작자 자신의 모습을 묘사하고 있다. 부모, 형제, 처자식들과의 관계 속에서 자기 존재를 확인할 수 있었던 과거로부터 이제는 자기 홀로 떨어져 지내야 하는 화자의 고독과 불안, 그리고 참담함이 주된 정조를 형성한다. 화자는 초라하고 왜소한 자아로의 급격한 전락이 가져다주는 충격 속에서 복잡한 내면 심리를 드러낸다. 홀로 떨어져 지내야 하는 고독감, 멀고 먼 낯선 유배지로 떠나는 막막함과 불안감, 부모와 처자식에 대한 미안함과 자괴감, 아무 죄도 없이 유배를 떠나야 하는 억울함과 울분 등 화자의 복잡한 내면 심리와 감정이 잘 나타나 있다.

'이불 한 채, 반팔 덧저고리 하나, 두루마리 하나, 칠서정문(七書正文) 일곱 권, 운서 한 권, 엽전 600닢, 요강 하나, 비옷'이라는 문장은 유배지로 떠나는 작가의 초라한 행색을 극명하게 형상화한다. 화자는 자신을 눈보라 몰아치는 벌판에 외로이 서 있는 고독한 자아로, 그리고 낯선 세계로 홀로 떠나는 나그네로서 바라본다. 『감담일기』에서 화자는 자

---

8 김려, 「감담일기」(11월 14일), 『담정유고(藫庭遺藁)』 권7, 『한국문집총간』 289. "猛風栗烈, 殘月熹微, 嚴程促迫, 行色淒凉. 行李則一衾一半臂, 一周衣, 七書正文七卷, 韻冊一卷, 銅葉六百, 虎子一及雨具而已. 回念平生, 行己無悖. 忽遭此變, 心神實廓, 罔知攸措. 且上有臨年之老親, 下有方亨之諸弟, 天涯地角, 流離散落, 兒生而不見面目, 妻病而莫憑音耗. 龍衙之距源府, 爲三千餘里, 思之臆塞, 有淚如霆. 悠悠蒼天, 胡寧忍余?" 번역은 오희복 역, 『글짓기 조심하소』, 보리, 2006을 참조했다.

기 스스로를 '유탕자(流宕子)', '행견자(行遣者)', '유자(遊子)', '실로자(失路子)', '기려자(羈旅者)' 등으로 지칭한다. 이제 화자는 초라한 행색의 자기 신세를 떠올리며, 홀로 있음에 대한 자각을 갖는다. 여기에는 눈보라가 세차게 부는 거리로 내몰린 왜소한 자아에 대한 응시가 들어 있다.

금화(金化) 마을에 들어가 먼저 향청을 들렀다. 아전 염인서라는 자가 막아서서 앉지도 못하게 하고 형방 아전에게 떠맡겼다. 그의 생김새를 보니 나이는 대략 서른 네댓 정도였고, 키는 작달막하고 검붉은 낯가죽에 눈망울은 흡사 도적놈처럼 불량스러웠다. 철원의 관아 사람들을 노예처럼 꾸짖었고, 고을 수령 민치겸을 사주해 아전과 군교들을 많이 풀어서 우리들을 쫓아내고 채찍질까지 했다. 화살에 맞은 새가 다시 위험한 지경을 만난 것이었다. 심장과 담이 다 찢어지니, 정신을 잃었다가 가까스로 깨어났다. 민치겸은 대대로 교유가 있어서 친분이 남다르다. 그런데 이때를 당하여서는 원수와 다름이 없었다. 이것은 무슨 까닭인가?[9]

고을 수령과 아전배로부터 당하는 냉대와 모욕으로 인해 화자는 참담하고 수치스럽고 분노에 가득 차 있다. 화자는 이를 효과적으로 표현하기 위해 자신의 처지를 '화살에 맞은 새가 다시 위험한 지경에 빠진 것'에 비유했다. 유배 죄인으로 전락한 자기를 오히려 구박하고 멸시하고 내쫓는 데에서 화자는 끝 모를 수치와 모욕에 '심장과 담이 다

---

9   위의 책, 『감담일기』(11월 17일). "入金化, 先詣土司, 由吏廉麟瑞者防塞, 使不得坐, 出付刑所. 見其貌, 可三十四五年紀, 身材短小, 紫棠色面皮, 眸子恰像賊眼不良. 呵叱鐵原公人如奴隷, 喉其倅閔致謙, 多發吏校, 趁時驅逐, 鞭朴俱下. 傷弓之鳥, 復當厄會. 心膽俱裂, 昏絶僅甦. 致謙是世交, 親誼不凡, 而當是時, 無異讐家. 此曷故焉?"

찢어지고(心膽俱裂)' 혼미한 상태에 빠진다고 했다. 특히 고을 수령이었던 민치겸과는 집안 간에 세교(世交)가 있었던 터였기에 그 충격은 더 심했다. 유배객의 신세가 된 자신을 비정하게 내치고 모욕을 주는 엄연한 현실 앞에서 화자는 자괴감과 모멸감으로 인한 극심한 심리적 충격과 고통을 견뎌야 했다.

포천 수령 김동선은 김종수의 손자이다. 막 고을 창고에 나와서 환곡을 꾸어 주거나 거두는 일을 감독하다가 그의 형 김용선과 겸상을 하고 점심을 먹으려는 참이었다. 뜰 안으로 들어오라고 불렀다. 문득 김용선이 동선의 귀에다가 한참 동안이나 말을 했다. 그러더니 오른손을 흔들어 대며 가리키면서, 크게 꾸짖고 웃으면서 "그렇군, 그렇군"이라고 했다. 아마도 기뻐하는 것이었는데, 무엇에 대해 말하는 것인지 알 수 없었다.[10]

이날 일기에서 화자는 타자의 시선을 통해 비춰지는 처량하고 비참한 신세를 효과적으로 표현했다. 김동선 형제들이 화자를 대하는 태도가 어떠하였는가에 대해 작가는 자세하게 묘사하지 않았다. 하지만 전후 상황을 미루어 추정해 보건대, 그들의 화자에 대한 태도는 냉소와 비웃음이었다고 하겠다. 작자는 김동선 형제의 행동 묘사, 표정 등을 통해 간접적으로 유추하도록 했다. 관아 뜰아래에 죄인을 세워 놓고, 김용선과 김동선 형제는 서로 귓속말을 한참 동안 주고받고 있다. 오른손을 흔들어 가리키고, 또 크게 웃으면서 '그렇군, 그렇군'이라고 하

10　위의 책. "抱川宰金東善, 鍾秀之孫也. 方坐邑倉監糶, 與其生兄用善對盤喫午飯, 招入庭中. 用善忽附東善耳語良久, 搖着右手以指點, 嚇而笑曰, 然矣然矣, 盖喜之也. 然未知其何謂也."

며 기뻐하는 그들 형제의 태도와 표정에서 우리는 죄인을 대하는 냉소와 비웃음의 차가운 시선을 읽을 수 있다. 이 같은 타인의 모욕적인 시선 속에서 화자는 한없이 초라하고 비참해진 자아를 떠올리며 자기 모멸감에 빠져든다.

닭이 울자 영평의 아전과 함께 길을 떠나 철원으로 향했다. 직탄에 이르니 여울목이 몹시 거셌다. 물속에 큰 바위들이 삐쭉삐쭉 솟아나 있었다. 어떤 것은 집채 같고, 또 어떤 것은 독이나 옹기 같은 것들이 여기저기에 널려 있어서 마치 개의 이빨처럼 보였다. 물살이 거센 여울을 이루며 폭포 소리를 냈다. 하류는 평탄하게 흐르고 물빛도 맑아 마치 거울 같았다. 그러나 깊은 곳은 허리가 잠겼다. 나는 드디어 말에 채찍질을 하며 거센 여울을 건넜는데, 옷과 신발이 모두 물에 젖었다. 말에서 내려 풀밭과 바위 사이에 앉았다. 원통한 생각이 가슴을 메워 북쪽을 향해 통곡을 하다가 물에 빠져 죽으려고 했다. 위서방이 나를 끌어당겨, 그렇게 하지 못했다.[11]

철원으로 가는 도중 직탄을 지날 때의 일을 서술했다. 영평을 지나 철원을 향하는 길에 화자는 여울을 건너게 된다. 위 인용글은 작가 내면의 심리적 변화를 매우 극명하게 묘사했다. 두려운 마음으로 거센 여울물을 건넜다가, 무사히 건너고 나니 긴장이 풀리고, 긴장이 풀리고 나니 어느 정도 안정이 되었다. 비로소 자신의 처지가 보이고 받아

---

11 위의 책, 「감담일기」(11월 16일). "鷄鳴, 與永平吏偕行, 向鐵原. 抵直灘, 灘甚瀨險. 水中巨石, 枒枒磊落, 或如屋, 或如瓮瓿, 散立如犬牙. 水皆作飛湍急瀑聲, 下流平坦, 水色澄瀅如鏡, 然深處沒腰. 余遂策馬亂流而渡, 衣履盡沾濕, 下馬坐莎石間. 寃氣塡膺, 北向痛哭, 欲赴水死, 爲葦所挽, 不得."

들일 수 없는 현실이 기가 막혀 통곡을 하고 급기야 충동적으로 자살을 시도하는 일련의 심리적 변화 과정을 묘사했다. 화자의 내면 심리가 몹시 불안하고 급격하게 변하고 있음을 보여준다.

물속에 솟아 있는 바위에 대해 '어떤 것은 집채 같고, 또 어떤 것은 독이나 옹기만 한 것들이 여기저기 널려 있어서 마치 개의 이빨 같았다'고 하여 비유적 표현을 통해 그 기이한 형상을 묘사했다. 바위의 기이한 형상은 유배객의 불안과 두려움을 표상한다. 급히 돌아가는 여울의 물살 앞에 선 화자는 기기묘묘한 바위의 형상을 통해 작가 내면의 고조되는 불안감과 두려움을 투영했다. 심리적 불안과 두려움은 작가 내면의 감정을 극도의 혼란한 상태로 빠뜨렸던 것이다.

급하게 흐르는 여울을 건너고 나서 화자는 원통하고 억울한 생각이 가슴을 메워 급기야 자살을 시도하려고 했다. 물에 몸을 던져 죽으려고 할 만큼 화자는 현재 극도의 자아 혼란과 절망에 빠져 있다. 갑작스럽게 찾아온 유배의 충격은 화자에게 견딜 수 없는 고통을 안겨 주었고, 결국 자살이라는 비극의 극단적 선택을 하도록 내몰았다. 자기 존재에 대한 깊은 회의, 극도의 불안과 고통, 상실감이 화자에게 자살을 선택하도록 하였던 것이다. 혼란스러운 주체의 충동적, 즉흥적인 행동으로 자살을 선택했다는 점에서, 화자의 고통스러운 내면 심리와 갈등의 극점을 여실하게 보여준다.

2) 육체적 고통의 형상화와 그 의미

『감담일기』에 나타나 있는 또 하나의 중요한 특징적 면모는 육체적 고통에 대한 생생한 증언이다. 화자는 눈물과 고통을 가감 없이 고백하며, 자신에게 가해지는 극심한 고통의 실상을 감각적인 표현을 통해 생생하게 전하고 있다. 또한 육체적 고통으로 신음하는 자신을 따뜻하게 맞아 주었던 하층민들의 인정과 태도를 빠짐없이 묘사하였다. 그때 화자는 음식의 미각에 초점을 맞추고 있어 주목된다.

> 내가 유배를 떠난 이후로 27일 만에 부령에 도착했다. 노정이 험난했던 일, 바람과 눈이 거세고 사나웠던 일, 고을 수령들이 핍박하던 일, 관아 하인들이 모욕 주던 일 등은 필설로 다 옮기기 어려울 정도이다. 거기에다가 전에부터 앓던 토혈증이 이때에 이르러 더욱 심해졌다. 날마다 간 조각 같은 선지피 덩어리를 서너덧 덩이 혹은 한두 덩이씩 토하곤 했다. 원통한 기운이 북받쳐 솟구치고 울화가 거세게 치밀어 올라 눈에서 아무 것도 보이지 않고 귀에도 아무 것도 들리지 않았다. 그런데 피가 끓어오를 때에는 마치 가슴 속에서 벌레가 날거나 새가 날아다니는 것 같아서 후닥후닥 가슴이 뛰고 부글부글 피가 솟구쳐 병에서 물을 쏟아 내는 소리가 나곤 했다. 피가 밀물처럼 치밀어 올라와서 목구멍까지 이르러 멎으면 문득 비린내가 코를 찌르고 한 사발이나 되는 피를 토하고 혼절하여 정신을 차리지 못했다. 그리고 원산에서 얼었던 네 손가락이 모두 헐어서 거의 떨어져 나갈 지경에 이르렀다. 열흘이 지나도록 쑤시고 아프더니 아직도 새살이 돋아나지 않았다. 온몸이 군데군데 얼어 터져서 가끔 쓰라릴 때에는 저절로 신음소리가 새어나왔다.[12]

화자는 27일간의 유배 여정에서 겪어야 했던 육체적 고통에 대해 언급했다. 험난했던 여정, 한겨울의 혹독한 추위와의 싸움, 고을 수령과 관아 하인들의 숱한 핍박과 모욕 등으로 인한 분노와 울분을 쏟아 냈다. '억울한 생각이 북받치면 울화증이 일어나서 눈에는 아무 것도 보이지 않고 귀에도 아무 것도 들리지 않았다'고 한 대목에서 고통에 신음하며 울분에 차 있는 화자의 모습을 선명하게 그려볼 수 있다.

특히 화자는 자신이 겪었던 육체적 고통의 흔적을 매우 핍진하게 묘사했다. 토혈증(吐血症)을 앓던 화자는 핏덩어리를 토해 내고, 혹독한 추위에 손가락이 모두 떨어져 나갈 지경이었다. 그 고통은 차마 견디기 어려운 것이었기에, 시간이 지난 뒤에도 저절로 신음소리가 새어나올 정도였다. '선지핏덩이를 토해 내다', '벌레가 날고 새가 날아다니는 소리가 나다', '밀물처럼 치밀어 오르다', '병에서 물을 쏟아 내다', '비린내가 코를 찌르다' 등 매우 강렬한 감각적 표현과 비유를 통해 육체적 고통을 생생하게 묘사했다.

화자는 유배 여정에서 겪었던 자기 체험과 심정을 표현할 때에 외부적 환경과 타인에 대해 육체가 어떻게 반응하고 변화하는가에 특별하게 관심을 쏟았다.[13]

---

12 위의 책, 505면. "余自發配以後, 凡二十七日, 到富寧. 其行路之險阻, 風雪之凌兢, 州縣之逼脅, 輿儓之侵侮, 難以筆舌罄也. 且素病嘔血之症, 至此益甚. 日吐如肝片者三四葉, 或一二葉. 冤氣衝搤, 心火越盛, 目無所見, 耳無所聞. 而其血來之時, 從胸膈上, 如飛虫翔鳥, 汩汩灘灘, 作傾壺寫水聲. 其漲如潮至, 喉嚨而止, 則輒腥臭湧鼻, 噴血滿碗, 昏倒不省. 且踰山所凍四箇手指成瘡, 幾乎墮落, 攙痛數十日, 尙未生肌. 渾體皸瘃, 種種痒裂叫楚."

13 이와 유사한 맥락에서 19세기 전반기 문인지식인이었던 이학규 또한 유배 체험의 육체적 정신적 고통을 작품의 소재로 활용하거나 혹은 고통의 문제를 정면으로 문제 삼기도 하고, 때로는 일상사의 비속하고 누추한 모습들을 숨기지 않고 드러내었다. 이에 대해서 정우봉, 「낙하생 이학규의 산문세계」, 『한국실학연구』 6, 한국실학회, 2003 참조.

① 요즈음 유상량은 몰래 김명세(金明世) 형제를 부추겨서 나를 감시하고 옭아매라고 했다. 명세 형제는 너무 기뻐서 마치 진귀한 보물이라도 얻은 것처럼 하고 밤낮없이 엿보고, 날마다 치근덕거렸다. 음모와 계책이 몹시 흉측하고 악독하기로는 명원(明元)이 더했다. 이런 것들을 생각하면 가슴에 불이 붙는 듯했다. 아아! 내가 서울에서 나고 자라서 부령 사람들과 전날에 원수를 진 일이 없었으니, 이것이야말로 이른바 '암내 난 말과 소는 서로 미치지 못한다'는 것으로 아무 관계없는 사이였다. 그런데 재앙에 걸려들어 거친 변방으로 떠돌아다니게 되니, 칼이 무수히 꽂혀 있는 지옥의 형벌을 만나 꺾이고 불에 타고 빻고 갈리며 끝없는 비명 소리의 고통을 내지른다. 도리어 감옥에 갇혀 있을 때에는 오히려 몸이 더 편했던 것보다 못하다. 생각이 여기에 미치자 어찌 슬퍼하지 않겠는가? 『시경(詩經)』에 이르기를 "내가 이럴 줄을 알았더라면 태어나지 않는 것이 좋았을 것을"이라고 한 것이 이 같은 경우를 두고 말한 것이리라. 또한 저 세 녀석은 행실이 짐승 같아 도덕에 어긋나고 윤리를 어지럽히니, 하늘로 머리를 두고 땅을 밟고 다니는 사람이라면 이를 보고서 누구나 몸 안의 피가 끓어오르고 모골이 서늘해지지 않음이 없을 것이다.[14]

② 명세(明世)란 자는 더욱 무도해서 아무런 거리낌 없이 흉측하고 몹쓸 말들을 더욱 더 늘어놓았다. 어떤 때는 내 옷소매를 끌어당기며 눈을 부릅

---

14 김려, 앞의 책, 508면. "至是相亮陰嗾明世兄弟, 使之伺察糾捕. 明世兄弟歡天喜地, 如得珍寶, 晝宵窺覘, 日夜煽動. 其陰謀秘計, 至凶極慘者. 明元尤甚. 思之心魂如焚. 嗟乎! 余生長京華, 與富寧之人, 往日無怨, 舊日無讐, 眞所謂風馬牛之不相及, 而橫罹禍網, 流離荒莫, 荐遭此刀山劍水, 到燒春磨, 無蔓波吒之苦, 反不若拘被司敗之時, 此身猶得安穩. 興言及此. 寧不慘然? 詩云知我如此, 不如無生者, 其是之謂乎!, 且彼三漢者, 行同禽獸, 悖常亂倫. 使頂天立地者見之, 無不腔血鼎沸, 毛骨竦然."

뜨고는 욕하기를 "너는 역적이냐? 너는 강도냐?"라고 했다. 때로는 문을 밀치고 걸터앉아 고함지르기를 "너는 빈손으로 와서 공밥만 먹고 있다. 이것이 나라의 명이냐? 관가의 명이냐?" 라고 했다. 이와 같은 일이 하루에도 수십 번이나 되었다. 그때마다 나는 살이 떨리고 쓸개가 떨어지며, 오장이 찢어졌다. 곧장 칼을 당겨서 내 가슴을 찔러서 아무 것도 알지 못했으면 하였지만, 또한 어찌할 수가 없었다. 다만 위서방과 함께 밤낮으로 통곡을 하니, 눈은 퉁퉁 부어오르고 다리는 짓무를 지경이었다.[15]

위의 인용문은 유배지에 도착한 이후 보수주인(保授主人)이었던 김명세(金明世)와 그 형제들로부터 받아야 했던 견딜 수 없는 고통과 모멸감을 묘사했다. 보수주인이었던 김명세의 비상식적인 폭언과 폭력은 화자에게 더욱더 큰 고통을 안겨 주었다. 경상도 기장에서 유배생활을 했던 심노숭(沈魯崇)은 유배일기 『남천일록(南遷日錄)』에서 "유배지 생활은 전적으로 머물러 사는 곳의 선악에 달려 있다. 서울 속담에 '유배객을 전송할 때에 좋은 주인을 만나게 해 달라고 먼저 축원한다'고 하였으니, 일의 형세가 그러한 것이다"[16]고 한 바 있다. 유배지 생활은 전적으로 어떤 보수주인을 만나느냐에 달려 있을 정도로, 유배객에게 있어 보수주인은 중요한 존재였다.

화자는 먼저 유배 여정에서 겪어야 했던 극한에 이르는 육체적 고통

---

15 위의 책, 507면. "明世則尤無倫脊, 全沒顧藉, 凶談悖說, 層生疊出. 或揖余袖, 瞪目而罵曰, "爾逆賊乎? 爾强盜乎?" 或拓戶踞坐咆哮曰, "汝赤手來食者, 是朝令乎? 是官令乎?" 如是者日輒數十次. 當是時, 余肉顫膽掉, 五內如裂. 卽欲引刀揷胸, 溘然無知, 而亦不可奈何. 只與草奴晝夜慟哭, 目盡腫爛."

16 심노숭, 『남천일록』, 1801년 3월 10일, 국립도서관 소장본, 1책 31면. "謫居, 全係居停之善惡. 京諺, 送謫, 先祝得善主人, 事勢則然也."

을 지옥의 무시부시한 형벌에 비유했다. '도산지옥(刀山地獄)'은 날카로운 칼날이 무수하게 꽂혀 있는 산에 던져지는 형벌이며, '검수지옥(劍樹地獄)'은 날카로운 칼날로 된 나무에 던져지는 형벌이다. 견디기 어려운 육체적 고통을 실감 있게 표현하기 위해 지옥의 혹형에 비유함으로써 화자는 인간의 육체적 기관에 가해지는 고통의 감각을 극대화했다.

이어서 화자는 김명세 형제의 끝없는 폭언과 폭력 그리고 그에 따른 육체적 고통을 묘사했다. '살이 떨리고 가슴이 뛰며 오장이 찢어지는 듯했다'고 한 데에서 화자의 견딜 수 없는 고통을 짐작케 한다. 이 같은 모욕과 고통을 견디다 못한 화자는 자살까지도 생각하며, 서울에서 함께 온 하인 위서방과 통곡을 할 뿐이었다.

김명세 형제의 행패를 묘사하면서 화자는 격렬한 언사를 동원하여 그들을 향한 분노와 울분을 거침없이 토로했다. 김명세의 언행을 묘사하면서 '행실이 짐승과 같다[行同禽獸]', '몹시 흉측하고 악독하다[至凶極慘]'와 같은 강렬한 감정 표현을 구사했다. 그리고 화자가 겪어야 했던 고통을 묘사하면서 가슴에 불이 붙는 듯하다[心魂如焚]', '몸 안의 피가 끓어오르고 모골이 서늘해지다[腔血鼎沸, 毛骨竦然]', '살이 떨리고 쓸개가 떨어지며, 오장이 찢어지다[肉顫膽掉, 五內如裂]', '두 눈이 다 붓고 짓무르다[目盡瘇爛]' 등에처럼 육체적 감각에 호소하는 비유적 표현을 적절하게 구사했다. 가슴, 피, 모골, 살, 오장, 쓸개, 눈 등 다양한 신체 기관이 보이는 육체적 반응을 포착해 놓았는데, 이를 통해 화자는 유배지에서 겪고 있는 육체적 고통을 효과적으로 형상화하고자 했다.

남천교 돌비석 앞거리에 자리잡고 있는 남이곤의 집에 들어갔다. 그는 북방의 큰 부호였는데, 홍주 한 병을 데우더니 구운 소 염통 한 접시와 따끈하게 데운 온면 한 그릇을 함께 내놓으며 먹으라고 했다.[17]

두 손이 얼어서 떨어져 나가고 / 온몸은 굳어서 묶어 놓은 듯

이 한 몸 보존할 길 없어 / 하늘 향해 목 놓아 우네

남생은 옛스러운 사람 / 내 모습에 크게 놀라며

뜰에 내려와 인사하고 / 손을 잡고 온돌방에 앉으라 하네

살찌고 맛있는 소 염통구이 / 아름다운 술잔에 향기로운 술이 가득

구리 화로에 숯을 피우고 / 더울세라 찰세라 술을 권하네

하얀 국수발은 은빛 실인 듯 / 붉은 과일 구슬 같아라

유배 여정에서 화자는 고을 수령과 관원들로부터 차가운 냉대와 숱한 모욕을 받는 고통에 시달렸지만, 다른 한편 하층민들로부터 따뜻한 환대와 격려를 받기도 했다. 화자는 하층민들의 따뜻한 환대와 격려를 묘사할 때에 특히 그들로부터 대접받은 음식에 주목했다.

천신만고 끝에 원산에 도착한 화자는 남이곤의 집에 투숙했다. 이때 화자는 남이곤으로부터 따뜻한 환대를 받고 감격에 겨워하는데, 특히 음식의 종류, 맛, 향기 등을 자세하게 묘사했다. 따뜻하게 데운 홍주, 잘 익힌 소 염통구이, 온면의 은빛 국수발, 구슬 같은 붉은 과일 등의 표현은 색채감과 함께 음식물의 미각을 선명하게 드러내 준다. 인간의 감

---

17 김려, 「감담일기」(11월 20일), 앞의 책. "入南川橋石碑前衙衙南生仲厚履坤家, 酒北方大戶. 煖紅酒一壺, 炙牛心一部及熱麪一碗以饋之. 兩指凍欲墮, 四體硬似縛. 一身不自保, 慟哭叫冥漠. 南生古之人, 見客色嗟愕. 下階親肅揖, 携手坐煖閣. 肥頓牛心串, 香醙鸚鵡爵. 獸炭銅爐口, 溫冷隨葛酌. 素麪銀絲縷, 朱果亦瓔珞."

각 중에서 미각은 주위와 배고픔에 시달리는 육체가 가장 예민하게 반응하는 감각일 것이다. 이에 주목한 화자는 굶주린 육체와 음식 접대에 관해 묘사하면서, 접대받은 음식의 종류, 맛, 향기 등을 상세하게 묘사했다. 추위와 배고픔에 시달리는 육체, 그리고 그 육체를 달래고 위로하는 음식물이 주는 미각을 예리하게 포착함으로써 화자는 유배 체험의 고통, 북방민의 따뜻한 인정을 매우 실감 있게 전달할 수 있었다.

① 고을 주방에서 저녁을 차려 내왔는데, 고사리 국과 꿩고기 볶음이 풍성하고 정갈했으며 냄새가 향기로웠다. 술도 집에서 담근 것으로, 속이 맑고 개운해졌다.[18]

② 호송꾼 신희욱은 나이가 열여덟 살인데, 생김새가 준수하고 성품이 몹시 어질었다. 내가 병이 심한 것을 딱하게 여겨서 자기 집으로 데리고 가서 밥을 지어 먹으라고 했다. 내가 숟가락을 들 수 없자, 신희욱은 가여워 하면서, 꿀물을 풀고 미음을 쑤어서 밤을 새워 가며 권했다.[19]

①은 박제가(朴齊家)가 수령으로 있던 영평 고을에서 겪었던 일을 묘사하였고, ②는 호송꾼을 맡았던 18세의 청년 신희욱의 정성어린 간호를 묘사했다. 신희욱은 덕원 고을의 관원이었고, 당시 나이 18세였다. 유배객 호송을 담당했던 이 지역 공인(公人)들은 유배객들에게 붙어서

---

18 위의 책, 「감담일기」(11월 15일). "自官廚備送夕飯, 薇羹雉臛, 豐潔香潤. 酒亦是家釀, 淸洌心肺."
19 위의 책, 「감담일기」(11월 21일). "公人申希頊年十八, 形貌俊秀, 性甚仁厚. 悶余病甚, 邀往其家, 具飯以進. 余不能下筯, 希頊爲之嗟憐, 湯燒紅蜜果米飲, 達夜來勸."

입고 먹으면서 가는 곳마다 빼앗고 침탈하여 여염집이 시끄럽고 소란했다. 오직 신희욱만이 자기 스스로 조달하여 촌가에서 술 한 잔도 얻어먹지 않았다.[20] 그는 병이 들어 쇠약해진 화자를 자기 집으로 초대해서 식사를 대접하고, 더 나아가 젓가락을 내려놓을 수 없는 화자를 안타까워하면서 밤을 새워 가며 미음을 쑤어 보살폈다. 신희욱의 눈에 비친 화자의 모습은 병들고 쇠약하고 피로에 지친 형상이다. 화자는 그러한 자신의 초라해진 신세, 병색이 완연한 처지 등을 가감 없이 묘사하는 동시에, 자신을 따뜻하게 대접하는 이들의 행동을 상세하게 그렸다.

영평 수령으로 있던 박제가, 덕원 관원이었던 신희욱으로부터 환대와 인정을 묘사함에 있어 작자는 음식물의 미각이라는 감각을 부각시켰다. 허기에 지치고 추위에 시달린 고달픈 육체가 그들이 제공해 준 음식에 반응하는 것을 통해 작자는 자기 체험의 구체성을 보다 더 실감 있게 전달할 수 있었다.

작가에게 있어 육체는 세계를 인식하는 수단으로서의 감각이며, 자신의 의사와 감정을 표현함으로써 자아를 표현하는 행위이다.[21] 화자는 혹독한 추위에 시달리는 신체기관의 반응과 상태를 자세하게 묘사하고, 얼어붙은 몸을 녹여 주는 맛있는 음식물의 미각에 주목했다. 유배 여정에서 화자 자신이 어떠한 신체 상태에 놓여 있으며, 어떠한 고통을 받고 있고, 외부 환경에 어떻게 반응하는가를 예리하게 포착했

20 위의 책, 「감담일기」(11월 22일). "盖他公人, 以謫客爲衣飯, 所過藉買侵漁, 閭里騷擾. 獨希頙
    自爲措辦, 不喫村家一盃酒也."
21 한국 근대문학에 나타난 육체의 형상화에 대해서는 조해옥, 『이상 시의 근대성 연구 : 육체의
    식을 중심으로』, 소명출판, 2001; 이영아, 『육체의 탄생 : 몸, 그 안에 새겨진 근대의 자국』, 민
    음사, 2008; 김주리, 『근대소설과 육체 : 한국근대소설의 몸지도』, 한국학술정보, 2009 참조.

다. 외부 현실에 반응하는 감각기관으로서의 육체에 초점을 맞추고 있는 것이다. 이 점에서 볼 때 화자는 자신의 육체에 가해지는 감각을 예민하게 포착하여 이를 충실하게 옮겨 놓았다. 이를 통해 작자는 유배 체험의 표현에 구체성과 현장성을 부여했다.

3) 인간 군상의 다양한 삶에 대한 관심

김려는 유배의 여정 도중에 만나는 사람들에 대해 자세하게 기록했다. 머물렀던 고을의 수령 이름을 빠짐없이 기록했고, 관료들뿐만 아니라 다양한 계층의 인간 군상들에 대해 그들의 표정과 행태 등을 소상하게 관찰하여 이를 일기 속에 담아냈다.

작자는 유배 여정에서 만났던 인물들의 외관, 생활 등을 매우 세심하게 관찰했다. 의정부 다락원의 주막집에서 만났던 낯선 사내를 염탐꾼으로 알아차리는 대목, 각 고을 수령이나 아전배들이 화자를 대하는 방식과 태도를 다양한 모습으로 묘사하는 대목, 잠깐 스치고 지나가는 인물들의 외모와 옷차림새 등을 빠짐없이 기록하는 대목 등에서 우리는 작가의 세심한 관찰력을 읽을 수 있다.

『감담일기』에 보이는 인물 묘사의 한 예를 들어본다.

① 내가 위서방과 함께 길가에 말을 세워 놓고 머뭇거리면서 사방을 둘러보고 있었다. 문득 어떤 사람이 말머리로 다가와 인사를 했다. 머리에는 털벙거지를 쓰고 몸에는 검푸른 빛깔의 동달이를 입고 있었다. 내가 누구냐

고 물으니까, 이름이 장득상(張得象)이며 이 고을의 급창(及唱)이라고 했다. 그는 나를 데리고 성의 서문으로 들어가 관아 서쪽 첫 번째 골목에 있는 인가에 이르렀다. 나는 말에서 내려 옷에 묻은 눈을 털고 나서 바깥채에 들어가 앉았다. 집주인은 늙은 사람이었는데, 자그마한 담뱃대를 비껴 물고 부엌에 앉아 있었다. 그는 얼굴빛이 까무잡잡하고 누런 수염이 덥수룩하였고, 입과 눈매가 몹시 사나웠다. 큰 키에 등이 구부정하게 굽었고, 목소리는 앙알거려 마치 어린애의 울음소리 같았으니, 흡사 염라부의 저승사자 같았다. 나는 나도 모르게 겁이 났다. 그는 문짝을 열고 나를 쳐다보면서 자신은 본부의 군뢰인 김명세(金明世)라고 했다.[22]

② 밤이 깊어 다락원 아래 주막집에 들러 술을 사서 마셨다. 경기 감영의 비장은 마루 위에 앉았고, 나는 마루 밑에 서 있었다. 나이가 스무 살쯤 되어 보이는 사람을 보았는데, 얼굴이 해사하고 잘 생겼다. 흰 양가죽 배자를 입고 발에는 미투리를 신었으며, 등에는 자그마한 푸른 보자기를 지고 있었다. 그는 나를 따라 들어와서는 나에게 "당신은 병이 드셨군요. 경원은 물과 토양이 매우 좋으니 아마 병에 도움이 될 겁니다. 걱정하지 마십시오" 하고 말했다. 그는 또 "오래지 않아 죄가 풀려 돌아올 것이니 잘 가십시오. 잘 가십시오. 근심할 필요 없습니다" 하고 말했다. 내가 자세히 살펴보니, 그는 남몰래 뒤따라오는 염탐꾼이었다.[23]

---

22 김려, 앞의 책, 508면. "余與蒼奴, 立馬路傍, 彷徨四顧. 忽有一人來謁馬頭, 頭戴氈笠, 身着鴉青夾袖襖. 余問之, 姓張名得象, 本府及唱也. 引余從城西門入, 至府衙西邊第一港人家. 余下馬, 撥衣上氷雪, 入坐外房. 見主人老漢, 橫小烟筒, 坐兼廚. 面貌黧黑, 髭鬚黃白, 口眼猙獰, 長身而傴, 音聲伊嘎, 如嬰兒啼哭, 恰像鬼府馺卒. 余已不覺爽然懼也. 開戶立視, 自言本府牢子金明世."
23 위의 책, 「감담일기」(11월 14일). "夜深至樓院下店沽酒, 營裨坐軒上, 余立軒下. 見一人年可二十許, 白淨姣好, 穿白羊皮褙子, 足着麻鞋, 背負小青袱. 隨余而入, 謂余曰, 君病矣, 慶源水土甚

화자는 인물의 구체적인 표정, 행동, 태도 등을 예리하게 관찰하고 있다. 이를 통해 화자는 자신이 만났던 인물을 단순화시켜 무미건조하게 설명하지 않고, 그들의 외모, 행동, 표정, 태도 등을 자세하게 묘사함으로써 생동감과 구체성을 더해 준다.

①은 유배지에 처음 도착하여 유배처소를 정하고 보수주인을 만날 때의 장면이다. 낯선 유배지에 처음 당도해서 머뭇거리고 있을 때, 처음 마주친 사람인 장득상을 묘사하면서 '머리에는 털벙거지를 쓰고 몸에는 검푸른 빛깔의 소매와 좁은 솜저고리를 입고 있었다'고 하여 짧은 순간이었지만 그의 외양과 옷차림새를 자세하게 묘사했다. 이어서 작자는 유배지 보수주인이었던 김명세와의 첫 대면을 묘사했다. 그의 나이, 외모, 목소리, 행동을 하나도 빠짐없이 묘사했다. 특히 화자는 얼굴빛, 수염, 입, 눈매, 키, 등에 이르기까지 김명세라는 인물의 외양을 매우 자세하고 핍진하게 묘사했다. '염라부의 저승사자 같았다'는 표현은 첫인상에서 느껴지는 불길한 예감을 압축해서 보여준다.

②는 경기 감영에서 출발해 의정부 다락원의 어느 주막집에 머물 때의 일을 묘사한 대목이다. 주막집 마루 위에 앉아 있는 경기 감영의 비장, 마루 아래에 서 있는 화자 자신, 그리고 낯선 사내의 등장이 하나의 선명한 장면처럼 그려지고 있다. 특히 화자는 낯선 사내의 외모와 행동거지, 말투 등을 놓치지 않고 세심하게 관찰했다. 그 결과 화자는 낯선 사내가 바로 자신을 염탐하려고 따라온 자임을 간파했다.

인물 묘사의 핍진성과 관련해 김려의 다음 언급이 주목된다.

好, 將有益於病, 勿懼. 且曰, 不久當放還, 好去好去, 無爲憂歎也. 余諦視之, 乃潛行廉探者也."

대개 고인의 기전체(紀傳體) 글에서는 사람의 성정(性情), 언론(言論), 덕업(德業) 등을 하나도 남김없이 상세하게 묘사했다. 얼굴과 수염, 털까지도 하나하나 묘사하여 특색 있게 정신을 전했다. 예를 들어 채택은 얼굴이 북상투처럼 생겼고 턱이 휘어졌다고 표현한 것이나 곽광은 흰 얼굴에 눈썹이 수려했다는 표현이 그러한 예이다. 그렇게 표현하지 않으면 군도목(軍都目)이나 선생안(先生案)에 불과할 뿐이다.[24]

김려는 『사기열전(史記列傳)』과 『한서열전(漢書列傳)』 등의 기전체(紀傳體) 역사서에 보이는 인물 묘사의 생동감에 대해 지적했다. 입전 인물의 성격, 행적, 말 등을 하나도 빠짐없이 상세하게 묘사한 점을 특기하였고, 또한 인물의 외모 묘사에서도 특징을 잘 포착하여 그 인물의 특색과 정신이 드러날 수 있도록 해야 함을 강조했다. 그렇게 표현하지 않으면 군도목(軍都目)이나 선생안(先生案)에 기재된 것처럼 무미건조한 인적 사항의 나열에 불과하게 됨을 지적했다. '얼굴이 북상투처럼 생겼고, 턱이 휘어지다', '흰 얼굴에 눈썹이 수려하다'는 표현은 각 인물의 개성을 잘 포착하여 표현한 대목인 것이다.

다음은 유배길 주막집에서 우연히 마주친 두 여인에 대해 묘사한 대목이다.

① 성 밖에서 술을 사서 마시는데, 나이가 열대여섯 되어 보이는 예쁜 여자가 있었다. 입술에 연지를 바르고 얼굴에는 향기 나는 분을 칠하고서, 목

---

24 김려, 「제왕인성명기권후(題王人姓名記卷後)」, 『담정유고』 권11, 『한국문집총간』 289, 551면. "蓋古人紀傳之體之人之性情也言論也德業也, 纖悉無遺. 至於顔貌鬚髮, 種種描畵, 出色傳神, 如蔡澤之魋顔欽頤, 霍光之白晳疏眉是已. 不然則軍都目先生案而已矣."

로방에 앉아 있었다. 막 머리를 빗고 있었는데, 머리카락이 까맣고 맑은 눈
동자에 흰 치아를 하고 있어 아름답고 사랑스러웠다. 이름을 물어보니 함
월(咸月)이라고 했다. 그녀는 길주 관아 소속의 기생인데, 어머니는 나이가
들어 기생을 그만두고 술장수를 하고 있었다. 이야기를 하는 동안에 한 늙
은 군교가 철릭을 입고 구슬 갓끈을 단 전립을 쓰고 안방에서 나오는데, 공
손하게 대답하며 이야기를 나누었다. 그는 자기 이름이 윤은택(尹殷澤)인
데, 길주부 안에서는 흔히 '윤파총'이라고 부른다고 했다. 대개 함월이 목사
이현택의 사랑을 독차지하고 있기 때문에 윤은택 또한 그것을 빙자해 세도
를 부리고 있었다.[25]

② 저녁에는 평포 수자리 터에서 묵었는데, 여기가 평포역이다. 평포 주
막집 여인은 나이가 스무 살 남짓 하였고, 밝은 눈에 흰 치아였고 아리따웠
으며, 김진현과 평소 인연이 있었다. 밤이 깊자 꿩고기 곰국을 끓여 가지고
들어왔다. 그리고 밤을 새워 즐겁게 놀았다. 스스로 말하길, '성은 소(蘇)이
고 이름은 벽혜(碧蕙)이며 양가집 자식'이라고 했다.[26]

11월 26일, 12월 4일 일기에서 인용했다. 해당 날짜의 일기에서 주
로 다루어진 것은 주막집 여인이었다. ①에서 화자는 길주 관기였던
함월(咸月)의 외모, 그녀의 살아가는 모습을 흥미로운 시선으로 바라다

---

25 김려, 「감담일기」(12월 4일), 『담정유고』 권7, 『한국문집총간』 289. 沽酒城外, 有一美姝, 年
可十五六, 口含臙脂, 面傅香粉, 當壚傍而坐. 方梳髮, 髮騷黑, 明眸皓齒, 丰瑩可愛. 問其名, 對曰
咸月, 本府坊妓. 其母年老落籍, 以酒賣爲業. 談間有一老校帖裏珠纓, 從內戶出來, 唱喏打話. 自
言姓尹名殷澤, 府中稱爲尹把摠. 盖咸月方爲顯宅所昵, 寵之專房. 故尹也頗藉賣怙勢云."
26 위의 책, 「감담일기」(11월 26일). "夕宿萍浦戌, 卽平浦驛也. 萍浦店家女子, 年可二十餘, 明眸
皓齒, 嬌嬈窈窕, 與振鉉有雅緣. 夜深持燒紅雉臛而入, 仍達宵歡嬉. 自言姓蘇名碧蕙, 良家子云."

보았다. 빨간 연지, 하얀 분, 검은 머리, 밝은 눈, 하얀 이 등 함월의 얼굴 모습을 하나도 놓치지 않고 자세하게 묘사했다. 이를 통해 함월의 사랑스럽고 예쁜 모습을 독자들이 자연스럽게 연상할 수 있도록 했다.

또 하나 주목되는 것은 화자가 함월과 그 주변 인물의 관계를 통해 그들이 살아가는 삶의 모습을 흥미롭게 서술하고 있다는 점이다. 함월은 길주목사를 총애를 받고 있으며, 함월의 어머니는 퇴기로서 술집 장사를 하고 있다. 그리고 늙은 군교 윤은택은 함월의 기둥서방으로 짐작되는데, 길주목사의 세도를 빙자를 한껏 위세를 부리고 있음을 부각시켰다. 주막집에 들러 짧은 시간에 이루어졌을 대면임에도 불구하고 화자는 해당 인물의 나이, 이름, 외모뿐만 아니라, 직업, 주변 인물들과의 관계에 이르기까지 가능한 한 소상하게 그들 삶의 내부를 들여다보고자 했다.[27]

②에서도 화자는 평포역 주막에서 일하는 소벽혜(蘇碧蕙)라는 여인의 삶을 주목했다. 그녀의 나이, 이름, 외모 등을 간명하지만 인상 깊게 묘사하는 한편, 홍원 군교로 화자를 호송했던 김진현과의 관계를 추정해 서술하기도 했다. 그리고 꿩고기 곰국을 끓여 대접하는 그녀의 따뜻한 마음씨도 놓치지 않고 기록해 두었다. '밤을 새워 즐겁게 놀았다'는 문장에서 우리는 가난하고 고단한 삶을 살아가지만 따뜻한 인정을 간직한 하층민들에 대한 화자의 애정 어린 시선을 엿볼 수 있다. 하

---

27 이와 관련해 형조에 갇혀 있던 날에 체험한 살인미수사건을 매우 흥미롭게 서술한 부분이 있다. 이층 판자집에서 새벽녘에 일어난 사건이었는데, 노파(도사령(都使令)의 처), 그녀의 간부(姦夫), 그리고 집에서 쫓겨난 노파의 아들이 서로 얽혀 살아가는 모습을 인상깊게 묘사했다. 이것들은 작가가 하층민이 살아가는 삶의 현장에 관심을 가졌던 데에서 기인한다고 생각된다.

층인물들의 생활과 인간성에 대한 화자의 이 같은 애정과 관심은 진해 유배지에서 창작한 『사유악부』에로 계승 발전되었다.

3. 일기문학으로서의 『감담일기』의 의의

16세기에는 사대부들이 쓴 한문 일기—『미암일기(眉巖日記)』, 『초 간일기(草澗日記)』, 『쇄미록(瑣尾錄)』 등—가 다수 등장하며, 궁중 여성 과 사대부 여성들이 쓴 한글 일기 등도 활발하게 창작되었다. 그러나 개인의 내면 심리와 감정을 풍부하게 보여주는 작품은 많지 않았으며, 18세기에 들어와 유만주(俞晩柱, 1755∼1788)의 『흠영(欽英)』에 이르러 이 에 대한 변화가 일어났다. 『흠영』은 13년 동안 유만주 자신의 일상생 활과 독서 경험 등을 자세하게 담고 있다. 그중에서 우리의 관심을 끄 는 부분은 화자 내면의 세계를 묘사한 대목이다.

나와 내가 노닐며, 나와 녹음이 노닐며, 나와 책 속의 고인이 노닌다. 나 는 비굴하고 우둔하며 큰 역량을 갖추지 못한 이들과는 노닐지 않는다. 이 에 고요하고 이에 탁 트이며, 이로써 삼가고 이로써 길해진다.[28]

---

28 유만주, 『흠영』 5책(서울대 규장각 영인본), 528면. 1785.6.22. "我與我周旋, 我與綠陰周旋, 我與書上古人周旋, 我則不與夸毗襵襪沒名器輩周旋. 爰靜爰曠, 以惕以吉."

ㅇ빗속에 동산을 완상하니 몹시 그윽하고 탁 트여서 또 기뻤다. ㅇ동산에 새로 국화를 심었는데 더욱더 생기를 띠니 또 기뻤다. ㅇ동산의 푸르름은 정색인가? 모두 다 푸르고 촉촉하고 끝없이 탁 트여 있다. 눈앞의 아름다운 경치를 참으로 말로 다할 수 없다. ㅇ비는 곧 나의 세계이며, 동산의 푸르름 도 나의 세계이다. 뜨거운 햇빛이 내리비춘 뒤에 그 상쾌함은 어찌 충분하 다고만 하겠는가? ㅇ비에 젖은 나무는 맑고 비에 젖은 풀은 거세며, 비에 젖 은 새는 바삐 날개짓하고 비에 젖은 닭은 움크리고 있다. 비가 한번 내려 맑 고 기이한 광경이 그림으로 그릴만하구나, 그림으로 그릴만하구나.[29]

『흠영』에서 우리가 특히 주목하는 부분은 내면성에의 탐구이다. 내 면에 침잠하여 고독한 자아를 들여다보는 화자의 모습에서 이전 일기와 는 다른 지향을 엿보게 한다. 위의 일기에서 화자는 외부 세계에의 관심 대신에 자기만의 세계 속에 침잠하는 모습을 보여준다. 녹음이 우거진 동산의 그윽하고 탁 트인 광경을 즐기고, 고인의 서적과 옛 서화골동을 즐긴다. 화자는 그 즐거움을 다른 누구와 나누기보다 자기 스스로 그 속 에 만족하며 생활한다. 이런 점에서 『흠영』은 자기와의 대화, 자신의 정 서적 심리적 심연에 대한 자기 탐사로서의 성격을 강하게 지닌다.[30]

다음으로 심노숭(沈魯崇, 1762~1837)의 유배일기 『남천일록(南遷日錄)』을 예로 들어본다.

---

29 위의 책, 508면. 1785.5.27. "ㅇ雨中賞園, 甚是幽曠, 又喜. ㅇ又喜新栽園菊, 越有生意. ㅇ園之蒼 蒼, 其正色耶? 一渾翠濕, 曠若無際, 眼前好景, 眞道不出. ㅇ雨是我世界, 園綠是我世界. 熱陽之 餘, 爽適奚啻十分? 雨木森淸, 雨草勁豪, 雨鳥忙翻, 雨鷄縮瑟. 一雨淸奇, 堪畵堪畵."

30 『흠영』이 지닌 이 같은 일기문학으로서의 특징과 성격에 대해서는 김하라, 「유만주의 흠영 연구」, 서울대 박사논문, 2011 참조.

① 말 위에서 올려다보니, 빗처럼 생긴 초승달이 서쪽 하늘에 비추고 있었다. 우리 집을 생각하노라니 달은 서쪽 집 바깥 작은 길 두 그루 삼나무 위에 있으리라. 태첨은 어머니를 모시고 딸과 마주 앉아서 필시 내가 가고 있는 여정을 헤아리고 있으리라. 딸이 헤어질 때에 소매를 잡고 흐느껴 울면서 이렇게 말하였지. "달이 뜨면 저는 달을 보며 아버지를 불러 볼 거예요. 아버지도 달을 보고 나를 불러 보세요." 문득 이 생각을 하자 나도 모르게 눈물이 흘러 옷깃을 적셨다. 죄업이 무거워 죽어서도 갚을 수 없으니, 어린 딸로 하여금 이처럼 슬프게 하였던가?[31]

② 밤에 달빛이 몹시 아름다웠다. 뜨락을 산책하다가 문득 딸이 달을 보고 아버지를 부르겠다는 말이 생각났다. 가슴이 갑자기 돌을 삼킨 것 같아서 진정할 수가 없었다. 하인, 상인과 함께 길거리로 나갔다가 우씨 집으로 갔다. 조금 있다가 돌아왔다.[32]

③ 밤이 어둑하고 구름이 어두워 길을 분간하지 못했다. 이태현을 지나지 길을 헤매어 갈 곳을 몰랐다. 다만 동남쪽으로 가기로 약속했다. 말 위에서 서북쪽 하늘가를 고개 돌려 바라보니, 구름에 가리웠던 것들이 흩어지고 드문드문 별들이 새어 비쳤다. 그 아래는 우리 집임을 알 수 있었다. 대첨이 어머니를 모시고, 딸 남매와 둘러 앉아 흐느껴 우는 모습이 눈앞에 선했다.

---

31 심노숭, 『남천일록』 1책, 3월 4일, 20면. "馬上仰見新月如梳, 流照西天, 想到吾家, 月定在西軒外細逕雙衫上. 泰詹侍慈闈, 與女兒對坐, 必計我行程也. 女兒別時, 執汝袂泣言, 月生, 兒當向月喚爺, 爺亦見月喚我. 忽念此, 不自知淚下沾襟. 罪業苦重, 旣不能死而自贖, 乃使穉弱女兒炊傷至此耶?"

32 위의 책, 3월 16일, 54면. "夜月色甚佳, 散步庭宇, 念女兒見月喚爺之語. 胸氣忽如吞石, 不能自定. 與奴輩及祥仁出街上, 轉到禹家, 少頃還."

이것이 이른바 몸이 떠나가도 정신이 남아 있다는 것인가?[33]

심노숭은 여러 종류의 일기를 남겼다. 『남천일록』(20책)은 1801년부터 1806년까지 경상도 기장 유배지에서 쓴 일기로, 분량이 방대하다. 이 일기에서 문예적 정취가 강한 글들을 모아 엮은 것이 『산해필희(山海筆戲)』(4책)이다. 그리고 1830년 사복시(司僕寺) 근무시기와 부안 유배지의 일기를 모아 놓은 『경사일록(閒寺日錄)』(2책)과 1832년 경기도 파주에 우거할 때의 일기를 모아 놓은 『성교일록(城郊日錄)』(1책)이 전한다. 그중에서 가장 방대한 분량의 『남천일록』은 1801년 2월 29일부터 1806년 6월 15일까지의 유배 생활을 담고 있다.[34]

『남천일록』은 분량이 방대한 만큼 내용 또한 다채롭다. 작가의 내면적 심리와 감정이 짙게 토로되기도 하고, 누구를 만나고 어떤 책을 읽었는지 등 하루하루의 일상적 일과를 자세하게 기록해 놓기도 했다. 여기서 우리의 주목을 끄는 부분의 하나는 화자의 내면적 감정과 심리가 주관적 색채로 묘사된 대목이다. 위의 인용글은 그 한 예로서, 화자가 어린 딸과 가족들에 대한 그리움의 정서를 매우 진솔하게 묘사했다. ①은 유배길을 떠나는 도중에 ②와 ③은 유배지에서, 고향에 두고 온 가족들을 그리워하는 심정을 묘사했다. 가족들과 헤어져 유배길에 올랐을 때에, 그리고 유배지에 도착하여 힘든 시간들을 보낼 때에 화

---

33 위의 책, 2월 29일, 11면. "夜昏雲暗, 徑路不分. 過梨泰縣, 迷不知所之, 約以但向東南去. 馬上回望西北天邊, 迷雲解駁, 稀星漏見. 其下認是吾家. 泰詹侍慈闈, 與女兒男妹繞坐, 啼泣之狀, 宛在目前. 是所謂身去神留者耶?"
34 심노숭의 생애, 저술과 관련해서는 김영진, 「효전 심노숭 문학 연구」, 고려대 석사논문, 1998; 금지아, 「효전산고 해제」, 연세대 국학연구원 편, 『연세대 중앙도서관 소장 고서해제』 2, 평민사, 2008 참조.

자는 고향에 두고 온 가족들을 떠올리곤 하였다. 화자가 그려보는 상상 속의 고향집 모습은 대개 '동생이 어머니를 모시고 딸과 함께 둘러앉아 있는 것'이다.

①에서 화자는 어린 딸이 들려주는 목소리 — 달을 보며 아버지를 불러 보고, 아버지 또한 달을 보며 자신을 생각해 달라고 하는 — 를 직접 옮겨 놓음으로써 어린 딸에 대한 그리움과 미안함과 애틋함을 효과적으로 표현했다. 어린 딸을 그리워하며 괴로워하는 화자의 감정과 태도를 애써 숨기거나 감추려 하지 않는다. 화자는 눈물이 흘러 옷깃을 적시기도 하고, 자신의 잘못을 책망하기도 하며, 가슴이 갑자기 돌을 삼킨 것 같은 괴로움에 고통스러워한다. 풍부한 내면 감정이 잘 드러나 있다.

『흠영』과 『남천일록』은 이 글에서 살핀 『감담일기』와 함께 조선 후기 일기문학사의 흐름 속에서 개인의 자아와 내면에 대한 진지한 성찰을 보여준다는 점에서 그 의의를 찾을 수 있다. 그중에서 『감담일기』는 신체와 정신에 각인된 고통의 기억을 표현하는 데에 중점을 두었다.

『감담일기』에서 화자는 일기 쓰기라는 행위를 통해 자신의 억울하고 고통스러운 유배 체험을 생생하게 증언하는 한편, 때로는 울분을 토로하고 고통을 하소연하며 하층민들의 따뜻한 환대에 눈물지으면서 자신을 끊임없이 되돌아본다. 화자는 끊임없이 자기 존재에 대해 생각해보고, 다른 사람의 눈에 비친 자신의 모습을 들여다본다. 『감담일기』는 유배객으로 겪어야 했던 자기 내면의 고통을 집중적으로 다루었다. 특히 외부 환경의 변화가 가져다 준 개인의 육체적 고통을 부각시켰다. 화자에게 있어 육체는 세계를 인식하는 수단으로서의 감각이며, 자신의 의사와 감정을 표현함으로써 자아를 표현하는 행위이다.

그렇기에 화자는 혹독한 추위라는 자연 환경, 고을 수령과 아전배들의 냉대에 대해 신체 기관이 반응하는 양상을 자세하게 묘사하기도 하고, 유배 여정에서 만났던 하층민들이 베풀었던 따뜻한 환대에 위로받는 모습을 그려 보인다. 그때 화자는 다양한 신체 기관의 반응 양상을 구체적으로 묘사하기도 하고, 얼어붙은 육체를 녹여 주는 음식물의 미각에 주목하기도 했다. 외부 현실에 반응하는 감각기관으로서의 육체에 초점을 맞추고 있는 것이다. 이 점에서 볼 때 화자는 자신의 육체에 가해지는 감각을 예민하게 포착하여 이를 충실하게 옮겨 놓았다.

화자가 신체 기관의 구체적인 감각 변화를 민감하게 포착하여 표현하는 것은 경험 주체로서의 자기 인식의 강화와 연결되는 것으로 보인다. 외부 현실을 지각하고 인식하는 경험 주체에 대한 적극적인 인식을 바탕으로 한 것이 아닐까 한다. 이 점은 개인 내면의 풍부한 감정과 심리에 집중적인 관심을 보이는 것과 연관된다. 그리고 김려가 『감담일기』에서 하층 인물의 외모와 성격, 직업 등 다양한 방면에 관심을 기울이고 그들 개개인의 삶을 애정 어린 시선으로 바라보는 것 또한 경험 주체에 대한 자각의 산물로 보인다.

개별적 경험적 주체의 발견이라는 변화의 흐름 속에서 작가는 일기쓰기라는 행위를 통해 내면 심리와 감정 표현에 집중적 관심을 보이고, 신체 기관의 감각적 경험에 강조점을 두었다. 이 같은 변화는 근대적 자아의 모색으로 연결되며, 『감담일기』가 조선 후기 일기문학사에서 갖는 의의도 이러한 맥락에서 찾아진다. 주체(개체)의 발견 및 『감담일기』의 특징 사이의 상호 연관성에 관해서는 조선 후기 문화사, 사상사의 추이와 관련하여 앞으로 보다 정밀한 연구가 필요하다고 생각한다.

제4장

심노숭의 유배일기『남천일록』

내면 고백과 가족 소통의 글쓰기

1. 문제 제기

이 글에서는 조선 후기의 대표적 문인이었던 심노숭(沈魯崇, 1762~1837)의 유배일기『남천일록(南遷日錄)』을 주대상으로 그 안에 나타난 내면 고백과 가족 소통의 글쓰기에 대해 집중적으로 살펴보고자 한다.

조선시대 때에 사대부 지식인들은 그날그날의 사건과 경험을 기록한 일기를 많이 남겼다. 이들 일기 자료들은 종류도 많고 내용도 다채롭다. 하지만 개인의 감정과 욕망, 취향 등을 적극적으로 표현한 일기는 소수이며, 공적인 업무 — 지방관, 사행관 등의 직책과 관련한 — 를 기록하는 일기가 상당수이다.

『남천일록』(20책)은 분량도 방대하고 내용도 다채롭다. 순조 1년 (1801) 2월 29일부터 순조 6년(1806) 6월 15일까지 경상남도 기장에서 유배 생활할 때의 일기이다. 화자의 복잡한 심리와 감정이 짙게 토로되기도 하고, 누구를 만나고 어떤 음식을 먹었고 무슨 책을 읽었는지 등 하루하루의 일상적 일과를 매우 자세하게 기록해 놓았다.

우리는 다양한 내용을 담고 있는 유배일기 『남천일록』 중에서 '내면 고백으로서의 일기'에 주목하고자 한다. 우리는 『남천일록』을 읽으면서, 내밀한 감정 상태와 심리를 적극적으로 표현하고 있는 화자의 목소리에 주의를 기울이고자 한다. 화자는 사적인 감정을 스스럼없이 고백하였고, 인간관계에서 형성되는 감정과 심리의 미묘한 변화를 섬세하게 포착했으며, 이성에 대한 개인의 은밀한 욕망까지도 토로하였다.

적극적으로 말한다면, 『남천일록』의 작가 심노숭은 각 개인이 그 자신의 감정과 욕망의 존재임을 인식하고 있었다고 생각된다. 앞으로 정밀한 연구가 진행되어야 하겠지만, 『남천일록』은 유만주(兪晩柱)의 『흠영(欽英)』, 김려(金鑢)의 『감담일기(坎窞日記)』와 함께 조선 후기 한문 일기문학사의 흐름 속에서 개인의 자아와 내면에 대한 진지한 성찰을 보여준다는 점에서 그 의의를 찾을 수 있다.[1] 아울러 『남천일록』은 가족 간에 일기를 교환하고 가족 내 여성을 위해 한글로 일부 번역함으로써 가족 간의 상호 소통과 위로의 글쓰기를 지향하고 있다는 점에서도 중요한 의미를 지닌다.

---

[1] 유만주의 『흠영』이 지닌 내면일기로서의 면모와 관련해서는 김하라, 「유만주의 흠영 연구」, 서울대 박사논문, 2011; 김하라, 「흠영, 분열된 자아의 기록」, 『민족문화연구』 57, 고려대 민족문화연구원, 2012 참조. 김려의 『감담일기』에 대해서는 박준원, 「감담일기 연구」, 『한문학보』 19, 우리한문학회, 2008 참조.

『남천일록』에 관한 본격적인 연구와 관련해 김영진은『남천일록』의 구성과 주요 내용을 소개하는 한편, 유배문인의 고독을 해소하는 방편으로서의 글쓰기에 주목하였다.[2] 이 글에서는 앞서의 연구 성과를 바탕으로 하면서, 조선 후기 일기문학사의 관점에서 심노숭의『남천일록』이 지닌 특징적 면모, 특히 내면일기로서『남천일록』이 지닌 특성, 그리고 일기 교환과 한글 번역을 통해 가족 간 위로와 소통의 역할을 담당한 측면에 초점을 맞추어 논의를 전개하고자 한다.

2. 일기 쓰기의 의미

1) 자기 서사에의 관심

심노숭은 다른 어떤 문인들보다도 자기 삶을 직접 기록하는 데에 열중하였다. 심노숭은 유배일기『남천일록』이외에 일기 형식의『경사

2　그동안 심노숭의 문학에 대해서는 김영진,「효전 심노숭 문학 연구」, 고려대 석사논문, 1996에 의해 처음 논의되기 시작하였다.「신산종수기(新山種樹記)」,「누원(淚原)」을 비롯한 서정소품에 주목한 연구가 있었으며, 최근에 이르러 심노숭의 일기문학, 산수유기, 자전적 글쓰기 등에 관해 관심을 갖기 시작하였다. 산수유기와 자전적 글쓰기에 대해서는 정우봉,「조선 후기 유기의 글쓰기 및 향유방식의 변화」,『한국한문학연구』49, 한국한문학회, 2012;「심노숭의 자전문학에 나타난 글쓰기 방식과 자아 형상」,『민족문화연구』62, 고려대 민족문화연구원, 2014에서 다루었다. 안대회는『천년 벗과의 대화』, 민음사, 2011에서 심노숭의 자전적 글쓰기에 보이는 개성적 면모와 그 중요성에 대해 간략하게 언급한 바 있다. 그리고 음식문화사적 관점에서『남천일록』을 분석한 성과를 제출했다. 안대회,「18, 19세기의 음식취향과 미각에 관한 기록」,『동방학지』169, 연세대 국학연구원, 2015 참조.

일록(囧寺日錄)』과『성교일록(城郊日錄)』을 남겼으며, 편년체 형식의 자
찬연보(自撰年譜)를 작성하였고, 항목별 분류를 통해 자기 삶을 기록한
『자저실기(自著實記)』를 쓰기도 했다.

심노숭이 자기의 삶을 서사화한 글

저술 명칭	형식	저술연대	내용
남천일록	일기	1801~1806	경상도 기장현에 유배되었을 때에 쓴 일기
자저기년	연보	1811~1832	편년체의 형태로 자기 삶을 지속적으로 기록한 연보
자저실기	필기	1829~1830	외모, 성격, 문예, 견문 등으로 세분하여 자신의 삶을 기록
경사일록	일기	1830	사복시 근무 시기 및 유배지에서의 일기
성교일록	일기	1832	경기도 파주에 우거할 때에 쓴 일기

위의 표에서 보듯이 심노숭은 자기의 삶을 서사화하는 데에 특별한
관심을 가졌다. 그는 자신을 주인공으로 한 다양한 형식의 글쓰기를
시도했으며, 이를 통해 자신을 성찰하고 자신의 고유한 개성을 담아내
고자 했다.[3]

심노숭은 경상도 유배 시절에 자신이 겪었던 삶을 기록한 유배일기
『남천일록』을 시작으로 자기 삶을 지속적으로 기록해 나갔다.『남천
일록』(20책)은 1801년부터 1806년까지 경상도 기장 유배지에서 쓴 일
기로, 분량이 방대하다. 그리고 1830년 사복시 근무시기와 전라도 부
안 유배지의 일기를 모아 놓은『경사일록』(2책)과 1832년 경기도 파주
에서 지낼 때의 일기를 모아 놓은『성교일록』(1책)이 전한다.

연보 형태로 자신의 생애를 정리한『자저기년(自著紀年)』은 1811년

---

3   자기 서사의 개념 및 여성의 자기 서사 글쓰기에 대해서는 박혜숙 외,「한국여성의 자기서
사(1)」,『여성문학연구』7, 한국여성문학학회, 2002 참조.

부터 기록하기 시작하여 1832년까지 지속적으로 작성되었다. 『자저실기(自著實記)』는 독특한 형태의 자전적 기록이다. '상모(像貌)', '성기(性氣)', '예술(藝術)', '문견내편(聞見內篇)', '문견외편(聞見外篇)' 등의 항목으로 세분하여 자기 삶의 다양한 면모를 입체적으로 조명했다. '상모(像貌)'는 자신의 외모와 관련된 사항을, '성기(性氣)'는 자신의 기질, 기호와 관련된 사항을, '예술(藝術)'은 자신의 문학예술 분야에 관련된 사항을 각각 서술하였다. 그리고 '문견내편'은 심노숭이 직접 본 사실 ─ 주로 당대의 정치와 관련된 ─ 을 기록하였는데, 당대의 정치적 야사(野史)가 주된 내용을 이룬다. '문견외편'은 전대의 야사집 등에서 뽑아서 수록하였다. '문견내편'과 '문견외편'은 각각 100여 항목에 걸쳐 구성되어 있는 만큼 『자저실기』 중에서 가장 많은 분량을 차지한다.[4]

이처럼 심노숭은 자기 서사의 글쓰기를 다양하게, 그리고 지속적으로 수행했다. 그런데 더욱 주목되는 점은 자기 삶을 기록하는 작가의 기본적인 서술 태도와 자세이다. 그는 자기를 미화하거나 과장하지 않고 정직하게 기술하고자 하였으며, 더 나아가 숨기고 싶은 비밀까지도 과감하게 기록했다. 자기 묘사의 정직함, 내밀한 감정과 욕망을 숨김 없이 고백하는 자세가 심노숭의 자전적 글쓰기의 기본적인 태도였다.

내편(內篇)은 본 것을 수록하고 외편(外篇)은 들은 것을 수록하였으니, 요컨대 모두 실제 마음으로 실제 행적을 서술하였다. 사실에 맞지 않는 것이 조금이라도 있으면 농부가 잡초를 뽑아 버리듯 다 제거하였다.[5]

---

4   최근에 『자저실기』 완역본이 나와 참고가 된다. 안대회 역, 『자저실기』, 휴머니스트, 2014.
5   심노숭, 「자저실기발」, 『효전산고(孝田散稿)』(연세대 소장본) 34책. "內篇屬見, 外篇屬聞, 要

비록 자손과 후인들이 기록할지라도 사사로움에 얽매이고 사실과는 멀어져 실상을 잃어버리게 되니, 차라리 죽기 전에 자기 스스로 기록하는 것이 낫다. 초상화를 그려 두어 죽으면 그것을 사당에 보관하여 제사를 지내는데, 구구하게 그림을 빌려서 얼굴이 비슷하기를 애써 구한들 칠분(七分)조차도 얻기 어렵다. 이것을 가지고 그 사람을 후세에 전하고자 하는 것은 지엽적인 방법이다. 차라리 연보로써 사실과 언행을 기록하여 자손과 후인들로 하여금 읽게 하는 것이 더 낫다. 그렇게 하면 얼굴을 보는 듯 말을 듣는 듯한 데에 그칠 뿐이겠는가?[6]

위의 인용문은 『자저기년』과 『자저실기』를 집필하는 작가의 기본 자세, 태도를 잘 보여준다. 타인의 손을 빌리지 않고 자신이 직접 실제 삶의 행적을 정직하게 묘사하는 것이 무엇보다도 중요하다고 보았다. 남에 의해 기록되는 순간 미화와 과장은 불가피하며, '사사로움에 얽매여' 실상과 멀어지게 된다. 사실과 부합하지 않은 것들은 농부가 잡초를 뽑듯이 제거해야 한다고 주장했다.

심노숭은 초상화와 자기서사의 글쓰기를 비교하였다. 실물과 아무리 흡사하게 그린다고 하더라도 근사함만을 얻을 뿐임을 지적하면서, 자신의 경험담을 들려주기도 했다. 화공을 구하여 자신의 초상화를 그리게 한 적이 여러 번이었지만, 한 번도 자신과 비슷한 초상화를 얻지

皆以實心敍實蹟. 一有或近於不實者黜之, 如農夫之去莠稂."
6 심노숭, 「자저기년서」, 『효전산고』 22책. "雖有子孫後人之紀之, 私弊而過, 與事遠而失實, 不如未死自紀之也. 人有畫眞, 死而尊閣而祭祀之, 區區假丹靑, 切切然求其面目之似, 而鮮有得乎七分者, 欲以此傳其人, 末矣. 孰如譜之載事紀言, 使其子孫後人讀而知之, 不啻若見其面而聞其言乎?"

못했다고 하였다. 오히려 자신의 손으로 직접 글로 남기는 것이 초상화를 그리는 일보다 더 낫다고 결론을 내렸다.[7]

　　① 거의 병적일 정도로 과일을 좋아해서 익지 않은 과일이라도 몇 되씩 먹었는데, 익으면 그 두 배를 먹었다. 특히 대추, 밤, 배, 감을 좋아했고, 그중에서도 감을 가장 즐겨 먹어서 50세 이후에도 한 자리에서 70개씩을 먹어서 시치(柿痴)라고 불렸다.[8]

　　② 정욕이 다른 사람보다 심하였다. 열네댓 살부터 서른대여섯 살까지 거의 미치광이 같아서 패가망신할 지경이었다. 무뢰배들과 어울려 노닐고, 담장을 넘는 행동까지 하였다. 남들이 손가락질을 하였고, 나 또한 혹독하게 반성도 했지만 끝내 고칠 수 없었다.[9]

위의 두 인용문은 『자저실기』의 「성기(性氣)」 항목에 수록되어 있다. 인용문 ①은 과일을 병적으로 좋아하는 습성을 소개하였다. 『남천일록』에도 과일, 그중에서도 특히 감을 좋아하는 화자의 식성을 여러 곳에서 기록해 두었다. 인용문 ②는 성적 욕망에 탐닉했던 지난 과거의 삶을 매우 솔직하게 드러내 보였다. 광적일 정도로 성욕에 집착하였다

7 　심노숭, 「상모」, 「자저실기」, 『효전산고』 33책. "余自少日喜寫眞. 遇有工者, 輒乞之, 閱幾人, 易累十本, 無一似, 卒意倦而止. 畫之旣不得, 不得不記之. 記之不必須人, 不如自記之, 使後人信之."

8 　심노숭, 「성기」, 위의 책. "嗜啗果品, 如病之偏. 童時啗未熟果子幾數十升, 旣熟倍之. (…中略…) 棗栗梨柿, 最其尤者. 柿有甚焉. 五十歲以後, 尙一食亦七十顆. 人謂之柿癡."

9 　위의 책. "情慾有過於人. 始自十四五歲, 至三十五六歲, 殆似顚癡, 幾及縱敗, 甚至挾斜之遊, 不擇選竇之行. 人所指笑, 自亦刻責, 而卒不得自已."

고 하는 화자의 고백은 당시의 글쓰기 관행을 고려할 때 다소 충격적이다. 남들에게 드러내 보이지 않았던 성에 관한 문제를, 그것도 성욕에 광적으로 집착하여 패가망신을 할 정도였고 사대부로서 무뢰배들과 어울려 다니고 담장을 넘는 행동까지 서슴지 않았다고 진술하는 화자의 자기 고백은 여타 다른 기록들에서 찾기 어려운 면모이다. 『남천일록』에서도 이와 유사한 기록을 여러 곳에서 확인할 수 있다.[10]

2) 『남천일록』에 있어서 일기 쓰기의 의미

총 1,965일에 이르는 유배기간 동안 심노숭은 거의 하루도 거르지 않고 일기를 작성했다. 그는 하루의 일상을 일기 속에 매우 자세하게 기록하였다. 심노숭이 『남천일록』을 작성한 목적은 무엇이었을까? 그 자신이 일기 쓰기의 의미에 대해 다음과 같이 직접 밝혀 놓았다.

일기 쓰기와 관련해 내가 생각하기에 천리 멀리 떨어진 곳에서 소식을 주고받는 데에는 편지 정도가 고작이다. 그런데 편지의 경우에는 인편이 떠날 즈음에는 매번 바쁜 중에 착오가 있을까 걱정하고, 편지를 보내고 나서는 문득 빠트린 것을 탄식하게 된다. 일기의 경우에는 크건 작건 모두 기록하고 많건 적건 다 기재할 수 있다. 남겨 두어서는 시름을 덜어내니, 때로는 쓸모없는 바둑 장기보다 낫고, 상대에게 보내어 서로 위로를 하니 편지 종

---

10 『남천일록』, 『자저실기』, 『자저기년』 등을 포함하여 심노숭의 자전적 글쓰기에 대해서는 정우봉, 「심노숭의 자전문학에 나타난 글쓰기 방식과 자아 형상」, 『민족문화연구』 62호, 고려대 민족문화연구원, 2014 참조.

이의 소략함을 크게 능가한다. 날씨의 변화와 변고(變故)의 유무(有無)의 경우에는 비교하여 살필 수 있으니 일기를 쓰지 않을 수 없다. 그러므로 내가 쓰는 일기는 일을 기록하는 데에서 그치지 않고 눈으로 보고 귀로 듣고 마음으로 생각하는, 세 가지 기관의 쓰임을 다 기록하였다. 일이 없을 때에는 억지로 찾아내고 들추어내었으니, 이것은 참으로 미혹함에 가깝지만 근심을 없애기 위함이었다.[11]

심노숭이 일기를 쓴 목적과 의미는 크게 두 가지로 나뉜다. 첫째는 근심을 덜어내는 방법[消愁]이며, 둘째는 상대방의 마음을 위로하는 방법[慰懷]이다. 수심을 잊기 위한 방편인 동시에 멀리 떨어진 사람을 위로하는 역할을 한다. 일기는 자기에 대한 위로의 글쓰기인 동시에 상대방에 대한 위로의 글쓰기인 셈이다. 여기서 상대방은 심노숭의 동생, 조카, 어머니, 딸 등에 한정된 가족이다.

또 하나 특별히 중요한 사실은 심노숭이 멀리 떨어진 가족과 일기를 서로 교환했다는 점이다. 편지는 상호간의 감정과 의사를 소통하고 교류하는 글쓰기이다. 심노숭은 편지가 지니는 이 같은 기능을 일기 장르 속에 적극적으로 수용하였다. 사소한 일상까지 세세하게 기록하였고, 그 소소한 일상들을 가족들과 공유함으로써 가족 성원 간의 소통

---

11 심노숭, 『남천일록』 2책, 국립중앙도서관 소장본, 1801년 5월 26일. "日錄之作, 余意蓋爲千里遠別, 兩地相通, 固不過乎書疏往來, 而臨便每患忙錯, 送書輒歎遺闕. 日錄則洪纖畢書, 多少俱載, 留而爲消愁, 或勝於博奕之汗漫, 送而爲慰懷, 大過於赫蹏之疏略. 至於日候陰晴, 事故有無, 亦可以比看而較知, 則錄不可不作也. 是以余所爲者, 不但記事而止, 眼見耳聞心思, 三官之用, 無不載識. 無事之時, 或强索深覓, 此固近乎惑也, 而要畧破愁也." 앞으로 국립중앙도서관 소장본 『남천일록』에서 인용할 경우 "심노숭, 『남천일록』 2책, 1801.5.26."의 형태로 약칭함. 국립중앙도서관 소장본 『남천일록』을 현대 활자로 표점한 책이 한국국사편찬위원회 한국사료총간으로 출간되었다.

과 위로의 매체로 일기 장르를 적극 활용하였던 것이다. 편지와 일기의 장르적 혼용인 셈이다.

심노숭은 동생과 함께 일기를 쓰고 교환하는 행위가 서로를 위로하는 데에 그 목적이 있다고 하였다.[12] 그는 자신의 유배 생활을 상세하게 기록한 일기를 중간중간 정리해서 가족들에게 보냈으며, 심노숭의 동생 심노암(沈魯巖)과 조카 심원열(沈遠悅) 또한 일기를 작성해서 심노숭에게 보냈다. 유배객 심노숭에게 있어 일기 쓰기는 가족 상호간의 공감과 소통을 통한 위안의 글쓰기로서 의미를 지니고 있었다. 심노숭과 가족 간의 일기 교환은 유배로 인한 고난의 시절을 함께 견딜 수 있는 가족 상호간의 공감과 위안의 기록인 동시에 훗날 지나간 고난의 시절을 기억하는 기록이기도 하였다.[13] 가문의 자랑스러운 역사를 기록으로 남겨 후세에 전하겠다는 점보다는 일상적 삶의 작은 부분들을 통해 기억을 공유하고 추억하고자 하였다. 일상 기억의 공유를 통해 가족 성원 간의 소통과 위로를 목적으로 일기를 작성하고 상호 교환했던 점은 일기 쓰기의 사례 중에서 매우 특별한 의미를 지닌다.

그리고 일기를 단순히 교환하는 데에서 그치지 않고, 심노숭과 그의 동생 심노암은 상대방이 쓴 일기를 대상으로 각자의 의견과 논평을 자

---

12 심노숭,『남천일록』7책, 1802.10.22. 日錄前後所來日條, 無錯矣. 前來條止六月二十八日, 今來條始自七月初七日, 其間九日, 竝無排錄. 此事全爲吾輩相慰之計, 諧悉有勝書牘, 留覽可備諧乘. 雖謂之此時此中所不可無者, 未謂過語也. 就其中, 吾之詳, 而泰詹之略, 事情無怪其然. 昨年女兒所謂, 來爲四運, 去未一運者, 此也. 吾則窮寂之中, 或爲遺悶, 或爲紀實. 每日或無事可書, 則不免有强覓究索而錄之者. 泰詹則居家事務, 行路出入, 事雖多而錄不給, 又安得不如此乎? 然而若其有終始勤怠之不同, 則亦有可以見得心力者, 可於此處之也.

13 심노숭,『남천일록』4책, 1801.9.11. 吾之此來後, 精力之所費, 心術之所在, 不啻如尋常詩句文篇而已, 所以非家奴往來與必可信之便, 則不付送者也. 泰詹亦知此意, 護看無所忽, 所去今幾爲累卷, 須分編作卷, 竝前所藏冊子, 弆在深處也. 來錄亦自此緊護. 吾輩或有他日, 此兩錄重繕寫, 合爲一書, 相與對看, 可以爲古人所謂不忘在莒之義, 而亦可以留而爲子孫後世之觀也.

유롭게 서술하였다. 일종의 평비서(評批書)로서의 성격을 지니고 있었다.[14] 단락에 따라 비평을 달고 구절에 따라 논평을 하였다는 점은 이 같은 평비적(評批的) 성격을 잘 보여준다. 『남천일록』 내에서 심노숭 자신이 "보내 준 일기에 논평을 하였는데, 반드시 다시 논평할 필요는 없겠지만 또한 간략하게 답변했다"[15]고 하거나 "일기에 조목조목 답장하는 것을 어제 마치지 못해 오늘 끝냈다"[16]고 언급한 데에서 이 같은 짐을 알려준다. 실제로 『남천일록』을 보면 심노숭이 항목별로 구분해서 동생 심노암이 쓴 시문 작품에 대해 비평을 하거나 특정한 정치적 사안이나 인물 등에 대한 심노암의 글에 대해 논평을 하는 대목들이 상당수 수록되어 있다. 그들에게 있어 일기는 지기(知己)와의 대면(對面)이며, 비평적 대화였다.

실제로 심노암은 유배를 떠나는 형 심노숭이 일기를 쓰자고 제안한 것에 맞추어 자신도 일기를 작성했으며, 그것을 심노숭에게 부정기적으로 보내었다. 심노암이 자신이 쓴 일기를 '천리대면록(千里對面錄)'으로 명명한 이유는 상대방 일기 내용에 대한 논평과 일기의 상호 교환을 통해 글이라는 공간 속에서 친밀한 대화를 나누고자 하는 뜻에서였다.[17] 정치 사회적 주제에 대한 엄정한 평가와 논평을 통해서, 혹은 일

---

14 심노숭, 『남천일록』 3책, 1801.7.17. 泰詹, 就前去日錄中, 別出例, 逐段評題, 隨句論定, 有如對面酬酢, 執手笑謔. 見之殆欣然不自已. 日錄之作, 始盖出余意, 窮固荒寂之中, 憂愁悽慨之情, 一發之爲說, 飲食便矢, 起居行止, 凡係切身之事, 莫不信手而錄, 遇便而以次付送, 取見則無異對敍, 而隨處欲詳, 多及於煩瑣說話, 排日無闕, 或至於冤索事端, 此則誠過矣. 然而其有助於窮居自遣, 遠別相慰, 豈云少乎? 若其上下論難, 往復抎揚之此一例, 吾意之所未到, 而泰詹得之, 意益深而旨益切. 孰謂泰詹多疎泛也?

15 심노숭, 『남천일록』 3책, 1801.7.18. 去錄評來, 固不必更論, 而亦有略復.

16 심노숭, 『남천일록』 6책, 1802.5.15. 日錄條復, 昨日未畢, 今日又始之.

17 심노암, 「천리대면록서(千里對面錄序)」, 『제전유고(弟田遺稿)』(국립중앙도서권 소장본) 5

상의 자잘하고 사소한 일들을 서로 공유하고 공감하는 과정을 통해서, 그들 가족은 상대방의 아픔을 치유하고 서로를 위로할 수 있었다. 사소한 일상까지 기록하는 것은 단순하게 기록벽(記錄癖)의 측면에서 이해할 것이 아니다. 소소하게 벌어지는 작은 일상들, 지극히 사사로운 것까지 가족 내부에서 공유하고자 한 점이 주목된다.

동생 심노암과 조카 심원열과는 한문으로 작성한 일기를 교환하였으며, 여기에 더 나아가 심노숭은 자신이 쓴 일기를 직접 한글로 번역하기도 했다. 심노숭은 어머니, 딸 등 집안 여성들과 한글 편지를 통해 서로 간의 의사소통을 하였다. 심노숭은 유배지에서 어머니와 딸을 위해 한글 편지를 직접 작성하였고, 어머니와 딸이 부친 한글 편지를 통해 유배지의 고단한 삶을 위로받을 수 있었다. 한글 사용에 능숙하였던 심노숭은 어머니, 딸 등 집안 여성들과 한글 편지를 주고받았다.[18] 『남천일록』에는 어머니, 딸과 한글 편지를 주고받는 장면이 자주 등장한다.

여기에 더해 심노숭은 『남천일록』을 발췌하여 직접 한글로 번역하여 가족들에게 보냈다.[19] 어머니, 딸과의 소통을 위한 글쓰기로서 일기를 활용하였던 것이다. 저자 자신이 쓴 한문 일기를 직접 한글로 번역한 사례는 드물다는 점에서, 더 나아가 일기 번역을 통해 여성을 포함한 가족 성원 전체의 정서적 유대와 공감을 지향한다는 점에서 『남천

책. "伯氏到謫, 詳記日所爲事, 命之曰, 一日百念集, 取子瞻語. 又敎余爲日記, 隨便互寄, 至於陰晴之候, 亦以相準. 遂自伯氏行發日爲始, 凡看書作文課農理圃碎細之事, 無不畢錄, 以至與人往復對客酬答, 亦撮其可相聞者記之, 命之曰, 千里對面錄, 取諸古史, 事不類而語相近, 寅斷章之義也."

18 『남천일록』에 보면, 어머니의 병환을 언급하는 대목에서 '얼얼'이라고 한글로 표기한 것이 눈에 띤다. "泰詹書曰, "母主氣候 (…中略…) 左邊肢體, 有얼얼之意."(『남천일록』 15책, 1805. 閏6.24)

19 심노숭, 『남천일록』 4책, 1801.9.8. "日錄斬翻, 固知泰詹之意有所在, 而亦不必一向拒之. 就其中, 略略翻之, 固不害爲慈闈消遣之助耶!"

일록』의 일기 쓰기는 더욱 특별한 의미를 지닌다.

여기에 덧붙여 심노숭은 경상도 기장 지역의 방언을 한글로 기록한 저술을 작성하기도 하였다. 『언지』라고 이름 붙인 이 저술은 유배 생활을 통해 점차 익숙해진 기장 지역의 사투리를 모아 편찬한 것으로 짐작된다.[20] 한글로 기록된 이 책의 저술 목적은 어머니에게 즐거움을 주기 위한 것이었으며, 유배 생활의 일시적 소일거리로 삼은 것이었다. 그 외에도 심노숭은 죽은 아내의 생전 행적을 기록한 「망실실기(亡室實記)」를 한글로 번역하기도 하였다. 「망실실기」의 한글 번역은 당시 10살 된 딸에게 주기 위함이었다.[21] 아울러 심노숭은 혼인을 한 딸을 위해 여성의 행실과 관련된 책자를 편찬하였고, 이를 한글로 번역하여 딸에게 줄 계획을 갖고 있었다.[22]

심노숭은 한문에 능숙하지 않았던 가족 내 여성들과 적극적으로 소통하고 교류하기 위해 한글로 글을 썼으며, 때로는 한문으로 쓴 글을 직접 한글로 번역하기도 했다. 한문 유배일기 『남천일록』의 한글 번역도 이러한 맥락에서 이해된다.

---

20 심노숭, 『남천일록』 4책, 1801.10.24. "日用言語, 北人聞之, 不可卞者, 十之八九. 近余久居, 頗解聽, 而究之, 皆無義意, 往往有令人絶可笑者. 余爲諺識, 送覽慈闈, 爲一時解頤. 此固窮寂中戲事, 而其中最不可知者, 父子相與爾汝也."

21 심노숭, 「망실실기서(亡室實記序)」, 『효전산고』 7책. "實記者, 記其實也. 不及德性言行, 只就其事實而記之, 如年譜. 婦人不出閨門, 安有事實? 關其年不長, 尤安有可記也? 然而竝其無可記之事實, 而仍而泯沒, 則又何忍也? 遂就君平生, 略記之. 未歸于余, 聞于外舅. 及其歸余, 皆與余共書編, 年月頗詳, 諺譯示女兒, 俾藏之."

22 심노숭, 『남천일록』 6책, 1802.6.12. "吾事豈不可悲? 吾情豈不可苦乎? 四十年生世之跡, 惟有渠一人, 久離而靡所可慰, 成倫而無以卽見, 俱係人理之不可忍而尙忍之. 迎婿後, 有意爲一冊子, 如內則女行, 疏列編分, 以諺釋文, 贈棐, 爲朝夕觀戒, 則無異耳面之提命, 可資心肺之銘念."

3. 『남천일록』에 나타난 내면 고백과 가족 소통의 글쓰기

1) 가장으로서의 부채의식, 그리고 상념과 회상 속의 자아

16세기에는 사대부들이 쓴 한문 일기 —『미암일기(眉巖日記)』,『초간 일기(草澗日記)』,『쇄미록(瑣尾錄)』 등 — 가 다수 등장하며, 궁중 여성과 사대부 여성들이 쓴 한글 일기 등도 활발하게 창작되었다. 그러나 개인 의 내면 심리와 감정을 풍부하게 보여주는 일기는 상대적으로 적다.

유배일기『남천일록』에는 고향에 두고 온 가족에 대한 부채의식과 그리움의 감정을 토로하는 대목이 상당히 많이 나온다. 이들 기록들에 는 작가의 내면적 심리와 감정이 매우 짙게 드러나 있다.

① 말 위에서 올려다보니, 빗처럼 생긴 초승달이 서쪽 하늘에서 비추고 있었다. 우리 집을 생각하노라니 달은 서쪽 집 바깥 작은 길 두 그루 삼나무 위에 있으리라. 태첨은 어머니를 모시고 딸과 마주 앉아서 필시 내가 가고 있는 여정을 헤아리고 있으리라. 딸이 헤어질 때에 소매를 잡고 흐느껴 울 면서 이렇게 말하였지. "달이 뜨면 저는 달을 보며 아버지를 불러 볼 거예 요. 아버지도 달을 보고 나를 불러 보세요." 문득 이 생각을 하자 나도 모르 게 눈물이 흘러 옷깃을 적셨다. 죄업이 무거워 죽어서도 갚을 수 없으니, 어 린 딸로 하여금 이처럼 슬프게 하였던가?[23]

---

23 심노숭,『남천일록』1책, 1801.3.4. "馬上仰見新月如梳, 流照西天, 想到吾家, 月定在西軒外細 逕雙杉上. 泰詹侍慈闈, 與女兒對坐, 必計我行程也. 女兒別時, 執汝袂泣言, 月生, 兒當向月喚爺,

② 밤에 달빛이 매우 아름다워 마당을 산보하였다. 달을 보고 아버님을 부르겠다던 딸아이의 말이 생각나 가슴이 갑자기 돌이라도 삼킨 듯 먹먹해서 스스로 진정할 수가 없었다. 종들 그리고 상인(祥仁)과 함께 거리로 나갔다가 걸음을 옮겨 우씨 집에까지 이르렀다. 조금 있다가 돌아왔다.[24]

③ 밤이 어둑하고 구름이 어두워 길을 분간하지 못했다. 이태원 고개를 지나자 길을 헤매어 갈 곳을 몰랐다. 다만 동남쪽으로 가자고 약속했다. 말 위에서 서북쪽 하늘가를 고개 돌려 바라보니, 구름에 가리웠던 것들이 흩어지고 드문드문 별들이 새어 비쳤다. 그 아래는 우리 집임을 알 수 있었다. 태첨(泰詹, 동생 沈魯巖)이 어머니를 모시고 딸과 조카와 함께 둘러 앉아 흐느껴 우는 모습이 눈에 보이듯이 뚜렷했다. 이것이 이른바 몸이 떠나가도 정신이 남아 있다는 것인가?[25]

위의 인용글은 그 한 예로서, 화자가 어린 딸과 가족들에 대한 그리움의 정서를 매우 진솔하게 묘사했다. ①은 유배길을 떠나는 도중에, ②와 ③은 유배지에서 고향에 두고 온 가족들을 그리워하는 심정을 묘사했다. 가족들과 헤어져 유배길에 올랐을 때에, 그리고 유배지에 도착하여 힘든 시간들을 보낼 때에 화자는 고향에 두고 온 가족들을 떠

爺亦見月喚我. 忽念此, 不自知淚下沾襟. 罪業苦重, 旣不能死而自贖, 乃使稚弱女兒坎傷至此耶?"

24 심노숭, 『남천일록』 1책, 1801.3.16. "夜月色甚佳, 散步庭宇, 念女兒見月喚爺之語, 胸氣忽如呑石, 不能自定."

25 심노숭, 『남천일록』 1책, 1801.2.29. "夜昏雲暗, 徑路不分. 過梨泰峴, 迷不知所之, 約以但向東南去. 馬上回望西北天邊, 迷雲解駁, 稀星漏見, 其下認是吾家. 泰詹侍慈闈, 與女兒男妹, 繞坐啼泣之狀, 宛在目前. 是所謂身去神留者耶?"

올리곤 하였다. 화자가 그려보는 상상 속의 고향집 모습은 대개 '동생이 어머니를 모시고 딸과 함께 둘러 앉아 있는 것'이다.

화자는 어린 딸이 들려주는 목소리 ─ 달을 보며 아버지를 불러 보고, 아버지 또한 달을 보며 자신을 생각해 달라고 하는 ─ 를 직접 옮겨 놓음으로써 어린 딸에 대한 그리움과 미안함과 애틋함을 효과적으로 표현했다. 어린 딸을 그리워하며 괴로워하는 화자의 감정과 태도를 애써 숨기거나 감추려 하지 않는다. 화자는 눈물이 흘러 옷깃을 적시기도 하고, 한 집안의 가장으로서 현재의 자신을 책망하기도 하며, 가슴이 갑자기 돌을 삼킨 것 같은 괴로움에 고통스러워한다.

심노숭은 가장으로서의 책무를 제대로 하지 못한 채 동생에게 그 짐을 지운 것에 대해 미안해하는 마음을 토로하기도 했다. 그는 "백가지 천가지 걱정과 괴로움이 너의 마음에 짐 지워 있는데, 나는 생각하지 않고 때로는 잊을 때도 있다. 이러한 생각이 일어나면 발광하려고 하니, 내버려 두는 것이 낫다"고 하면서 동생에 대한 애틋한 마음을 애써 잊어버리고자 하였다. 동생 심노암이 유배지를 한번 다녀가고 난 뒤의 심정을 심노숭은 이렇게 표현했다.

동생이 출발한다는 소식을 듣고부터 이별의 시름이 마음속에 벌써 자리 잡았다. 비유하자면 탁한 물이 오래도록 가만히 두어서 어느 정도 맑게 되었는데 갑자기 다시 뒤섞여 버리게 된 것과 같다. 오늘의 심정은 참으로 집을 처음 떠날 때보다도 심하여서, 가도 간 줄을 모르고 앉아도 앉은 줄을 모르며, 슬퍼도 슬픈 줄 알지 못하고 근심을 해도 근심하는 줄 모른다. 집으로 돌아와 벽에 쓴 시를 보고 이 일기를 쓰니, 잠깐 동안이나마 문득 다시 만났던 같았다. 쓰러져 베개에 누워 눈으로 시를 보고 손을 이마에 대니 문득 마음에 병이 든 사람과 같았다.[26]

전송을 하고 나서 마음이 향할 곳이 없어서 며칠 동안은 자신을 진정시킬 수 없었다. 앉거나 누울 때나 벽에 쓴 시만을 볼 뿐이다. 문을 나서서 밭두둑이나 계곡 물가를 거닐면 마치 따라오는 것 같았다. 문득 홀연히 이와 같다면 참으로 마음에 병이 들겠다고 생각했다. 수습하여 강해지려고 하여 책을 마주해서 읽지만 또한 마음에 들어오지 않았다. 어떻게 해야 좋을지 모르겠다.[27]

동생과 유배지에서 상봉한 뒤에 기약 없이 헤어진 뒤의 심정을 매우 감성적인 필치로 묘사했다. 유배지에서 어느 정도 안정을 찾으면서 적응을 하던 차에 동생을 상봉했다가 다시 헤어졌을 때에 화자가 겪었던 감정의 변화를 작가는 비유적으로 표현했다. 탁한 물이 시간이 지나 맑게 되었는데 갑자기 뒤섞여 탁하게 되었다는 비유는 화자의 외로움과 허전한 심정을 적실하게 드러내 준다. 이처럼 심노숭은 유배객으로서 적응하는 과정에서 겪어야 했던 복잡한 내면 감정과 심리의 구체적 양상을 가감 없이 드러내 보였다.

---

26 심노숭, 『남천일록』 4책, 1801.11.17. "自聞渠行發消息, 已先有別愁. 譬如滓濁之水, 靜置旣久, 若可以淸得幾分, 而忽又混淆之. 今日之情, 誠有甚於離家之初, 行不知行, 坐不知坐, 悵亦不知, 愁亦不知. 歸寓, 見壁詩, 書此, 不過暫乍之間, 而忽如更逢. 頹然臥枕, 眼看詩, 手加額, 恍然如病心人."

27 심노숭, 『남천일록』 4책, 1801.11.19. "送行, 心無指向. 今數日, 亦無以自定. 坐臥, 但看壁詩, 出門, 行畦上硼疊, 有如相隨, 恍然忽然, 自度若此, 眞至病心. 欲收拾自强, 對卷而讀, 亦不經意. 不知何以則爲好也."

① 기구한 운명으로 인해 사십이 넘었는데도 아들이 없으니, 이것은 선조들에게는 없었던 일이다. 어긋나고 어그러짐이 이 같은 상황에 이르렀는데, 목숨 또한 기약할 수가 없다. 세상에 살아 있는 흔적으로는 오직 딸아이만이 남아 있다. 임자년(1792) 이후로 내가 하루라도 나중에 죽어 해야 하는 것은 오직 그 아이의 혼례를 이루어 주는 한 가지 일 때문이었다. 원수들이 길을 가로막고 여러 차례 어긋나는 바람에 혼례를 올리려던 일이 이루어지지 못했다. 우리 형제의 마음과 피는 거의 다 말라 버렸다. (…중략…) 특히 이 일만큼은 마음을 태우고 간장을 녹여 버린다. 하루 종일 밤낮으로 멍하니 미친 것 같았다. 밤중에 잠을 자다가 갑자기 놀라 깨어 뱃속의 기가 밖으로 부는 것이 여러 차례였다. 지금 훌륭한 집안의 후손과 정혼하기로 의논을 하여 조만간 혼례 올린다고 들었다. 이제는 내가 죽어도 눈을 감을 수 있으리라.[28]

② 딸이 혼례를 올린 이후 내 마음은 한편으로는 빚을 갚은 것 같고, 다른 한편으로는 걱정이 더해진 것 같아서, 슬퍼하다가 다시 자신을 위로하였다. 이렇게 저렇게 생각하고 또 생각하는 것이 하루에도 몇 십 번인 줄을 모른다. 요컨대 모두 다 세속의 천박한 견해요 부녀자의 연약한 성품임을 면하지 못했다. 매번 이러한 마음이 생길 때마다 통렬하게 억제를 하였다. 이것은 예전에 내가 말한바 도리상 마땅히 나와야 할 것이 아닐 뿐만 아니라 그 아이가 길이 평안할 방법이 아니다. 이 같은 사리를 분명히 알지만 여전히 마음이

---

28 심노숭, 『남천일록』 5책, 1802.4.6. "畸命過四十無子, 此祖先所無. 僁敗至此, 壽命又無以自期. 生世之跡, 今惟有女兒. 壬子後, 吾所以得盡一日後死之責, 惟在成就渠一事. 怨仇塞路, 沮敗多岐, 宜家之願, 腕晚至今, 吾兄弟心血幾涸矣. (…中略…) 最是此事, 薰心觸腸, 日夕之間, 忽忽如病狂. 夜眠輒驚, 肚氣自噓者, 累矣. 今聞定議於故家遺裔, 成禮在近, 從此吾雖死, 而將暝目耶?"

평안할 수가 없다. 이것은 나의 학력이 아직 도달하지 못한 곳이다.[29]

심노숭이 유배되어 있을 때에 자신의 딸이 혼례를 올리게 되었다. 딸은 이미 죽은 부인 전주이씨와의 사이에서 낳은 1남 3녀 중 유일하게 생존한 자식이었다.[30] 1802년 4월에 심노숭의 유일한 자식이었던 딸의 혼인과 관련해서 동생과 여러 차례 의견을 주고받은 사정이 일기에 기록되어 있다. 전주이씨가 죽은 임자년(1792) 이후로 심노숭은 자신이 죽기 전에 반드시 해야 할 일로 딸의 혼례를 들었다. 하지만 노론 벽파의 공격으로 인하여 딸의 혼사는 지체될 수밖에 없었고 유배가 된 이후로는 "마음을 태우고 간장을 녹여 버릴" 정도였다고 하였다. 멍하니 미친 사람 같았다고 하는 화자의 말이 결코 과장으로 들리지 않는다.

두 번째 인용문에서는 혼례를 올린 이후 심노숭이 느끼는 복잡한 내면 감정이 매우 섬세하게 그려졌다. 빚을 갚은 것 같기도 하고 걱정이 더 생긴 것 같기도 하다는 말은 딸의 혼례를 멀리서 겪어야 했던 심노숭의 내밀한 감정을 잘 드러내 준다. 늦게나마 딸의 혼례를 마친 것에 대한 심정, 그러면서도 딸아이 혼례를 직접 주관하지 못하여 안타까운 마음 등이 혼재되어 있다. 화자는 그 같은 흔들리는 마음을 아녀자의 연약한 본성에서 나온 것이라고 하면서 억제하고 억누르고자 하지만

29　심노숭, 『남천일록』 7책, 1802.9.10. "女兒成婚後, 吾心一邊殆若了債, 一邊有如添憂, 旣自傷之, 又自慰之, 如彼之思, 如此之念, 一日不知幾十遭出矣. 要之皆不免於世俗之淺見, 婦女之軟性. 每此心出, 輒痛抑之. 此固嚮吾所謂不但非道理之所當出, 亦非所以爲溯祈永之道者也. 此簡事理, 知之且明, 而尙不能曠然平心. 此吾學力未到處也."

30　심노숭은 전주이씨 의술(義述)의 딸과 1777년 16세에 결혼하였다. 1남 3녀를 낳았지만 둘째 딸을 제외하고 모두 일찍 죽었다. 그리고 전주이씨 부인 또한 1792년에 세상을 떴다. 심노숭은 1794년에 재취(再娶)를 하였고, 1811년에 이르러서야 아들 원신(遠愼)을 얻었다.

그 또한 여의치가 않다. 복잡하게 얽힌 감정, 그 같은 감정을 다스리고 억제하고자 하는 의지, 하지만 그 의지대로 되지 않는 것이 오히려 인간인 이상 지극히 당연하고 자연스러운 면모일 것이다. 『남천일록』은 그 같은 감정의 흔들림을 섬세하게 포착해 놓았다.

가족들에 대한 부채의식과 그리움을 안은 채 유배지에서 하루하루를 살아가는 심노숭은 상념과 회상의 공간 속에서 그들과 재회하고자 했다.

조선 후기 유배문인의 글쓰기 가운데 새로운 경향 중의 하나는 화자의 망상과 상념에 대한 기록이다. 화자는 닫혀진 자신의 공간으로부터 탈주하기를 꿈꾼다. 구속된 육체로부터 벗어나 고향과 가족들의 안부를 걱정하고 그들에 대한 그리움을 토로하였다. 노긍(盧兢)의 「상해(想解)」, 이학규(李學逵)의 산문 작품 일부는 이 같은 경향을 보여주는 사례이다.[31] 『남천일록』에는 상념 혹은 망상에 빠진 자아를 기록한 대목들이 많이 나온다.

① 아침에 일어나니 몹시 추웠다. 아이들이 밭에 엷은 얼음이 얼었다고 한다. 어머니에 대한 그리움과 고향 동산을 보고 싶은 생각에 더욱 마음이 놀라고 홀연 내 몸이 없는 듯 했다. 솜옷은 입으셨을까? 육식은 계속하실까? 문은 흙질을 했을까? 온돌은 따뜻할까? 병풍과 휘장은 마련했을까? 이불과 요는 알맞을까? 봄 가을의 식량은 어떠할까? 겨울을 날 비축은 어떠할까? 조세 납부는 어떻게 처리할까? 제수 음식은 어떻게 갖출까? 온갖 일들 어느 하나 근심거리 아닌 것이 없다.[32]

---

31 이에 대해서는 안대회, 「노긍 소품문고」, 『한문학보』 6, 우리한문학회, 2002; 정우봉, 「낙하생 이학규의 산문세계」, 『한국실학연구』 6호, 한국실학회, 2003 참조.

② 이러한 상상을 해본다. 마치 내가 가족 편지를 읽을 때처럼 요사이 고향에서도 내 편지를 읽을 것이다. 딸아이는 어머니를 모시고서 손에 편지를 들고 입으로 읽으면서 좌우로 눈물을 닦을 것이다. 동생 태첨은 곁에 앉아서 입으로는 위로의 말을 하면서 눈에서는 눈물이 흐를 것이다. 이런 생각을 하니 나 또한 정신과 넋이 어느덧 그 사이로 들어갔다. 일기를 딸아이는 한글로 번역해 보여 달라고 하고, 태첨은 시간이 걸린다며 들어주지 않는다. 그의 생각으로는 위안은 적고 근심을 가져오는 것이 많아서 더뎌질 것이라고 여겼을 것이다. 이번 인편에 보낸 것은 더욱 많은데, 딸아이는 반드시 번역해 달라고 조를 것이고, 태첨은 누워 일기를 보며 손을 내저으면서 딸아이의 말을 들어주지 않을 것이다. 그 모습이 또렷하게 바로 지금 내 눈에 보인다. 이처럼 생각하고 또 생각하다가 나도 모르게 몸을 벌떡 일으켜 미친 사람처럼 방과 마루 사이를 왔다 갔다 하였다.[33]

상념 속에 빠진 자아의 형상을 매우 구체적으로 묘사하였다. 첫째 인용문에서 화자는 아침에 일어나서 고향에 두고 온 가족들에 대한 상념을 열거한다. 짧게 끊어지는 연속적인 의문문을 활용하여 화자는 끝없이 일어나는 상념들을 토로하였다. 그 상념들은 대부분 가족들의 안부와 관련되는 것이다. 한 집안의 가장으로서의 책임감을 통감하면서

---

32 심노숭, 『남천일록』10책, 1803.10.7. "朝起頗寒. 童輩言, 田畦間有薄氷. 堂闈之戀, 郊園之思, 重自驚心, 忽若無身. 纊衣已御耶? 肉食或繼耶? 戶堎耶? 埃溫耶? 屛帳具耶? 衾褥適耶? 看秋之斛量如何? 禦冬之旨蓄如何? 租稅之納, 何以經營? 柴盛之需, 何以備儲? 凡百之事, 無一非憂."

33 심노숭, 『남천일록』2책, 1801.6.15. "想家中昨今披讀吾書, 如吾讀家書時, 女兒侍慈闈, 手持書口讀, 左右拭眼淚. 泰詹傍坐口慰譬, 亦眼釀涕. 念此, 吾且神魂冉冉去廁其間矣. 日錄女兒乞翻看, 泰詹苦遲不許云. 其意必謂慰懷少而惹愁多, 所以遲遲. 今便所去尤多, 女兒必强乞, 泰詹臥看錄, 揮拒不從之狀, 宛然卽今在目. 念念如此, 不覺蹶起身行房軒間, 若將病狂狀."

화자는 어머니의 안부를 묻고 집안 살림살이를 걱정하고 있다.

둘째 인용문에서 화자는 편지를 읽고 있을 가족들의 모습을 떠올렸다. 편지는 화자와 가족들의 안부를 확인하는 유일한 소통 매체였던 만큼 화자가 가족들이 편지 읽는 광경을 상상하는 것은 매우 자연스러운 현상이다. 화자는 그 광경을 매우 구체적으로 재현해 놓았다. 딸아이는 편지를 읽으면서 눈물을 흘릴 것이고, 동생은 딸아이를 위로하면서 함께 눈물을 흘릴 것이라고 상상하였다. 일기를 한글로 번역해 달라고 조르는 딸아이와 그러한 딸아이의 말을 뿌리치는 동생의 모습에서 가족에 대한 화자의 애틋한 그리움을 엿볼 수 있다.

여기서 흥미로운 점은 화자가 그들 가족들 가운데에 함께 들어가 있는 장면을 상상해 보는 것이다. 일기라는 글쓰기 공간 속에서 화자인 나는 고향집 가족들 속에 섞여 있는 또 다른 나를 상상하고 있는 것이다. 여기서 '자아'는 글을 쓰고 있는 현실 공간의 나, 일기 공간 속에서 화자로 활동하는 나, 그리고 그 화자가 상상 속에 만들어 낸 또 다른 나로 구분된다. 상상 속에 만들어 낸 또 다른 자아를 통해 작가는 자아의 모습에 대한 탐구를 보다 내면화시켰다.

> ① 어머니와 떨어진 지 이제 반년이 되었다. 점차 정신 혼백이 육신에서 벗어나는 것을 느끼고 멍하고 아득하여 자신을 돌아보니 사람이 아니었다. 이와 같으면 살아도 필시 오래 살 리가 없겠지만, 이것 또한 쉽게 얻을 수 없다.[34]

---

34 심노숭, 「답임척장(答任戚丈)」, 『효전산고』 8책. "離闈以來, 半載于玆. 漸覺神識離去形軀, 忽忽皇皇, 自顧匪人. 如是而生, 必無久理, 而此又不可易得."

② 책을 읽으려 했지만 책이 마음에 들어오지 않고, 잠을 청하려고 하지만 잠도 오지 않는다. 눈을 감고 눕자 혼기(魂氣)가 홀연 몽롱해지면서 밖으로 나가더니 수많은 산과 강을 거쳐 마침내 고향마을에 도착한다. 뜰 안으로 들어가 우물가를 지나자 태첨(동생 沈魯巖)이 헌창에 기대어 있고 이노장(李老丈)이 옆에 누워 있으며 원아(遠兒, 조카 沈遠悅)가 뜰의 계단에서 장난치는 모습이 보인다. 내당으로 들어가니 어머님은 담뱃대를 물고 베개에 누워 계시고 딸아이는 마루 끝에 앉아 근심스러운 표정으로 멍하니 있다. 여종은 물동이를 이고 있고 남자 종은 땔나무 지게를 지고 있다. 닭은 채마밭을 둘러싸고 있고 소는 마당에 누워 있다. 또렷하고 선명하게 몸으로 직접 겪고 눈으로 보고 있으니 마치 함께 대화를 나눌 수 있을 것 같았지만 결국 다시 홀연 꿈에서 깨어 돌아왔다. 이는 대개 심령이 혼기를 따라 빽빽하게 모이고 맑게 열려 현실세계가 꿈의 세계 하나를 만들어 낸 것이다.[35]

가족과 이별한 후 유배지에서 생활하는 화자는 혼백이 육신으로부터 분리되어 떠돌아다니는 경험을 하게 됨을 밝혔다. 혼백이 육신에서 분리되자 멍하고 아득한 상태, 즉 혼이 빠진 상태에 잠기게 된다. "몸은 자유롭지 못하지만 혼을 구속할 수 없다"는 말을 증명하듯이, 화자는 책을 읽다가 자리에 누워 눈을 감고 상상 속 세계를 경험한다. 화자는 상상 속 세계를 여행하는 또 다른 '나'를 등장시켜 그 또 다른 '나'의 행동을 묘사하고 있는 점이 앞서의 인용문과 흡사하다.

---

35 심노숭, 『남천일록』 1책, 1801. 3. 13. "欲看書, 而書不入. 欲睡, 而睡不至. 閉目而臥, 魂氣忽冉冉而出去, 歷萬水千山, 遂到鄕山. 入隄內, 過井邊, 見泰詹憑軒囱, 李老傍臥, 遠兒嬉遊庭堦. 入內堂, 慈闈御煙竹臥枕, 女兒坐軒端, 愀然失心. 婢戴水盆, 奴荷柴擔, 鷄繞圃, 牛臥場. 歷歷身經而眼閱, 若可以相與晤言, 遂復忽忽而返. 此皆心靈隨魂氣, 森然而會, 瀜然而開, 眞界成一夢界也."

'일기를 쓰는 자아', '일기 공간 속의 자아', '일기 공간 속의 자아가 상상하는 또 다른 자아', 이렇게 중층화된 자아를 등장시켜 작가는 이룰 수 없는 욕망을 일기 공간 내에 창출해 낸 일종의 몽계(夢界) 속에서 해소하고자 한다. 몽계 속의 자아가 경험하는 광경은 실제로 몸으로 직접 경험하는 것처럼 생생한 감각을 불러일으킨다. 그만큼 화자가 꿈꾸는 욕망이 절실하고 강렬함을 반증한다. 화자는 유폐된 공간으로부터 벗어나 몽계를 부유하는데, 그 몽계는 현실세계에서 이루지 못한 욕망을 일시적으로 해소하기 위해 만들어 놓은 세계이다.

이와 관련해 『남천일록』에서 우리는 지난 시절의 기억들을 회상하는 장면을 자주 접하게 된다. '즉시성'에 의해 그날그날의 일상을 하루의 시간 속에 분할하여 그때그때 적어 나가는 일기의 통상적인 글쓰기 방식에 비추어 볼 때, 과거 회상과 추억을 일기 속에서 자주 언급하는 것은 간과할 수 없는 의미를 지닌다. 그것은 화자의 내면 정감의 표출과 관련되기 때문이다.

> 메밀면 수제비를 조금 많이 먹을 때면 꾸짖음이 따랐었다. 김용이 곁에서 보살피다가 서로 보고 웃었다. 딸아이만이 음식을 조절할 줄을 알았다. 어머니께서는 두 아비가 딸애에게 못 미친다고 말씀하셨고, 나의 부인 또한 그렇다고 말했다. 규방 안에서 웃고 즐거워하였던 일이 어제 같다.[36]

심노숭은 등불 아래에서 조카가 책을 읽고 딸아이는 물레를 돌리고,

---

36 심노숭, 『남천일록』 7책, 1802.12.27. "木米麵飥, 少過時, 嗔喝隨之, 金溶在傍, 護視而相笑. 惟女兒能自知節食, 慈闈教以兩父所不及, 吾孺人亦以爲然. 閨閫之間, 笑歡如昨."

곁에 있는 집안 가족들이 함께 웃는 소리를 듣는 것이 일생의 큰 즐거움이라고 한 바 있다.[37] 위의 인용문은 홍역을 앓고 난 후 과식을 하였던 병오년(1786년) 때의 일을 회상하였다. 화자는 가족 간에 있었던 사소한 일화를 통해 그때의 즐거웠던 추억을 묘사했다. 메밀로 만든 수제비를 과식하였더니 어머니께서 딸아이만도 못하다고 말하였고, 아내 또한 그 말에 맞장구를 쳤던 일화를 통해 우리는 심노숭 가족의 행복했던 추억을 마주하게 된다.

어머니, 동생, 딸, 조카뿐만 아니라 죽은 아내와의 추억을 떠올리기도 한다. 예컨대 1801년 9월 3일 일기를 보면, 장모가 보내 준 편지를 받고서 죽은 아내와의 추억을 회상하는 화자를 만나게 된다.

① 나와 아내는 16년 동안 가난하게 살았다. 이틀에 한번 식사를 하고 철 지난 옷을 입는 것에 대해 나는 슬픈 마음이 없을 수 없었지만, 그대는 한결같이 편안하게 여기었다. 그대는 전에 "슬퍼한들 무슨 이로움이 있겠어요? 마음만 더욱 곤궁해지지요"라고 했다. 내가 부끄러워하며 사과했다. 옷을 맡겼는데 너무 늦게 주기에 내가 솜씨가 서툴다고 놀렸었다. 옷을 내어 보여 주는데, 여기저기 터진 곳을 깁고 깁느라고 옷 한 벌에 공정이 열 배 백 배 걸렸을 것이다. 그러한데도 원망하거나 탄식하는 빛이 없었다. 내 옷이 그와 같으니, 아내가 입던 옷을 알만하다. 끝내 굶주림과 추위로 병이 들었고, 병중에도 몹시 추운 날씨에 얇은 옷을 입고 있었다. 한번은 낮에 이불을 쓴 채 옷을 벗고 솜을 넣고 있었는데, 한기에 몸이 편치를 않았다.[38]

---

37 심노숭, 『남천일록』 7책, 1802.12.27.
38 심노숭, 『남천일록』 4책, 1801.9.3. "余與孺人, 十六年居窮, 竝日之食, 過時之衣, 余不能無憯憯

② 밥을 먹고 나서 지팡이를 짚고 문을 나섰다. 밭두둑을 걷는데, 개울과 연못 사이에 벼들은 다 수확하였고 초목들도 다 떨어졌다. 서리와 이슬이 내려 쓸쓸하고, 구름이 해를 가리고 있었다. 마을을 보니 집집마다 벼 낟가리를 만들어 볼만했다. 젊어서 나는 일찍부터 시골에서 살 생각을 하였다. 매번 외출을 하여 마을 농가에 뽕나무, 마, 닭, 개들이 산과 물에 가까이 있는 것을 볼 때마다 마음이 즐거웠다. 집으로 돌아와 흥미진진하게 아내에게 말하곤 했다. 아내는 매번 웃으면서 나를 '시골 바보'라고 하였다. 그 후 몇 년 동안 농가에서 죽을 때까지 후회하지 않고 살기로 마음속으로 맹세를 하였다. 그런데 지금 천리 밖으로 떠돌면서 그저 남을 부러워하고 있다.[39]

장모가 보낸 편지 속에서 아내에 관한 언급을 보자, 화자는 자연스럽게 죽은 아내와의 추억을 떠올렸다. 심노숭은 죽은 아내 전주이씨를 위해 도망문(悼亡文)을 다수 창작하였으며, 이것을 『침상집(枕上集)』으로 묶기도 했다. 위의 일기에서 심노숭은 아내가 했던 생전의 말을 직접 인용하여 그때 당시의 현장감을 최대한 살렸다. 남편을 배려하고 자신을 희생했던, 고운 심성을 지녔던 아내는 끝내 가난으로 인한 굶주림과 추위로 인하여 병이 들었고, 죽음을 맞이하게 되었다. 그 같은 아내에 대한 미안한 마음은 그녀가 죽은 이후에도 지속되었다.

心, 君一意安之. 其言嘗曰, "慽慽何益? 但心益窮." 余愧謝之. 衣當授苦遲, 余讓其手不敏, 出視之, 千綻萬補, 一衣而工當十百. 然而無恨嗟色. 余衣如此, 其自着可知. 卒飢寒爲病, 病中當深寒薄衣. 一日見晝蒙被, 脫衣添綿, 寒栗不自定."

39 심노숭, 『남천일록』 4책, 1801.10.8. "飯後, 扶杖出門, 行塍上, 川澤間禾旣收, 草木亦落, 霜露悽慨, 雲日掩翳. 見村中家家爲禾囷, 令人可觀. 少余夙有意鄕居, 每出, 見村家來麻鷄犬, 依近山水, 心欣然樂之, 歸而說娓娓. 孺人每笑之, 謂鄕痴. 數年矢心守田廬, 沒齒無悔. 今而千里遊離, 但羨人而已耶."

두 번째 인용문 또한 죽은 아내에 대한 추억을 다루었다. 전원에서 은거생활을 하기로 결심한 심노숭은 시골마을을 보고 와서는 아내에게 자기 혼자 신나서 시골 생활의 즐거움에 대해 이야기 하였다. 거기에 대해 아내는 웃으면서 나를 '시골 바보'라고 놀려대었던 과거의 정겨웠던 추억을 떠올렸다. 이처럼 심노숭은 어머니, 딸, 죽은 아내와의 추억을 회상하면서 유배인으로서의 자기 내면의 감정과 심리를 효과적으로 표현했다.

이상에서 보듯이 『남천일록』에서 화자는 상념과 회상 속에서 가족에 대한 부채의식과 자기 내면의 감정, 심리를 적극적으로 토로하였다. 이를 통해 화자는 유배로 인한 자신과 가족들의 고통을 치유하고 상호간의 위로를 지향함으로써 가족 성원 간의 친밀한 공감과 소통의 장을 마련하고자 하였다.

2) 심리적 불안과 그 극복의 방법

심노숭은 유배객으로서의 자신을 '천하의 제민(際民)'으로 규정했다. 그는 자신의 처지를 "나와 같은 사람은 천하의 경계인(際民)이다. 가문의 명망을 실추시켰고 대대로 이어진 가업을 손상시켰고, 어그러지고 떠돌며 우환과 질병으로 어느덧 머리카락이 하얗게 세었으며, 지금까지 후사가 없다"고 하였다.[40] '제민'이라는 용어는 전후 문맥을 고려하

---

40 심노숭, 『남천일록』 4책, 1801.9.9. "若余者, 天下之際民也. 墜失家傳之聲, 蕩殘世守之業, 僇敗遊離, 憂患疾病, 居然鬚髮如絲, 至今且無後繼者矣."

였을 때에 '경계에 서 있는 사람'이라는 의미로 짐작된다. '제민'은 서울의 중앙권력에서 방축되어 경상도 기장 지역에 갇혀 있는 심노숭 자신의 자의식을 적실하게 드러내 준다.

① 지금 내 한 몸은 천하의 곤궁과 괴로움을 다하였고, 인간세상의 흉악함을 갖추었으니, 원통과 울분으로 얼음을 안고 있으며, 근심과 두려움으로 창자가 수레바퀴처럼 굴러간다. 평생 도를 배웠지만 죄목은 의리를 어긴 소인이며, 성스러운 때를 만났으나 신세는 변방에 유배된 외로운 신하이다. 가족의 정을 그리워하니 가시와 바늘이 모여드는 것 같고, 고향을 생각하니 배가 어디로 흘러가는지 모르는 것 같다. 아침과 점심에는 먹을 것을 걱정하니, 머리털이 난 중이요, 수염이 난 부녀자이다. 삭망에는 점고를 받으러 가니 죄수를 조사하고 병사를 열병하는 꼴이다. 바닷가 마을 호적에 편입되었으니 이름은 양반이지만 귀양다리 신세이다. 마을 서당의 훈장으로, 아이들의 우두머리로 불린다.[41]

② 우리들이 겪는 지금의 감정은 이 세 가지(怒, 哀, 惡의 감정)를 포함하니, 노여움으로 머리카락이 위로 솟고, 미움으로 애간장이 다 녹으려 하고, 미움으로 주먹을 쳐서 부숴 버리고자 한다. 얇고 부드러운 것 속에서 아홉 번 뒤틀림은 마치 수레바퀴가 굴러가고 침으로 찌르는 듯하다. 하루에도 천백번 변하는데, 어찌 단지 슬픔과 그리움에 그칠 뿐이겠는가?[42]

---

41 심노숭,『남천일록』 7책, 1802.10.21. 今吾一身, "極天下之窮苦, 備人間之凶衰, 冤憤而氷在抱, 憂畏而輪轉腸. 學道平生, 罪案則背馳義理之小人, 逢時聖明, 身世則跡投邊裔之孤臣. 戀係倫情, 有如針刺之衆萃, 顧念身家, 不知舟流之所屆. 朝晝謀食, 髮僧髥婦. 朔望赴點, 慮囚閱兵. 係在海縣之編戶, 號曰兩班, 謫脚寄居. 村塾之丈席, 謂之群童牌頭."

위의 인용문은 노론 벽파 정권에 의해 경상도 기장으로 유배된 심노숭의 현재 상황을 잘 보여준다. 화자는 '의리(義理)를 어긴 소인(小人)'이라는 죄목에 의해 변방에 유배된 외로운 신하이다. 유폐된 공간 속에서 생활해야 하는 화자는 고향에 두고 온 가족들 생각으로 가시와 바늘에 찔린 듯 가슴이 아프고, 가족들의 모습을 떠올리면서 물 위에 흘러가는 배처럼 상상의 나래를 펼친다. 두 번째 인용문에서 심노숭은 원망과 그리움의 감정뿐만 아니라 노여움과 슬픔과 미움 등의 감정이 얽혀 있는 복잡한 내심을 드러내 보였다. 특히 화자는 극심한 심적 고통을 겪고 있었음을 '애간장이 하루에도 아홉 번 뒤틀린다'는 말로 표현했다. 이 말은 본래 사마천(司馬遷) 자신이 그의 극심한 정신적 고통을 비유한 말이다.[43]

그러한 심적 고통 속에서도 화자는 매일매일 먹을 것을 걱정하면서 살아가야 한다. 그 점을 화자는 '머리를 기른 중'과 '수염이 난 부녀자'라고 희화화하여 표현했다. 밥을 구걸하기 위해 머리를 기르고 떠돌아다니는 중의 신세에다가 자신의 처지 — 반찬거리와 식량을 걱정해야 하는 — 를 비유했다. '수염이 난 부녀자'라는 비유 또한 먹을거리를 걱정해야 하는 유배생활의 고단한 처지를 적실하게 표현하였다.

한편 유배객으로서 해야 할 의무 중의 하나는 초하루와 보름날 관아에 나가 점고(點考)를 받는 것이다. 『남천일록』을 보면 화자가 매월 1일과 15일에 관아 점고를 받는 장면을 서술해 놓았는데, 때로는 불시에 관

---

42 심노숭, 『남천일록』 2책, 1801. 6. 13. "吾輩今日之情, 包此三者, 勃然而髮欲上指, 炊然而腸欲寸銷, 懍然而拳欲片碎. 九回軼薄中, 如輪之轉, 如針之刺, 一日而千百變, 豈止所謂悵與戀而已也?"
43 사마천은 자신의 극심한 심적 고통을 표현하면서 "하루에 애간장이 아홉 번이나 뒤튼다.[腸一日而九回]"고 했다. 『한서(漢書)』 「사마천전(司馬遷傳)」 참조.

아 점고를 하기도 하였다. 양반 신분으로서 아전들의 모욕을 받아야 했던 장면을 서술해 놓았는데, 점고를 받는 광경을 '죄수를 조사하고 병사를 열병(閱兵)하는 것'으로 비유함으로써 유배객으로 전락한 자신의 처지를 효과적으로 표현했다. 더 나아가 화자는 이름은 양반이지만 귀양다리 신세이며, 서당 훈장으로 어린아이들의 우두머리 노릇이나 한다고 자신의 처지를 자조적으로 표현하기도 하였다. 때로는 자신을 희화화하고 때로는 자조적으로 표현하는 방식을 통해 화자는 낯선 환경 속에 내던져진 유배객으로서의 자기 정체성을 생생하게 드러내 보였다.

심노숭은 자기 내면의 복잡한 심리와 감정 상태를 매우 섬세하게 표현했다. 낯선 환경에 처한 유배객으로서 겪어야 하는 내면 갈등과 감정의 흐름을 예리하게 포착했다. 수심(愁心)이라는 것이 질병처럼 심해지기도 하고 나아지기도 하면서 그 정도가 시시각각 달라짐을 말했다. 수심은 하루의 시간대에 따라서도 달라지고, 날씨의 변화에 따라서도 변한다.[44]

집에서 출발할 때 종일 비가 와서 온 마음이 마치 고독(蠱毒)에 중독된 것 같았지만 그 아픔이 어디서 오는지 몰랐기에 그래도 견딜 수 있었다. 여정 중의 10여 일은 생각이 온통 무사히 여정을 마치는 것에 있었기 때문에 수심이 그치는 때가 간혹 있었다. 살 곳을 정하지 못해 분주하고 불안한 상황에 이르게 되자, 비를 만나면 미쳐버릴 것 같았다. 음식을 먹고 기거함에 마음이 한시도 누그러진 적이 없는 상태가 수일 동안 지속되니 질병이 따라

---

44 심노숭, 『남천일록』 1책, 1801.3.24. "愁懷如病症劇歇. 驗之一日之內, 朝起似少減, 飯後漸生, 日將暮極甚. 又視日陰晴, 日日能自遣, 陰雨又忽忽不自定."

와 문득 나타나, 눈앞이 흐릿하게 보이고 밥맛이 없는 듯했다. 저녁이 되면 갈증이 났고 밤에 자다가 깨어 거울을 보니 흡사 사람이 아닌 듯했다. 그 기세가 분명 죽음에 이른 후에야 그칠 것이었다.

이에 홀연 마음이 흔들리니 자신을 위로하지도 못하고, 또한 거듭하여 놀라서 어떻게 마음을 다스려야 할지 몰랐다. 마침내 마음과 서로 이야기하길, "나의 죄업이 죽어도 갚지 못할 정도이고 또한 삶에 대한 미련도 없으나 노친과 여린 딸을 어찌 할 것인가? 또한 어린 임금이 재위에 계시며 지극한 인(仁)으로 관용을 베푸셨다. 지금 만약 천명을 스스로 편히 여기지 못하고 병이 들어 죽는다면 천지의 덕을 받드는 올바른 길이 아니다"라 하였다. 이에 모든 것을 잊는 것을 해야 할 일로 여기고, 잊을 수 있는 방법을 구하였다. 자려고 하지만 밤에도 오히려 잠들지 못하는데 하물며 낮이겠는가?[45]

위의 인용문은 화자의 내면고백적 언술을 극명하게 잘 보여준다. 유배지 출발 이후 유배지에 거처를 마련하는 과정에서 화자의 수심이 어떻게 변화해 왔는가를 단계적으로 구분하여 설명했다. 수심의 정도가 점차 깊어져서 미쳐버릴 정도에 이르렀으며, 더 나아가 마음과 서로 대화를 나눈다는 것은 혼잣말로 늘어놓는 넋두리이다. 내면고백적 언술의 형태를 통해 화자는 낯선 환경에 놓여 있는 자기의 내면 심리의 고통스러운 면모와 그 변화의 과정을 매우 섬세하게 포착했다.

45 심노숭, 『남천일록』 1책, 1801.3.24. "行發, 終日之雨, 一心如中蠱者, 不自知其痛在何處, 猶可自堪. 在途十餘日, 意全在安稅, 所以愁或有歇時. 及到, 捿屑未定接, 値雨如病狂. 飮食起居, 心未嘗一刻少寬. 數日病症, 隨而輒見, 如眩瞀厭食. 夕渴宵寤, 大驚忽若匪人. 其勢必至於死而後已. 於是忽然動心, 旣不能自慰, 又重以自驚, 不自知其何以爲心. 遂與心相語曰, "吾之罪業, 死不足償, 亦無戀生之心, 而奈老親弱女何? 且沖聖在上, 至仁寬假, 今若不自安命, 病而及死, 則非所以卒承天地之德也." 於是以一切自忘爲工程, 求所以可忘之術, 欲眠而夜猶不得. 況晝乎?"

심노숭은 심리적 불안과 고통에서 벗어나기 위해 어떤 방법을 찾았을까? 여기서는 수식법(數息法)과 불공(佛供)에 대해 언급하고자 한다. 그리고 이들 심리적 안정 추구의 방법은 소식(蘇軾)의 그것과 유사하다. 소식은 황주로 유배된 이후 특히 불가와 노장 사상에 심취하였으며, 이들 사상의 수용을 통해 정신 경계의 자유로움과 초탈한 정신을 추구하였다. 심노숭은 자신의 시문에 대해 말할 때 한시는 백거이(白居易)와 원진(元稹)을 많이 따랐으며, 산문은 소식을 추숭했다고 한 바 있다. 그리고 유배지로 떠날 때에 짐꾸러미 속에 그는 다른 문인의 문집보다는 소식의 글을 챙겼다. 황주에 좌천되었던 소식의 문학과 삶을 자기 나름대로 수용하고자 한 의도에서였다.

아침에 일어나 세수를 하고 의관을 갖추고 책상다리를 하고 앉아 눈을 감고 수식(數息)을 하면 밥을 먹을 때가 된다. 때때로 손님이 찾아와 대화를 나누고 손님이 떠나면 다시 아까처럼 한다. 자첨(子瞻, 蘇軾)은 수식(數息)이 양생에 가장 효과가 좋다고 했으니 마음을 단속하면 양생(養生)할 수 있을 것이라 여긴 것이리라. 5~6일 정도 하자 수심이 꽤 가라앉고 먹는 것도 조금 나아졌다. 자첨이 점차 자신이 본래 황주 사람이었던 것처럼 느끼게 된 것은 또한 이 방법을 사용한 효과인 것이리라. 오늘은 종일 비가 와 적적하니 찾아오는 사람이 없었다. 비오는 날의 수심 또한 전보다 줄었다. 누워서 이 글을 초하며 스스로를 위로했다.[46]

---

46 심노숭, 『남천일록』 1책, 1801.3.24. "朝起盥頮, 衣冠盤膝坐, 閉目數息, 至飯時. 或客來與語, 客去又如之. 子瞻稱數息爲養生第一功, 謂攝心, 則可以養生耶! 行五六日, 愁頗忘, 食亦稍進. 子瞻之漸覺如本是黃州人者, 其亦用此術之效也歟! 今日雨終日, 寂寂無來人, 雨日愁病, 亦視前較少. 臥草此, 自慰."

유배되어 매인 몸으로 외롭고 연모하는 마음이 생일을 가까이 맞이하니 다른 날보다 배가 된다. 낮은 아직 덥지만 편지를 읽거나 누워서 일기를 적으면서 자신을 위로한다. 밤에는 눈이 어질거려서 할 일이 없이 앉았다가 누웠다기 하며 마음이 안성되지 않는다. 문득 생각하기를, 내가 지은 죄와 업보로 이 같은 나쁜 과보(果報)를 받아 이미 스스로의 마음을 혹독하게 질책하였으니, 차라리 부처의 자비에 정성을 쏟아 혹 감통하는 바가 있이 귀의하기를 기대하였다. 내일 안적사로 가서 불공을 드릴 것을 계획했다.[47]

수식(數息)은 정신을 집중하여 자신이 들이쉬고 내쉬는 숨을 하나하나 셈으로써 마음을 안정시키는 명상 호흡법이다. 소식이 「양생설(養生說)」에서 수식의 방법과 효용에 대해 언급한 바 있다. 소식은 "코끝을 응시하며 끊어질 듯 이어지게 느릿느릿 호흡하며 그 횟수를 세어 본다"고 하였다. 그는 이를 통해 "자연스럽게 깨달음을 얻고자(自然明悟)" 하였는바, 세상을 살아가는 달관의 지혜를 터득하고자 했다. 심노숭은 이 같은 소식의 수식법(數息法)을 활용하여 심신의 안정을 되찾고 유배 생활에 적응해 가고자 했다.

두 번째 인용문에서는 불교에의 귀의를 통해 심신의 안정을 추구하였던 심노숭의 지향을 엿보게 한다. 편지 읽기와 일기 쓰기가 자기 위안의 행위로 큰 의미를 지니고 있었다. 거기에 더하여 화자는 정신적 안정과 마음의 평안을 얻기 위해 불교에 크게 의지하였다. 유배객으로

---

47 심노숭, 『남천일록』 4책, 1801.9.4. "窮釁寄鬱之迹, 孤懷戀慕之情, 近逢生朝, 有倍餘日. 晝則尙熱, 看來札, 或臥草日錄, 得以自遣, 夜苦眼眩, 無所事, 坐臥不自定. 忽念余積罪苦業, 受此惡果, 旣以刻責於自心, 無寧投誠於佛慈, 或望其有所感通, 尙得以賴而依歸也. 議明日供飯安寂寺."

겪어야 하는 정신적, 육체적 고통에서 벗어나기 위해 심노숭은 불교에 큰 관심을 갖고 절을 찾아가 불공을 올렸다. 그는 유배생활을 하는 동안 1년에 두 차례(설날과 생일) 기장현 가까이에 위치한 안적사를 찾았다. 유배형을 받은 자신의 현상황을 나쁜 짓을 저질러서 받는 과보(果報)로 해석하는 화자는 스스로의 마음을 가혹하게 꾸짖으면서 불교에의 귀의를 희구하였다.

① 밤이 깊어서야 구상을 마치고 고쳐 베꼈다. 대숲에 바람이 불고 대숲 가 개울에는 비가 내리는 듯하였다. 회랑은 고요하고 작은 누각은 혼들거렸다. 감실의 등불은 새벽녘이 가까워 외롭게 밝히고, 종은 때때로 그윽한 소리를 들려준다. 인간 세상에 이 몸은 어떤 사람인가? 온갖 인연 꿈과 같고, 감각기관이 참으로 돌아간다. 부처가 곧 나요, 내가 곧 부처이다. 홀연 해탈을 한 듯, 시름과 괴로움을 영원히 떠나보낸다.[48]

② 새벽에 일어나 세수를 하고 새옷을 입고 의관을 정제하고서 칠성전(七星殿)으로 갔다. 묘연(妙演)이 벌써 불사(佛事)를 시작하여 예불을 올리고 있었다. 내가 들어가 자리를 잡고 불상과 좌우 칠성상을 우러러 보니, 마음은 절로 옛벗을 만난 듯하였다. 묘연으로 하여금 소문(疏文)을 읽게 하였다.[49]

---

48 심노숭, 『남천일록』 4책, 1801.9.5. "夜深始畢搆繕寫. 篁林多風, 筧川如雨, 回廊寂寂, 小閣搖搖, 龕燈近曉孤明, 軒鐘有時幽響. 人間下世, 是身何人? 萬緣如夢, 六根歸眞. 佛卽是我, 我卽是佛. 忽若解脫, 永離愁苦."

49 심노숭, 『남천일록』 14책, 1805.1.1. "曉起寢盥頮, 着新衣袴冠服, 進至星殿, 妙演已始佛事進供, 余入就位, 仰瞻佛像及左右七星君像, 心自忽然如逢故舊, 使妙演讀陳疏文."

③ 거처하는 방은 맑고 깨끗하였다. 온종일 밝은 창 아래에서 능엄경 등의 불경을 읽었다. 육식(六識)이 참으로 돌아가고, 사대(四大)를 절로 잊어버려 마치 곧바로 상승의 도리로 초월한 듯하였다. 정신이 온화하고 마음에 흡족함이 몹시 기뻐 참으로 오래 머물면서 번뇌를 조금이라도 덜고 싶었지만, 이것 또한 관아 점고로 구속이 되어 머물 수가 없었다.[50]

위의 인용문들은 불공을 통한 자기 위안과 자기 극복을 보여준다. 심노숭은 안적사에 가서 부처 앞에 불공을 올릴 때 읽는 소문(疏文)을 작성하였다. 실제로 그의 문집에는 이때 지었던 소문들 — 「생일공소(生日供疏)」, 「칠성소(七星疏)」, 「칠성공소(七星供疏)」 — 이 수록되어 있다. 유배 이전에도 심노숭은 죽은 아내를 위한 글 중에서 「망실초기일천불기(亡室初忌日薦佛記)」나 「대둔사관음공반기(大屯寺觀音供飯記)」 등을 짓기도 하였다.

새해 첫날 불공을 드리며 마음의 위안을 찾고자 하는 화자는 불상을 바라보며 마치 친구를 만난 듯하다고 하였다. 부처는 화자에게 친구처럼 친근한 존재이다. 심노숭은 다른 글에서 "부처야말로 천하에서 곤궁한 사람"이어서, 곤궁한 상황에 처한 사람은 반드시 부처를 좋아한다고 말한 바 있다.[51] 그는 산사를 찾아가 소문을 짓고, 불공을 올리며, 불경을 읽었다. 불력(佛力)에 의지하여 마음의 평안을 찾고 정신적 경

---

50 심노숭, 『남천일록』 5책, 1802.1.2. "居室淸淨, 終日明牕下, 讀楞嚴諸書, 六識歸眞, 四大自忘, 若可以卽時超得上乘. 甚喜其神怡意適, 誠欲久留, 或得以少息煩惱, 而此亦以所謂官點有拘, 不可得也."

51 심노숭, 『남천일록』 9책, 1803.7.18. "窮者必好佛. 泰詹知其理乎? 天下之窮者, 無如佛. 故所以窮者視爲歸, 歸必有感也. 吾三年視歲兩供, 非謂必感, 而謂有可感之理也. 泰詹今行所供, 亦此意耶? 供前後, 僧寮達曙. 此時何必想到呻呻喃喃動矣. 吾兄弟, 何時相與爲一疏, 謝妙香佛耶?"

계의 자유로움과 희열을 추구하고자 했다.

이번에는 유배지 생활에 적응해 가면서 생활하는 화자의 모습을 예로 들어본다.

① 팔십이(八十伊)가 들어오지 않아서 반찬 마련하는 것이 몹시 어려워 덕삼(德三)이에게 대신 반찬을 준비하도록 했다. 비록 팔십이만큼 익숙한 솜씨는 아니었지만 그래도 먹을 만했다. 내가 말하기를 "너희들은 나를 따라 배웠지만 크게 나아지는 것이 없다. 대신 요리법을 잘 배워서 훌륭한 요리 솜씨를 가졌다. 그것 또한 나의 공덕(功德)이겠지?"라 하였다. 그들도 웃었다.[52]

② 초가을 서늘한 기운 이후로 나 또한 어망(魚網)으로 고기 잡기로 소일을 하며 마음을 붙였다. 아이들도 모두 솜씨가 좋아서 던지면 고기를 잡았다. 토착인이 말하길, "이동형 승지께서 유배 왔을 때에 고기 잡는 것을 일로 삼아서 개울의 물고기들 씨가 거의 말랐지요. 공께서 와서도 이와 같으니, 근처 개울에 물고기가 사라지겠지요. 물고기 수명을 늘리는 방법으로는 유배객을 돌려보내는 것보다 나은 것이 없지요"라고 하였다. 내가 그 말을 듣고 포복절도하였다. 이제 듣기에, 태첨이 이 소년과 함께 날마다 낚시를 한다고 하는데, 어떻게 하면 나 또한 돌아가 고향땅 물고기를 먹음으로써 기장 땅의 물고기를 오래 살게 할 수 있을까.[53]

---

52 심노숭, 『남천일록』 5책, 1802. 4. 16. "八十伊不得入來, 饌道極艱, 使德三代治之. 雖不如八十伊之熟手, 尙可食. 余謂曰, "汝輩從學於吾, 無長進. 但學治膳法, 優優善手. 是亦吾功德耶? 渠亦笑之."

53 심노숭, 『남천일록』 7책, 1802. 10. 22. "新凉以後, 吾亦以川魚網釣爲消日寓心. 童輩皆善手, 出無不得. 土人言, "李承旨東馨謫居, 日釣魚爲事, 川族幾盡. 公來又如此, 近川將無魚矣. 爲魚養命

위의 두 인용문은 심리적 안정을 찾고 유배지의 낯선 환경 속에서 적응하면서 살아가는 일상인으로서의 면모를 잘 보여준다. 심노숭은 많을 때에는 10여 명이 넘는 서동(書童)들을 가르쳤고, 또한 그들과 함께 생활하였다. 아이들과 함께 지내는 생활의 한 단면을 매우 유머스럽게 묘사하였다. 해학적 정취를 느끼게 하는 이 글을 통해 우리는 마음의 안정과 여유를 찾아가는 화자의 모습을 떠올리게 된다.

3) 개인 취향과 욕망의 고백

　　『남천일록』에서 또 하나 주목되는 점은 자기 삶을 정직하게 기록하고자 하는 서술 태도에 기반하여 개인의 내밀한 욕망과 주관적인 기호, 취향 등을 숨김없이 고백하고 토로하는 것이다. 자기 묘사의 충실성이라는 기본적인 서술 원칙 위에서 작가는 당시 양반 사대부라면 숨기고 싶은 비밀이나 꺼리고 싶어 하는 사항까지도 주저하지 않고 서술하였다. 『남천일록』을 통해 우리는 내밀한 감정과 욕망을 숨김없이 고백하는 자아를 만나게 된다.

　　① 내가 평생 가장 괴로워한 것은 정욕(情慾)이 남들보다 지나친 것이었다. 서른 살 이전에는 거의 미치광이처럼 집착하여, 정욕과 관련된 일이라면 세상에 수치스러운 일이 있는 줄을 알지 못하였다. 통렬하게 반성하고

之術, 莫如宥送謫客. 余聞之絶倒. 今聞泰詹又與李少年日釣魚. 何以則吾亦歸, 食吾鄕魚, 使機張魚長壽耶?'

극복하고자 했지만 결국은 벗어날 수 없었다. 일찍이 혼자서 생각하기를, 천하의 일은 거의 다 스스로 믿고 행할 수 있다고 생각했지만 이 일만큼은 어떻게 할 방법이 없었다. 대개 실제 감정이 그러하였던 것이다. 서른네댓 살 이후로는 기운이 쇠약해졌지만 마음은 쇠약하지 않았다. 신유년 이후로 는 기운과 마음이 죽은 재처럼 변했다.[54]

②나는 평생 특별히 좋아하는 것이 없었다. 10년 이래로 벼슬에 나갈 생 각도 사그라들었다. 오직 끊을 수 없는 것이 정욕이었으니, 기질의 병과 같 아서 쉽게 바꿀 수가 없었다.[55]

두 인용문은 유배 생활 이전에 정욕에 탐닉하였던 과거의 삶과 그 이후의 변화 과정을 기술했다. 30대 중반을 전후로 성적 욕망에 대한 집착이 점차 쇠약해졌고, 1801년 유배가 된 이후 재처럼 변하여 좌불 (坐佛)처럼 바뀌었다고 하였다. 유배를 떠날 때에 동생 심노암이 심노 숭에게 두 가지 사항을 충고했는데, "정욕을 삼가고 술수를 멀리 하라 [愼情慾, 遠術說]"는 말이었다.[56] 성적 욕망에 탐닉했다고 고백하는 심노 숭의 말은 당시 사대부들의 통념상 밖으로 드러내 놓고 발설하기 어려 운 종류의 것이다. 이 같은 발언은 종래의 사대부 문인들에게는 금기

---

54 심노숭, 『남천일록』 11책, 1804. 3. 27. "余平生最苦, 情病過人. 三十歲以前, 殆汲汲如狂人. 一涉 情邊, 不知世間有羞恥事, 非不欲猛自省勉, 而終不能擺脫出. 嘗自謂天下事, 幾皆有自信, 而此事 無可奈何, 蓋其實情則然. 三十四五歲, 氣始衰而心猶不衰. 辛酉以後, 氣與心, 漠然死灰."
55 심노숭, 『남천일록』 4책, 1801. 10. 2 "余平生無嗜好, 十餘年來, 進就之念, 亦索然無意. 惟不能 遽斷者, 是情欲, 殆如氣質之病, 不可以易變也."
56 심노숭, 『남천일록』 1책, 1801. 4. 19. "來時, 泰詹有二戒, 愼情慾遠術說, 此謫居良詮. 盖知余情 累, 平生所病, 少時有過人, 殆不能自定. 及老大, 氣視衰而心有甚, 常自憂之也. 此來憂畏薰心, 疾 病纏身, 一切舊好, 若隔前世."

의 대상이었다.

하지만 심노숭은『남천일록』의 여러 곳에 걸쳐 정욕에 탐닉했던 자신의 삶을 솔직하게 토로하였다. 유배 생활을 한 지 3년이 되어 정욕이 차가운 재처럼 변했다고 하면서, 평안도 기생이 옆에 있더라도 동요치 않을 것이라고 하거나,[57] 정욕이 마른 고목이나 죽은 재처럼 되어서 마음으로 동요되지도 않고 근력도 이미 다 쇠약해졌으니 이제는 보살이 다 되었다고도 하였다.[58] 당시 사대부들 사이에서 금기시되었던 성적 욕망에 대한 언급이 매우 솔직하게 표현되어 있다.

①4년 동안 유배생활을 하느라 의복과 음식의 계책을 여인에게 많이 의지했다. 그 때문에 여인을 맞이할 것을 권하는 이가 있었다. 혼자 생활하는 것이 힘들어 비록 죽음에 이르더라도 돌과 같은 마음을 바꿀 수 없다. 예전에 덕발촌에 살 때에 이웃에 송씨 성을 가진 동녀(童女)가 있었다. 서동 무갑(書童 武甲)의 서고모(庶姑母)로서, 나이는 수십 세였다. 내가 일찍이 한번 보니 자색이 자못 괜찮았다. 그리고 길쌈은 마을 안에서 가장 솜씨가 있다고 하였다. 정욕 때문도 아니고 봉양 때문도 아니라, 수명을 기약하기 어려운데 자식을 낳고 기를 수 있는 것이니, 이에 마음이 움직이지 않을 수 없었다. 주선을 하여 거의 성사가 될 뻔했다.[59]

---

57 심노숭,『남천일록』8책, 1803.1.9.

58 심노숭,『남천일록』7책, 1802.12.27. "所謂情欲一念, 眞如枯木死灰, 不知人生有此事. 此固心思之不自暇及, 而亦知筋力之已盡枯涸也. 然而有時自量, 無事忽笑, 使有朝雲之相隨, 最可寓念. 始知黎渦之不斥, 未必深議, 此非謂宴安之可移也, 寃憤之可忘也, 憂愁之可寬也. 情有所屬, 心或得按, 亦人之常耳. 雖然, 今吾身在此, 中心萌此念, 非但天必厭之, 亦將我自惡之, 在吾則自甘鴆毒, 使人而好發狸笑, 雖死, 吾寧爲此? 是以過有一念之差, 愓然如避遠盜賊, 逶至兩年于玆, 泊焉若眞成菩薩. 今則自以爲, 廣平之鐵腸, 無以尙之."

59 심노숭,『남천일록』11책, 1804.3.27. "四年窮居, 衣服飮食之策, 相須於女人者甚多. 人或有爲

②정욕의 병통은 내가 평생 괴로워하는 것인데, 6년 동안 곤궁하게 지내니 좌불(坐佛)처럼 되어 세상에 그러한 일이 있는 줄 모르게 되었다. 갑자년(1804)에 성 동쪽 관청으로 거처를 옮겼을 때에 그 이웃에 아전의 아내였는데, 젊은 나이에 과부가 된 여인이 살고 있었다. 얼굴이 자못 추하지 않고, 문과 창을 마주하여 그녀가 웃고 말하는 소리가 가까이 들렸다. 나는 마음이 있지 않았지만 그렇다고 마음이 없지도 않았다. 덕삼과 팔십이 두 아이는 잘 알고 있었다. 몇 개월 지나 집으로 돌아온 뒤로는 잊고 지냈다. (…중략…) 이 일은 한번 웃을 일이라고 할 만하며, 『정사(情史)』의 일사(逸事)로 삼아도 좋을 것이다.[60]

유배지에서 여인과 겪었던 두 가지 일화를 솔직하게 이야기했다. 송씨(宋氏) 성을 가진 여인을 소실로 맞이하려는 생각을 갖고 실행에도 옮겼었는데, 중간에 다른 사람들의 말을 듣고 고민을 거듭하던 끝에 그 일을 중단할 수밖에 없었다. 사대부 남성이 가족 없이 홀로 유배생활을 하는 과정에서 하층 여성을 첩으로 맞이하는 것이 드문 일이 아니었다. 하지만 이에 관련된 사실을 직접 기록으로 남긴 경우는 흔치 않다. 심노숭 자신이 소실을 맞는 이유를 정욕이나 봉양(奉養) 때문이 아니라 후사를 잇기 위함— 심노숭에게는 당시 혼례를 올린 딸이 하

之勸之者, 而自養之薄, 雖至於死, 如石之心, 不可轉也. 嚮在德發村寓隣有宋姓童女, 書童武甲庶姑母, 年數十歲. 余嘗一見, 姿貌頗可. 且聞女紅爲村中之最. 非爲情慾也, 非爲自養也. 壽命難期, 生育有望, 則於是乎不得無動心, 略費經營, 幾得成就."

60 심노숭, 『남천일록』 20책, 1806.6.1. "一段情病, 卽余平生所自苦者, 六年窮居, 便如坐佛, 不知世間有此事矣. 甲子移接城東公廳時, 其隣有吏屬之妻, 年少孀居者, 貌狀頗不麤, 門牖相對, 笑語近聞. 吾未嘗有意, 而亦未嘗無意, 德八兩童頗知之. 數月還寓後, 仍忘之矣. (…中略…) 其事可謂一笑, 而備之爲情史逸事, 亦未謂不可耶?"

나 있었고, 아들은 없었다 ― 이라고 하였지만, 명분과 윤리 도덕을 중시하였던 조선 사회에서 소실을 맞이하는 문제를 자신이 직접 문자로 기록하는 것은 이례적인 일이다.

두 번째 인용문에서는 젊은 나이에 과부로 지내는 아전의 아내와 있었던 에피소드를 흥미롭게 서술하였다. 전에 알고 있었던 그 여인을 불러 밤이 깊도록 이야기를 나누었다. 심노숭은 당시 해배가 되어 고향으로 돌아갈 준비를 하고 있었다. 그 여인은 심노숭을 따라서 갈 의향이 있음을 당당히 밝혔다. 여인의 제안을 완곡하게 거절한 심노숭은 그 여인과 있었던 일화를 명말 문인 풍몽룡(馮夢龍)의 『정사(情史)』에 수록할 만한 것이라고 하였다.

여인과 관련된 다른 일화도 『남천일록』에 수록되어 있다. 심노숭이 외출을 할 때에 여인들에게 눈길을 돌리려고 하지 않았는데도 자연스럽게 눈길이 가지 않을 수 없었다고 하면서, 그 때문에 구설수에 올랐음을 언급했다. 또한 유배객이 마을 여인들을 쳐다본다는 마을 사람들의 비난이 이어지자 거처하는 집의 담장을 높이는 일도 있었다.

한편 심노숭은 자신의 기질, 습성 등과 관련해 여러 가지 벽(癖)이 있음을 밝혔다. 담배 피기를 좋아하는 벽이 심하여서, 고향 파주에서는 담배를 손수 심었으며, 유배지에서의 근심을 위로하는 방편으로 담배 피기를 좋아한다고 하였다. 또한 지팡이나 화로를 모으기를 좋아하는 성벽(性癖)도 밝히기도 하였다. 더 나아가 심노숭은 자신이 결벽증이 있음을 솔직하게 밝혔다. 그는 "나는 성품상 깨끗함을 지나치게 좋아한다. 방과 마루를 하루에도 서너 번씩 손수 청소를 하여 먼지 하나 남지 않게 한 다음에야 마음이 편안해진다"고 하였다. 결벽증에 빠진 나

와 달리 동생 심노암은 정리를 하지 않고 더럽게 지내어서 청소를 하기도 어려울 정도라고 하였다.[61]

앞에서 잠깐 언급했듯이 심노숭은 자신의 취향과 기질, 습성 등을 솔직하게 표현했는데, 음식과 관련하여 그는 과일을 병적으로 좋아하는 습성을 가졌다. 과일 중에서도 특히 감을 좋아하여 '시치(柿痴)'라고 불릴 정도였다. 『남천일록』에는 감을 좋아했던 심노숭의 습성을 보여주는 대목이 여러 군데 보인다. 그중의 하나를 예로 들어본다.

감이 나온 뒤로는 매일 10여 개씩 먹었더니 대변이 막혀 몹시 괴로웠다. 근래에는 둥주리감을 많이 먹었는데, 밤에 잠이 들면 봄날 잠이 든 것처럼 정신을 차릴 수 없이 곤하였고, 위의 작용이 곤란해질까 걱정되기도 했다. 이제부터 계획을 세워서, 밥을 먹은 후에 몇 개만 먹기로 정하기를 술 마시는 사람이 절주(節酒)를 하듯이 했다. 과연 잘 지킬지 모르겠다.[62]

명분과 체면을 중시하는 입장에서 보았을 때에 감을 유독 좋아했던 자신의 습성과 그로 인하여 고통받는 자신의 생활 모습을 시시콜콜하게 기록해 두지는 않았을 것이다. 하지만 심노숭은 그러한 점에 크게 개의하지 않고 자신이 좋아하고 즐기는 취향과 기호, 그리고 그로 인해 받게 되는 곤란함과 고통스러운 일 등을 세세하게 서술해 놓았다.

---

61 심노숭, 『남천일록』 1책, 1801.4.22. "凡人之情, 到窮處, 無不可堪之事. 余性好潔異常, 居室房軒, 日數三手自汎掃, 不令留一塵, 然後心安. 人謂潔者多窮, 而殊不知窮而後益潔. 泰詹則不然, 所居披離几案, 狼藉塵灰. 余嘗悶之曰, "吾爲君備灑掃, 亦難矣." 相與笑語."

62 심노숭, 『남천일록』 4책, 1801.10.2. "柿出後, 日食十餘箇, 大便結澁甚苦. 近日多食水柿, 夜眠輒昏困如春睡, 或慮胃氣受困. 自今定計, 飯後數箇外不食, 如飲者節酒. 未知果能持守也."

체면과 명분에 구속되지 않았던 면모를 보여준다는 점에서 흥미롭다.

양반으로서의 체면과 명분 도덕에 크게 구애되지 않았던 점과 관련해 적량(謫糧)의 문제를 들어본다. 심노숭은 유배지에서 경제적 형편이 어려워 관아로부터 식량을 배급받았다. 사실 양반 신분으로서 유배지에서 관아로부터 식량을 지급받는 일은 흔치 않았던 것으로 보인다. 심노숭 자신이 "관에서 지급하는 적량을 받아먹는 것은 의리에 조금노 구애되는 바가 없는데 지금까지 받지 않은 것은 체면을 생각하기 때문이다"[63]라고 말하는 데에서 알 수 있듯이, 유배객에게 지급하는 식량을 지급받는 일은 제도적으로 불가능한 것이 아니라 체면과 명분을 중시하는 양반들 스스로가 꺼려했던 사항이었다.

재작년 여름에 적량(謫糧) 받기를 청했었는데, 좌수 백가(座首 白哥)라는 이에게 거절을 당했다. 지금 그 때처럼 되는 것인가? 잘 모르겠다. 대체로 이 일(謫糧을 받는 일)은 의리로써 보면 먹지 못할 도리가 없지만, 일로써 보면 반드시 받아야 하는 것이 아닌 체면이 있다. 이렇게 저렇게 헤아려 보고 앞뒤로 참작을 해보니, 마음에 조금 맞지는 않지만, 크게 부끄러워할 것이 아니다.[64]

애초에 적량(謫糧)을 받으려고 한 것은 부득이한 상황에서 나온 것이었

---

63 심노숭, 『남천일록』 2책, 1801.5.19. "官給謫糧之受食, 少無所妨於義理者, 至今不受, 爲顧外面事體."
64 심노숭, 『남천일록』 9책, 1803.5.4. "再昨年夏, 亦請受, 而見格於所謂座首白哥者. 今或不至如其時耶? 未可知也. 大抵此事, 以義則無不可食之理, 以事則有不必受之體, 左右思量, 前後參倚, 雖係小慊, 亦非大愧."

다. 그리고 이리저리 생각해 보아도 의리상 크게 어긋나지 않으며 마음에 조금도 거리낌이 없는 것이었다. 적량을 받고 나서 생각해 보니, 비로소 마음이 편치 않음을 알았다.[65]

1801년 유배를 온 지 얼마 되지가 않아 경제적 상황이 어려움에 처하자 심노숭은 관아에 적량(謫糧) 지급에 관한 의사를 타진한 적이 있었다. 하지만 좌수(座首)의 반대에 부딪혀 실행되지는 못하였다.[66] 그 후 다시 적량 지급을 요청하여 받기에 이르렀다. 경상도 기장현에서는 4월부터 8월까지는 매월 보리 10두를 적량으로 지급했고, 9월부터 3월까지는 매월 쌀 10두를 지급했다. 적량을 받는 것은 제도적으로 가능한 것이었지만, 그것을 받기까지 심노숭 자신이 고민을 하기도 했고, 고을 아전의 반대에 부딪히기도 했다.

하지만 인용문에서 보듯이 심노숭은 명분과 도덕, 체면에 구애되지 않고 자기 스스로 "의리상 어긋나지 않고 마음에 거리낌도 없으며, 크게 부끄럽지 않다"고 스스럼없이 말했다. 그렇지만 적량을 실제로 받고 난 뒤에 심노숭은 가슴이 막힌 것 같아 편치 않다고 하였는바, 작가는 적량을 받기 전과 그 이후에 일어난 화자의 감정 양태와 심리적 변화를 매우 예리하게 포착하였다.

---

65 심노숭, 『남천일록』 9책, 1803.5.22. "當初議受之計, 固出迫不得已, 而亦果有參量裁酌, 自以爲不至大悖於義, 亦無少慊於心者. 旣受而思之, 始覺有介介于中."

66 심노숭, 『남천일록』 2책, 1801.5.19. "官主人忽與杰奴言, 今日坊中會議, 分定謫糧麥斗, 可往言. 初欲不受粮, 多率甚窘. 自今願付粮, 以此爲言, 可以受來也. 余意旣如此, 主人言又如此, 使之往議. 少間歸言, 所謂座首, 謂以從前元無兩班謫客給粮之事, 且旣分定, 無容更議云云. 主人言, 初不發說則好, 而旣發之後, 事面疲然, 有不可顧. 雖以此訴官, 無所不可. 余意至於訴官, 終涉重難. (…中略…) 今日鄕廳一會, 座首亦謂不可. 所謂謫糧, 升斗斂民, 全爲窮不自生之謫人. 兩班謫客, 安得與此? 座首之言旣如此, 吾輩坊任, 何所爲說? 而雖訴官, 無所益也."

4. 마무리

자기 서사의 글쓰기에 많은 관심을 갖고 있었던 유배문인 심노숭은 하루도 거르지 않고 그날의 일상과 감정을 매우 구체적으로 기록해 나 갔다. 80여만 자에 달하는 방대한 분량의 『남천일록』은 자기묘사의 정 직성, 작은 사실도 놓치지 않고자 하는 기록벽(記錄癖)과 함께 가족 상 호간의 공감과 소통을 도모하는 위안의 글쓰기를 추구했다는 점에서 중요한 의미를 지닌다.

심노숭은 『남천일록』에서 하루의 일상을 충실하게 기록하는 한편, 개인의 내밀한 감정, 복잡한 심리, 더 나아가 여성에 대한 개인의 은밀 한 욕망까지도 숨김없이 서술하였다. 이 글에서는 작중 화자의 복잡다 단한 내면 심리와 감정을 표출하는 부분, 자기를 거울로 삼아 자기 독 백적 형식의 글쓰기를 보여주는 부분, 양반으로서 감추고 싶은 비밀이 나 욕망까지도 적극적으로 토로하는 부분 등에 특별하게 초점을 맞추 어 내면일기로서의 성격을 부각시키는 데에 집중하였다. 아울러 일기 교환 및 한문 일기의 한글 번역을 통해 집안의 아픈 기억과 상처를 치 유하고 가족 상호간의 심리적 위안과 정서적 유대를 도모하는 소통의 글쓰기를 지향하였다는 점을 강조했다.

심노숭은 각 개인이 그 자신의 감정과 욕망의 존재임을 인식하고 있 었다고 생각된다. 개인의 내면 심리와 욕망, 감정 양태를 풍부하게 보 여주는 이 같은 특징은 남평조씨의 한글 일기 『병자일기』 이후로 이어 져 온 일기문학사의 전통을 계승하는 한편, 18세기 이후 한문 일기 가운데 유만주의『흠영』, 김려의『감담일기』등과 문학사적 맥락을 공유하는 것으로 평가된다.

참고문헌

1. 기본 자료

金鑢, 『藫庭遺藁』, 한국문집총간 289.

_____, 『坎窞日記』, 성균관대 존경각 소장본.

金若行, 김희동 편, 『仙華遺稿』, 목민, 2005.

金昌協, 『農巖集』, 한국문집총간 162.

羅州林氏, 『병인양란록』, 부산 이주홍문학관 소장본.

南平曺氏, 『병자일기』, 『향토연구』 6집, 충남향토연구회, 1989.

_____, 전형대·박경신 역주, 『역주 병자일기』, 예전사, 1991.

盧尙樞, 『盧尙樞日記』, 국사편찬위원회 영인본, 2006.

都世純 編, 『京山志』, 성주문화원, 1997.

_____, 『巖谷逸稿』, 국립중앙도서관.

朴祖壽, 『남정일긔』, 규장각 소장본.

沈魯崇, 『南遷日錄』, 국립중앙도서관 소장본.

_____, 『南遷日錄』, 국사편찬위원회 영인본, 2011.

_____, 『孝田散稿』, 연세대 소장본.

沈魯巖, 『弟田遺稿』, 규장각 소장본.

安邦俊, 『隱峯全書』, 한국문집총간 74.

梁憲洙, 『荷居集』, 한국문집총간 속집 131.

元重擧, 『乘槎錄』, 고려대 소장본.

兪晩柱, 『通園稿』, 규장각 소장본.

_____, 『欽英』, 규장각 소장본.

柳義養, 최강현 역주, 『남해견문록』, 신성출판사, 1999.

_____, 『북관노정록』, 일지사, 1976.

柳袗, 홍재휴 역주,『譯註 壬辰錄』, 영남대 출판부, 2000.

柳希春, 이백순 역,『국역 眉巖日記』, 담양군, 2004.

李德懋,『靑莊館全書』, 한국문집총간 257.

李文楗,『默齋日記』, 국사편찬위원회 영인본, 1996.

李世輔,『李世輔時調集』, 단국대 동양학연구소, 1985.

張顯光, 성백효 역,『國譯 旅軒集』, 민족문화추진회, 1996~1999.

＿＿,『旅軒先生全書』, 仁同張氏南山派宗親會, 1983.

趙克善,『忍齋日錄』, 한국학중앙연구원 출판부, 2012.

崔是翁,『東岡遺稿』,『韓國文集叢刊續』 46.

韓應弼,『禦洋龜錄』, 규장각 소장본.

미상,『난리가』, 개인 소장본.

미상,『戊申錄』, 日本 靜嘉堂文庫 소장본.

미상,『丙寅洋亂錄』, 고려대 소장본.

미상,『임신평란록』, 규장각 소장본.

미상,『임신평란록』, 장서각 소장본.

미상,『평남록』, 규장각 소장본.

김려, 박준원 역,『우해이어보』, 태학사, 2004.

＿＿, 오희복 역,『글짓기 조심하소』, 보리, 2006.

＿＿, 강혜선 역,『유배객, 세상을 알다』, 태학사, 2007.

김정시·안병륭,「註解 崇禎丙子日記」,『향토사연구』 3, 한국향토사연구전국연합회, 1991.

羅州林氏正字公派譜所 編,『羅州林氏正字公派世譜』, 1983.

都世純, 도두호 역,『龍蛇日記』, 새박, 2009.

민영채 편,『驪興閔氏族譜』, 鉛活字本, 1923.

박능서 편,『韓國系行譜』, 보고사, 1992.

박혜숙 역,『부령을 그리며』, 돌베개, 1996.

신희철 편,『外案考』, 보경문화사, 2002.

梁憲洙,『國譯 荷居集』, 충장공 양헌수대장 기념사업회, 2005.

驪興閔氏族譜所,『驪興閔氏族譜』, 규장각 소장본.

驪興會 編,『驪興閔氏世譜』, 뿌리정보미디어, 2004.

李重珪 編,『韓山李氏良景公派世譜』, 농경출판사, 1982.

林炳泰 等編, 『羅州林氏世譜』, 木活字本, 임실, 1935.

林炳弼 編, 『羅州林氏世譜』, 古活字本, 진주, 1925.

張顯光, 김사엽 역, 『龍蛇日記』, 『김사엽전집』 13, 박이정, 2004.

『宜寧南氏族譜』, 의령남씨대종회, 2006.

2. 국내 논저

강명관, 「담정 김려 연구(1)」, 『교사교육연구』 9, 부산대 사범대, 1984.

강혜선, 「김려의 패사소품문 연구」, 『한국고전소설과 서사문학』 하, 집문당, 1998.

_____, 「조선 후기 박물학적 취향과 김려의 한시」, 『한국문학논총』 43, 한국문학회, 2006.

_____, 「김려의 만선와잉고에 나타난 일상성」, 『돈암어문학』 20, 돈암어문학회, 2008.

고려대 민족문화연구원 한국사상연구소 편, 『여헌 장현광의 학문세계』, 예문서원, 2006~2012.

고수연, 「영조대 무신란 연구의 현황과 과제」, 『역사와 담론』 39, 호서사학회, 2004.

고은지, 「이세보 시조의 창작 기반과 작품 세계」, 『한국시가연구』 5, 한국시가학회, 1999.

권정원, 「이덕무의 가계와 교유관계」, 『한문학보』 17, 우리한문학회, 2007.

권혁래, 「신작구소설 서진사전에 그려진 피난자의 형상과 현실인식」, 『온지논총』 14, 온지학회, 2006.

권희영 외, 『병인양요의 역사적 재조명』, 한국정신문화연구원, 2001.

금오공과대 선주문화연구소 편, 『여헌학의 전개와 수용』, 보고사, 2010.

김　호, 「18세기 후반 진도로 유배된 선화자 김약행의 삶과 고통」, 『문헌과 해석』 27, 문헌과해석사, 2004.

김경미, 「18세기 양반여성의 글쓰기의 층위와 그 의미」, 『한국고전여성문학연구』 11, 한국고전여성문학회, 2005.

김경숙 역, 『조선 후기 지식인, 일본과 만나다』, 소명출판, 2006.

_____, 「16세기 사대부집안의 제사설행과 그 성격－이문건의 묵재일기를 중심으로」, 『한국학보』 98, 2000.

김경화, 「병자일기에 대한 여성문학적 연구」, 서울대 석사논문, 2004.

김명호, 「옥수 조면호의 서사잡절 전후편에 대하여」, 『고전문학연구』 20, 한국고전문학회, 2001.

김　영, 「이덕무의 독서론」, 『동방학지』 36, 연세대 국학연구원, 1983.

김영배 외, 『한산이씨 고행록의 어문학적 연구』, 태학사, 1999.

김영진, 「효전 심노숭 문학 연구」, 고려대 석사논문, 1998.

_____, 「조선 후기의 명청소품 수용과 소품문의 전개양상」, 고려대 박사논문, 2003.

_____, 「유배인 심노숭의 고독과 문필로써의 소수」, 『근역한문학』 37, 근역한문학회, 2013.

_____, 「청장관전서 및 기타 이덕무 저작에 대한 문헌학적 재검토」, 『고전과 해석』 17, 2014.

김용태, 「이시원의 사의식과 이용후생의 논리」, 『한국실학연구』 12, 2006.

_____, 『19세기 조선 한시사의 탐색』, 돌베개, 2008.

김용표, 「소동파의 양생 수련을 통해 본 웰빙 정신」, 『중국학보』 62, 한국중국학회, 2010.

김원모, 「병인일기의 연구」, 『사학지』 17, 단국사학회, 1983.

김인구, 「이세보의 가사 상사별곡」, 『어문논집』 24, 민족어문학회, 1985.

김정경, 「동명일기 연구」, 『국제어문』 44, 2008.

김정녀, 『조선 후기 몽유록의 구도와 전개』, 보고사, 2005.

김종수, 「17세기 훈련도감 군제와 도감군의 활동」, 『서울학연구』 2, 서울학연구소, 1994.

_____, 『조선 후기 중앙군제연구 – 훈련도감의 설립과 사회변동』, 혜안, 2003.

김주리, 『근대소설과 육체 – 한국근대소설의 몸지도』, 한국학술정보, 2009.

김하라, 「일기 흠영에 재현된 경험적 시간의 의미」, 『한국한문학연구』 41, 한국한문학회, 2008.

_____, 「유만주의 흠영 연구」, 서울대 박사논문, 2011.

_____, 「흠영, 분열된 자아의 기록」, 『민족문화연구』 57, 고려대 민족문화연구원, 2012.

김학수, 「17세기 여헌학파 형성과 학문적 성격의 재검토」, 『한국인물사연구』 13, 한국인물사연구소, 2010.

김흥규 외편, 『고시조대전』, 고려대 민족문화연구원, 2012.

_____, 『사설시조의 세계』, 세창출판사, 2015.

김희동 편, 『선화자 김약행 선생의 꿈과 생애』, 목민, 1992.

남도영, 『한국마정사』, 한국마사회 마사박물관, 1997.

문숙자, 「조선 후기 제사승계 방식의 선택과 의미」, 『사학연구』 77, 2005.

_____, 『68년의 나날들, 조선의 일상사』, 너머북스, 2009.

문희순, 「남평조씨 3년 9개월의 가정과 인간경영」, 『한국언어문학』 75, 2010.

박경신, 「병자일기 연구」, 『국어국문학』 104, 국어국문학회, 1990.

＿＿＿, 「병자일기의 수필적 성격」, 『울산어문논집』 7, 울산대 국문학과, 1991.

＿＿＿, 「병자일기에 나타난 1630년대 후반의 민속」, 『울산어문논집』 9, 1994.

박규홍, 『어부가의 변별적 자질과 전승양상』, 보고사, 2011.

박근필 · 이호철, 「병자일기의 기후와 농업」, 한국농업사학회 편, 『조선시대 농업사 연구』, 국학자료원, 2003.

박길남, 「이세보의 유배시조 연구」, 『한남어문학』 17, 한남어문학회, 1992.

박노준, 「이세보 시조의 분의식과 정서표출의 두 국면」, 『동양학』 20, 단국대 동양학 연구소, 1990.

박무영 외, 『조선의 여성들, 부자유한 시대에 너무나 비범했던』, 돌베개, 2004.

박문열, 「청장관 이덕무의 독서관」, 『인문과학논집』 7, 청주대 인문과학연구소, 1988.

박미해, 「유교적 젠더 정체성의 다층적 구조」, 『사회와 역사』 79, 한국사회사학회, 2008.

박병련 외, 『여헌 장현광 연구』, 태학사, 2009.

＿＿＿, 『병인년, 프랑스가 조선을 침노하다』, 태학사, 2008.

박영민, 「사유악부, 유배객 담정의 관기 보고서」, 『문헌과 해석』 39, 문헌과해석사, 2007.

박완서, 『한말씀만 하소서』, 솔, 1994.

박윤호, 「한일 여류 일기문학의 자전적 성격」, 『일본어교육』 42, 한국일본어교육학회, 2007.

＿＿＿, 「한중록과 청령일기의 자의식」, 『일본어교육』 48, 한국일본어교육학회, 2009.

박인호, 「임진왜란기 지방 지식인의 피난살이」, 『선주논총』 11, 금오공과대 선주문 화연구소, 2008.

박준원, 「감담일기 연구」, 『한문학보』 19, 우리한문학회, 2008.

＿＿＿, 「만선와잉고 연구」, 『한문학보』 18, 우리한문학회, 2008.

박천홍, 『악령이 출몰하던 조선의 바다』, 현실문화, 2008.

박학래, 「여헌학의 실용적 면모」, 『한국인물사연구』 21, 한국인물사연구소, 2014.

＿＿＿, 「담정 김려 : 새로운 감수성과 평등의식」, 『한국문화』 17, 서울대 한국문화연 구소, 1996.

박혜숙 외, 「한국여성의 자기서사(1)」, 『여성문학연구』 7, 한국여성문학학회, 2002.

박희병, 『유교와 한국문학의 장르』, 돌베개, 2008.

백두현, 「조선시대 여성의 문자생활연구」, 『어문논총』 42, 한국문학언어학회, 2005.

변순희, 「일기체 문학 병자일기 연구」, 울산대 교육대학원 석사논문, 1999.

서종남, 『조선조 국문일기』, 삼영, 1997.

소재영·장경남 편, 『임진왜란 사료총서』, 국립진주박물관, 2000.

송재용, 「미암일기에 나타난 점복과 조짐, 꿈과 해몽에 대한 일고찰」, 『한문학논집』 25, 근역한문학회, 2007.

_____, 『미암일기 연구』, 제이앤씨, 2008.

송지언, 「돈호법을 중심으로 본 시조 작시법」, 『작문연구』 12, 한국작문학회, 2011.

심경호, 『한문산문의 내면풍경』, 소명출판, 2001.

_____, 『나는 어떤 사람인가』, 이가서, 2010.

_____, 『한문산문미학』, 고려대 출판부, 2013.

안대회, 「서얼시인의 계보와 시의 사적 전개」, 『문학과 사회집단』, 한국고전문학회, 1995.

_____, 「조선 후기 자찬묘지명 연구」, 『한국한문학연구』 31, 한국한문학회, 2003.

_____, 『천년 벗과의 대화』, 민음사, 2011.

_____, 「18, 19세기의 음식취향과 미각에 관한 기록」, 『동방학지』 169, 연세대 국학 연구원, 2014.

안득용, 「자서전 코드로 읽어 본 자찬연보」, 『우리어문연구』 52, 우리어문학회, 2015.

안숙원, 「역사의 총체성과 여성 담론」, 『여성문학연구』 2, 한국여성문학회, 1999.

여은지, 「병자일기의 표기와 음운 변화 연구」, 전북대 석사논문, 2006.

오갑균, 「영조조 무신란에 관한 고찰」, 『역사교육』 21, 역사교육연구회, 1977.

오용섭, 「청장관전서 정고본의 서지적 연구」, 『서지학연구』 39, 2008.

유경명, 「병자일기와 산성일기의 비교연구」, 한양대 석사논문, 2000.

유권종, 「여헌 장현광의 실학적 설계」, 『동양고전연구』 49, 동양고전학회, 2012.

유승희, 「17~18세기 한성부내 군병의 가대 지급과 차입의 실태」, 『서울학연구』 36, 서울시립대 서울학연구소, 2009.

유재일, 『이덕무의 시문학연구』, 태학사, 1998.

유탁일, 「미발표작품 날리가에 대하여」, 『국어국문학』 61, 국어국문학회, 1973.

_____, 「아뢴즉 장수잡는 일이기에」, 『오늘의 문학』 창간호, 오늘의 문학사, 1977.

_____, 『한국문헌학연구-국문학연구의 기초』, 아세아문화사, 1991.

윤원호, 『근세일기문의 성격 연구』, 국학자료원, 2001.

이경선, 「병인양란록과 강화도원정기의 비교연구」, 『비교문학』 5, 한국비교문학회, 1980.

이근호 외, 『조선 후기의 수도방위체제』, 서울시립대 서울학연구소, 1998.

이동환 역해, 『중용 대학』, 나남출판, 2000.

이만수, 「형암 이덕무의 독서론」, 『독서문화연구』 7, 대진대 독서문화연구소, 2008.

이미숙, 「나는 뭐란 말인가」, 『일어일문학연구』 67집 2권, 한국일어일문학회, 2008.

이민희, 「구활자본 고소설 병인양요 연구」, 『어문연구』 56, 어문연구학회, 2008.

_____, 『강화 고전문학사의 세계』, 인천대 인천학연구원, 2012.

이상원, 『조선시대 시가사의 구도와 시작』, 보고사, 2001.

이선화, 「산성일기와 병자일기의 비교연구」, 울산대 석사논문, 2001.

이성숙, 「한국전쟁에 대한 젠더별 기억과 망각」, 『여성과 역사』 7, 한국여성사학회, 2007.

이수환, 「조선 후기 안동 향리 권희학 가문의 사회경제적 기반과 봉강영당 건립」, 『대구사학』 106, 대구사학회, 2012.

이순구, 「조선 후기 양반가 여성의 생활 일례」, 조선사회연구회 편, 『조선시대의 사회와 사상』, 조선사회연구회, 1998.

이승복, 「적소일기의 문학적 성격과 가치」, 『고전문학과 교육』 5, 한국고전문학교육학회, 2003.

_____, 「유배체험의 형상화와 그 교육적 의미」, 『고전문학과 교육』 14, 한국고전문학교육학회, 2007.

_____, 「동유가의 서술방식과 작가의식」, 『고전문학과 교육』 23, 한국고전문학교육학회, 2012.

이연순, 『미암 유희춘의 일기문학』, 혜안, 2012.

이영아, 『육체의 탄생－몸, 그 안에 새겨진 근대의 자국』, 민음사, 2008.

이영태, 『인천고전문학의 이해』, 인천 : 다인아트, 2010.

이우경, 『한국의 일기문학』, 집문당, 1995.

이재성, 「선어말어미 -더-의 문법 기능에 대한 연구」, 『우리말연구』 26, 우리말학회, 2010.

이종묵, 『조선의 문화공간』, 휴머니스트, 2006.

이주홍, 「내방수기 병인양란록」, 『백경논집』 1, 부산수산대, 1958.

_____, 『뒷골목의 낙서』, 을유문화사, 1966.

이지영, 「선어말어미 '더'의 통시적 연구」, 서울대 석사논문, 1999.

_____, 「지문의 종결형태를 통해 본 고전소설의 서술방식」, 『정신문화연구』 107, 한국학중앙연구원, 2007.

이학당, 「이덕무의 명대문학 비평에 대한 일고찰」, 『한국실학연구』 21, 한국실학학회, 2011.

이형대, 『한국 고전시가와 인물 형상의 동아시아적 변전』, 소명출판, 2002.

이홍식, 「한국어 어미 '-더라'와 소설의 발달」, 『텍스트언어학』 14, 한국텍스트언어학회, 2003.

이화형, 『이덕무의 문학연구』, 집문당, 1994.

임형택, 『한문서사의 영토』, 태학사, 2012.

_____ 외, 『한국학의 학술사적 전망』 1, 소명출판, 2014.

장경남, 「병자호란 실기와 저작자 의식 연구」, 『숭실어문』 17, 숭실어문학회, 2001.

_____, 「병자호란의 문학적 형상화 연구」, 『어문연구』 31, 한국어문교육연구회, 2003.

_____, 「국문본 실기 임진녹 임자록으로 본 수암 유진」, 『퇴계학과 유교문화』 50, 경북대 퇴계연구소, 2012.

장덕순, 『한국수필문학사』, 새문사, 1984.

장승구, 「여헌 장현광의 여행의 철학과 守分의 윤리학」, 『선주논총』 8, 2005.

정긍식, 「묵재일기 가제사」, 『법제연구』 16, 한국법제연구원, 1999.

정 민, 『18세기 조선지식인의 발견』, 휴머니스트, 2007.

정석종, 『조선 후기의 정치와 사상』, 한길사, 1994.

정성희, 「조선시대 양반가문 소장 역서류의 현황과 가치」, 『사학연구』 86, 한국사학회, 2007.

정우봉, 「일기문학의 관점에서 본 감담일기의 특징과 의의」, 『한국한문학연구』 46, 한국한문학회, 2010.

_____, 「조선시대 국문 일기문학의 시간의식과 회상의 문제」, 『고전문학연구』 39, 한국고전문학회, 2011.

_____, 「남평조씨 병자일기의 성격과 작품공간」, 『한국고전여성문학연구』 25, 한국고전여성문학회, 2012.

_____, 「이세보의 국문유배일기 신도일록 연구」, 『고전문학연구』 41, 한국고전문학회, 2012.

_____, 「18세기 마병의 한글 일기 『난리가』 연구」, 『고전문학연구』 43, 한국고전문학회, 2013.

_____, 「19세기 여성일기 병인양란록의 작가와 작품세계」, 『한국고전여성문학연구』 26, 한국고전여성문학회, 2013.

_____, 「심노숭의 남천일록에 나타난 내면고백과 소통의 글쓰기」, 『한국한문학연구』 52, 한국한문학회, 2013.

_____, 「심노숭의 자전문학에 나타난 글쓰기 방식과 자아 형상」, 『민족문화연구』62,
　　　　고려대 민족문화연구원, 2014.

_____, 「조선 후기 자찬연보 연구」, 『한국한문학연구』59, 한국한문학회, 2015.

정인숙, 「이세보의 상사별곡 재론」, 『고시가연구』14, 한국고시가문학회, 2004.

_____, 『가사문학과 시적 화자』, 보고사, 2010.

정재철, 「연암의 면양잡록 수록 윤가기 시에 대하여」, 『한문학논집』40, 근역한문학회,
　　　　2015.

정종진, 『한국 고전시가와 돈호법』, 한국문화사, 2006.

정창권, 「적벽가의 형성과 난리체험」, 『판소리연구』24, 판소리학회, 2007.

정환국, 「병자호란시 강화관련 실기류 및 몽유록에 대한 고찰」, 『한국한문학연구』23,
　　　　한국한문학회, 1999.

정홍모, 「이세보 애정시조의 특징과 유통양상」, 『어문연구』88, 한국어문연구회, 1995.

조동일, 『한국문학통사(3)』4판, 지식산업사, 2005.

_____, 『한국문학통사(4)』4판, 지식산업사, 2005.

조성윤, 「19세기 서울의 상비군 제도와 하급군병」, 『연세사회학』10, 연세대 사회발
　　　　전연구소, 1990.

조원래, 「이순신과 정운」, 『이순신연구논총』11, 순천향대 이순신연구소, 2009.

조해옥, 『이상 시의 근대성 연구-육체의식을 중심으로』, 소명, 2001.

조혜란, 「강도몽유록 연구」, 『고소설연구』11, 한국고소설학회, 2001.

_____, 「여성, 전쟁, 기억 그리고 박씨전」, 『한국고전여성문학연구』9, 한국고전여성
　　　　문학연구회, 2004.

진동혁, 「이세보의 유배시조 연구」, 『단국대학교 논문집』15, 단국대, 1981.

_____, 『이세보 시조연구』, 집문당, 1983.

_____, 『주석 이세보시조집』, 정음사, 1985.

진재교, 『이조 후기 한시의 사회사』, 소명출판, 2001.

_____, 「조선조 후기 문예공간에서 성적 욕망의 빛과 그늘」, 『한국한문학연구』42,
　　　　한국한문학회, 2008.

차문섭, 「선조조의 훈련도감」, 『사학지』4, 단국사학회, 1970.

최강현, 『한국문학의 고증적 연구』, 고려대 민족문화연구소, 1996.

최동주, 「선어말어미 '-더'의 통시적 변화」, 『언어학』19, 한국언어학회, 1996.

최원석, 「여헌 장현광의 지리인식과 문인들의 지지 편찬 의의」, 『동양고전연구』49.

최은주, 「조선시대 일기자료의 실상과 가치」, 『대동한문학』 30, 대동한문학회, 2009.

최형국, 「조선시대 기병의 전술적 운용과 마상무예의 변화」, 『역사와 실학』 38, 역사실학회, 2009.

한국국학진흥원, 『국역 조선시대 서원일기』, 2007.

한성우, 『강화 토박이말 연구』, 인천대 인천학연구원, 2011.

함정옥, 「남평조씨 병자일기 연구」, 경기대 석사논문, 2007.

홍재휴, 「수암 유진 임진록고」, 『퇴계학과 한국문화』 29, 경북대 퇴계연구소, 2001.

황문환, 「조선시대 언간자료의 현황과 특성」, 『국어사연구』 10, 국어사학회, 2010.

황수연, 「17세기 사족 여성의 생활과 문화」, 『한국고전여성문학연구』 6, 한국고전여성문학회, 2003.

황위주, 「조선시대 일기자료의 현황과 활용방안」, 『국역 조선시대 서원일기』, 한국국학진흥원, 2007.

3. 번역서 및 국외 논저

가와이 코오조오, 심경호 역, 『중국의 자전문학』, 소명출판, 2002.

시몬 드 보부아르, 홍상희 역, 『노년, 나이듦의 의미와 그 위대함』, 책세상, 2002.

샤하르 외, 안병직 역, 『노년의 역사』, 글항아리, 2012.

앙리 쥐베르, 여동찬 역, 「1866년 프랑스의 강화도원정기」, 『문학사상』 82호, 1979.

_____, 유소연 역, 『프랑스 군인 쥐베르가 기록한 병인양요』, 살림, 2010.

다비드 르 브르통, 홍성민 역, 『근대성과 육체의 정치학』, 동문선, 2003.

Anne Kugler, "Constructing Wifely Identity : Prescription and Practice in the Life of Lady Sarah Cowper", *The Journal of British Studies* Vol. 40 No.3, University Of Chicago Press, 2001.

久保朝孝 編, 『王朝女流日記を學ぶ人のために』, 東京 : 世界思想社, 1996.

宮岐莊平, 『王朝女流日記文學の形象』, 東京 : わうふう, 2003.

紀貫之, 강용자 역, 『紀貫之散文集』, 지만지, 2010.

道綱母, 이미숙 역, 『蜻蛉日記』, 한길사, 2011.

_____, 정순분 역, 『蜻蛉日記』, 지만지, 2009.

木村正中,「日記文學とはなにか：綴られる人生」,『國文學解釋と鑑賞』, 至文堂, 1981.

_____, 伊牟田経久 校注 譯,『蜻蛉日記』, 小學館, 1985.

_____ 外,『日本文學講座：日記 隨筆 記録』, 大修館書店, 1989.

森田兼吉,『日記文學の成立と展開』, 笠間書院, 1996.

石原昭平 外編,『女流日記文とは何か』, 東京：勉誠社, 1990.

_____,『中世女流日記文學の世界』, 東京：勉誠社, 1990.

石原昭平編,『日記文學新論』, 勉誠出版, 2004.

深谷克己,『近世人の研究：江戸時代の日記に見る人間像』, 東京：名著刊行會, 2003.

深澤徹 編,『かげろふ日記』, 有精堂, 1987.

玉井行助,『日記文學概説』, 圖書刊行會, 1982.

中古文學研究會 編,『日記文學 作品論の試み』, 笠間書院, 1979.

中野幸一,「女流日記文學の完成」,『國文學解釋と鑑賞』62권 5호, 至文堂, 1997.5.

津本信博,「蜻蛉日記 下卷の構造：老いの意識をめぐつて」,『王朝日記の新研究』, 笠間書院, 1995.

陳左高,『古代日記選注』, 上海古籍出版社, 1984.

_____,『中國日記史略』, 上海翻譯出版公司, 1990.

秋山虔,「日記と日記文學」,『國文學解釋と鑑賞』62권 5호, 至文堂, 1997.5.

_____,『王朝女流文學の世界』, 東京大學出版會, 1988.